Christine Angot

Rendez-vous

Gallimard

« *Nous savons donner notre vie tout entière tous les jours.* »

RIMBAUD

Début novembre, j'avais reçu une lettre via mon éditeur, et j'avais décidé d'y répondre. « Comme une petite annonce de *Libération* : vous étiez ma voisine dans l'avion AT Milan-Paris, il y a quelques semaines. Téléphoner — s'il vous plaît — au 01… ou bureau 01… ; ou écrire. Envie de vous revoir. » Je n'avais jamais pris l'avion Milan-Paris. Le type se trompait de trajet, ou ce n'était pas moi. « Par discrétion, un voisin dans un avion c'est un guet-apens, et parce que j'étais laminé par un aller-retour dans la même journée, je ne vous ai pas dit un mot. Mais vous m'intriguez, cela me ferait plaisir, en effet, de vous revoir. » L'écriture et le papier indiquaient une certaine classe. Sur le répondeur, la voix de la secrétaire était impeccable : vous êtes au secrétariat de G. Il habitait dans le sixième, et mettait tous ses numéros, professionnel, de domicile et de portable, il n'était donc pas marié. Un type seul. Il devait être moche.

J'avais appelé le bureau un lundi. La secrétaire me l'avait passé tout de suite.

— Je suis content de vous entendre. Je ne m'y attendais pas. Je suis très impressionné, je suis ému de vous entendre.

— Vous m'avez écrit, donc je vous appelle. Bien que je ne réponde jamais aux lettres. J'ai trouvé votre lettre amusante. C'est pour ça que je vous appelle. Mais je voulais vous dire que vous vous trompez de personne ou de trajet.

Il avait une voix éduquée, élégante, mais âgée. Séduisante, chaude :

— Mais si, c'était bien le Milan-Paris. Vous n'avez pas pris le Malpensa-Paris il y a environ trois semaines ?

— Si vous êtes sûr que c'était le Milan-Paris ce n'était pas moi.

— Oui oui c'était le Milan-Paris. Alors vous avez un sosie, un véritable sosie.

La voix était voilée : Où peut-on vous écrire ? Chez votre éditeur ça vous parvient apparemment. Mais…

— Je ne sais même pas où je suis, moi. Je suis dans un bureau, mais quel bureau ? Je ne sais pas. Vous faites quoi ?

— Je suis banquier.

Ça m'avait laissé un peu sans voix.

— Je vais vous écrire de nouveau chez votre éditeur. Vous me répondrez ? Quelques lignes ?

— Non, je n'aime pas écrire des lettres. Je ne répondrai pas, mais je téléphonerai, comme maintenant.

— Comment allons-nous faire alors ? Moi je n'aime pas le téléphone et vous n'écrivez pas.

— Non, mais je veux bien boire un verre avec vous si vous voulez.

— Oui. Vendredi ?

Le vendredi soir, la rue était sombre, vide. Un type s'avançait vers moi. Assez âgé, pas grand, chauve, qui ne me plaisait pas du tout. J'avais envie de partir.

— Ah mais si c'était vous dans l'avion.

Ça ne m'amusait pas. Mais je me sentais obligée de passer avec lui au moins une demi-heure. J'avais souri :

— Je vous assure que non.

Nous n'avions pas grand-chose à nous dire à part ça.

Il avait commandé un Perrier avec du whisky, il tenait à le verser lui-même dans son verre, la bouteille devait être posée sur la table à côté. Il avait fait sa demande au serveur de manière extrêmement précise, il avait répété la même chose plusieurs fois, de manière mécanique et presque angoissée. Comme si le serveur ne pouvait pas percuter en une seule fois ce qu'il voulait et l'importance que tous les détails soient respectés. L'angoisse que la commande ne soit pas exécutée précisément se lisait sur son visage, ses traits se durcissaient, il faisait presque peur. Mais ça m'avait émue, comme une idiote. J'avais dû penser qu'avec lui la vie était simple, puisqu'il réglait tout le matériel. Ce scénario s'était reproduit chaque fois que je l'avais revu, pour la table du restaurant, la place dans le train, quoi manger, quel jour, quelle heure. Il maîtrisait tout. Il me disait qu'il m'admirait, que j'étais extraordinaire, que j'étais une femme inouïe. Le même discours que mon père. J'étais extraordinaire.

— Je vous admire, écoutez, je vais vous dire : J'aimerais être vous. Voilà, alors vous voyez. Il faisait bien la liaison : *j'aimeraiz être vous*. Il l'avait dit deux ou trois fois comme au serveur pour le whisky. Pour que ça me rentre bien dans le crâne.

J'avais dit qu'il y avait un prix à payer, une solitude, pour casser ses envolées. Je lui avais parlé d'une lettre anonyme que je venais de recevoir par exemple, qui contenait mon dernier livre tartiné de

11

merde, la semaine précédente, par la poste, j'étais allée chez les flics, déposer une main courante.

Il avait changé de visage. Il avait eu l'air dégoûté et surpris.

— Ça ne peut être que des fous. Ce sont des gens que vous connaissez ?

On avait parlé encore un peu de son travail et de son milieu. Il ne s'y épanouissait pas.

— Le travail est une aliénation. Vous ne vous rendez pas compte de la chance que vous avez de ne pas être aliénée.

Il méprisait ses voisins de bureau, ses collègues banquiers, qui ne lisaient pas et dont la vie se résumait à des week-ends dans le Perche. Il s'estimait au-dessus d'eux. Il les considérait comme des bourgeois avec qui il n'avait rien à voir, avec une ironie méprisante, dans les yeux et dans le sourire. Il avait des lèvres minces comme une ligne. Mais au bout d'une heure et demie, quand il avait dit devoir partir, « déjà » je m'étais dit. Il avait une voix douce, et un regard perçant qui m'avait presque gênée. Il me donnait sa carte professionnelle cette fois, avec le nom de sa banque, c'était une des plus grosses banques d'affaires, il était associé-gérant. Le stylo en l'air, il ajoutait :

— Je peux vous écrire chez vous, à votre adresse personnelle ?

— Bien sûr.

— Vous avez un numéro de portable ?

— Excusez-moi je préfère ne pas le donner, pardonnez-moi en ce moment je suis un peu phobique.

— Je comprends très bien, je vous écrirai.

J'avais refusé de lui donner mon numéro de portable parce qu'il me déplaisait trop physiquement. Je l'avais juste invité à une lecture publique.

— En tout cas, vous savez maintenant qu'il y a un homme à Paris qui trouve que vous êtes une femme inouïe.

J'avais pensé : oui mais dommage que ce soit toi.

Sur le trottoir je lui avais serré la main de loin. Puis j'avais repris la rue vers chez moi en me disant que je n'avais pas de chance.

Et puis dans la semaine, je l'avais appelé sous un prétexte quelconque, parce que je pensais à lui, j'étais tombée sous le charme, je n'en sortais décidément pas. Souvent les gens qui ne me plaisaient pas m'émouvaient. Alors j'y allais, et je regrettais après d'avoir perdu mon temps. Je savais ceux qui me plaisaient vraiment mais j'étais toujours avec d'autres. Il avait dit qu'il viendrait me voir au théâtre. Pendant que j'étais sur scène ça m'avait aidé de le savoir dans la salle. Le lendemain matin il avait appelé. Il me répétait que j'étais inouïe et m'invitait à un spectacle, j'avais refusé mais accepté un déjeuner. Et en arrivant je m'étais dit qu'il me plaisait en fait. Les yeux, très bleus, très froids, très durs, très perçants, étaient déterminés, ils savaient ce qu'ils voulaient, et qu'ils pouvaient l'obtenir. Il parlait de choses et d'autres. Je souriais.

— Je vous amuse ?

— Non. Je vous écoute ne pas me parler de vous.

— Posez-moi des questions.

J'avais dit que je n'avais pas de questions à lui poser.

À la fin du déjeuner, juste avant de partir, alors que nous avions pris rendez-vous pour le lendemain soir, il avait dit :

— Je vais répondre à la question que vous ne me posez pas : je suis marié, mais vous m'enchantez. Je suis marié à une femme extraordinaire, un peu chiante parfois, mais extraordinaire, et en tout cas vous m'enchantez. Je vous admire.

Quand il jouissait, son visage se délitait comme si les pièces qui le composaient ne tenaient plus ensemble. Comme si la peau lâchait, et révélait qu'à l'intérieur tous les bouts de chair étaient désaccordés et retombaient en lambeaux déphasés, dans une grimace de souffrance terrible. C'était laid et surtout étrange. J'allais tomber amoureuse d'un homme de soixante ans, tant mieux, ça me ferait sortir de la fusion et de l'envahissement. Il n'y avait pas ce risque, à son âge il avait déjà organisé toute sa vie de manière précise.

Un soir, on avait dîné au restaurant, et dès le premier regard, à travers la vitre, on avait commencé à se regarder dans les yeux au point de devoir le cacher par intermittence, pour en jouer plus longtemps. On se connaissait depuis environ un mois. Il me prenait la jambe sous la table, il me caressait la cheville. Il remontait sur les mollets. Donne-moi ta petite jambe. Il me fixait dans les yeux. Je le regardais sans dire un mot non plus. Je me sentais tellement bien quand il me regardait comme ça que je ne pouvais plus rien faire. Son regard était un ordre auquel j'allais me plier. Je n'avais éprouvé ça qu'avec mon père, c'était un souvenir qui me ramenait très loin en arrière. Une référence troublante. Et à double tranchant. Donne-moi ta petite jambe. Il avait les yeux très bleus, il me fixait. Comme si il avait planté un crochet dans mon ventre et qu'il n'avait plus qu'à remonter le moulinet de sa canne à pêche. J'étais au bout, désarticulée, n'importe quand, n'importe où, il pouvait m'avoir, comme si j'étais son objet, sa chose, sa victime. Plus le poisson fuyant. Un rapport sado-maso était en train de se nouer. Il n'avait qu'à se servir et à faire ce qu'il voulait. Il lâchait ma jambe et la reprenait. J'étais en jupe. Il caressait ma cheville par-dessus le collant. Quand j'étais en pantalon il passait sa main directement sur la peau en relevant la jambe du pantalon. Le naturel de ses gestes m'impressionnait. Il se disait timide, mais quand il me plaquait contre un mur pour me faire sentir sa queue bien dure et qui me fascinait, il n'en donnait pas l'impression. La première fois qu'il m'avait embrassée, j'avais été sidérée par sa façon de faire, sa manière autoritaire de m'attraper le cou. Quand il se retrouvait comme ce soir-là, dans mon lit, en train de me caresser depuis une bonne demi-heure, il voulait que je jouisse et ne comprenait pas que je n'y arrive pas. Sauf si j'étais une grande comédienne, vu mon attitude au restaurant. Il bandait depuis deux heures déjà, et ça ne venait pas, il n'arrivait pas à me faire jouir, il était à moitié énervé contre moi, à moitié énervé contre lui, son visage se durcissait. L'expression devenait presque méchante tellement la contrariété nouait ses traits. J'avais l'habitude de jouir dessus, en me frottant sur l'autre, il n'aimait pas lui cette inversion des rapports, ça le faisait débander. Il aimait être dessus et essayait de me faire jouir à sa manière habituelle. Avec son sexe tellement plus gros que la moyenne, ça vient d'elle se disait-il. Ce n'était pas son genre de perdre espoir. Il m'avait léchée, il était du genre obstiné, volontaire, il le faisait bien, il baladait sa langue sur mon clitoris délicatement, peu d'hommes me l'avaient fait aussi bien. J'avais juste été surprise quand il m'avait demandé de relever mes poils, pour que sa langue ne soit pas encombrée, de les tenir avec ma main. Mais j'aimais cette autorité, cette exigence, comme si ç'avait été un jeu. Dont il édictait les règles seul. Je pensais que ça m'amusait. Il disait aimer mon goût, aimer me lécher, il m'embrassait après ou me fourrait ses doigts entre les lèvres, dans la bouche, après les avoir plongés en bas. Il ne voulait pas me pénétrer maintenant, il aurait joui tout de suite et il voulait me faire jouir avant. Il m'avait branlé le clitoris. Le rythme me convenait aussi bien que la place qu'il avait trouvée pour son doigt. Ce n'était pas à côté, c'était là, c'était tellement énervant ceux qui s'acharnaient sur un endroit juste à côté, un bout d'os où rien ne pouvait se passer. Puis il m'avait dit de le faire moi-même, pendant ce temps il me caressait les seins. Puis il m'avait pénétrée en me disant de continuer. Toujours un peu angoissé de voir que ça ne venait pas, et impatient, pour lui, d'en finir, de se libérer. Il donnait la marche à suivre pour tout, naïvement ça me plaisait ce côté directif, qui était pourtant le signe du pervers et de son scénario autoritaire. J'avais un regard extatique. Mais sentant qu'il allait décharger, il était aussitôt ressorti. Il s'était remis à me caresser avec le doigt, tout en me gardant entourée dans son bras droit. Il fallait faire attention à son bras gauche, il s'était fait mal en jouant au golf. Il me faisait part de ses fantasmes. Ça ne me gênait pas, je rentrais dans le jeu. Il n'y avait qu'avec les putes qu'il pouvait d'habitude. Je riais beaucoup. Alors qu'à la première rencontre il m'avait trouvée sinistre. Mais la contrariété commençait à le défigurer, que je n'arrive pas à jouir malgré tous ses efforts, tout ce talent. Ça faisait une demi-heure. Je le laissais dire toutes les saloperies qu'il avait dans la tête. Il ne s'en privait pas. C'était peut-être ça qui me bloquait et qui retardait. Il avait décidé de faire attention. J'adorais qu'il me parle, je n'avais pas envie qu'il arrête, mais pour jouir j'avais besoin de concentration, d'un peu de silence. Il avait des images de moi avec une grande fille blonde, très jeune, qui me léchait le clitoris, et me caressait les seins. Le cul parfois aussi, il décrivait à haute voix. Une jeune blonde qui était folle de moi. Qui me léchait dans tous les sens. Et lui, à un moment donné, il venait, et c'était moi qu'il choisissait. Je lui avais dit : tu adores les lesbiennes, hein toi ? Il avait juste répondu : tous les hommes aiment les lesbiennes. (J'avais mieux compris quand j'avais vu en photo dans sa maison du Var sa mère, une grande brune, en maillot, à côté d'une grande blonde en maillot aussi, des belles femmes toutes les deux, sur un bateau, avec des lunettes noires.) Tout cet écheveau de pensées, de mépris, de désirs, de faiblesses m'intéressait. Avec ses call-girls il pouvait décharger en deux minutes, à l'heure du déjeuner, se rhabiller et les renvoyer. Il reconnaissait qu'il avait probablement un fond d'égoïsme. Il aimait bien parfois décharger tout de suite aussi, avec moi il n'avait jamais pu. Au point que de temps en temps il ne réprimait pas quelques mouvements d'impatience. Ça ne m'aidait pas. Ça m'obligeait à redémarrer tout mon processus mental à zéro. Une ou deux fois, j'avais fini par lui dire de jouir sans moi, ce n'était pas grave. J'étais bien de toute façon, c'était vrai. J'étais heureuse d'être dans ses bras. Je le regardais toujours extatique, comme si en le regardant je voyais quelque chose d'hallucinant. C'était un homme, pas un jeune homme, pas un garçon, un homme plus âgé que moi, un homme déjà vieux, je me sentais libre. Ce n'était pas le genre que j'avais eu avant. Mais cette jouissance qui ne venait pas, ça faisait deux fois de suite.

Tout d'un coup, il m'avait dit : et avec ton précédent ami tu jouissais vite ? J'avais dit : oui, très vite. Il avait ajouté tout de suite après : et avec ton père ?

J'avais immédiatement bondi en m'éloignant de lui, en faisant : ahh. Un ahh guttural, de dégoût. Je ne riais plus. Je m'étais écartée de lui, je m'étais retournée sur le ventre, je ne disais plus un mot. J'étais prostrée, sous le choc. Anéantie. Ma tête était tournée sur le côté, à plat sur le matelas, dans sa direction mais je ne le regardais plus, je ne pouvais plus. Je ne pouvais plus le regarder. Mon regard s'évadait je ne sais pas où. Ailleurs, nulle part. À l'intérieur. Dans le vide. J'étais triste. Je ne pouvais plus le regarder. J'étais saisie comme si je venais de recevoir un coup affreux, violent, une gifle qui m'aurait foutue par terre et laissée sans réaction. Je ne comprenais pas, je n'arrivais même pas à interpréter. Je ne comprenais pas, je ne parlais pas, je venais de recevoir le choc, c'était tout. J'avais fait : ahh. Et je m'étais écartée. À au moins dix centimètres en faisant un bond. C'était horrible ce qu'il venait de dire. Et avec ton père ! Et pourtant je ne lui en voulais pas. Au contraire même. Qu'avait-il dit d'autre à haute voix que la question que tous devaient se poser à l'intérieur hypocritement ? J'avais pleuré au bout de quelques minutes. C'était dur d'entendre ça tout de même. C'était un choc. Il s'excusait, il me caressait la tête, la joue, il m'appelait « mon chéri », il me demandait de le pardonner. Il disait qu'il avait eu une mauvaise pensée, que maintenant il avait honte. Il s'était levé, il était allé se laver dans la salle de bains. Il avait songé à partir un instant, mais de honte cette fois pour me laisser tranquille, pas comme d'habitude pour se retrouver seul après avoir éjaculé. Puis il s'était recouché finalement à côté de moi. Et me caressait tendrement, le dos, les bras, le visage. Doucement et tendrement. Je m'étais rapprochée de lui le plus près possible.

On ne parlait plus. C'était le silence avec, venant de lui, des petits « mon chéri, mon chéri ». Et moi silencieuse, pelotonnée contre lui, je m'étais rapprochée. Puis il m'avait dit : viens sur moi, allonge-toi sur moi. Je m'étais couchée sur lui. Je restais comme ça sur lui. Puis il avait commencé à bouger. On était en train de reprendre. Il me demandait de m'asseoir sur lui, j'hésitais, puis j'avais accepté. Refuser de m'asseoir sur lui et de recommencer, ce serait refuser de le mettre en rivalité avec mon père, ce serait protéger la place de mon père, je m'étais dit rapidement. Je m'étais donc assise sur lui, mais je n'avais pas joui, je n'avais pas cherché, je n'avais même pas essayé. Lui, il n'avait plus insisté, il avait joui, mais n'avait plus rien tenté sur moi. On était passé à autre chose. Son impatience était tombée. J'avais trouvé ça bien qu'il ne se laisse pas anéantir par ce genre de drame, ce genre de stress. Et j'avais eu la sensation d'une étape franchie, d'un pas énorme. C'était incroyable d'avoir eu le culot de me demander si je jouissais vite avec mon père. Finalement c'était du courage, je pensais ça. Le lien s'était resserré, même si j'avais passé une mauvaise nuit après son départ. La phrase me tournicotait dans la tête. Je revoyais toute la nuit. Je revoyais le silence. Je me revoyais à plat ventre. J'entendais de nouveau quand il me disait : pardon, pardon. Pardon Christine. Pardonne-moi. Je me revoyais après assise sur lui. Ça s'était passé un lundi soir.

Le lendemain matin, seule dans mon lit, je lui écrivais cette lettre :
Puisque ça t'intéresse, ce que je comprends, la transgression ultime intéresse tout le monde. Sauf moi malheureusement, parce que quand on a traversé ça les transgressions sont sans grand intérêt,

19

sans charme. Mais puisque ça t'intéresse, je vais te répondre. Je vais répondre à ta question d'hier soir : et avec ton père ? Ta phrase m'a tourné dans la tête toute la nuit. Je t'ai pardonné, je te l'ai dit, la question n'est pas là.

Voilà ce que j'ai pensé d'abord quand tu m'as dit ça. Ma réaction immédiate. J'ai pensé que tu étais un pervers et que j'avais éliminé trop tôt cette éventualité.

Deuxième temps : non, ce n'est pas un pervers, c'est dans le jeu et dans l'action sexuelle que ça s'est passé, il s'est laissé aller, il ne s'est pas rendu compte, il a pensé qu'on pouvait jouer aussi avec ça. Alors qu'on ne peut pas.

Un pervers aurait joui de sa phrase, là ç'a été arrêt immédiat, honte, regret. Et puis tu as été tendre, tu m'as appelée « mon chéri », très tendre, très gentil, très sincère je crois, très sincèrement désolé, comme on dit, je crois.

(Je n'avais pas encore compris que c'était justement ça, un pervers, et que c'était un classique le pervers qui s'excuse.)

Alors j'ai pu te pardonner. Je peux être tellement indulgente, tu sais, penses-y. Fais attention, je peux l'être trop.

Troisième temps, je m'allonge sur toi, tu me caresses le dos, c'est doux, c'est de l'amour, en tout cas ça y ressemble comme dit la chanson. J'aurais voulu que ce temps dure encore plus longtemps, ce temps de réconciliation envers et contre toutes les conneries que nous faisons. Et dont nous sommes victimes malgré nous.

Quatrième temps, je suis toujours sur toi mais tu me demandes de m'asseoir. Le sexe, auquel je pensais qu'on avait renoncé pour ce soir (ajourné), finalement revient (refait surface). Là je suis partagée entre : oui pourquoi pas, bien sûr, dépassons ce stress, et faisons comme si de rien n'était, d'un autre côté je me dis : non il faudrait laisser les choses se dissiper.

Cinquième phase, ça va, je suis bien dans tes bras. (Même si tu ne m'appelles plus mon chéri.)

Sixième phase. Tu es parti, je suis seule dans mon lit, la phrase revient et m'obsède. Je n'ai pas pu dire un mot sur le moment. Il faut que je le fasse maintenant, que je te réponde.

Voilà :

Je n'ai jamais joui avec mon père. Ni vite ni lentement, jamais. Je ne l'avais jamais vu, j'avais quatorze ans, je l'ai aimé dès que je l'ai rencontré : j'avais un père, je l'admirais, je le trouvais génial, il connaissait tout, et il parlait vingt-cinq langues. Il était hors norme. Je me sentais de la même race, je comprenais enfin pourquoi je m'étais toujours sentie à l'étroit, autre, avec ma mère, même si je me sentais très peu de chose à côté de ce puits de science (depuis, crois-moi, aucun puits de science ne m'impressionne).

C'était la première fois de ma vie que je rencontrais quelqu'un avec qui je pouvais parler. Parler pouvait durer des heures, ce n'était jamais ennuyeux. Ce n'était jamais banal. J'avais une telle soif d'intellectualité, ç'avait été merveilleux de m'apercevoir que dans mes gènes eux-mêmes mon goût pour l'art et l'intellectualité s'expliquait. Alors que dans le milieu de ma mère, je me sentais en otage, en exil. Je venais d'ailleurs. J'y étais prisonnière, je me sentais toujours plus ou moins traquée, différente, menacée par ce milieu moyen auquel je ne me sentais pas appartenir.

Malheureusement pour moi, lui était un pervers, un vrai, il n'a pas su être un père avec moi, ça ne l'a pas intéressé sûrement. Et il ne faut pas que je m'imagine que toi aussi tu es un pervers. Chaque fois que je rencontre un homme qui me plaît j'ai cette question qui revient, qui m'obsède.

Pendant deux ans, je n'ai pas réussi à renoncer aux conditions que mon père m'imposait. Tout en ne cessant d'en réclamer l'arrêt. Je voulais le voir, ça je ne voulais pas y renoncer, en aucun cas. Mais pas dans ces conditions. Il ne me proposait pas autre chose, ce n'était pas possible. Ça ne me faisait pas jouir du tout. Voilà c'est ma réponse. C'est peut-être un peu long, mais c'est ma réponse. Je ne pouvais pas renoncer à tout ce qu'il m'apportait, même si la contrepartie était lourde, mais ça ne me faisait pas jouir, pas jouir du tout. Ce qu'il m'apportait aussi, et surtout, c'était de moins étouffer avec ma mère. Ç'aurait pu être ça s'il n'y avait pas eu cette contrepartie, qui ne me faisait pas jouir du tout. Pas du tout. Même pas un peu. Pas du tout.

J'étais en danger, je le sentais et je le savais, ça ne me faisait pas jouir. (J'ai encore tendance maintenant à flirter avec le danger, pour me prouver que je peux en sortir.) J'étais humiliée que mon père ne me traite pas comme il traitait ses autres enfants. Ça ne me faisait pas jouir. Crois-moi. L'humiliation ne me faisait pas jouir.

C'était cette reconnaissance humiliante et clandestine, ou perdre toute filiation avec ce père. En qui je me reconnaissais, et que j'admirais tellement plus que ma mère qui ne parlait que le français, qui avait peur de tout, qui me cantonnait à un univers que je trouvais réduit, pas à mes dimensions. Avec elle il fallait toujours penser les choses à la baisse. Je l'aimais mais ce n'était pas intéressant avec elle. Alors que mon père me passionnait et me délivrerait peut-être. Malheureusement avec un prix élevé. C'est ça les pervers. Ils présentent des additions salées. Au lieu de me délivrer en fait ça avait donné un tour de clé supplémentaire.

Voilà, quelque chose comme ça. Quelque chose comme ça, à peu près, à te dire. À ne pas prendre au pied de la lettre, toutefois, tu sais ce que je pense des lettres. Donc, par pitié, je te demande de ne pas graver dans ta pensée pour toujours ce que je viens de te dire, ne pas m'enfermer, ne pas analyser. Les choses sont toujours plus complexes que le langage immédiat.

Je ne l'avais pas recopiée tout de suite, je l'avais relue plusieurs fois. Une nouvelle nuit avait passé et le jeudi matin j'ajoutais à ma lettre :

Nous sommes jeudi matin. Hier soir mercredi, vu plein de gens qui m'ont trouvée rayonnante. Quelqu'un m'a dit, avant même de me dire bonjour :

— T'es amoureuse ! C'est fou comme ça se voit.

En me croisant dans une allée. Je n'avais bien sûr pas prononcé un mot. J'ai juste souri. Et il a répété :

— C'est fou comme ça se voit.

Reçu ce matin une lettre anonyme, du même auteur que celle recouverte de merde en novembre, je pense. Mais cette fois le livre est découpé en mille morceaux, et ma photo est agrafée à un petit sac en plastique dans lequel les morceaux sont mélangés. C'est ma photo, avec les yeux énucléés et l'intérieur de la bouche découpé, ça fait un sourire noir à l'intérieur, et j'ai une étiquette collée sur le front. Demain j'irai probablement chez les flics. Fatigue. Mais c'est un autre sujet.

C'était une bonne idée celle du dîner avec des amis, j'aurais sûrement dû accepter ce que tu proposais. Peut-être. C'était gentil de ta part de vouloir organiser un dîner avec mes amis. Ma première réaction c'est souvent de refuser même quelque chose qui me fait plaisir.

Tu vois pourquoi je n'écris jamais, c'est pitoyable et je n'arrête plus après.

Je t'embrasse.

Christine.

J'avais écrit la première partie de cette lettre au petit matin, vers six heures. À neuf heures je téléphonais à mon psychanalyste pour lui demander s'il pouvait me recevoir aujourd'hui, parce que je n'étais pas bien. Ce n'était pas un de mes jours réguliers de séance. En fin de journée je lui racontais. Je lui décrivais la scène précisément, c'était la première fois que je lui décrivais précisément une scène sexuelle, avec des détails. Pour qu'il comprenne dans quelles circonstances la phrase du banquier « et avec ton père » était arrivée. Je faisais le descriptif complet des gestes et des paroles jusqu'à « et avec ton père ? ». Puis moi à plat ventre qui n'allais pas tarder à pleurer, après les quelques minutes de prostration. J'insistais sur le fait de n'en avoir pas voulu au banquier. Il y avait eu un choc horrible, mais celui de la vérité. Surtout : c'était la première fois qu'un homme se mettait clairement en rivalité avec mon père, qu'il signifiait à sa manière qu'il concourait bien sûr contre mes anciens amants, mais aussi et surtout contre mon père. Je disais : il se met en concurrence avec mon père, enfin un qui se met en concurrence avec mon père. Claude une fois pourtant avait entendu le lit qui grinçait à l'étage au-dessus de sa chambre, il savait très bien que dans ce lit j'y étais avec mon père, mais il n'avait pas bougé, il n'était pas monté pour faire un scandale. Il était resté couché, il s'était contenté de me dire le lendemain matin, au moment où je lui disais en m'effondrant que ça avait recommencé, « je vous ai entendus ». Il ne s'était pas affronté à lui face à face, il ne s'était pas posé en rival. C'était comme ça que

24

Claude avait repris du pouvoir sur moi pendant quinze ans de plus, puisque je restais comme ça, forcément, encore victime, et à sa merci. À propos d'autre chose un ami me disait récemment : les gens ont intérêt à cultiver ta déprime, ils savent l'entretenir, ils savent qu'ils ne te tiennent que comme ça. Je restais donc victime, à sa merci, incapable de choisir quelqu'un d'autre que lui. Alors que au bout de deux ans j'étais sur le point de le lâcher. Aucun n'avait été à la hauteur jusqu'à présent. Aucun ne s'était jamais mis en compétition avec mon père, et aucun ne l'avait donc délogé. Lui, le banquier, l'avait fait, le faisait, ce n'était donc pas une question d'admiration comme je l'avais cru souvent, car je n'admirais pas le banquier, j'admirais tellement mon père, mais peut-être d'âge et d'appartenance sociale. La grande bourgeoisie, voilà ce dont j'avais besoin apparemment. Voilà ce qu'il m'avait fallu pour trouver un libérateur. J'avais d'ailleurs fait un rêve magnifique quelques jours plus tôt. Dans mon rêve, je me réveillais le matin dans ma chambre et je m'apercevais que tout l'appartement était jonché de pétales de fleurs. J'avais tout de suite compris le sens : la défloration. Tous ces pétales de fleurs qui jonchaient mon appartement signifiaient que j'avais enfin été déflorée. Le banquier m'avait déflorée, ce qu'aucun de mes précédents amants n'avait réussi à faire sur un plan abstrait.

Je sortais de ma séance bien décidée, donc, à continuer cette relation, qui allait peut-être tout révolutionner. Toute ma vie. Mon comportement amoureux futur. Et mon écriture donc. La première fois il m'avait dit : je ne suis pas l'Apollon du Belvédère, « on s'en fout » j'avais répondu, et je le pensais. Le jour du premier rendez-vous je l'avais trouvé moche, terne, inintéressant. J'avais l'habitude, j'avais souvent laissé les autres décider pour moi, s'ils étaient moches et inintéressants c'était à moi ensuite de découvrir leur charme, j'y arrivais toujours, s'il y avait une accroche, un intérêt. « Je ne pouvais donc prétendre qu'à ça » avait tout de même été ma première réaction, et puis j'avais changé, bien décidée à mener le combat pour que ma vie change, avec ce type d'homme dont je n'avais pas l'habitude et qui me rappelait mon père sur tellement de points, l'âge, la classe sociale, la perversion je ne le savais pas encore, je m'en doutais mais je n'étais pas prête au début à le reconnaître. Rien que par l'âge et le social ça allait peut-être débloquer l'avenir, faire bouger mon comportement, je me disais. Dans les rencontres futures.

Il avait l'habitude d'obtenir ce qu'il voulait, il payait pour ça. Il avait bien réussi à me mettre dans un lit, moi qu'il ne connaissait pas quelques semaines plus tôt et à qui il ne plaisait pas. Il avait bien été, là, en train de manipuler mon clitoris, alors qu'un mois plus tôt il ne me connaissait qu'en photo. En train d'entrer et de sortir de mon sexe à son gré, en train de me caresser les seins, en train de me dire de me retourner, de passer de l'autre côté, de ne pas mettre ma main là mais plutôt là. Une nuit, il était justement en train de me caresser le clitoris, et il m'avait dit tout à coup « mais dis donc c'est une vraie petite verge que tu as là, un gros clito, une vraie petite verge dis-moi ». J'étais restée sans voix. Il m'avait été impossible de jouir cette fois encore. Le type devait être un pervers, c'était un indice très net. Ils niaient la castration, convaincus que leur mère avait un phallus, inconsciemment bien sûr, ils jouaient là-dessus avec les femmes, en les imaginant avec des godemichés, des queues, n'importe quoi, et en faisant tout pour provoquer leur désarroi final, leur anéantissement, après avoir conçu tout un scénario. Il n'y avait que ça qui les excitait. Comme mon père il dirigeait tout, contrôlait tout. Il organisait le plaisir, installait ensuite un système de pièges qui se refermaient et faisaient souffrir. Il connaissait mes défaillances, ils les sentent tout de suite, ils les recherchent, la sensation d'abandon, ils la sentent, ils ont des antennes, du flair, son but final était de me mettre le nez dedans, et de me reprocher mes larmes après, mon visage angoissé ou mes yeux affolés. Juste après un moment de confiance. Comme une phrase qui casse, après un discours caressant, enveloppant. J'avais commencé à voir tout ça clairement au bout de trois mois. Les premiers temps j'appréciais au contraire que quelqu'un dirige, même si j'avais des soupçons. Il maîtrisait les situations, obstiné, et il avait souvent gain de cause. Dans son métier il avait réussi ce qu'il voulait. Il avait soixante ans, c'était la réussite complète. Il était marié à une grande bourgeoise qui le laissait faire ce qu'il voulait. C'était un remariage. Ils avaient deux appartements l'un au-dessus de l'autre, communiquant par un escalier entre deux portes fermées par un verrou. Tout était organisé pour obtenir satisfaction tout le temps, nager dans l'agréable tout le temps, le fluide, soi-disant. Même s'il regrettait souvent, très souvent, son appartement d'avant sur le quai de Conti, la nuit il voyait passer les bateaux sur la Seine, les lumières qui déclinaient c'était merveilleux. Il était rêveur. Il avait besoin de beaucoup d'heures de solitude à rêvasser et à lire.

Sa religion n'était pas le bien et le mal mais c'est agréable ou désagréable, en faisant bien la liaison, tagréable. Comme mon père. Je revivais tout. Un jour, on avait passé une après-midi sur les quais comme des collégiens à s'embrasser sur un banc, en plein soleil, à trois heures de l'après-midi sur la rive droite de la Seine, exposée à la lumière. Il faisait très froid ce jour-là, c'était un après-midi de janvier. Le soleil chauffait les quais et beaucoup de gens se promenaient. Il était comme un collégien avec moi, à son âge et malgré son installation fixe dans la vie. Il vivait des choses que même jeune il n'avait pas vécues. Moi non plus d'ailleurs. Ou alors on avait peut-être oublié. J'avais peut-être oublié moi. Il me trouvait quelque chose de virginal, de neuf, une innocence, une candeur. Il me trouvait émouvante. Mais il lui arrivait aussi de dire des choses désagréables, il les distillait exprès. Comme ce jour où j'étais penchée au-dessus de lui et qu'il avait plaqué ses mains sur mes tempes, ce qui tirait mes traits et rendait mon visage lisse et ferme, le rajeunissait, en me disant que j'étais belle comme ça, plus jeune, avec les traits retendus. Il disait lui-même qu'il avait aussi un côté mufle.

J'avais quarante-cinq ans, il en avait soixante. Le fait d'être ensemble sur la rive droite de la Seine, main dans la main sur les quais, avait été une des plus belles journées de ma vie peut-être, sur le moment, parce que j'étais capturée par le système agréable-désagréable, comme je l'avais été à quatorze ans par celui de mon père, c'était le même. Le soleil sur les rives de la Seine c'était agréable. Puis il me lâchait, par une phrase désagréable, n'importe quoi, il trouvait toujours, dès qu'il m'avait capturée, il me plaçait dans une situation d'angoisse, pour me reprocher après de ne pas l'avoir supportée, ça faisait partie de son plaisir, il me faisait pleurer, en disant quelque chose de blessant, et me disait ensuite qu'il ne supportait pas les larmes. Un jour qu'il avait mis le paquet, j'avais pleuré un soir, le lendemain il m'avait dit : ce sont les bonnes qui pleurent, excuse-moi de te dire ça, ça ne va pas te plaire, mais je vais te le dire quand même parce c'est ce que je pense. Ce sont les bonnes qui pleurent. Il me morigénait. Et les singes aussi. Ajoutait-il avec un petit rire. J'avais commencé à ce moment-là à me dégager, c'était tellement gros, et tellement comique, mais il avait d'autres cartouches encore, qu'il me réservait, sa réserve de phrases angoissantes était inépuisable. Sur les quais, j'avais mon manteau, une grosse écharpe dans laquelle je m'étais emmitouflée parce qu'il faisait très froid, et des lunettes de soleil. On était obligé de fermer les yeux tellement il y avait de lumière. Il me trouvait belle, il avait adoré m'embrasser avec mes lunettes de soleil sur ce banc, et me plaquer ensuite dos contre le mur pour me faire sentir son sexe tellement dur, tellement gros, j'avais adoré voir son sexe énorme la toute première fois et ensuite chaque fois qu'il le découvrait. Il glissait ses mains sous mon manteau pendant que les gens passaient derrière nous. C'était merveilleux à son âge de ressentir autant de désir pour une femme qui n'était pas une pute, que ce désir se renouvelle à chaque rendez-vous, et que ce soit réciproque. Mais toute sa personne se transformait après la décharge comme un rideau de théâtre qui se fermait. Ce n'était pas un joli spectacle.

Il faisait alterner dans une mesure très précise les moments agréables et les épreuves qu'il faisait subir par sadisme à la femme qui était sa proie du moment. Je revivais en accéléré tout le dispositif mental de mon père qu'ainsi je redécryptais, et toutes les angoisses qui y étaient liées depuis longtemps. Avec le temps je les avais oubliées.

Un beau jour, une fois ce voyage dans le temps accompli, j'avais décidé de ne plus jamais revoir le banquier. Mais il m'avait téléphoné de sa maison du Var huit jours après sous un prétexte quelconque. J'avais redit que je ne voulais plus le voir, mais que je voulais cependant avoir le dernier mot puisqu'il me rappelait. Il s'était moqué de moi, avec son petit rire de vieux bourgeois éduqué qui se moque du peuple et de ses tentatives de sursaut : oui, oui, j'ai remarqué que tu voulais avoir le dernier mot. J'avais dit : oui effectivement, et lâché : je pense que tu es un sale type. Et j'avais raccroché. Il ne m'avait plus entendue.

Comme le jour au début où je lui demandais quelque chose et qu'il avait répondu : mais... c'est la dictature du prolétariat. Ça et « ce sont les bonnes qui pleurent », je supportais, et même ça m'amusait. Et puis un jour, en un jour, j'avais compris que ce type était un sale type et je lui avais dit, au téléphone, ne pouvant plus être complice de ça.

Quelques jours plus tard, je recevais chez moi cette lettre, déposée par son chauffeur sur mon paillasson :

« Pourquoi pas en plus "salaud, escroc, menteur, voleur" pendant que tu y étais ? Je te souhaite de rencontrer beaucoup de sales types comme moi.

Tes insultes pour en finir une bonne fois pour toutes, et "avoir le dernier mot" comme dans un vaudeville vulgaire, ne te grandissent vraiment pas.

Je te téléphonais, non pas pour renouer, mais pour te dire simplement ma sympathie à cause du départ de T. et je me fais incendier par toi me disant : on ne peut avoir confiance en personne ni en Michel C. ni en toi.

Tu veux brûler ceux que tu as aimés. Cela s'appelle le ressentiment. C'est avec cette violence que tu règles tes problèmes et que tu t'en sors. Que fiche donc ton "psy" ?

Ne te plains pas de rester "à l'écart". Face à une telle colère, chacun se dit : non merci.

Notre problème, depuis notre première rencontre, était que je ne t'aimais pas. Au sens où tu l'aurais souhaité. Tu m'oppressais, avec ton insistance, éprise d'un absolu fatigant. J'étouffais, alors que je suis à l'affût d'air libre et de distance, par hygiène.

Mais j'étais très attaché à toi. Pourquoi le renier ?

Dans un monde qui relève en effet trop souvent de la jungle, ces liens-là méritent mieux que des injures.

Tant pis.

G. »

J'avais croisé sa femme deux fois, elle avait l'air morte, le banquier était quelqu'un de dangereux. Des amis m'avaient dit la même chose sur elle sans se concerter. Il y avait des photos d'elle complètement éteinte sur Internet qui le confirmaient, elle n'avait pas l'air bien, une momie. Les gens de son milieu en général, tous ces grands bourgeois que j'avais croisés, avaient l'air morts eux aussi. Leur regard s'était figé, ils donnaient l'impression d'être sous anesthésie. J'étais fière d'avoir échappé au banquier le plus vite possible, après en avoir tiré parti et redécrypté des situations enfouies.

La défloration avait enfin été repérée dans ma mémoire, je n'étais plus une petite fille maintenant. Ce rêve magnifique avec les pétales de fleurs qui jonchaient toutes les pièces de mon appartement me l'avait signalé. Le banquier avait essayé de me reprendre dans ses filets par la suite, avec des cadeaux, des lettres et des coups de fil suaves, mais je n'étais plus sous le charme, j'étais redevenue inatteignable. C'était terminé. Cette fois, j'avais fini d'être intriguée par ces gens-là, j'avais compris. Certains amis me disaient de continuer à le voir pour pouvoir écrire un livre sur ce milieu, recueillir de la matière, ces dinosaures qui tenaient en fait les rênes, ça ne m'intéressait plus. Je n'étais pas comme ça, je ne vivais pas les choses pour les écrire.

Le banquier avait toutes les caractéristiques de son milieu, y compris la fascination pour les arts et la littérature. J'aurais pu décrire la haute bourgeoisie, parisienne depuis des centaines d'années, originaire des Landes, tout, la maison dans le Var, j'avais vécu des scènes d'anthologie, la façon dont il traitait son chauffeur, son gardien, son cuisinier, les rapports avec les putes dont il me parlait, son complexe vis-à-vis de l'art, la façon dont il baisait dans tous les détails, ce qu'il avait dans la tête. C'était un homme de pouvoir qui risquait de faire un procès, un ami de Lang, de Pinault, de Rockefeller, d'Alliot-Marie, d'Helen Notable, d'Alice D. aussi, et avant de Warhol, de Niki de Saint-Phalle de leur vivant, de tous les PDG, Saint-Gobain, Darty, et les grands patrons de l'édition. La Banque mondiale, Renault, Peugeot. Qui envoyait des bouquets de fleurs aux femmes. Offrait des livres. Qui faisait faire ses chemises sur mesure à Séville avec ses initiales brodées. Se faisait tailler ses manteaux en cachemire à Bond Street quand il partait en voyage à Londres, et des pipes dans les grands hôtels ou à domicile. Des pipes et des massages. C'était un homme cultivé doublé d'un esthète, les écrivains, les poètes, les manuscrits, les livres, il achetait beaucoup de livres et il avait des pages manuscrites encadrées chez lui. Cette phrase de René Char était accrochée dans sa bibliothèque : *J'ai mal et je suis léger.* Ça devait être la manière romantique qu'il avait de se voir, avoir mal et être léger, c'était les bonnes qui pleuraient, mais elles n'étaient pas légères. Il y avait tout un mur de photos d'écrivains dans sa maison de campagne, son hameau restauré. Et une fondation Helen Notable.

L'avait-il choisie pour ses œuvres ou pour son nom ?
J'aurais sûrement eu des multitudes de choses à dire
si je m'étais passionnée un peu plus pour l'observa-
tion, j'aurais pu être invitée permanente dans sa
maison pour l'été, mais du jour au lendemain tout ça
ne m'avait plus du tout intéressée. Malgré les
cadeaux qui arrivaient à la maison jour après jour,
les fleurs exotiques, les orchidées, les beaux livres,
pour me donner l'occasion de lui passer un coup de
fil de remerciement et pourquoi pas de renouer.
J'avais été captive de son emprise pendant les trois
mois écoulés, j'en étais sortie en un jour, le jour où
j'avais rencontré Éric, le jour où il m'avait fait
comprendre que c'était important pour lui de
m'avoir rencontrée et que son histoire avec sa femme
était finissante, et même peut-être finie, qu'il n'avait
plus de désir pour elle, même les conversations
l'ennuyaient maintenant, depuis quelques mois, elle
disait parfois des choses dans la cuisine que cinq
cents personnes banales auraient pu dire, ils ne faisaient presque plus rien ensemble et ils ne se parlaient plus vraiment.

Éric était un acteur que j'admirais. Je l'avais vu
jouer plusieurs fois et j'avais lu une interview qui
donnait envie de le connaître. Notre relation était
fondée sur le travail, me connaissant, j'avais peur
qu'elle n'évolue jamais, et de ne pas supporter les
conversations personnelles qu'on avait, car elles faisaient naître des ambiguïtés, un doute sur les vraies
raisons qu'on avait de se voir. Le travail était peut-
être un prétexte. Mais comme je l'admirais, et que
pour moi l'admiration c'était dangereux, à cause de
mon père que j'avais admiré et des conséquences tragiques de cette relation sûrement, je ne pourrais pas
laisser le temps faire ou ne pas faire, la panique me
prendrait forcément. Je cesserais de le voir bientôt,

avant qu'il se passe quoi que ce soit. J'allais souffrir sinon. Je venais juste de le rencontrer. Mais au bout de quatre rendez-vous je réfléchissais à comment ne plus le voir, bientôt si ça continuait je ne pourrais plus rien maîtriser. Nous parlions trop de choses personnelles qui brouillaient l'esprit, des choses intimes, ça me déstabilisait, je ne pouvais plus travailler. Mon rapport au travail, qui avait toujours été clair jusque-là, était brouillé avec lui. Il était perturbé. Nous étions censés préparer une lecture et je n'y arrivais pas.

Mon expérience avec le banquier n'avait peut-être finalement rien changé, ni servi à rien, j'en étais toujours au même point. Alors que je pensais avoir évolué. L'ombre de mon père était toujours là, devant les gens que j'admirais je restais encore inhibée. La défloration avait pourtant eu lieu, cette fois j'en étais sûre. Le rêve des pétales dans l'appartement le prouvait. Je ne pouvais pas remettre ça en doute. C'était fait, ç'avait été fait. J'étais ouverte. Pourtant j'étais tétanisée quand je voyais le mot désir revenir dans la bouche d'Éric. Dans une séance, bien avant, j'avais dit à mon analyste qu'entre mes quatorze ans, l'année de l'inceste, et mes vingt-quatre ans, l'année où je commençais à écrire, je n'avais rien enregistré de ce que j'avais vécu. Rien compris, rien cru. Superficiellement je me souvenais de tout, mais profondément de rien. Mon père m'avait expliqué que Dieu n'existait pas, alors j'avais cessé de croire en tout. Pendant dix ans. J'avais perdu la foi en tout. Jusqu'à l'arrivée de l'écriture, à vingt-quatre ans. Et depuis, il n'y avait qu'avec un nouveau livre que je pouvais croire à ce qui arrivait, la foi revenait quand j'écrivais, puis elle rebaissait, puis je refaisais un livre. Sinon je ne croyais à rien, et je ne comprenais rien. Je n'étais pas amnésique, ce n'était pas de l'effacement ou de l'oubli, ce n'était pas une maladie, je n'en mourrais pas. Mais ça glissait sur moi. L'inceste, je l'avais vécu, ma mémoire le savait. Le savait, mais n'y croyait pas. Ça avait glissé, comme de l'eau sur une plume d'oiseau, la défloration, je l'avais vécue aussi, elle n'existait pas non plus, mon mariage avec Claude, non plus, les événements de ces dix années n'avaient pas été enregistrés en moi, ils avaient tous glissé. Je les avais vécus, pas forcément compris. Ma mémoire en avait conscience, mais pas moi. Après, ç'avait été tout un travail pendant de longues années pour arriver à croire de nouveau à ce qui m'arrivait. Et à ce qu'on me disait. La reconstruction d'un monde. D'une ville qui serait restée fantôme sinon, floue. C'est le plan Marshall votre truc me disait un ami qui me lisait et qui comprenait. Il fallait que j'écrive pour me convaincre de ce qui se passait, c'était ce que j'étais en train de faire.

Éric aussi était dans une situation difficile. Il disait que les choses ne le touchaient pas comme elles auraient dû. Il se fichait plus ou moins de ce que les autres ressentaient. La tendresse, le désir, il ne savait même plus où ça se situait. La tendresse, là où il aurait dû en avoir le plus, c'était là qu'il en avait le moins. Le désir était un problème, il craignait de ne plus le ressentir, son histoire avec sa femme finissait, la mienne avec Pierre avait fini l'année dernière, même si nous arrivions encore à passer ensemble de belles journées. Le dimanche du 1er mai, la chaleur avait pris d'un coup dans Paris. Pierre m'avait téléphoné le matin, je lui avais proposé qu'on se retrouve. Notre histoire était derrière, rien ne pourrait la faire revenir, mais lui semblait y croire. Il me disait : qui sait ? Il ajoutait : ce serait bien non ?

Quand il me raccompagnait à la maison, je n'arrivais plus à lui proposer de monter. Il rentrait chez lui, et me rappelait. Nous parlions encore deux heures. Chacun certainement allongé ou enfoncé dans un fauteuil, mais sans parler tout à fait sincèrement. Je ne pouvais pas lui dire que j'avais rencontré quelqu'un que j'admirais alors que lui je ne l'admirais pas, que c'était toute la différence, que ce n'était pas sa personne qui était en cause, que je l'aimais mais que je ne pouvais pas revenir vers lui parce que je ne l'admirais pas, et que j'aurais eu l'impression de m'enterrer vivante, si je revenais avec lui totalement. Il m'arrivait d'ailleurs de penser à mourir, sachant que je ne le ferais jamais. Parfois l'idée de rester comme ça pouvait m'effrayer.

Pierre m'avait rappelée après sept mois de rupture. Nous avions recommencé à nous voir de temps en temps. Nous nous étions séparés au milieu de l'été précédent. Sur le coup ç'avait été affreux. Je me souvenais de mon retour à la maison le 5 août, alors qu'il avait déménagé le 4. Je rentrais de Montpellier, où j'avais travaillé quelques jours sur un spectacle que je préparais avec Mathilde, pour l'été suivant. J'étais rentrée le soir, je m'attendais à ce que ce soit dur, mais pas à ce point-là. C'était horrible de voir sa penderie vide, son bureau dans lequel il n'avait rien laissé, et certains objets qui avaient disparu de l'appartement, qui lui appartenaient ou que je lui avais offerts. Un lampadaire, un fauteuil, des choses comme ça. Les marques des meubles au sol, avec une petite frontière de poussière. Quelques assiettes qui n'étaient plus là, le tire-bouchon qu'il avait emporté. La salle de bains sans plus rien à lui. Le son de l'appartement lui-même avait changé, le son et la lumière, la densité. Moi qui pendant quatre ans et

demi m'étais plainte de voir des journaux qui traînaient partout, là il n'y en avait plus. C'était dégagé.
Il avait laissé sur le palier une énorme poutre en bois
très lourde, qui avait servi de socle à une statuette
africaine qu'il avait emportée. Je l'imaginais la veille
dans l'appartement en train de dire aux déménageurs, ça oui, ça non, ça, ça part, ça, ça reste. Les
déménageurs qui devaient bien comprendre de quoi
il s'agissait. Ils s'en fichaient sûrement, ça devait être
monnaie courante. J'avais voulu enlever l'énorme
poutre, qui m'agressait quand je la voyais, je l'avais
descendue moi-même à la poubelle. Elle était trop
lourde. Je l'avais fait glisser dans l'ascenseur puis au
rez-de-chaussée vers les poubelles, mais quand il
avait fallu la soulever pour la renverser dans la poubelle, je m'étais bloqué le dos et je n'avais pas pu
bouger pendant trois jours. Les ostéopathes étaient
en vacances et c'était le week-end. Je ne pouvais pas
sortir, j'étais restée allongée, en téléphonant nerveusement à Pierre toutes les deux minutes. Il avait fini
par ne plus me répondre. Je lui laissais des messages en lui disant que j'avais besoin de médicaments. J'avais d'ailleurs fini avec une minerve, tellement ma nuque était douloureuse. Avant, j'avais eu
le temps d'aller le voir dans son nouvel appartement,
on avait dîné ensemble, dans son nouveau quartier.
C'était moi qui lui avais demandé de partir pourtant,
au printemps, après avoir compris qu'entre nous ça
ne marcherait jamais mieux que maintenant, je n'y
croyais plus et je savais que j'avais raison. J'étais
encore amoureuse de lui, sensible à son charme, et
puis ç'avait été le cas de figure classique, après les
deux semaines horribles qui suivaient la rupture je
m'étais remise très vite. Après avoir hurlé, en larmes,
que j'avais fait l'erreur de ma vie, que je n'avais
jamais aimé que lui, au bout de deux semaines j'étais

soulagée qu'il soit parti. Les journaux ne traînaient plus. Il y avait plus de place, les murs ne vibraient plus des mauvaises ondes de nos disputes. Les derniers mois, je rentrais toujours à la maison avec une vague inquiétude. Dans quel état allait-il être ? Dans quel état de nerfs ? Aujourd'hui je ne lui en voulais plus, j'avais fini par comprendre que c'était de ma faute, parce que je ne l'admirais pas, je n'étais pas conquise, pas bouleversée. Je ne l'aimais pas assez. J'avais été sous le charme, le charme avait diminué, et il le sentait. Je ne m'intéressais pas à son travail, à son milieu professionnel, amical, à rien, à rien de ce qui le touchait. En moins de deux semaines, il avait cessé de me manquer. En novembre suivant j'avais rencontré le banquier.

Au bout de sept mois de silence total (depuis ce mois d'août, je ne l'avais jamais croisé, je n'entendais pas parler de lui, on avait juste pris un café au début de l'automne, une heure, en dehors de ça rien, et pas de nouvelles) Pierre m'avait donc téléphoné. On avait dîné ensemble le soir même. C'était le premier jour de neige de l'hiver. Je me revoyais assise sur le canapé, au téléphone avec sa voix dans l'oreille, regardant par la fenêtre la vue magique du premier jour de neige. Les paquets de neige sur la balustrade derrière les fenêtres, et l'immeuble d'en face lui aussi entièrement recouvert. Le toit, les lucarnes, les balcons, les gouttières, le visage de quelques personnes à leur fenêtre. Et lui en train de me dire qu'il était à un tournant de sa vie, qu'il devait décider quoi faire et ça passait par moi. Je n'étais pas sûre de bien comprendre mais j'avais accepté de dîner avec lui le soir même, pour l'écouter. Nous nous étions donné rendez-vous dans notre restaurant préféré. Où j'avais aussi beaucoup vu le banquier. Il n'avait pas changé mais il avait l'air plus jeune encore qu'avant. Prêt à vivre. À l'aube de quelque chose. J'avais aimé son expression.

Pierre avait l'air un peu gêné en arrivant, il ne me souriait plus avec la même assurance qu'avant. Je l'écoutais me parler de là où il en était. Je ne disais rien de moi, j'étais encore avec le banquier. Même si j'étais en train de comprendre le système, et que j'allais bientôt rompre. Il était bouleversant. Il disait quelques phrases qu'on sentait sincères. J'ai eu contre toi beaucoup de colère. Je t'ai détestée. Je veux arrêter de te détester. J'ai compris que cette colère cachait un chagrin. Que ce chagrin était un chagrin d'amour. Et que... je n'ai pas cessé de t'aimer. Il avait dit ça en quelques minutes, d'un seul souffle, très calmement. Je ne savais pas quoi répondre. J'étais émue. Il me raccompagnait chez moi à pied, il me donnait le bras sur le chemin. Nous étions en train de nous dire au revoir sur le seuil du portail que je retenais par l'épaule, nous nous regardions sans savoir quoi faire. Le regard durait, au bout d'un moment nous avions vu dans le regard l'un de l'autre que nous pouvions nous embrasser. Ça n'était plus arrivé depuis longtemps. Il était monté dans ce qui avait été notre appartement, se prendre dans les bras avait été merveilleux. Nous avions fait l'amour. Je fixais son visage en lui disant : mais tu es tellement jeune, c'est incroyable comme tu es jeune. J'avais eu l'impression d'être avec un garçon de vingt ans qui démarrait dans la vie, qui était encore dans son premier amour. Il était fier d'avoir eu le courage de me dire ce qu'il avait dit. Nous allions nous revoir, et passer du temps ensemble. J'avais admiré son courage. Mais ce type d'admiration-là ne pouvait pas me nourrir, et me séduire encore moins. Me toucher, oui, m'émouvoir, mais pas plus. Une forme d'ennui commençait à s'installer malgré tout. Malgré notre envie, à lui, et à moi. On n'arrivait pas à repartir comme au début. Il était plus gentil qu'il ne l'avait jamais été. Mais je ne pouvais pas revenir.

J'étais bien avec lui mais j'avais toujours légèrement la gorge serrée, je me disais que je ne me sentais pas emportée. Je n'avais pas encore rompu avec le banquier, j'avais mené trois semaines les deux en parallèle. J'avais passé le week-end de Pâques avec Pierre dans un hôtel en Provence, on faisait l'amour mais on n'avait pas forcément envie de recommencer tout de suite ni le lendemain. Je le trouvais trop proche, trop collé, il ne se rendait pas compte comme j'étais loin de lui. Lui se sentait toujours en osmose. J'avais toujours un vague malaise. Je me sentais un peu traître. Mais mon malaise venait d'autre chose, je me disais : si tu revenais avec Pierre, ça voudrait dire que jamais de ta vie, tu n'aurais eu le courage, tu n'aurais réussi à connecter l'admiration et l'amour, à réunir les deux, à ce que ça ne fasse qu'un. Si tu fais ça, tu te sentiras toujours coupée en deux. À part avec ta fille, mais ça n'a rien à voir. Ta frustration serait éternelle. Au moment de mourir, tu pourrais dire que tu as eu le courage de faire des livres mais en dehors tu n'aurais eu que de la lâcheté.

Quelle émotion j'avais ressentie pour Pierre ce jour où il neigeait ! J'avais regardé avec émerveillement la neige sur la balustrade croyant que ça allait être le carburant de toute une vie, l'image serait rémanente chaque fois que je fermerais les yeux en pensant à lui. Cette vision m'alimenterait pour les vingt années à venir. Dans la première partie de ma vie avec lui, je n'avais pas eu conscience de ma facilité à me laisser séduire par des gens que je n'admirais pas, qui étaient juste émouvants, ou peut-être admirables mais dans des domaines dont je me fichais. Alors que je me sentais capable d'être envoûtée si j'admirais quelqu'un qui faisait de la scène. Qui n'avait pas de pouvoir réel, c'était au-delà. Alors que les scientifiques, les intellectuels, les grands financiers, les hommes de pouvoir, tout ça je m'en fichais. Je n'arrivais plus à respirer depuis plusieurs semaines. J'avais des accès de tristesse. Là je pleurais. Il m'arrivait de me relever la nuit en pleurant après avoir fait des cauchemars. Je voyais un acteur qui se penchait vers moi qui étais dans la salle au premier rang, il se penchait de tout son long comme s'il faisait un pont de son corps pour venir vers moi, mais à ce moment-là quelqu'un, Pierre, ma mère, je ne savais pas qui, quelqu'un qui était à côté de moi, me donnait la main pour bien montrer à tout le monde, et à moi aussi, que j'étais du côté de la salle, dans le noir et qu'il n'était pas question que j'en bouge. Avec ce nom, Schwartz, de ma mère. Je me réveillais, je notais le rêve, je pleurais quelque temps avant d'essayer de me rendormir. La plupart du temps je me levais, après ça je ne pouvais plus me reposer. Je ne le notais pas pour pouvoir écrire, j'avais d'autres soucis. Les gens ne se rendaient pas compte, quand on écrivait, de tout ce qui passait avant.

J'avais toujours eu honte des hommes avec qui j'avais vécu. Et de la femme, Marie-Christine, encore plus. Le banquier j'en avais eu honte aussi. Ça ne marchait qu'au lit mes arrangements. Il n'y avait que là que ma lâcheté ne me poursuivait pas, et ne me faisait pas honte. Ma lâcheté et le mépris de moi-même avaient fini au contraire par devenir un moteur sexuel.

Je me souvenais que ce qui me faisait jouir avec le banquier, c'était de penser que c'était un salaud. Un vieux salaud. J'avais un orgasme si je me concentrais bien sur cette pensée-là. Et comme elle correspondait à la réalité, ce n'était pas difficile de la retrouver chaque fois. Les fantasmes auxquels j'avais recours avaient toujours un fond de vrai. Je ne pouvais jamais rien y accrocher d'artificiel. Si ma sexualité était fondée sur le mépris dans le tréfonds de ce que j'étais, si j'étais comme ça au fond, faite comme ça, je ne pourrais jamais changer. Avec quelqu'un que j'admirais, puisque précisément je l'aurais admiré et que je n'aurais pas eu honte, je n'aurais pas pu jouir. Ou ça aurait demandé toute une renégociation mentale de mes ressorts sexuels, de mes fantasmes, de ma vision de moi et des autres au lit. Claude, je l'imaginais avec une de ses étudiantes, Pierre avec une petite journaliste minable ou avec une fille bossant dans la pub, une de ces petites Parisiennes qui cherchaient partout des mecs, qu'il séduisait comme un rien, le banquier c'était simple je me disais « salaud » ça suffisait, ou je l'imaginais avec une pute puisqu'il s'en faisait, ou avec sa femme qui était tellement sèche, dont le visage était tellement éteint qu'on aurait dit une morte, je l'imaginais en train de la prendre par pitié. Que des trucs sordides. Qui duraient un quart de seconde à peine, mais dont j'avais besoin, qui étaient essentiels, et qui fonctionnaient à la minute.

Le jour où il neigeait, ce jour où Pierre m'avait dit qu'il n'avait pas cessé de m'aimer, le soir il était resté chez moi, nous avions fait l'amour et le lendemain je me sentais heureuse. Je lui avais même laissé un message qui disait : j'aime ma vie. Mais là, je ne réenclenchais pas. L'idée de le retrouver complètement ne me plaisait pas. Enterrement de première classe, voilà ce que je pensais. À la clé ç'aurait été l'amertume, ma lâcheté aurait été un poids. J'aurais peut-être même eu l'impression de m'enterrer vivante. Mon père aurait été l'amant incontesté, sans rival du même poids, le plus fort, c'était pathétique si je restais coincée à l'adolescence. Pierre, ça représentait le garçon qui m'attendait à la sortie de l'école sans se douter de l'existence de mon père et sans se poser la question, si j'imaginais un parallèle. Voilà le sens que j'y aurais mis si j'étais restée avec Pierre. Que mon amant incontesté reste le même que celui de ma mère, quelle horreur ! Que personne ne le batte ? Qu'il n'y ait pas de challenger valable ? Une moue de dégoût me venait. Comme ça, rien qu'à l'idée. Je ne pouvais pas, au téléphone, expliquer tout ça à Pierre. Quand il me disait : qui sait ? ce serait bien, non ? Je disais oui. Pour ne pas le blesser et parce que oui qui sait ? Au fond c'était vrai. Même si de tout mon cœur j'espérais que non. Mais je ne pouvais pas lui dire. C'était le dialogue de deux déprimés qui s'étaient aimés, qui s'étaient retrouvés, et qui n'y arrivaient plus. Ni ensemble, ni chacun de son côté. Et qui ne voulaient pas se blesser, qui s'épargnaient. Qui se ménageaient aussi au cas où. La mélancolie, la nostalgie, tous les faux sentiments m'envahissaient. Notre dialogue portait sur la vie qui était dure, et le fait qu'à un certain âge rencontrer quelqu'un devenait compliqué. Nous nous demandions comment faisaient les autres pour supporter tant de médiocrité. Nous les voyions faire. Ils étaient aveugles, disait Pierre. Mais le dialogue dérapait. J'avais dit que j'avais été contente de déjeuner tout à l'heure avec lui. Il disait, énervé, que son ambition dans la vie n'était pas de passer son temps avec moi dans des restaurants et des cafés. Que si je n'étais pas aussi dure il y arriverait lui avec moi. J'avais dit : je sais que je suis aimée. Il avait répliqué : tu as de la chance. Je n'avais pas pu faire autrement alors que de lui répondre : mais toi aussi tu es aimé. Je ne sais pas s'il était dupe, à ce moment-là il commençait à sentir un décalage, j'avais rencontré Éric déjà. Nous avions continué sur nos vies pas satisfaisantes. Il avait ajouté : en attendant, je suis là faute de mieux. J'avais été obligée de dire, de rétorquer tout de suite sans laisser de blanc : ne dis pas ça, ta place est la tienne. Il m'avait dit : mais alors disons-le-nous ça. Pour lui la phrase que je venais de dire était un espoir, ça éclairait sa soirée d'un coup. Elle n'impliquait pourtant rien pour moi. Rien d'autre que oui bien sûr sa place était la sienne, comme la place des gens est la leur. Je m'étais interrogée sur la façon dont j'interprétais, sûrement à tort moi aussi, certaines choses que Éric me disait peut-être comme ça. Et dont je forçais peut-être ou sûrement l'interprétation. À la moindre occasion le doute s'installait et je ne savais plus quoi penser de certaines phrases qui pourtant à n'importe qui auraient paru claires. Je ne comprenais rien. C'était un défaut dans ma structure mentale, je n'arrivais pas à le corriger. Éric, que m'avait-il dit la veille, allait-il falloir que je récrive tout ce qui s'était passé ? Je ne me souvenais de rien de ce qu'il avait dit. Ça ne changeait pas.

En attendant, je tournais en rond, les années passaient. À l'intérieur, tout au fond, j'étais déçue et inquiète. Pierre disait que tout le monde souffrait : les gens n'en pouvaient plus de dormir seuls, dans les couples encore ensemble c'étaient des arrangements, à partir d'un certain âge les gens ne se quittaient plus, ils s'accrochaient, tout le monde était désespéré d'après lui, on n'était pas des cas isolés, on n'avait plus vingt ans, on ne pouvait plus faire semblant. J'espérais que ce serait plus simple pour ma fille, et d'ailleurs je le pensais, elle serait plus heureuse, moins névrosée. La faille était trop grande chez moi pour qu'elle se referme, je n'avais pas eu mon compte, et je ne l'aurais pas. Les gens biaisaient, même s'ils n'en parlaient pas. Je ne supportais ni ça ni le silence.

À table, tout d'un coup, en face de ma fille, je m'effondrais, je me mettais à pleurer. Je ne pouvais plus cacher quelquefois. Pierre m'aimait, j'avais de la chance, je ne savais pas comment répondre à cet amour, j'aurais voulu être aimée par quelqu'un d'autre que lui. Il me trouvait dure. Je n'étais pas dure, je ne me durcissais pas, je n'y croyais plus. Comme si j'étais revenue d'une utopie. Quand je me disais ça, je m'effondrais en larmes devant ma fille en plein dîner. Elle connaîtrait autre chose, maigre consolation, quant à moi j'étais abîmée.

Dans mon agenda, j'avais un carnet de pages blanches que je changeais régulièrement. Le dernier c'étaient des notes prises en décembre, janvier, février. Je le feuilletais avant de le jeter pour mettre une nouvelle recharge. Je tombais sur des phrases notées au fil des jours, pour fixer des pensées rapides, ou dire quelque chose à quelqu'un, des questions à poser. Leur but était de me rassurer. Si je le montrais, personne ne voudrait croire que je pouvais être aussi bête :

Inquiète ? Parce que quand on tombe amoureux on est inquiet, surtout de quelqu'un qui n'est pas libre.

C'était difficile pour moi les vacances de Noël, le week-end aussi de penser à quelqu'un que je ne peux pas voir.

Alors non.

Droit dans le mur.

Non. Moi, j'ai envie d'avoir un Amour. Un vrai amour.

Défloration.

45

Plus fort que mon père.

Il va falloir qu'on trouve comment se voir. Pas de cinq à sept.

Est-ce que la porte est fermée ?

Jouir demande de la détente, confiance, ouverture.

Ce fantasme que tu utilises, trop réel pour moi.

Qui je suis. *Who I am*.

Est-ce que j'avais vraiment eu besoin de noter ça à un moment quelconque de l'hiver ? Est-ce que c'était à ça que je passais mon énergie à vivre ? La preuve que oui.

Et puis ailleurs des pages arrachées, pliées dans le revers du carnet :

Existe quelque chose d'unique, voir comment faire pour trouver un mode ensemble.

J'ai pas mal pensé à tout ça, je ne sais pas ce qu'il en est de ton côté. Est-ce que tu veux qu'on se le dise de vive voix ?

Je crois que je ne peux pas travailler. Je veux bien le voir demain mais je ne suis pas sûre que je pourrai travailler.

Et puis même ce qui était censé être un début de roman, écrit, je m'en souvenais, dans un café, en attendant un ami, avant d'aller à un vernissage rue de Turenne :

Les progrès de mon analyse m'avaient permis de me séparer de Pierre, et d'attendre tranquillement que quelque chose de plus intéressant se présente. La séparation avait été brutale, douloureuse, mais au bout de quelques semaines j'étais de nouveau totalement habituée à vivre seule avec ma fille, Léonore.

J'attendais tranquillement. Je savais que lui n'allait pas bien et que ses affaires ne marchaient pas. Un ami m'avait raconté qu'au cours d'un rendez-vous professionnel il l'avait trouvé fébrile et fumant clope sur clope, plus nerveux que jamais, ne tenant pas en place. Et j'avoue que, quand je rentrais le soir, je constatais avec un certain soulagement que sa place de parking était vide.

Un autre début de roman, ou la suite du premier essai, je ne savais plus, j'avais oublié :

J'avais des manques, je flottais. J'étais mieux certains jours que d'autres. Certains jours moins bien. Je m'inquiétais parfois. J'appréhendais souvent le week-end, je préférais savoir que les vacances étaient encore loin. L'idée de les organiser toute seule m'angoissait. Être seule pendant les vacances, l'été, m'angoissait. Être seule avec ma fille m'angoissait aussi. Je paniquais quand le moment d'y penser se rapprochait. Je téléphonais à n'importe quel hôtel me doutant que je n'irais jamais, pour savoir s'ils avaient de la place, je prenais des options, je faisais des réservations que je ne confirmais pas. Je finissais par tout laisser tomber parce que ce n'était pas ça que j'avais envie de vivre. C'étaient des endroits qui me plaisaient, mais où je n'avais pas envie d'aller, parce que j'organisais seule. Ça me pesait. Ça me ramenait au souvenir de toutes ces années que j'avais passées seule avec ma mère, l'idée que j'étais peut-être en train de revivre sa vie m'affolait, quand je commençais à y penser. C'était tragique. Aucune idée ne m'était plus insupportable. J'étais prise entre l'envie de décider tout de suite où j'allais partir, pour ne plus avoir à y penser, et le désir qu'au dernier moment une solution imprévue se présente, que quelqu'un m'invite quelque part sans que j'aie rien à faire et que tout se passe au mieux, que je me détende, que ma fille soit bien, et que les dates correspondent. Ça devait bien arriver. Comme si les expériences passées ne servaient à rien, car je savais bien que ça ne se déroulait jamais comme ça.

Je connaissais Éric depuis un mois. Je l'avais déjà croisé, dans des bars de théâtre à la fin des spectacles, mais nous n'avions pas parlé, presque pas, rien. Je l'avais vu jouer deux ou trois fois. C'était un acteur génial. Je le connaissais depuis un mois, mais j'avais commencé à entendre parler de lui six ans plus tôt. À l'époque, son nom ne circulait pas comme maintenant, je ne le connaissais pas. Mais sur cinq ou six ans, des gens différents, dans des villes différentes, m'avaient rapporté avec des anecdotes toutes différentes : ah, tu sais il y a un acteur qui t'adore : Éric Estenoza. Ça me faisait plaisir, mais je n'y prêtais pas attention. Ça m'arrivait tout de même de temps en temps d'avoir des retours agréables, ce n'était pas le seul. Surtout avec des acteurs. Souvent les acteurs aimaient mes livres. La particularité était que ce même nom revenait tout le temps, par des sources différentes, et sur une période de temps longue. Et avec intensité. Avec insistance. Comme un encerclement. Et puis toujours ce mot : il y a un acteur qui t'adore. Toujours la même phrase. Avec l'air étonné de la personne qui me le racontait. La première fois c'était en 99, puis six mois plus tard, et puis ça s'était égrené comme ça. Des gens me rapportaient qu'il m'adorait, avec ce mot-là, le message me revenait régulièrement aux oreilles, et ce qui était surtout étrange, par des sources vraiment différentes, sur plusieurs années. Et ce qui était encore plus étrange c'est qu'il m'avait à peine adressé la parole le jour où il m'avait vue, une ou deux fois au cours de ces six années quand j'avais eu l'occasion de le croiser. En 99, je ne l'avais pas encore vu jouer. Et puis je l'avais vu quelques mois plus tard dans une pièce de Sarah Kane. J'étais avec un ami, acteur aussi, qui nous présentait, je n'avais pas du tout l'impression de rencontrer quelqu'un qui m'adorait. Son comportement était tout à fait ordinaire avec moi, tout à fait banal, d'ailleurs je ne m'en souvenais même pas. Lui se souvenait bien de ce qu'il m'avait dit mais moi j'avais oublié. Je l'avais croisé deux fois, la deuxième quatre ans plus tard. Ça n'avait pas été plus remarquable. Chaque fois je m'étais dit que les gens exagéraient, ou que ça lui avait passé, mais pourtant les messages continuaient d'arriver. Hier, tu sais pas, j'étais à tel endroit, et alors j'ai croisé un acteur, et il y a un acteur qui t'adore... Je disais oui je sais. Ça ne déclenchait rien, c'était à peine si ça me faisait encore plaisir. Les deux fois où je l'avais vu la rencontre avait été inexistante. Les deux fois où je l'avais croisé, il m'avait presque parlé de la pluie et du beau temps, il ne m'avait même pas dit « j'ai lu tel ou tel livre de vous ». J'étais surprise mais ça n'avait pas d'importance. Qu'il m'adore ou pas ne changeait rien. Je pouvais vivre sans, je vivais sans depuis toujours, c'était juste une anecdote amusante quand ça me revenait une nouvelle fois aux oreilles. Les messages continuaient, mais les deux fois où je l'avais croisé il semblait tellement indifférent. Ce n'était pas grave, il ne se passait rien, ce n'était absolument pas grave. Rien de particulier, ça contredisait les messages. Ou ça lui avait passé, et les gens avaient exagéré, voilà, l'affaire était classée. Mais ça continuait. Les gens disaient : il y a un acteur qui t'adore. Le message m'était revenu une fois supplémentaire, très récemment, par une amie qui venait de le croiser après un spectacle. Il lui avait dit à elle aussi qu'il m'adorait, c'était ce mot encore qui revenait, comme il le faisait depuis cinq ans avec des personnes différentes, mais qu'après des spectacles en buvant un verre il ne m'avait dit que des conneries. Elle lui proposait d'organiser un dîner chez elle. Il ne voulait pas, il n'aurait pas su quoi me dire. Ah non non, surtout pas, je ne saurais pas quoi lui dire. Elle ajoutait : je t'appelle parce que ça fait toujours plaisir, c'est agréable de savoir qu'il y a un acteur, un grand acteur, qui t'adore, et : je le connais depuis longtemps, et sa femme aussi. J'étais à la gare de Lyon avec le banquier, je rentrais d'un week-end dans sa maison du Var. J'étais encore dans le train qui arrivait en gare, et je m'étais levée, pour répondre à l'extérieur du compartiment. Ça me faisait plaisir, mais j'avais l'habitude de ces messages sans conséquence depuis cinq ans. Et qui prenaient toujours la même forme, les mêmes mots, les mêmes circonstances. Il devait distinguer les livres et les personnes qui les écrivaient pour être aussi détaché en les voyant devant lui, je n'étais pas comme ça moi quand j'adorais. C'est pour ça que j'évitais d'adorer, et quand j'adorais de rencontrer. Sauf si c'était professionnel, mais je balisais le rapport. Je devais faire une lecture bientôt avec un acteur, à Toulouse. C'était un événement médiatique avec des auteurs et des acteurs. Il jouait à Paris, le jour de sa première, j'étais allée le voir avec un ami, je me penchais vers cet ami pendant le spectacle en lui disant « il est vraiment excellent ». À la fin, les gens se pressaient autour des acteurs, et particulièrement autour de lui. Il avait ri en me voyant parce qu'il savait que les messages passaient. Et que j'avais sûrement eu le dernier. Qui était récent. Quand nos regards s'étaient croisés, j'avais dit en le tutoyant tout de suite : tu me donnes ton numéro de téléphone ?

Je l'avais appelé, nous avions rendez-vous le jeudi suivant pour déjeuner. Il jouait le soir, et moi j'avais le Salon du Livre, c'était le jour de l'ouverture, je devais partir tôt. Nous nous étions retrouvés à midi. Au plus tard à trois heures je pensais que je serais partie, mais nous étions encore ensemble à cinq heures, et ça aurait pu durer. J'étais en retard. Il y avait la queue au taxi, il faisait chaud, le 17 mars, je m'en souvenais. On avait parlé, on avait ri, à la fin il avait dit : ça valait le coup d'attendre. On allait faire cette lecture, à Toulouse, il aurait du temps libre l'après-midi avant de jouer, et dans quelques semaines tout son temps pour travailler avec moi. Pour préparer, il me demandait si moi aussi j'avais du temps. Je lui demandais comment il vivait ces moments où il ne jouait pas. Les trois premiers jours ça allait, puis il fallait faire les courses... — Tu as des enfants ? Ç'avait été la seule incursion personnelle ce jour-là, lui, il n'avait pas de question à me poser, il avait tout lu, il savait que j'avais un enfant. On parlait d'autre chose. On aurait pu continuer de parler, encore des heures sûrement, mais j'étais en retard. À la station, un type pas mal était le premier de la file, avec sa valise, deux femmes lui proposaient de faire voiture commune, il allait à Roissy ce n'était pas possible. J'habitais sur le chemin de Roissy, je lui avais demandé de me déposer. Il m'emmenait. J'étais écrivain ? J'étais Christine Angot ? Il n'avait jamais lu mes livres, il allait en acheter un tout de suite à l'aéroport. Il allait à Vienne préparer un film publicitaire sur la ville. Il avait arrêté son métier deux ans pour faire du cinéma, il venait de le reprendre, ç'avait été une belle aventure, il avait réalisé un court-métrage, il recommencerait sûrement. Je le remerciais. Je courais chez moi, je me changeais, je repartais, j'arrivais au Salon du Livre, mon attachée de presse me tendait le numéro de téléphone d'un écrivain qui voulait que je le rappelle sur son portable sans raison précise, juste pour se voir. Les rencontres se multipliaient. Éric avait un petit garçon de sept ans, et vivait avec une femme qui avait déjà deux enfants. Nous devions nous voir la semaine suivante pour choisir le texte.

Je partais trois jours avec Pierre dans un hôtel en Provence. Je me reposais, ça ne m'était plus arrivé depuis des mois. Souvent, je me reposais bien avec lui. Notre premier week-end ensemble depuis un an. Nous avions passé le dimanche à nous promener sur les routes, et à nous arrêter dans les cafés des petites villes, il avait fait beau, mais au moment de se quitter, Pierre n'avait pas supporté la séparation, il avait failli tout gâcher. Une dispute s'était déclenchée une heure avant le départ de son train, sans raison. Sans autre raison sûrement que cette osmose qu'il ressentait. Alors que je ne la ressentais pas. Donc le conflit s'accrochait sur n'importe quoi et s'exaspérait. Souvent comme ça au moment de se quitter il gâchait tout, là ç'avait été pour une histoire de restaurant que j'avais voulu réserver alors que ce n'était pas nécessaire, et que surtout, disait-il, ça ne l'intéressait pas. Quelque chose d'aussi trivial devenait alors un drame, une tragédie, en tout cas une scène, une scène en pleine rue, et ensuite par téléphone, parce qu'il partait dans l'autre sens. Et moi j'appelais pour ne pas le quitter comme ça. Ça m'avait assombrie, mais plus comme avant, ça n'avait plus le même impact. Avant j'aurais pleuré, j'aurais eu la respiration coupée. Ça aurait pu devenir terrible. Là j'avais déjeuné seule au soleil, de coquilles Saint-Jacques très fraîches, au point d'avoir eu envie de revenir au même endroit le soir. Pierre m'avait rappelée pour s'excuser de son départ brutal : on ne supporte pas de se séparer, ces trois jours étaient merveilleux. Pourquoi « on » ? « On » ne supporte pas de se séparer ? Je me sentais vraiment loin. Ça ne pouvait plus marcher. Je ressentais parfois sa présence comme un poids, je ne savais pas l'expliquer, je ne supportais plus ni ses yeux sombres ni ses sourires quelquefois, ça me serrait la gorge. Mais nous avions beaucoup de choses à nous dire, avec tous ces mois séparés... je lui avais parlé du banquier, de mon changement d'éditeur, et lui de l'entreprise qu'il venait de créer. De nous, de l'amour, de ce que nous avions réussi et raté ensemble aussi, de ce que nous ne referions plus comme avant si nous devions reprendre. J'insistais sur les choses qui ne marcheraient jamais, qui étaient inhérentes à nos personnes et à notre travail. Qui ne correspondaient pas et ne correspondraient jamais. Il pensait que le temps permettrait à chacun de trouver sa place, et que si deux personnes devaient un jour y arriver c'était nous. Nous le méritions. Ça ne l'intéressait pas de créer cette entreprise et de gagner de l'argent si je ne devais pas en profiter. Quelqu'un d'autre que moi ne pouvait pas profiter de tout ça à ma place, il avait été sur le point en décembre de tomber amoureux, mais il s'était repris à temps en pensant que moi seule devais profiter des changements positifs qu'il y avait eus dans sa vie et en lui.

Le portable d'Éric était toujours fermé. Je laissais un message, il me rappelait, nous avions rendez-vous. J'avais dit : on regardera les textes au café ? Mais lui : non, plus tard, là on se voit pour le plaisir. Quand je notais son numéro de téléphone le jour de la première, un ami metteur en scène, juste à côté de moi, qu'on connaissait tous les deux, lui avait dit : depuis le temps que tu voulais la connaître ! Et au moment de partir la dernière fois, Éric avait dit : ça valait le coup d'attendre. Ce jour-là, nous parlions du travail, du théâtre, du soir après soir. Il n'en pouvait plus du soir après soir. C'était ça le théâtre mais c'était aussi la difficulté, le public ne le voyait jamais puisqu'il ne venait qu'une fois. Le soir après soir, il soupirait, ça avait l'air pesant, il était accablé : mais c'est peut-être mon problème particulier, c'est peut-être personnel, c'est peut-être moi en ce moment, parce que j'ai du mal avec le jour après jour. C'est peut-être pour ça que je parle du soir après soir, c'est peut-être pour une raison personnelle. Le jour après jour ? Oui, le jour après jour. C'est-à-dire ? Dans ma vie. C'est-à-dire ? Dans ma vie actuelle. Dans ma vie actuelle j'ai du mal avec le jour après jour. Je n'osais pas demander encore « c'est-à-dire ? » Avec quoi avait-il du mal dans le jour après jour ? Le fait de ne pas travailler la journée ? Que les journées soient vides, sans but ? Non, ma vie, ma vie de tous les jours. Je parlais du banquier pour dire aussi quelque chose, je venais d'arrêter, c'était un pervers. Pierre était revenu, je ne l'avais pas dit. Le soir après soir, le jour après jour, sa vie actuelle, le poids qu'il ressen-tait, son histoire avec sa femme était finissante. Puis il avait parlé du désir. Il n'y en avait plus dans sa vie. Il n'arrêtait pas de prononcer le mot. Ça ne voulait sûrement rien dire, il se confiait juste à son écrivain préféré. D'ailleurs est-ce que j'étais son écrivain préféré, il y en avait peut-être d'autres. Je freinais les interprétations. Je ne voulais pas. Cette conversation était une de plus sans conséquences.

La dernière fois, le 17 mars, il faisait chaud, notre table était pile dans la lumière, le soleil se reflétait dans ses yeux, j'avais été frappée par leur couleur que je n'avais jamais remarquée, un marron clair qui devenait jaune et doré quand la lumière prenait dedans. D'autres fois au contraire c'était un marron terne, dépressif et sans éclat, triste comme un gouffre, sans fond, du vide où rien n'accrochait, j'avais remarqué l'alternance suivant les moments. Des rires soudain, mais une mélancolie pouvait revenir. Je lui demandais s'il s'ennuyait dans sa vie jour après jour. Il ne s'ennuyait pas, il parlait de sa capacité à devenir plante verte, il buvait pas mal aussi, ça créait des états intermédiaires où ce qui était aigu cessait de l'être. Sauf quand ça basculait, alors là sur une phrase ça partait. Et ça pouvait devenir un peu violent, chez lui, à la maison. Son histoire finie avec sa femme, il était le seul à le savoir. Il allait partir, il voulait laisser pourrir la situation, par lâcheté. Il ne voulait pas le dire lui-même, il avait peur de ce que ça allait provoquer. Mais est-ce qu'elle était vraiment finie ? C'était dans ces moments-là par exemple que son regard devenait opaque. Il aurait aimé qu'elle lui dise de partir, il serait parti. Comme ça il aurait pu dire : c'est toi qui l'as dit… Tout ça pour te dire que je ne maîtrise rien en ce moment. Et bien sûr que t'avoir rencontrée n'est pas étranger à tout ça.

Je n'arriverais pas à désexualiser le rapport avec lui, comme je l'avais toujours fait dans ces cas-là. Avec tout ce qu'il disait. Même si c'était dans le désordre. Avec l'articulation logique brouillée, par des points de suspension, des contradictions, une affirmation aussitôt contredite par une autre, jamais de point final, jamais rien de clair dans la syntaxe, d'univoque, beaucoup de verbes de modalité, des phrases toujours un peu embrouillées et avec la fin à deviner, mais l'impression que j'avais en le quittant était toujours la même. Sur le désir il avait dit : je n'en ai plus, là, dans ma vie, mais je sais que je peux en avoir ailleurs. — C'est-à-dire ailleurs, où ? Il avait eu l'air de chercher des yeux sa réponse, et il avait dit : l'inconnu. Il avait un peu bu, c'était flou, c'était rien sûrement, les choses avaient différents sens. Malgré tous les sens possibles, infinis, la pensée prenait tellement de chemins, j'étais rentrée chez moi contente, gaie, vivante, comme si je n'avais retenu qu'un seul sens. Il y en avait plusieurs possibles, mais l'un d'eux ressortait, même si je m'en méfiais, et que je le combattais. Ou alors c'était moi qui ne comprenais rien. Rien ne ressortait. Nous allions travailler.

La semaine suivante, on avait travaillé, mais là je ne m'étais pas sentie bien, je n'avais pas envie de travailler, j'avais envie de le voir et de parler. Je ne pouvais plus travailler, je ne pouvais plus me concentrer. Je n'y arrivais pas avec lui et je ne voulais plus essayer. Je lui avais laissé un message un soir, après y avoir réfléchi toute la soirée au cinéma, en regardant un film sans le voir :

— Je crois que demain je ne peux pas travailler. On a trop parlé de choses personnelles, mon rapport au travail maintenant est brouillé, demain je ne crois pas que je pourrai travailler, nous pouvons nous voir quand même si tu veux pour prendre un verre mais je ne pourrai pas travailler. J'avais laissé ce message le soir pendant qu'il jouait.

J'avais trouvé le sien le lendemain matin. On entendait dans le fond un solo de guitare électrique, le bruit de la nuit, avec sa voix dessus.

— Ouais Christine, c'est Éric, j'imaginais bien que t'avais fermé. Je suis très heureux que t'aies fermé ton portable. J'aurais été très emmerdé. Euh... quand tu m'as appelé, j'étais un peu déjà en voyage. Maintenant, j'espère que toi tu dors. Il est très tard dans la nuit.

Qu'est-ce qu'on fait ? Est-ce qu'on se voit ? Est-ce qu'on se voit pas c'est ça qu'est un peu difficile. Juste de savoir, euh... c'est pas pareil par rapport à... à notre petite organisation. Euh... sur le travail et tout ça, ben ouais hein on peut parler, bien sûr. Enfin moi de toute façon moi y a, je sais pas comment dire, on se parlera nous, on arrive à se parler, un peu. Mais. Je veux dire que... J'ai envie de dire que tout ça ne compte pas plus, que le fait de... finalement de se voir. Voilà.

Moi j'ai pas de stress avec ça, pfft, mon Dieu... tellement pas, euh... que ça se fasse, ou pas, ou oui dans la complication, ou dans la... machin enfin... Tout est encore ouvert et possible mais. Ce que je ne veux pas c'est que ça, qu'on mette du charbon dans la locomotive et qu'on fasse mouliner un truc, pfft, pas très intéressant.

Euh non juste ce qu'il faut savoir, moi je... suis prêt à te proposer qu'on se voie demain quand même. Qu'on boive un canon tous les deux. Hein ? On dit ça ? Douze heures trente quand même, il me semblait que c'était douze heures trente, chez ce Rachid. Et puis on se parle tranquillement. On n'a pas d'obligation, et voilà. Et...

Il est trois heures du matin si c'était confus, j'ai plein d'excuses, je t'embrasse Christine. Voilà.

Je serai à douze heures trente, chez Rachid.

Mais si tu veux me laisser un message dans la matinée pour me dire que tu peux pas y être je l'aurai avant. J'interrogerai mon truc avant de partir de chez moi. Voilà.

Je t'embrasse. Voilà. Ciao.

Je retrouvais dans mes notes pour un roman éventuel prises à cette période : J'ai peur que le trouble entre nous soit en train de disparaître. Ou du moins qu'il soit relayé par une espèce de rencontre artistique, dont je n'ai strictement rien à foutre.

Nous avions répété dans un théâtre, dans une petite salle, une petite salle de réunion, de chaque côté d'une table. Il lisait le texte, je ne savais pas quoi lui dire. Je m'accrochais à mon texte. Je prenais des notes pendant qu'il lisait le texte, pour en parler après. Ça ne m'intéressait pas, j'ai su après que lui non plus. Nous avions une manière pas naturelle de nous regarder. Comme si nous étions deux vitres opaques, sans transparence, sans reflet, sans rien. Nous n'avions plus l'accès normal l'un à l'autre, d'avant, qui était pourtant embrouillé, confus, et même si je m'étais sûrement empêtrée dans les interprétations, de ce qu'il semblait dire. Là, je ne m'empêtrais pas. Lui non plus ne s'empêtrait pas, c'était la première fois qu'il lisait ce texte, le rythme et le sens lui venaient tout de suite, justes, mais je ne voyais pas l'intérêt. À la différence d'autres fois, avec d'autres acteurs. Nous avions plusieurs rendez-vous dans cette salle, que nous avions réservée pour plusieurs jours. Nous nous étions retrouvés là deux fois, juste avant la troisième fois je sentais que je ne pouvais plus. La première fois, on s'était retrouvés au café, et puis on était allés au secrétariat du théâtre pour avoir les clés, pour qu'on nous conduise à la salle. Florence nous précédait.

Nous avions rencontré dans son bureau une fille qui s'appelait Christine. Nous la connaissions tous les deux. Ah !… Christine, avait dit Éric, comment ça va ? Il l'embrassait. C'était une fille très jolie, qui était devenue dramaturge, après avoir fait ses premières griffes comme metteur en scène notamment sur une pièce que j'avais écrite, et qu'elle avait massacrée avec un pathos insupportable. Ah Christine, qu'est-ce que tu fais là ? Et il l'embrassait. Tout ça m'énervait. C'était une fille qui riait rarement, elle avait toujours l'air grave, ou absente, on ne savait pas, mais elle était belle. Ça oui, on ne pouvait pas lui enlever. Florence nous précédait dans les couloirs, avec les clés à la main. Nous la suivions, et de temps en temps nous croisions des gens que lui connaissait ou moi parfois. Il était là chez lui, moi je n'avais fait que passer dans ce théâtre, j'y avais fait des lectures. On arrivait. Il y avait encore un escalier à monter. Florence disait : les toilettes sont là-bas au fond, et si vous avez besoin de boire, là il y a une fontaine. Je disais : d'accord, ok, merci. Et si vous avez froid… Éric disait : ah oui comme si on allait s'installer pour trois mois, donc les toilettes, c'est là, et si on a besoin de boire c'est là, et si on a besoin de plus de chauffage, qu'est-ce que t'as dit, qu'on pouvait… et si vous avez besoin de… c'est où ? C'est par où ? Par là ?… Et il riait. Ni Florence ni moi n'avions réagi. Tout ça se perdait dans les points de suspension, comme souvent avec lui. On ne répondait pas, d'autant que tout de suite après il changeait d'axe. Ah oui, c'est là qu'on fait les lectures. Je regardais un instant à la fenêtre. Je choisissais ma chaise, et lui la sienne. En face, et éloignée, en diagonale.

La deuxième fois. Nous avions rendez-vous avec Florence pour les clés à une heure. Nous nous étions dit que peut-être on allait se retrouver au café avant.

Comme la première fois. Je sortais de chez moi à onze heures et demie. Je lui laissais un message, son portable était bien sûr fermé, disant que j'y serais vers midi et qu'on pourrait déjeuner ensemble, au japonais si ça lui allait. J'arrivais. Je n'avais pas de message. Je regardais au café s'il s'y trouvait. Il n'y était pas. J'avançais vers le restaurant indien où il était la dernière fois, et où je l'avais retrouvé, mais avant je passais devant la terrasse vitrée d'un autre restaurant, vide, où seule une table était occupée, très visible, dans la terrasse vitrée. C'était lui, de dos, et en face de lui il y avait une femme qui devait être la sienne. Je ne l'avais jamais rencontrée, une amie me l'avait juste montrée loin à la première de début mars. J'avais juste vu sa coiffure, une queue de cheval blonde. Ça devait être elle. Lui était de dos. Je passais rapidement devant. Le visage d'Éric je ne le voyais que rapidement et de profil, le sien à elle de face, et nos regards avaient même dû se croiser. C'était la première fois que je la voyais, je ne l'avais vue qu'une fois, de dos, elle applaudissait debout au spectacle dans lequel il jouait. Celui où j'étais allée le voir à la fin : tu me donnes ton numéro de téléphone ? Je ne l'avais pas vue elle, et même là à l'instant je n'enregistrais pas le visage. Juste l'allure, grande, blonde, pantalon, queue de cheval, cheveux longs. Je passais sans me retourner. Leur conversation avait l'air très privée, sérieuse, de couple, je pouvais me permettre de passer sans me retourner. Comme si je ne les avais pas vus. D'autant que elle, que je ne connaissais pas, était la seule que j'avais vue de face. J'allais déjeuner ailleurs seule. Une heure plus tard il y avait un message sur mon portable. Il avait oublié son téléphone, il m'appelait du café, surpris de ne pas m'y voir, il se demandait où j'étais, il était un peu inquiet, car il m'avait vue tout à l'heure passer dans la rue et il se demandait où j'étais, peut-être déjà dans la salle, donc il y montait. Il n'avait pas eu mon message du matin puisqu'il avait oublié son portable. J'allais au café, il n'y était plus. J'entrais au théâtre. Il m'y attendait, il était dans la salle.

— J'ai eu peur, je t'ai vue passer, et après comme je ne t'ai pas vue au café, j'ai eu peur de… je sais pas, je me suis dit que t'étais partie.

— Mais pourquoi je serais partie ? Non j'étais au japonais.

— Je ne sais pas pourquoi tu serais partie. Mais parfois il y a ça dans tes livres, tu t'ennuies, tu es énervée et tu pars.

— Pourquoi j'aurais été énervée ?

— Je ne sais pas. Je ne sais pas pourquoi je me suis dit ça. Je ne sais pas. Comme je t'ai vue passer tout à l'heure et qu'après je ne t'ai plus vue, je me suis demandé.

— Oui je t'ai vu en train de déjeuner, avec…

— Avec ma femme.

— Oui. Comme ça avait l'air sérieux, et un peu…

— Non ça allait, ça nous arrive de nous engueuler, mais là ça allait.

— Enfin bref, voilà, je suis passée. Et puis je me suis dit qu'on se retrouverait après. Mais de là à avoir peur que je sois partie… Pourquoi je serais partie ?

— Je ne sais pas. Parfois tu sais, quand tu t'ennuies, tu t'en vas.

— Non. Je suis là.

De son côté, le banquier ne lâchait pas le morceau. Il me rappelait. Certaines de ses lettres devenaient menaçantes. Il me rappelait qu'il existait et qu'il avait des moyens de pression contre moi, qu'il me tenait entre ses deux doigts : « Je verrai le président de Rizzoli le 27 mai à Milan et avant Teresa et Antoine. Si j'apprends quelque chose qui puisse t'intéresser, je te le dirai, malgré tout. G. » Les noms de tous mes patrons dans l'édition. Il sous-entendait qu'il pouvait me nuire par ses connaissances, en disant quelque chose sur moi, qu'il me tenait, entre ses deux doigts. Mais je ne changeais pas d'avis : plus aucun contact. Ni lettre, ni coup de fil de ma part, aucun signe, il cherchait à me faire réagir. Je l'avais rencontré au début de l'hiver juste après une période délicate. La longue période qui suivait la rupture avec Pierre, la fin de l'été, tout l'automne et le début de l'hiver. Pierre ne me manquait pas. J'avais peut-être pleuré trois fois en tout au mois de septembre. Surtout un soir, où une image m'était passée dans la tête : lui à la maison dans l'encadrement d'une porte, sortant de son bureau, une pièce tellement encombrée à l'époque et maintenant tellement vide, je voyais son corps qui s'encadrait dans la porte, pour traverser la pièce principale et aller dans le couloir, son visage qui souriait, sa chemise était ouverte, il était comme d'habitude un peu nerveux, et pressé, mais vivant, chaleureux, drôle, il était sur le point de dire quelque chose à Léonore, qu'il aimait beaucoup, son visage était décontracté, rieur, comme dans les meilleurs moments. Il me manquait aussi parfois le soir à l'heure du dîner, il nous manquait à toutes les deux. Et quand j'allais me coucher. Mais le soulagement était plus fort que le manque. Je n'avais pas cherché à le rappeler. Je n'avais rencontré personne au cours de toute cette période. À part François, que je voyais de moins en moins parce que sa drague était lourde, gênante. Une amie m'avait dit la même chose, on le sentait obsédé, dès qu'il buvait on ne pouvait plus rien arrêter, son insistance devenait agressive, comme sa jalousie à l'égard de ceux qu'il enviait. Sa bouche se retournait vers le bas à la pensée de ces hommes, qui avaient du succès, on n'avait plus qu'une envie c'était d'en finir, de le quitter, de partir. Il avait dit à cette amie, avec qui il venait de passer la soirée, qu'ils allaient rentrer chez elle, se mettre au lit, et faire l'amour, qu'ils ne l'avaient jamais fait, hein, ça, Claire ? Sans être passé par aucune phase de séduction préalable. Ça avait dégoûté Claire pendant plusieurs semaines elle n'avait pas pu le revoir. J'avais espacé aussi, à cause d'une impression gênante. À partir d'une certaine heure, son angoisse devait être trop forte, l'obsession ressortait, on ne pouvait plus en éviter les conséquences. Il ne cachait plus ses frustrations, il les mettait en avant, il ne parlait plus que de ça. À peine arrivé. Son visage se mettait alors à exprimer de la colère. Il n'arrivait même plus à laisser s'installer quelques phrases d'ouverture, son humour disparaissait, il ne nous faisait plus rire. Être drôle, sympathique, intelligent, ne lui suffisait pas, il voulait plaire, que ça marche. Il ne supportait plus d'être un ami. Il fallait qu'il parle tout de suite de sa vie sexuelle, qui n'était pas épuisante, disait-il « ah ça non alors », qu'il dise qu'il aurait pu en avoir une et qu'il y pensait, souvent, tout le temps, au moins ça on ne pouvait pas lui enlever, les pensées sexuelles qu'il pouvait avoir, avec ses amies, dont il se disait : pourquoi pas au fond ? Et il ajoutait que s'il n'y avait pas ça à l'horizon, c'était impossible de fréquenter une femme, même si ça ne se faisait jamais. Son visage avait à ce moment-là un rictus légèrement agressif, qui semblait dire « on verra ». « Tu ne t'en doutes pas mais peut-être qu'un jour tu passeras à la casserole, peut-être qu'un jour on sera amants toi et moi. » Il avait le droit de penser, d'imaginer. C'était sa liberté absolue. Personne ne l'en empêcherait. Il se couchait tous les soirs auprès de sa femme dont il parlait à peine et qui répondait au téléphone. Ils se ressemblaient comme frère et sœur, ils avaient le même genre, la même voix, et le même débit de parole tous les deux. Il venait de terminer un livre, ça ne le rendait pas heureux non plus, il se sentait vieillir avec ses frustrations, la nécessité de renoncer à ses désirs plus le temps passait, et une impression d'avoir perdu quinze ans qui ne le quittait pas.

Donc personne n'occupait mes pensées. Le soir je sortais peu. Je préférais rentrer tranquille. De tout l'automne je n'avais vu presque personne. J'étais allée à un dîner plus ou moins professionnel, un peu branché, dans le milieu de l'art contemporain, fin octobre, c'était tout. Un Autrichien était à côté de moi, un galeriste de Vienne, qui vivait à Berlin, il ressemblait à Harvey Keitel en plus jeune, un Marocain à la même table me demandait si je connaissais le Maroc, j'étais assise à côté d'un ami qui m'expliquait qui était qui. Et puis j'avais eu la nausée. Mon voisin voyait que j'étais blanche. Je n'avais mangé que du pain, ça me pesait sur l'estomac, j'avais trouvé le repas écœurant. Ça tournait. Je me levais de table. Je traversais la salle. Il faisait chaud. Les tables étaient serrées. J'avais vu un petit salon vide en arrivant, avec deux fauteuils et une table. J'allais m'y allonger par terre. Les fenêtres étaient ouvertes, on commençait à entendre du bruit dehors, il y avait une fête après, les invités de la fête commençaient à entrer. Mon voisin m'avait accompagnée dans le petit salon. Je lui demandais si je reprenais un peu de couleurs. Je me levais, j'allais à la fenêtre, la foule arrivait. Les autres bavardaient près des fenêtres en regardant les gens dehors. Aux toilettes, j'essayais de vomir. J'avais l'impression d'avoir une espèce de tube de coton hydrophile qui m'étouffait à la place de l'œsophage, qui rendait poreux tout l'intérieur, j'avais l'impression que mes organes étaient en contact, pas séparés les uns des autres, il n'y avait pas de parois, ça communiquait, les contenus pouvaient se déverser. Je me glissais dehors avant que la cour soit noire de monde, et qu'on ne puisse plus sortir. Une chanteuse, qui rentrait elle aussi, me disait qu'elle était une fan, je lui disais à quel point ça me faisait plaisir. Puis je m'effondrais sur la banquette arrière d'un taxi, la tête en appui sur le dossier, les jambes sous le siège avant. Une fois rentrée je ressayais de vomir, j'avais mal au ventre, je ne pouvais pas dormir, j'allais aux toilettes toute la nuit. C'étaient des selles liquides qui ne me soulageaient pas, qui ne purifiaient rien, la nausée ne s'en allait pas, rien ne me dégageait. Je me couchais, je me relevais, je n'arrivais pas à vomir. C'était huit jours avant de rencontrer le banquier, le matin j'avais reçu la lettre anonyme qui contenait mon dernier livre couvert de merde avec ma photo dessus. Dès que je fermais les yeux pour essayer de dormir, je revoyais le paquet et moi en train de l'ouvrir.

Je m'étais levée à l'aube ce matin-là, le ciel était rose comme en plein été, c'était début octobre. Mais une odeur bizarre s'échappait du courrier. Mes mains tremblaient, il y avait une feuille blanche maculée que j'essayais d'extraire, avec des insultes, mon cœur battait, l'odeur était infecte. Je me dépêchais de refermer l'enveloppe, le corps tremblant. Je cherchais un sac en plastique pour la foutre dedans, je trouvais un sac à cordelette, je la nouais après avoir fourré le tout à l'intérieur. J'allais chez les flics déposer une main courante, mon cœur battait à toute allure. La jeune femme gardien de la paix prenait un Kleenex entre ses doigts, elle constatait le texte de la feuille maculée, la signature, me demandait si je connaissais la personne, me demandait de quoi parlait ce livre, qui était tartiné de merde. Elle vaporisait un peu d'Air Wick et je signais ma déposition. L'après-midi j'allais à ma séance. J'avais quitté celle d'avant sur : je ne crois pas à l'amour des autres. Là c'était une variante : la merde des autres non plus, je n'arrive pas à y croire. Le fait que je ne croyais rien de ce qui arrivait était venu comme ça dans mon analyse. Je terminais par : et la défloration, a-t-elle eu lieu ? Puisque je n'avais cru à rien de ce qui m'était arrivé après 73, la rencontre avec mon père. Cette scène avait eu lieu une semaine avant que je rencontre le banquier, qui allait me poser la question « et avec ton père », qui allait déclencher le rêve des pétales de fleurs. Où tout allait se recomposer.

Le premier jour j'avais refusé de lui donner mon numéro de téléphone. Je l'avais appelé quelques semaines plus tard, un soir de blues, sous un prétexte que maintenant j'avais oublié.

— Donnez-moi votre numéro de téléphone, je vous rappelle dans vingt minutes.

J'aimais la façon dont il avait dit « donnez-moi votre numéro de téléphone », avec sa voix un peu âgée, et voilée, mais ferme, ç'avait été dit fermement. Ce numéro que je lui avais refusé une semaine plus tôt. Il parlait lentement, doucement. J'aurais pu me confier des heures, j'avais l'impression qu'il comprenait.

Après m'avoir vue au théâtre, il m'avait envoyé ce mot :

« J'ai aimé vous voir hier soir rythmer vos textes d'une main volontaire, de chef d'orchestre, ou de votre genou.

L'altérité de l'acteur rejoint sans doute celle de l'écrivain.

Vos textes sont théâtraux.

Vous étiez grave et belle, rouge (sang) et noire (schwartz).

Merci de ces moments d'exception.

J'admire cette femme en colère.

À vous. »

Deux jours plus tard nous déjeunions, il me demandait après si je voulais profiter de la voiture et du chauffeur, il avait dit : c'est mon seul luxe. Je me baladais au milieu des embouteillages. J'avais perdu mon temps en essayant de donner rendez-vous à des gens à l'autre bout de la ville, pensant que c'était drôle d'avoir un chauffeur. Le lendemain soir il m'avait prise par le cou par-dessus la table du restaurant. J'avais dit :

— Je ne suis pas très à l'aise.

Pourtant, j'aimais ce geste. En me raccompagnant, il m'avait repris le cou, la nuque, et m'avait embrassée. Je m'étais sentie incapable de réagir. Juste :

— Je ne pense pas que ce soit une très bonne idée.

— Ce n'est pas une idée.

Il continuait à m'embrasser, à glisser ses mains sous mon pull. Que je retirais, qu'il reposait, ailleurs, plus bas, plus haut, que je retirais, etc. Comme ce jeu, dont je me souviens vaguement, on met sa main sur la main de quelqu'un qui pose son autre main sur la vôtre, il retire sa main du dessous, la remet par-dessus, on continue en faisant pareil, ça peut être infini. On joue à ça à cinq ans. Il insistait. Il faut être le plus patient des deux. Ça amuse l'autre de voir qu'on sert toujours la même proposition. Il dit d'accord. Il va bientôt le dire.

— Je ne pense pas que ce soit une très bonne idée.

— Ce n'est pas une idée. Et d'ailleurs pourquoi dites-vous que ce n'est pas une bonne idée ?

— Parce que vous êtes marié.

— Je suis *un peu* marié.

— Ah bon ? Qu'est-ce que ça veut dire ?

— Ça veut dire qu'il y a deux appartements, l'un au-dessus de l'autre, avec un escalier, et deux verrous. Que c'était une condition à ce mariage. J'ai besoin de ma liberté. C'était une condition *sine qua non*, ça fait partie du contrat. Donc je suis un peu marié, oui. Pour l'instant. Aucune situation n'étant jamais irréversible.

Il continuait de me grimper dessus. Il n'avait pas pris sa grosse voiture ce soir-là mais sa mini. Disant que la grosse il n'arrivait pas à la garer, que c'était une histoire de Marie-Chantal, s'épinglant lui-même par autodérision, même cet humour, pour prouver qu'il n'était pas dupe, était un luxe. Et que dans celle-là qui était petite, on était un peu trop sur le levier de vitesse qui servait de bite.

Il avait un humour ou sexuel ou coincé. Il ne disait pas « où sont les toilettes ? » mais « où est ton petit endroit ? », la première fois je n'avais même pas compris. Il pensait que personne mieux que lui-même ne pouvait moquer ses travers. Les travers de son milieu. Car il considérait qu'il n'avait pas de travers, des travers hérités, d'éducation, de milieu oui, qu'il n'était dupe d'aucun. Il se voyait comme une sorte d'extralucide de lui-même, et des autres de par son intelligence qu'il trouvait exceptionnelle. Par exemple au sujet des yeux, il disait : oui, mais il y a des yeux bleus cons.

Avec lui j'avais pensé pour la première fois, que parmi toutes les scènes possibles, il y avait le lit. Mais ma jouissance, l'explosion qui arrête la montée du plaisir, ne trouvait pas le chemin avec lui au début, jusqu'à ce que je comprenne qu'il n'y avait que

« salaud » qui me faisait venir avec lui. J'y arrivais aussi toute seule. Je me caressais le clitoris vivement, les seins, je faisais rouler leurs bouts dans mes doigts, je pensais à lui en inventant des scènes. Je revoyais son image, j'imaginais son sexe énorme dans son pantalon. Ses fantasmes. J'en connaissais certains, j'en imaginais d'autres. Je voyais une grosse queue qui sortait de la braguette d'un pantalon en flanelle grise comme chez Mapplethorpe, les photos où on ne voyait pas le visage. C'était la première fois que je m'intéressais autant à l'organe lui-même, d'une façon isolée, détachée du reste. Ça devait être lié à la taille, au pouvoir, à l'argent. Tout ça devait faire un mélange créant à mes yeux du mystère. L'idée du salaud achevait l'ensemble. Jusqu'au jour où le mystère avait explosé pour ne plus laisser que le salaud, le sale type, le pauvre type, apparaître à mes yeux dessillés : c'était ça, c'était donc ça, ce n'était donc que ça, comment j'avais pu ? Mais si, j'avais pu. C'était moi. Ce n'était pas ma doublure. Peut-être que c'était ma doublure, car je reprenais enfin possession de moi-même. Je reprenais ma route, heureusement pour moi. Et je laissais derrière moi, vidée du charme que je lui avais imaginé, dont je l'avais paré, la dépouille déshydratée du pauvre type aux yeux bleu glacier.

— Ma femme est très intelligente, elle gère sa vie magnifiquement. Évidemment quand on est très intelligent. Vous ne pensez pas ?

Je le regardais sans vraiment réagir.

— Vous ne pensez pas ?

— Je ne sais pas.

Il avait un appartement rue de Condé, sa propriété dans le Sud, et le projet d'acquérir une petite maison à Venise tellement il aimait cette ville, sur les Zattere. Il avait des employés, chauffeur, gardien, cuisinier, il était marié à la fille d'un ancien président de la République. C'était une caricature. Amateur d'art, mécène, cultivé, bibliophile, parlant plusieurs langues, ayant lu beaucoup. Boulez lui faisait mal aux oreilles. Il n'aimait pas les restaurants frime, le luxe affiché était vulgaire, « bourge ». Il réprouvait tellement que ça lui donnait presque un air malheureux. Il détestait la Tour d'argent au point d'avoir une mine de dégoût en passant devant, presque de souffrance. Il avait besoin de le dire, de le montrer, l'expression de son visage changeait, ce n'était pas la vraie classe, il y avait bourgeois et bourgeois, il s'y connaissait. Il connaissait les subtilités, me les signalait. Je les connaissais peut-être mieux, il ne connaissait qu'un bord et s'en estimait spécialiste. Il avait des manifestations d'étouffement, au point de se retrouver à l'hôpital régulièrement. Comme la fois où je n'avais pas répondu au téléphone pendant trois jours parce que j'en avais marre, mais il était certain d'avoir mangé quelque chose à quoi il était allergique. Il portait des jugements sur les spectacles qu'il avait vus. Il appartenait au conseil d'administration d'un grand festival, il en voyait beaucoup. Quand c'étaient des critiques négatives, il avait un cillement des paupières très spécifique. Son regard ne se posait pas sur un endroit précis, mais oscillait dans une direction puis dans une autre. Il ne se posait pas sur quelqu'un. Le pli de sa bouche devenait sec et amer. Je comprenais alors que tout reposait sur du sable. Ces signes étaient la preuve d'une assise sur rien. Tout ce qui n'était pas matériel il ne le comprenait pas. Tout ce qui n'était pas concret lui faisait battre les paupières dans tous les sens en regardant par la fenêtre, ou par la vitre arrière de sa voiture derrière le chauffeur, n'importe où, mais jamais l'œil ne se posait sur un regard en face ni sur un point fixe. Et ces plis amers sur la bouche. Il n'exerçait son empire que sur le matériel, le tangible, le réel. Le reste, un plissement amer de la bouche, un battement de l'œil, indiquaient qu'il ne le maîtrisait pas et que ça le rendait fou de rage. Malgré sa grande amitié avec Helen N. et avec Andy W. à l'époque, ou Gary Snyder. Quand il parlait des tractations des sociétés qu'il conseillait, de la façon de mener des négociations, et de la notion de responsabilité il était plus calme, il ne cillait pas, il était plus serein. Tout le reste lui échappait. Tout ce qui était imaginaire lui faisait battre de l'œil d'un air autoritaire qui ne m'impressionnait pas. Il n'était qu'un petit artisan de la haute finance, il le savait mieux que personne, d'où les plis amers et les paupières qui virevoltaient. Car ça, tout ça était hors d'atteinte de ses mains soignées et de son crâne à la calvitie assumée, même s'il était comme il disait « mégaphalle » avec un petit sourire satisfait, pas fâché de ce cadeau de la nature.

Les premiers temps, j'avais presque eu une compassion. Mon père avait fait partie du même milieu. Je devais comprendre, il y avait de telles dichotomies entre ce qu'ils représentaient et ce qu'ils étaient au fond. Ils aspiraient peut-être à autre chose, ils avaient été formatés, n'avaient pas pu y échapper. Il lui fallait des échappatoires, des respirations, des parenthèses, dont moi, d'où cette organisation, cet emploi du temps serré, l'équilibre fragile. Il disait qu'il était un révolté, qu'il pourrait tout envoyer valdinguer du jour au lendemain. Mais ça je n'y avais jamais cru. Jamais il n'aurait réussi à me le faire avaler.

Quand j'avais retrouvé Pierre à la fin du mois de février, qui lui aussi, à sa manière, à son niveau, cherchait l'argent, le pouvoir, je ne pouvais plus du tout, du tout, m'intéresser à ses buts, aux buts de sa vie, à ses buts professionnels, de tous les jours. Ou alors il aurait fallu que je sépare les choses, comme je l'avais toujours fait, que je continue comme avant. D'un côté travailler avec Éric, ne parler que de travail avec lui, bien faire la distinction, clarifier les choses, d'un côté le travail, l'écriture, la littérature, et de l'autre les sentiments, revenir vers Pierre pour tout ce qui était privé et intime. Je ne pouvais plus. Je n'arrivais pas à cloisonner, et de toute façon je ne voulais plus, c'était faux. Avec Éric on avait parlé de trop de choses, c'était impossible, je me sentais au pied du mur. Éric vivait dans les textes, il s'y engageait, il était dedans, il comprenait, il allait jusqu'au bout, ça m'excitait d'une manière anormale un acteur comme ça. Les autres autour me paraissaient tous des merdes, comparés à ça. Les spectateurs n'auraient plus qu'à ciller des paupières en regardant par les vitres arrière pendant que le chauffeur conduisait, les ramenait à la maison, où le cuisinier aurait préparé un bon dîner, pour leur faire oublier, qu'ils ne maîtrisaient pas grand-chose sur terre.

Après notre échange de messages, nous nous étions retrouvés pour parler. Pas chez Rachid. J'avais changé de café pour être loin du théâtre. Nous étions un peu gênés en nous retrouvant. Pas à l'aise. Ne sachant pas trop. On ne savait plus trop, qu'est-ce qu'on allait se dire ? J'avais dit sur le message : je crois que demain je ne peux plus travailler. Il fallait que j'explique. Nous avons parlé de choses trop personnelles, mon rapport au travail est brouillé, il fallait que j'explique tout ça. Je l'avais aperçu de dos dans la rue, je l'avais appelé. Il se retournait. Nos regards se croisaient pour la première fois sans le but de travailler, sans avoir un texte à choisir pour le dire en public. Nous allions avoir pour la première fois une conversation à nous, privée. Il avait d'abord éclaté de rire en s'asseyant dans le café, son portable lui proposait dans un texto « trouver les mots pour lui dire appelez le numéro tant ». Il riait en disant « tiens, ça alors ça peut servir, je vais le garder précieusement ». J'expliquais pourquoi mon rapport au travail était brouillé : cinq ans que tu veux me rencontrer et se retrouver de chaque côté d'une table, dans une salle sinistre, à travailler sur *L'Inceste*, c'est triste. Il disait que pour lui aussi, toute cette histoire de lecture à Toulouse n'était peut-être qu'un prétexte pour se voir. J'avais dit : peut-être oui. Il répondait qu'entre un homme et une femme, il n'y avait pas quarante mille possibilités quand on avait envie de se voir, ou alors c'était lui qui ne comprenait rien. J'avais dit : non, sûrement, tu as raison. Pour Toulouse, qu'est-ce qu'on faisait, on annulait ? Ou est-ce que ce serait possible que d'ici là tu écrives quelque chose de nouveau pour nous ? J'écarquillais les yeux, ça me plaisait qu'il me dise ça, mais je n'aurais pas le temps, c'était impossible, c'était dans un mois et demi. On verrait, on allait se voir nous en attendant, en étant débarrassés du prétexte. Le mercredi suivant nous pouvions dîner, ça nous changerait de la journée.

Il avait choisi un restaurant près de Bastille, à deux pas du nouvel appartement de Pierre. En arrivant il m'avait dit : je me disais tout à l'heure « on s'est tout dit, on n'a plus rien à se dire ». On avait parlé quatre heures, ou cinq heures. « En quarante-et-un ans, c'est la première fois que j'admire quelqu'un, moi admirer quelqu'un, une femme en plus, et ça tombe sur toi, excuse-moi ! » Et puis plein d'autres choses.

Pas seulement ces histoires d'admiration, tout le reste se greffait, tout le reste de la personne. Dans le café surtout après. Quand on parlait. Ce rêve qui s'était réalisé de vivre avec cette femme, sa femme, ce rêve qui paraissait impossible au départ, et puis maintenant ce que c'était en train de devenir... ah bon ce n'était que ça ? Sauf si c'était passager. T'imagines : tu as un rêve, il se réalise, et puis voilà. Ça dure dix ans, que dix ans ? Il était triste quand il parlait de ça, sombre. On avait parlé dans ce restaurant puis dans un bar à côté. Il buvait beaucoup. En sortant il m'avait demandé si j'avais assez d'argent pour le taxi. Il était en voiture. Quelques pas plus loin, il avait dit : tu veux que je te rapproche ? — Oui, je veux bien. — Je suis cassé, mais... — Ça, c'est toi qui sais. Il me raccompagnait. Je laissais le silence s'installer dans la voiture, je ne savais plus quoi dire, tout était confus et embrouillé, je commençais à être fatiguée. On s'était tout dit, il aurait fallu faire un geste, ça ne venait pas, ça ne devait pas être ça. Peut-être qu'on ne voulait pas, peut-être qu'il ne voulait pas, et peut-être que j'étais trop raide. Malgré la défloration, qui était enregistrée cette fois, je n'en avais pas fini encore avec l'interdit sur... je ne sais pas, pas les gens que j'admirais, c'était trop vague, trop facile, ça tapait à côté. Ce n'était pas ça. Mais l'interdit sur les gens qui allaient sur scène, c'est tout. Sur les gens que j'aimais. Qui pouvaient vivre dans les textes. Éric était comme ça. Il incarnait ce que j'aimais le plus au monde. Quand le spectacle était fini, quelque chose planait encore dans l'air. Restait accroché à lui. Ce n'était pas « le texte de quelqu'un d'autre » comme disaient ceux qui ne comprenaient rien aux acteurs, ni à la littérature, ni au théâtre, ni à rien. Je me souvenais d'une anecdote, que m'avait racontée mon père. À une époque où j'allais très peu au théâtre, je commençais juste. Lui qui habitait Strasbourg allait régulièrement au TNS. Je ne sais pas quelle compagnie se produisait, il y avait vu une scène où des acteurs crachaient des noyaux à l'avant-scène, il jugeait que ce n'était pas du théâtre, mais de l'imposture, il se révoltait sur son siège, la scène était longue, quand elle s'était terminée, il s'était levé de son fauteuil, il avait applaudi bien fort, debout, bien sûr de lui, et dit : bien craché. Puis il était parti d'un air magistral dans l'allée.

On était dans la voiture. Éric me raccompagnait. Je ne disais rien. J'en avais assez de piétiner depuis des heures. Où il disait des choses et leur contraire. J'allais me coucher et je ne le verrai plus, c'était trop fatigant. J'étais fatiguée mais j'étais énervée aussi. Il me parlait d'un livre qu'il était en train de lire, profitant du silence qui s'était installé dans la voiture. Ça ne m'intéressait pas sur le moment. À minuit, parler du style de Nabokov dans *Lolita* ça ne m'intéressait pas. Lui, il avait l'air content d'en parler, c'était ça qu'il avait à dire, là, sur le moment. Je sentais mes yeux qui se fermaient à moitié, non pas de sommeil, mais pour être ailleurs, je n'étais pas là. J'étais en train de m'isoler. Il me parlait d'un film que nous irions voir la semaine prochaine quand il rentrerait, il allait partir quelques jours, et il me téléphonerait à son retour pour qu'on aille voir ce film. Je m'imaginais dans une salle d'un cinéma du cinquième, assise à côté de lui, et concentrée sur le film. Il me raccompagnait, je lui indiquais le chemin. On arrivait devant chez moi. C'était là. Il s'arrêtait en double file. Je mettais la main sur la poignée de la portière. Il disait je ne sais plus quoi. J'avais l'impression qu'on avait tourné en rond toute la soirée, j'étais un peu énervée. Mais c'était moi qui avais tort je l'avais compris après. La main sur la poignée toujours.

Quelques phrases. Bon... donc, alors, à... à la semaine prochaine. Je t'appelle quand je rentre, et on ira au cinéma. Et là, je dis n'importe quoi. Je dis : je ne sais pas. Je dis que je ne sais pas parce que je ne sais pas, c'est vrai. Et aussi pour dire quelque chose qui fait dérailler. Pour changer de registre. Pour changer de ton. Pour passer à autre chose que l'enchaînement logique. Donc je dis : je ne sais pas. Ah bon, alors on verra ? Je t'appellerai et on verra. Je ne sais pas, ce n'est peut-être pas la peine que tu me rappelles, mais gare-toi plutôt là pour qu'on en parle cinq minutes. Comme si on n'avait pas déjà assez parlé. Le blocage était en train de se durcir. Mais au lieu d'être bloqués, au moins dans cinq minutes tout serait arrêté. Comme ça il n'y aurait plus de question, et il n'y aurait plus de blocage, il n'y aurait plus rien et je penserai à autre chose, tout cela n'était pas très intéressant. Je n'étais plus intéressée, ou plutôt dans ces conditions, tourner en rond des heures, je n'étais plus intéressée. J'avais enlevé ma main de la poignée de la porte toutefois. Je l'avais juste posée sur mon genou droit, prête à la reprendre. Éric me regardait un peu surpris, comme si je jouais toute seule dans un film un rôle que je venais d'écrire. Il était enfoncé dans son siège, il me regardait d'un air à la fois étonné et extérieur. Il me disait : comme tu veux. Je disais : ce n'est pas la peine qu'on se revoie, ça tourne en rond. Et là, il avait eu l'air déçu, ennuyé. Je lui demandais pourquoi il faisait cette tête-là. Là heureusement il avait dit un mot qui pouvait être une clé. Il se sentait « un peu amoureux éconduit » c'était normal qu'il fasse cette tête, il ne comprenait pas que je ne comprenne pas. Je n'avais pas pris cette clé. Au contraire. J'avais dit : mais alors là je ne comprends pas. Je ne comprends pas comment tu peux te sentir amoureux éconduit. Je ne comprends pas. J'avais remis la main sur la porte. Et puis je l'avais de nouveau enlevée. Il disait : si, tu dis ça tourne en rond, ne nous revoyons pas puisque ça tourne en rond. Oui je dis ça, et tu ne comprends pas que je dise ça ? De toute façon je dis ça mais il ne faut pas faire attention. Non, je ne comprends pas. Et ensuite il disait : bon, ben, voilà. Voilà. Bon. Voilà. J'étais obligée de remettre la main sur la poignée de la porte. Je l'avais remise. J'étais sur le point d'ouvrir. J'avais dit : j'ai vraiment l'impression que tu es pressé que je sorte de cette voiture. S'il n'avait rien dit à ce moment-là pour moi ç'aurait été terrible. Mais ç'aurait été trop tard, j'avais dit cette phrase. J'ai vraiment l'impression que tu es pressé que je sorte de cette voiture. Et il répondait non : non je ne suis pas pressé. Il était calme. Trop calme. Je ne suis pas pressé que tu sortes de cette voiture. On avait encore continué quelque temps à dire je ne sais plus quoi. J'avais redit : écoute, excuse-moi, mais j'ai vraiment l'impression que tu n'attends qu'une chose c'est que je sorte de cette voiture et que je m'en aille. Mais non. J'avais dit : tu veux que je sorte de cette voiture ou que je reste encore un peu, qu'est-ce que tu veux ? Lui : non, je veux bien passer encore un moment avec toi. Là, j'avais dit un peu rapide et énervée, un peu brusque peut-être, mais je ne sais plus, c'est peut-être mon souvenir, et il n'est peut-être pas très fidèle : alors si tu veux viens chez moi une demi-heure. On ne le voyait jamais dans les films que ça pouvait durer des heures. La fille ne disait pas au type : viens donc prendre un verre. Dans la réalité, en tout cas moi ça ne m'était jamais arrivé. Ou alors dans des circonstances trop faciles dont je ne me souvenais même pas. Donc on sortait de la voiture. J'étais protégée par le temps annoncé, une demi-heure, et lui aussi s'il ne voulait pas rester plus longtemps. On monte dans l'ascenseur. On en sort. J'ouvre la porte.

C'est la première fois qu'il vient chez moi. J'ai deux canapés chez moi dans le salon, qui sont disposés en angle assez loin l'un de l'autre. Tous les fauteuils sont loin les uns des autres chez moi. Il s'assoit tout de suite sur l'un des deux, celui où je ne m'assois jamais. Et moi sur l'autre. Il veut boire quelque chose. Il n'y a pas grand-chose chez moi et surtout il n'y a pas de tire-bouchon. Je prends une bouteille de champagne que quelqu'un a apportée la dernière fois que j'ai invité des gens, il y a deux ou trois mois, et qui est restée là. Il l'ouvre, j'en prends un tout petit peu. Et on continue nos paroles stériles. Plus ou moins. Mais, à un moment, il dit quelque chose d'important. Il dit : tu voudrais que je dise quoi ? Je ne sais pas. Ce que je sens ? Je dis : oui. Il dit : mais dis-le toi. Je dis : ah non il n'en est pas question. Il dit : alors pourquoi moi je devrais le faire ? Je dis : je ne sais pas, mais toi, est-ce que tu pourrais le faire, est-ce que tu en serais capable, est-ce que tu saurais quoi dire ? Il dit : oui sûrement mais je me sentirais trop nu. J'aurais trop peur d'être à la merci. Je ne sais plus ce que j'ai dit à ce moment-là. On a dû patauger encore assez longtemps. Je ne sais plus, c'était long, je ne peux pas me souvenir. Et puis il a commencé à partir. Il s'est levé. J'avais mis de la musique sûrement déjà, ou peut-être pas encore. Il s'était levé pour partir, il mettait son blouson. Il m'a demandé si je l'accompagnais dans l'entrée. J'ai dit : oui, bien sûr. Je l'ai accompagné, il a ouvert la porte, puis il s'est tourné vers moi pour me dire au revoir, et en s'approchant il a écarté les bras, donc j'ai pu me glisser dedans. Il a approché son visage contre le mien, et donc j'ai pu toucher son cou avec mes lèvres.

Et il a refermé ses bras sur moi. Il a posé sa tête lui aussi contre mon épaule ou contre mon visage, je crois. On ne s'embrassait pas. Mais j'avais mes lèvres sur son cou, que je n'embrassais pas vraiment, c'était juste le contact. Les lèvres juste posées, effleurant la peau. Maintenant ç'aurait été trop rapide de s'embrasser tout de suite. Il avait fermé ses bras bien serrés autour de moi. J'avais toujours la tête penchée vers son cou et mes lèvres en contact. Il a dit : tu vois parfois il n'y a pas besoin de parler. On ne disait plus un mot bien sûr, après toutes ces heures à en aligner. On restait comme ça. Il avait dit : qu'est-ce qu'on fait, tu veux que je parte ou tu veux que je reste ? Que tu restes. Tu fermes ta porte blindée ? Je fermais la porte de l'entrée. On retournait sur le canapé qu'il avait choisi en entrant pour s'asseoir, mais en se tenant la main. Je ne la sentais pas bien sa main. Il s'était remis à la même place et moi à côté, sur sa droite. Mais tout près. Et on ne s'embrassait toujours pas. C'était bien de ne pas le faire. On était dans les bras l'un de l'autre sans rien faire de précis, sans engager des mains sous des pulls. C'étaient surtout les bras, se prendre dans les bras, rapprocher les visages. À ce moment-là j'ai commencé à sentir son odeur, parce qu'il avait enlevé son blouson en se rasseyant. J'étais vraiment tout près de lui. L'odeur de son corps, minuit, la sueur, c'était peut-être cliché, mais j'ai adoré cette odeur. Le disque jouait toujours. Ça faisait du bien de parler d'autre chose que toutes ces phrases depuis des heures qui hésitaient. Parler de la musique qui passait, en étant assis l'un à côté de l'autre. Dans les bras l'un de l'autre enfin. Ça faisait du bien. Ça faisait du bien, et ça faisait du bien d'y être arrivé. En l'écrivant ça me donne envie de revivre le moment. On avait croisé nos jambes les unes dans les autres. Et puis il a changé de position, il s'est éloigné d'abord, il s'est assis sur le rebord du canapé, et puis il s'est reculé vers moi qui étais au fond, en déposant sa tête et en laissant son corps aller en arrière vers moi, comme si j'étais le moulage de sa position il reposait sur moi. Je pouvais toucher son visage, son front, ses cheveux, on n'était pas face à face, on ne se voyait pas, on était bien. Je crois, enfin moi j'étais bien. Moi, j'étais bien. Il devait être bien aussi. Sinon je n'aurais pas pu être bien. Mais comme il avait beaucoup bu, en fin de soirée, il n'était peut-être pas bien. Je ne peux pas le savoir, ça. Mais je n'aurais pas été bien s'il n'avait pas été bien. Ça me paraît impossible, mais peut-être qu'il n'était pas bien, peut-être qu'il pensait à sa femme. On s'était embrassé déjà à ce moment-là, on avait commencé. Mais sans trop en prendre. C'était juste avant, dans la position précédente, quand on était assis côte à côte, avec nos visages l'un vers l'autre, le cou, les épaules, et puis de temps en temps la bouche, mais pas longtemps, vite. Juste le temps de voir, enfin en tout cas pour moi, que ça pouvait être bien. J'aimais bien ses dents et j'aimais bien sa salive. Je l'avais trouvée particulière. Ça devait être le goût du vin blanc dans sa bouche, sûrement, j'y pensais après. Je l'avais aimée. En écrivant ça, je me dis c'est trop précis, tu détailles trop, quand il va le lire, ça va être gênant pour lui, ça ne sera plus possible de s'embrasser, j'efface trop le mystère, il va se sentir un objet, avec cette salive tellement décrite, je ne devrais pas faire ça, ça ne laisse aucune place au hasard, à l'inconnu, c'est trop calibré quand c'est écrit comme ça. Mais je le fais. Je suis en train de le faire, et je continue. Et je n'ai pas l'intention de m'arrêter. Donc je continue. J'en étais à cette salive, il n'y a rien à en dire, sinon qu'elle faisait partie du plaisir, mais ce qui était mieux encore c'était de s'arrêter avant d'en avoir eu assez. De s'embrasser brièvement et un peu à côté de la bouche, et de temps en temps profondément. À fond. J'aurais peut-être dû refuser quand il a dit : on va où là ? Christine, on va où là ? Je me suis demandé une seconde si c'était on va où là dans la vie, sous-entendu qu'est-ce qu'on fait comme bêtise, comme erreur ? Ou dans quelle pièce ? J'ai dit : dans quelle pièce ? Oui. Et là j'aurais peut-être dû refuser. Parce qu'il avait pris beaucoup d'alcool, les inhibitions étaient tombées, mais l'alcool il fallait s'en méfier, je ne savais pas ce qui se passait le lendemain, je ne connaissais pas l'alcool, je ne savais pas comment on était quand on buvait, je ne savais pas si ça faisait apparaître des choses vraies ou si ça faisait jaillir n'importe quoi. Beaucoup d'amis me disaient que ça faisait apparaître des choses vraies. Mais je faisais attention, je ne faisais pas l'amour avec quelqu'un qui avait trop bu. Là je n'y pensais pas, à aucun moment ça ne m'avait paru un obstacle, ça ne m'avait même pas effleuré. On aurait sûrement dû rester sur le canapé un peu plus longtemps et ne pas aller plus loin. Mais, on n'allait pas repartir dans de grandes discussions. Donc, on est allés dans ma chambre. Il y a eu très peu de phrases à partir de ce moment-là, de moins en moins. Ça devait me manquer un peu. Peut-être qu'à lui aussi, je ne le savais pas, on se connaissait peu. On était seulement attirés, on avait envie d'être l'un avec l'autre, on était toujours heureux de se voir, il n'y avait aucun doute, mais on ne se connaissait pas. Malgré les heures qu'on avait déjà passées ensemble à parler. On avait passé des heures déjà ensemble à parler. Chaque fois qu'on s'était vus on n'avait pas vu tourner l'aiguille. On n'y avait plus pensé.

Un détail qui me revient, quand j'ai eu mes règles pour la première fois, ma mère m'avait mis le

Tampax elle-même, parce que la serviette me gênait et que je n'arrivais pas à le mettre moi-même. Je me revoyais allongée sur un lit, les jambes en l'air, dans une chambre d'hôtel à Toul en Lorraine où on était venues voir des amis à elle, qui tenaient un bar, le Bar Moderne. En attendant d'aller à Strasbourg pour que je rencontre mon père. J'avais treize ans et demi, quelques semaines après je faisais la connaissance de mon père pour la première fois au buffet de la gare de Strasbourg. Quelques jours plus tard j'avais une relation incestueuse avec lui dans un hôtel à Gérardmer, où ma mère avait loué deux chambres pour une semaine, mon père était venu nous voir le samedi, et le soir il m'avait embrassée sur la bouche pour me dire au revoir. Salaud, je me dis, juste là maintenant en écrivant. Claude ne faisait pas le poids pour m'arracher à tout ça. Il était devenu tout de suite trop proche de ma mère. Comme un fils presque. Pierre aurait pu m'arracher à tout ça plus facilement, mais il avait manqué quelque chose. Il était trop névrosé quand je l'avais rencontré, il l'était moins maintenant, mais c'était sans doute trop tard. Et puis… il n'aimait pas imposer, imposer quelque chose, il criait ça ne servait à rien, c'était toujours à côté. Je lui échappais, ça l'énervait, il n'arrivait pas à me prendre. J'étais beaucoup trop loin. Il ne pouvait pas. Personne n'avait fait le poids pour m'arracher à tout ça, jusqu'à G qui s'était mis sur le même plan que mon père, qui s'était posé en rival avec sa question tordue. Et qui aurait pu. J'aurais peut-être réglé le problème si je l'avais admiré, s'il n'avait pas été dépassé par tout ce qui était immatériel. Complètement con sur ce terrain-là. Pas seulement pervers, mais perdu sur le plan de l'imaginaire. J'avais fini par le mépriser, ça ne suffisait pas de me prendre par l'autorité, d'être plus riche et plus fort que les autres, s'il était con sur le fond. Il était intelligent et vif, c'était sur le fond qu'il ne comprenait rien, sur le plan de l'imaginaire, là il était débile, même si lui s'estimait qualifié. Comme mon père qui avait applaudi et balancé « bien craché », puis quitté la salle. Ils devenaient méchants quand ils ne comprenaient pas ce qui se passait.

Là je suis avec Éric, on entre dans ma chambre. Il me dit : elle est bien ta chambre, Christine. Avec le banquier, j'avais toujours eu honte de cette chambre, qui ne répondait pas à ses exigences. Il se plaignait que la salle de bains était froide, il n'y avait pas de radiateur mais un infrarouge qu'on allumait quand il faisait froid et ça chauffait en moins d'une minute. Je lui disais : mais, tire sur la cordelette, tu vas voir ça va chauffer tout de suite. Il ne le faisait pas, il préférait se plaindre du froid. Ou alors peut-être qu'il ne savait pas tirer sur une cordelette, il ne préparait presque jamais son petit déjeuner lui-même, peut-être qu'il ne savait pas tirer sur une cordelette. Je l'avais vu une fois demander à son gardien à la campagne de lui apporter une petite cuillère qui était à deux mètres de sa main, alors qu'elle était à cinq ou six mètres du gardien lui-même, qui avait dû traverser toute la pièce en diagonale pour aller chercher la cuillère devant le banquier, qui n'aurait eu que deux pas à faire. À propos de ce gardien, il m'avait dit : tu seras gentille avec Joël, c'est quelqu'un d'important pour moi. Il est avec moi depuis dix-huit ans. Ce qui ne l'avait pas empêché quand Joël s'était trompé de route en arrivant à la gare TVG pour le retour, de lui dire d'un ton d'une sécheresse jamais vue ailleurs, à part dans des sketches, mais au premier degré lui, d'un ton de maître à son chien : « vous êtes chiant Joël », avec un visage qui ne rigolait pas. Quand on ne sait pas on ne dit rien. J'avais envie de rire, je n'avais pitié ni de l'un ni de l'autre, ils étaient tellement grotesques tous les deux, j'avais envie de rire, vous êtes chiant Joël, l'un avec son air sévère et l'autre son air contrit. Alors qu'en arrivant quand Joël était venu nous chercher à la même gare le banquier avait manifesté sa joie de le revoir, par des sourires, des inflexions de voix douces, tendres même, affectueuses même « ça fait longtemps que je ne vous ai pas vu Joël ça me fait plaisir de vous voir vous allez bien Joël il a fait beau vous croyez qu'il va faire beau ce week-end que dit le baromètre ? » demandant des nouvelles de je ne sais qui et en donnant aussi de ses amis à lui que Joël connaissait, pour les avoir servis dans cette maison du Var, de vacances, vers laquelle nous roulions, et qui l'été se transformait quasiment en hôtel, comme Jean-François Mausen, vous vous souvenez Joël, eh bien, il vient d'être nommé président de Auchan, c'est formidable, c'est formidable, il avait les â caractéristiques (c'était formidable pour lui parce qu'il devenait son banquier, le chiffre d'affaires d'une boîte comme Auchan était évidemment énorme), mais il ajoutait à l'intention de Joël, pour se mettre à son niveau : on pourra demander des réductions. Il ne devait donc entrer que dans des pièces chauffées à l'avance.

Éric dit : il y a trop de lumières, là, tu peux fermer les lumières ? J'étais sortie de la pièce pour allumer une lumière dans une pièce extérieure et ne laisser qu'un filet de jour passer par la porte entrouverte. Pendant ce temps-là il se déshabillait, il entrait dans le lit. Je n'osais pas me déshabiller comme ça. Je m'étais allongée à côté de lui habillée. Il a dit : là Christine, on n'est pas du tout, mais pas du tout du tout, à égalité. Je me suis déshabillée. Ça n'avait rien à voir avec la chanson de Juliette Gréco avec la voix rauque. *Déshabillez-moi*, le *wa* final qui traîne et qui raye la voix, comme si le désir tenait à une sophistication et à une intonation chaloupée. Je n'avais jamais aimé cette chanson. Censée être érotique et drôle. Je ne la trouvais ni drôle ni érotique, je ne la comprenais pas. J'étais peut-être trop jeune quand elle avait été créée. C'était une chanson que je voyais chanter à la télé, on regardait ça à plusieurs, il y avait ma mère, ma tante, mon oncle aussi sûrement, mes cousines peut-être, quand on allumait la télé le dimanche après un déjeuner tous ensemble, et qu'il y avait des variétés l'après-midi. *Déshabillez-moi* de Gréco était en désaccord avec ma mère pour moi, l'image que j'en avais, mais aussi avec ma tante et mon oncle, avec toute la ville où j'avais grandi. Une question d'âge, mais je ne crois pas, il n'y avait aucun érotisme à Châteauroux, ou alors cet érotisme cliché, fatigué, que la télé continuait de véhiculer mais qui avait cent ans, bourgeois qui va se faire déshabiller, à condition que les mouvements soient chaloupés, et la voix en accord. Le cliché, ça marchait j'avais vu avec le banquier, jusqu'à ce que ça craque, et qu'on en voie le fond. Éric pensait qu'on voyait toujours le fond, que la sincérité n'existait pas, qu'il y avait toujours un moment où on finissait par apercevoir le fond et où ça s'écrasait, il ne restait rien entre les gens, aucune parole ne restait vraie, rien ne tenait. Personne ne disait jamais rien de vrai, les vérités étaient valables par secondes. Je pensais la même chose, moi qui avais cessé d'aimer tous ceux que j'avais aimés les uns après les autres, j'en avais fait le tour. Pourtant j'étais sûre que derrière le fond, il y avait encore quelque chose que je n'avais pas trouvé, sinon je me serais suicidée, je n'aurais pas pu continuer, si je n'avais pas espéré, avec certitude. Ce quelque chose, dans mon cas très précis, devait être lié à l'écriture, je continuais de chercher. Je n'en étais pas sûre, je le sentais. Éric s'apprêtait à jouer Platonov. À un moment dans la pièce, Platonov disait qu'un livre où il figurerait se finirait mal. Il disait aussi à une femme qui l'aimait que c'était tout de même possible de vivre sans lui. Éric trouvait ça à mourir de rire, il espérait bien arriver à jouer ce mélange de ridicule et de sincérité. Le vendredi précédent quand on s'était vus, il m'avait lu des vers de Figaro qui le définissaient, où le personnage se disait fait de morceaux. *Quel est ce moi dont je m'occupe : un assemblage informe de parties inconnues ; puis un chétif être imbécile ; un petit animal folâtre ; un jeune homme ardent au plaisir, ayant tous les goûts pour jouir, faisant tous les métiers pour vivre ; maître ici, valet là, selon qu'il plaît à la fortune ; ambitieux par vanité, laborieux par nécessité ; amoureux par folles bouffées, j'ai tout vu, tout fait, tout usé.* Quand il l'avait lu il s'était dit : voilà ça c'est moi c'est exactement moi.

Je m'étais déshabillée, la pièce était sombre, puisqu'on avait juste laissé passer un filet de lumière. Je me glissais sous les draps à côté de lui. Là, tout était allé très vite. Malheureusement, je ne pourrais pas très bien raconter. Ça me gêne. Pas par rapport à vous, par rapport à lui. Rien à voir avec le banquier qui fait frétiller sa langue une demi-heure, désespéré et impatient. Ou qui se rhabille en disant : c'était agréable. C'était bien. En inclinant légèrement la tête sur le côté et en souriant, avant de reboucler sa ceinture. Je ne regrette pas d'avoir vécu cette expérience, c'était drôle maintenant que j'y repensais.

On ne se parlait pas beaucoup, il me retournait sous lui, je retournais ma tête pour l'embrasser, puis il m'avait remise de l'autre côté, sur le dos, il était de nouveau face à moi, au-dessus, il avait joui vite, dès qu'il était entré, évidemment la question du préservatif n'avait pas été abordée, j'avais à peine eu le temps de le caresser. Je gardais tout précisément en tête, mais je ne le raconterai pas maintenant ni ici. Après plein d'autres choses arriveraient sûrement, ce qui était possible avait défilé en accéléré comme une bande-annonce. Certaines images, certaines sensations me restaient. Il y en avait une ou deux qui revenaient, sans que je les cherche, qui revenaient avec insistance, qui m'avaient marquée. Comme l'image de lui oubliant tout, au-dessus de moi. L'image de lui ailleurs, et comme je ne l'avais jamais vu. Mais qui se superposait exactement à l'idée que j'avais de lui. Les gestes s'étaient enchaînés sans réfléchir. D'être là c'était bien. Il avait les yeux mi-clos à cause du sommeil et de l'alcool, je posais ma tête sur lui, je me mettais dans ses bras. Il caressait ma taille. Et puis il était tard. Son fils avait de l'école le lendemain il allait falloir qu'il rentre. Sa femme n'était pas à Paris, c'était pour ça qu'il pouvait rentrer si tard. Il avait cherché ses affaires, il s'était rhabillé. Moi aussi un peu, pour l'accompagner dans l'entrée. Il m'avait dit : tu crois que tous ceux qui préparent une lecture à Toulouse font comme nous en ce moment ? Si tu avais lu avec un autre acteur, tu crois que ça se serait passé pareil ? Il pourrait y avoir Untel à ma place aujourd'hui. Dire qu'il pourrait y avoir Untel. Ça le faisait rire. En sortant du lit, il m'avait dit : on dormira ensemble une autre fois. Il ouvrait la porte, il disait : on s'appelle demain ? Oui. J'étais allée me coucher. En fermant la porte je m'étais dit : c'est merveilleux. Il était cinq heures. J'avais dormi deux heures, à huit heures et demi j'avais laissé un message sur son portable, ne disant rien d'important, juste un message comme ça.

Mais de toute la journée il n'avait pas rappelé. Vers trois heures j'avais ressayé mais le portable était toujours fermé. Aucune nouvelle dans l'après-midi non plus. J'avais eu un déjeuner de travail, j'avais dormi un peu l'après-midi, le soir ma fille était rentrée de l'école, toujours pas de nouvelles.

Vers sept heures je relaissais un message, je disais : j'attends que tu me rappelles. Le lendemain il m'appelait vers quatre heures et demie, je venais de rentrer chez moi. J'avais dit : ah ! ben voilà. Lui : c'est long hein ! Moi : oui, c'est fatigant. Lui : déjà ? Déjà fatiguée ? Moi : ce n'est pas fatigant mais c'est pénible. Il me proposait qu'on se voie le lendemain samedi pendant que son fils serait à l'école le matin. Il devait partir quelques jours plus tard à Nevers voir sa femme jouer, en emmenant les enfants avec lui. Je le retrouvais donc dans son quartier samedi matin vers neuf heures, dans un café. À Belleville. Il savait que son histoire avec sa femme était finie, peut-être, peut-être ou peut-être pas, mais là, ça précipitait. Il avait peur que sa vie qui était déjà floue, dans laquelle il se sentait déjà englué, incertain, il ne maîtrisait rien, dans laquelle il pataugeait le devienne plus encore si j'étais là. Pour lui, avoir une histoire avec moi ne pouvait pas être anodin. Il n'allait pas mener une vie parallèle avec moi. Mais il n'allait pas non plus à Nevers dire à sa femme qu'il était resté chez moi l'autre soir et qu'il avait couché avec moi. Qu'est-ce que tu en penses, toi ? — Comment ça, qu'est-ce que j'en pense, moi ? — Oui, toi, qu'est-ce que tu en penses ? Tu es d'accord avec ce que je dis, quels sont tes sentiments ? Qu'est-ce que tu sens ? — Moi, je comprends ce que tu dis. Mais qu'est-ce que tu veux que je te dise ? Qu'est-ce que tu me demandes ? Tu me demandes si je veux continuer ou rompre ? Il riait : rompre, ça n'aurait pas duré longtemps, six ans, puis une histoire de trois jours. On avait parlé pendant deux heures sans trouver de solution. Je lui avais demandé de me donner la main sous la table du café, il me la donnait, et puis il l'avait reprise et il ne l'avait plus redonnée. Il disait : la question c'est de savoir si on est ensemble ou non. Bien sûr moi je préfère boire un verre de whisky qu'un verre de Champomy, bien sûr. Mais... la question c'est... je n'ai pas envie d'avoir une vie parallèle avec toi, mentir tout ça. Soit on est ensemble soit on n'est pas ensemble mais on ne va pas avoir une vie parallèle, où il faudrait faire des aménagements pour se voir. Il faut qu'on sache si on est ensemble ou pas. Mais il faut que je sache avant où j'en suis avec ma femme, que je lui dise, et pour lui dire il faut que je sache. Idéalement il faudrait attendre que je sois seul dans un appartement avec mon fils qui viendrait tous les quinze jours. Mais nous deux, on ne va pas se mettre en *stand-by*, en attendant. Mais je ne sais pas. Il était perdu. Tu es perdu ? Oui, c'est ça, je suis perdu. Qu'est-ce que tu en penses ? Mais qu'est-ce que tu veux que je te dise, moi ? Moi, je n'ai pas envie de rompre, j'ai envie de te voir. Il avait l'air soucieux, sombre. Je ne comprends pas que ça te semble possible d'avoir une vie parallèle avec moi. Je disais : je n'ai pas dit ça, mais la réalité est comme elle est, si tu attends que ton histoire soit finie et qu'elle pourrisse lentement comme tu dis, ça peut durer vingt ans. Il répondait non, et il avait l'air sûr de lui. Moi je croyais qu'un lent pourrissement pouvait durer des années, toute une vie, c'était si courant. Il disait : non, mais si j'ai une vie parallèle avec toi, alors là oui, je me connais ça peut durer vingt ans. J'avais dit : oui, mais moi non. Car je savais que moi ça me serait impossible. Il parlait du temps, il avait besoin de temps. Il parlait toujours du temps, de trouver du temps. Il avait l'impression d'avoir pris un avion pendant quatre heures et de se retrouver de l'autre côté de l'Atlantique sans aucune préparation, pas du tout acclimaté, et qu'il lui fallait du temps. « Tu es perdu ? » j'avais dit à un moment. « Oui, c'est exactement ça, je sens que c'est vraiment ça, oui, je suis perdu. » Et puis après il avait préféré qu'on se voie plus tard, pour reparler, car là de toute façon on n'allait plus avancer. J'étais rentrée chez moi, tout ça était normal entre la fatigue et la situation. Tous les mecs étaient comme ça, c'étaient des avancées et des reculades. Son histoire avec sa femme n'était pas terminée, elle reprendrait peut-être, me rencontrer précipitait juste une intuition. Imprécise, vague. Il n'était pas bien, il n'avait pas l'air bien, pas heureux, soucieux, pas content, plein de doutes même s'il avait dit que des rencontres comme ça n'avaient pas lieu quand tout allait bien, et c'était sûrement le signe que c'était fini de l'autre côté. Mais il parlait aussi beaucoup de confusion. Les signes ne suffisaient pas, on ne bazardait pas quelqu'un qu'on aimait ou qu'on avait aimé en quinze jours, sous prétexte qu'on n'avait plus de désir pour lui. Et il ne voulait pas deux vies parallèles, il ne se passerait plus rien sûrement. Des rencontres comme ça ne se produisaient pas si tout allait bien. Il avait dit ça mais après, comme dans un mouvement de balancier, que c'était peut-être une crise passagère avec sa femme, qu'il lui fallait du temps pour s'en rendre compte. Brutalement il avait dû rentrer, on n'avait rien décidé, et pour Toulouse non plus, qu'est-ce qu'on allait faire ? Ça le préoccupait.

Je lui disais : si j'écris... j'écrirai librement, il faut que tu me dises ce que tu en penses, en hésitant, prudente, si ça te paraît possible, je ne veux pas le faire si ça ne te convient pas. — Tu veux dire qu'il y a des gens qui seront là et que ça se saura ? — Oui, par exemple. — Il n'est pas question que je t'empêche d'écrire. On n'avait pris aucune décision, il allait essayer de faire garder son fils dimanche ou lundi pour qu'on en reparle et qu'on décide. Il m'avait embrassée sur la joue en mettant sa main sur ma taille, par-dessus mon manteau, j'avais froid, je ne m'étais pas assez couverte, je me tenais un peu à distance, car il fallait peut-être déjà reculer. Ce n'était peut-être pas une bonne idée les gens que j'admirais, qui étaient si extraordinaires sur scène. On aurait sans doute mieux fait de travailler, comme j'avais toujours fait, en éliminant les questions homme-femme. Pierre m'attendait, heureusement j'allais le voir ce week-end. Nous devions nous appeler, aller au cinéma, passer une journée ensemble, peut-être une nuit.

Il pleuvait. C'étaient les vacances scolaires, j'avais mis ma fille dans le train pour Montpellier la veille. Pierre m'avait dit qu'on en profiterait pour se voir. Le soir j'étais invitée à dîner chez une actrice qui avait été une star dans les années soixante. Je l'avais rencontrée par hasard dans un café trois jours plus tôt, elle m'avait invitée à un dîner qu'elle organisait. Il y aurait aussi l'amie qui m'avait fait passer le dernier message d'Éric, le fait qu'il m'adorait et qu'il ne m'avait dit que des conneries après les spectacles, et qu'elle n'organise surtout pas de dîner avec moi, car il ne saurait pas quoi me dire. L'après-midi, après avoir dormi une heure, je lui avais téléphoné, je pensais tomber sur le répondeur. J'étais tombée sur lui. Il accompagnait son fils à un anniversaire, il me rappellerait dans une demi-heure. Je l'avais appelé pour essayer de le rassurer, puisqu'il avait l'air tellement inquiet, ou parce que j'avais envie de l'en-

tendre, je ne sais pas, et que j'étais inquiète, moi.
L'un ou l'autre, je ne sais pas.

Il rappelait. Je disais : ne t'inquiète pas, ça va aller,
tout va bien aller, moi je ne suis pas inquiète mais si
tu es inquiet ça va rejaillir sur moi. Il n'avait pas supporté que je dise ça. Tout va bien aller, c'était comme
si j'avais dit qu'on était partis, et que ça allait continuer. On avait parlé deux heures. Au lieu de calmer
les choses, ça n'avait fait que les exacerber, les rendre
compliquées, tragiques. À la fin du coup de fil, tout
était rebloqué. Il m'avait redit que c'était comme un
avion de l'autre côté de l'Atlantique qu'il aurait pris,
et que tout avait été trop vite. Et qu'il se sentait
comme une jeune fille effarouchée, qui n'avait pas vu
les choses s'enchaîner. Que ç'avait été chaque fois
moi qui avais dit quelque chose, et que lui, il m'avait
suivie. Je ne l'avais pas laissé dire ça, ce n'était pas
vrai. Je lui avais rappelé certaines de ses phrases, au
moment où pour moi il n'était question de rien, je
savais qu'il était marié d'une part... Il disait : mais ça
n'existe pas, ça. Et tous les gens que j'admirais je
mettais des œillères, alors ça ne pouvait pas être moi
la première. Et je lui avais dit que quand les choses
étaient devenues plus claires, le jour où on s'était
donné rendez-vous pour parler au lieu de travailler,
les phrases avaient été également partagées entre
nous, et les plus importantes c'était lui qui les avait
dites. Ce que j'avais fait, moi, ça c'était vrai, c'était
d'essayer de sortir chaque fois du double sens. Je ne
le supportais pas, je ne m'y sentais pas à l'aise, ça
d'accord, ça c'était mon tort. Depuis cinq ans il était
heureux de savoir qu'un jour on se rencontrerait. Il
n'était pas pressé, il savait que ça aurait lieu et que ce
serait bien. Un autre auteur lui avait « fait beaucoup
d'effet », Groendahl, j'avais acheté *Bruits du cœur*,
c'était bien. Mais il y avait une scène au milieu du

livre, incestueuse, entre un frère et une sœur, qui sont dans le noir, qui ne savent pas qu'ils sont ensemble dans le même lit, et qui font l'amour probablement. Chacun des deux pense être avec quelqu'un d'autre. Le lecteur reste dans le doute tellement la scène est bizarre. J'aimais bien le livre, mais quand j'avais lu cette scène, que je comprenais mal tellement elle était bizarre, j'étais sûre que c'était ça qui lui avait tellement plu, cette scène confuse qu'on était obligé de relire pour être bien sûr de ce qu'on avait lu.

Il m'avait demandé : si on se revoit est-ce que ce serait possible de ne pas faire l'amour ? Je ne voyais pas dans quel but. Il riait : tu veux dire pourquoi ne pas se faire du bien ? Non, je ne voulais pas dire ça, je veux juste dire que je ne comprends pas pourquoi. Est-ce qu'on s'embrasserait quand même ? Ah oui et après quand on s'est embrassé, qu'est-ce qu'on fait ? Ça commençait à me fatiguer. Ça me fatiguait. Non, lui, c'était pour ne pas avoir à mentir. Mais le pire qu'il avait dit, le pire qu'il pouvait me dire il me l'avait dit après, peut-être exaspéré par la longueur du coup de fil, beaucoup d'hommes ne supportaient pas le téléphone quand l'appel n'avait pas de raison précise, concrète : tu te souviens que j'ai prononcé des mots très forts avec toi. J'ai parlé de fascination, tu t'en souviens ? Oui, mais... justement... ce n'est plus de ça qu'il s'agit. Justement je crois que si, c'est sûrement pour ça que j'ai besoin de temps. Après l'autre soir, je n'étais pas bien et j'ai pensé que je regrettais. Je regrette qu'on ait couché ensemble. On aurait dû juste écouter de la musique. Ce n'est pas un rapport amoureux. C'est un rapport de fascination, avec quelqu'un que j'admire, ou que je respecte si tu préfères, mais ce n'est pas un rapport amoureux. Je t'admire, tu es une femme, et comme j'aime les femmes, voilà, il y a de la confusion, mais ce n'est pas un rapport amoureux, je ne sais pas pourquoi je t'ai parlé de ma vie dès qu'on s'est rencontrés, peut-être pour t'intéresser, pour te séduire, mais ce n'est pas un rapport amoureux. Il aurait fallu qu'on travaille ensemble, qu'on se voie, et puis après on aurait vu, il se serait passé peut-être quelque chose ou pas. Là c'est quatre mois trop tôt ou trop tard, et je regrette qu'on ait fait ça, on n'aurait pas dû.

Je n'avais qu'une envie c'était de pleurer, et je lui ai dit. Mais rien ne l'émouvait jamais, sauf quand il était sur scène, ou quand il s'agissait de son fils. Je ne me souviens plus comment on a raccroché. Au bout de deux heures, il a dit qu'il allait dégager du temps pour qu'on se revoie avant qu'il parte à Nevers, qu'on se parle en face, pas comme ça au téléphone. Je me suis préparée pour sortir dîner, ça m'a changé les idées. C'est dans le taxi en rentrant chez moi le soir que j'ai été déprimée. Je connaissais bien, pleurer dans un taxi après une soirée chez des amis. J'ai téléphoné à Pierre vers minuit en lui disant que j'étais très fatiguée et que j'espérais vraiment qu'on allait se voir le lendemain dimanche. Éric m'a appelée à midi le dimanche, quelques minutes, il me rappellerait le lendemain quand il aurait trouvé comment s'organiser. Je lui demandais s'il fermait toujours son portable. Il disait : si tu veux, je peux le laisser ouvert aujourd'hui toute la journée. Oui, je veux bien. Je le laisse ouvert alors, jusqu'à ce soir, jusqu'à ce que je ferme les yeux.

Pour Noël, avant de partir aux Comores avec sa femme, le banquier voulait me faire un cadeau. Il me proposait différents magasins où il pourrait m'offrir ce que je souhaitais. Des magasins de la rue Saint-Honoré ou de l'avenue Montaigne. Le chauffeur nous conduirait. Il nous déposerait quelque part pour déjeuner, soit avant soit après. Je préférais les boutiques avant et le déjeuner après. Car je me savais longue à choisir. Nous avions fait un premier magasin, rien ne me convenait, nous avions déjeuné, et nous étions allés avenue Montaigne, dans un magasin où je n'allais jamais. Je préférais aller avec lui dans un magasin où on ne me connaissait pas. J'avais honte. J'avais l'air d'une pute avec ce type un peu âgé. Les vendeurs qui me connaissaient auraient été surpris de me voir sous ce jour-là, qui n'était pas moi. Je n'étais pas ça, je vivais ça, mais je n'étais pas ça. Ça m'était souvent arrivé de vivre des scènes, qui n'étaient pas moi, des choses, qui ne me concernaient pas, des vraies scènes de la vraie vie que je vivais vraiment, mais qui étaient comme un grand écart, je l'avais souvent fait. J'avais souvent vécu des choses qui n'étaient pas ma vie. Comme une aventurière, récemment un ami m'avait dit : en fait tu es une aventurière. Ce n'était pas ça non plus. Je n'étais pas une aventurière. Ce que je ressentais, c'était : être à l'extérieur de soi et pourtant dans une cavité interne de soi-même, inexploitée, qu'on n'a pas choisi de développer, mais qui, à une occasion ou à une autre, se trouve sollicitée, comme un muscle qu'on n'aurait pas l'habitude de faire bouger, et qu'on aurait un certain plaisir à entraîner. Le muscle, et le sentiment qui va avec, être une pute, savoir qu'on ne l'est pas, mais se faire traiter comme si on l'était, sachant que ça ne durera pas, ou se demander si au fond ce n'est peut-être pas exactement ça être une pute. Faire une habitude de ce qu'on ne pensait pas en soi. Arriver dans un magasin, se faire choisir des fringues par un banquier chauve, et espérer que ce sera cher. Faire mine que ça fait plaisir sur un plan sentimental, que c'est gentil, qu'on est touché, être très petite fille. Comme si être pute c'était ça, être très petite fille naïve, très petite fille sincère, jouer ça, à moitié le jouer et à moitié le ressentir. À l'intersection. Le chauffeur nous déposait donc devant le magasin. J'entrais avec mon banquier chauve. Une vendeuse s'occupait de nous. Je regardais soigneusement tous les portants, comme je faisais toujours. Mais lui avait une idée en tête et montrait à la vendeuse un vêtement, l'avaient-ils dans ma taille ? Elle l'apportait, et effectivement le vêtement m'allait. Même la couleur qu'il avait choisie était la bonne. Quand j'étais entrée dans la cabine, il l'avait ouverte quelques secondes plus tard, alors que j'étais dans le changement de pantalon, en culotte, rose, rose vif, devant la glace. Il entrait, passait la tête. Tout va bien ? Je peux entrer ? Il entrait. Et s'approchait de moi, attrapait ma cuisse. Regardait le résultat dans la glace. La culotte rose, la fille en train de se faire faire un cadeau et le mec qui palpe. Le mec chauve, qui a quinze ans de plus. Il passait sa main dans ma culotte alors que j'étais entravée par les jambes du pantalon que j'essayais. Je disais « arrête » bien sûr il n'arrêtait pas. Il glissait un doigt dans mon vagin. Excité, ravi. Me demandant si je voulais la voir, non évidemment pas. Je disais « allez sors », que je finisse de m'habiller. Il sortait avec son petit sourire. Et me retrouvait devant le miroir extérieur très à l'aise. La vendeuse donnait son avis, je l'écoutais, pas lui pour qui elle n'existait pas, elle existait comme le cintre existait. Je traînais encore à regarder les portants, et lui montait à la caisse. Où on préparait le paquet. Qu'il me tendait, une fois que c'était fait. Je le saisissais. Nous nous séparions dans la rue, tout de suite après, il rejoignait son chauffeur. Je n'avais pas pu prendre le métro, je hélais un taxi. Et je rentrais, satisfaite de mon achat.

Tout ça me paraissait très loin maintenant. C'était comme un épisode appartenant à une vie qui n'était pas la mienne, qui ne l'avait jamais été, et que j'avais laissée derrière. Pas comme une peau ancienne, plutôt comme un morceau de viande recraché. Les coups de fil, les fleurs, et les lettres qui continuaient de m'arriver ne me préoccupaient pas. J'avais beaucoup de chance que Pierre ait réapparu à la fin de l'hiver. Ça m'aidait. J'avais rencontré Éric, c'était très important, mais trop compliqué. C'était trop fatigant, c'était trop dur, j'étais trop déprimée. J'étais mal. Pierre me proposait de déjeuner, d'aller au cinéma, ou les deux. C'était le printemps. On pouvait déjeuner dehors. On avait déjeuné près du Palais-Royal, je ne tenais pas le coup, j'avais envie de dormir. Il faisait beau. Je ressentais une douceur, mais un décalage. J'étais fatiguée, je tombais de fatigue. Je me sentais triste. Je me sentais lourde, pesante. Je considérais que j'avais beaucoup de chances que Pierre soit là, je ne savais pas comment j'aurais fait, ce week-end-là s'il n'avait pas été là. Après le téléphone avec Éric et les regrets sur la nuit.

Il était là. J'avais énormément de chance, il était extrêmement doux. Il m'aimait. Quand je l'avais vu apparaître sur la place, il était en costume ce jour-là je l'avais trouvé tellement beau, il devait sortir le soir, il fallait qu'il soit habillé comme ça. En le voyant apparaître, je m'étais dit : ah mais je vais revenir avec lui, il me plaît tellement, il n'y en a pas beaucoup des types aussi séduisants, je me disais : il tranche. Il tranchait sur les autres, il avait quelque chose de bien à lui. Mais au bout d'un moment, il n'y avait rien à faire, ça s'émoussait. Après quelques heures. Une lourdeur m'envahissait du haut des épaules jusqu'en bas des pieds, une nappe de fatigue m'accablait, me ralentissant tout le corps, et la tristesse, une sorte de cafard, dont je ne pouvais pas lui dire la cause, je ne pouvais pas lui parler d'Éric. Tout ça se transformait en fatigue muette, et puis de toute façon j'avais peu dormi, j'étais freinée en entier, c'était physique et moral. Je parlais d'une sorte de cafard dont je ne voyais pas du tout la cause mais que je ressentais fortement depuis quelque temps, sûrement à cause de la fatigue accumulée des derniers mois, et peut-être des dernières années, et puis aussi sans doute quelque chose de l'ordre du désespoir, que je ressentais. Je parlais avec un visage vidé. Quelque chose de profond, de très profond. Qui était nouveau pour moi, car, il le savait mieux que personne, tu le sais bien, je ne suis pas comme ça, ce n'est pas moi ça, être désespérée, mais tu sais, pourtant, en ce moment, je suis désespérée, c'est ce que je ressens, je ressens un profond désespoir. — Mais tu as tort. Tu sais bien que les choses vont changer. Tu as tort, voyons, mais je comprends, quand on est comme ça, on pense que ça ne changera jamais, mais tu vas voir, moi j'y crois, toi, voyons, toi, ce n'est pas toi, ça, c'est la fatigue, ça fait ça quand on est très fatigué, parfois tu sais quand je pense à toi, je me dis je ne sais pas comment elle fait, car je vois bien, je me doute tu sais. Je suis là. Tu as envie de faire quoi là ? Tu veux aller au cinéma ? — Je ne sais pas. — Si tu ne sais pas, moi je ne sais pas non plus. — Ben oui mais écoute je ne sais pas. Et toi ? — Moi ça m'est égal, moi de toute façon j'ai du travail, si tu veux aller au cinéma, je suis content, mais sinon j'ai du travail, alors ne me demande pas, ne me demande pas à moi. — Tu vois, tu t'énerves déjà. — Je ne m'énerve pas, je suis content d'être avec toi, mais à condition que tu saches un peu, je ne peux pas penser à ta place. Alors qu'est-ce que tu veux faire ? Vite. Dis-moi. — Je ne sais pas écoute, je suis fatiguée. — Oui je sais tu es fatiguée. Va dormir alors.

Est-ce qu'il accepterait de rentrer avec moi et de dormir un peu avec moi ? Il acceptait. Il se calmait. Instantanément. Je ne le reconnaissais plus. Lui qui avait été toujours si brutal quand on vivait ensemble, lui qui refusait toujours tout, à qui je ne pouvais jamais rien demander, c'était le contraire, il était inquiet de me voir si angoissée, et heureux de me faire du bien, rien qu'en étant là avec moi. Par ce simple fait. Je me mettais à pleurer tout d'un coup, sans donner de raison. Il n'y en avait aucune je lui disais, juste la fatigue, un vague désespoir, un épuisement. La sensation que je n'y arriverais plus jamais. Mais rien de précis, je l'en assurais. C'était pénible pour moi de mentir. Mon visage était d'une tristesse... Sa présence me calmait. Je me lovais contre lui comme un animal. Qui se love contre un autre animal, chaud et protecteur. Encore ce fantasme que j'avais d'être protégée, et qui me démoralisait en fait. Je m'étais endormie l'après-midi, pendant qu'il lisait les journaux à côté de moi, il était parti vers huit heures. Ç'avait été comateux, mais bien. Pierre à peine parti, l'angoisse reprenait. Je téléphonais à un ami à qui je racontais les derniers jours avec Éric. Il disait : ouh là ! il faut que tu cesses de le voir, ça va être trop compliqué, c'est une source de problèmes, et ça n'a pas de sens de travailler avec lui non plus, il faut que tu arrêtes tout, tant pis pour Toulouse, tu annules. Tu n'en as rien à foutre de Toulouse. Ça tranchait, c'était ce que je souhaitais, je me sentais mieux. Le lendemain, c'était ce que j'allais dire à Éric. Je m'étais couchée beaucoup plus tranquille. Pierre m'avait rappelée pour me dire qu'il pensait à moi, qu'il était là. Et qu'on allait se voir dans la semaine, ou le week-end prochain. Je m'endormais. Je n'avais pas profité du portable d'Éric, ouvert jusqu'à ce qu'il ferme les yeux.

En 97 j'avais connu une femme, elle s'appelait Marie-Christine, elle voulait avoir une histoire avec moi, un peu comme le banquier, elle était très décidée et prenait les choses en main. C'était elle qui m'avait parlé d'Éric la première fois. Je venais de publier *L'Inceste*, je ne la voyais plus, elle m'avait rappelée quand le livre était sorti, elle voulait me parler, la sortie du livre avait été violente pour elle, je parlais d'elle, de notre relation. Et de son entourage, forcément. Elle était la cousine d'une actrice dont le fils voulait devenir metteur en scène, il se lançait dans sa première pièce, Éric jouait dedans. La famille me détestait à cause du livre, les répétitions commençaient. Je ne révélais pas de secret, mais ils se sentaient insultés. J'avais changé les noms, ils se reconnaissaient, c'était peut-être pire sous pseudonyme. Éric était arrivé un matin, sans savoir, et avait dit : ah la la je viens de lire un truc... incroyable hier soir. Marie-Christine m'avait dit : il y a un acteur qui t'adore, Éric Estenoza.

Courant avril, cette fille, je l'avais revue à Paris, par hasard, au premier étage d'un café de la Madeleine. J'étais avec un ami. Elle traversait l'étage dans la direction des toilettes. Beaucoup de temps avait passé. Des années. Je descendais la semaine suivante à Montpellier, je boirais peut-être un café avec elle. J'attendais qu'elle ressorte des toilettes, je me levais, j'allais dans sa direction. Elle était accompagnée d'une fille, je me précipitais vers l'escalier avec un grand sourire, immense, pour exprimer ma joie et ma surprise de l'apercevoir par hasard après tout ce temps. Mon sourire se figeait devant sa réaction, elle se raidissait en me voyant, elle m'en voulait donc encore. Je me demandais de quoi. Je retournais m'asseoir en face de mon ami, qui la connaissait, c'était un ami de longue date, il riait. Il me rappelait certaines phrases que j'avais écrites sur elle. Quand tu as écrit « c'était la connerie, la bourgeoisie dans toute sa connerie » ça n'a pas dû lui plaire. Oui je me souvenais effectivement, j'avais écrit aussi « son manque de tout, de talent, d'intelligence » et « comment j'avais pu rester un an avec elle, avec ses fesses musclées par le tennis » et « le front qu'elle avait d'ailleurs c'est simple elle le cachait ». C'était vrai, j'avais écrit pour m'en débarrasser, mais j'oubliais.

Le lendemain, Éric me donnait rendez-vous dans un café à Arts et Métiers. J'arrivais la première, je recevais un coup de fil, je faisais les cent pas sur le trottoir en téléphonant. J'ai oublié qui j'avais au téléphone. Pierre devait m'appeler le soir, nous devions nous voir. Éric arrivait. On avait parlé presque uniquement de l'admiration, il avait commencé là-dessus, je l'avais arrêté tout de suite, mais du coup on n'avait parlé que de ça. Il disait comme samedi, en reprenant la métaphore de l'avion, qui l'avait amené trop vite de l'autre côté de l'Atlantique. Et qu'il regrettait. Mais que là je n'étais pas comme l'autre jour au téléphone et que c'était différent. Il avait dit aussi, après un long moment de silence, comme si ça lui était venu lentement : elle est unique la rencontre avec toi, y a pas eu avant, y aura pas après. Parce que coucher avec une fille et se dire le lendemain qu'on regrette, alors ça... ça... mon Dieu, ça arrive, ça peut arriver... mon Dieu, tellement... mais c'est simple à régler. Alors qu'avec toi ce n'est pas simple à régler.

On avait eu quand même un moment drôle : il regrettait que ça se soit passé comme ça, ce n'était pas un rapport amoureux, il aurait aimé qu'on se voie et qu'on travaille et si quelque chose devait se passer ça se serait peut-être passé... on aurait vu, ou peut-être rien, il s'était senti mal après, et il avait regretté, il avait fait l'amour, mon Dieu... oh... comme un pauvre homme... soûl. Et moi comment j'avais été après, qu'est-ce que j'avais pensé ? Tu veux dire, est-ce que j'étais contente ? Oui, comment tu étais, toi ? J'étais bien, moi. Mais écoute, tu regrettes, je ne regrette pas, ce n'est pas un rapport amoureux, cela dit, on ne va pas revenir en arrière, et faire semblant qu'il ne s'est rien passé, que tu le veuilles ou non ça s'est passé, que tu le regrettes ou non ça s'est passé, et comme on ne peut pas revenir en arrière, prétendre qu'il ne s'est rien passé, et se remettre à travailler comme si de rien n'était, comme si rien ne s'était passé, il vaut mieux qu'on ne se voie plus. Du tout. J'avais parlé sur un rythme rapide, presque musical, un peu mitraillette, pour me laisser emporter par mes phrases sans les vérifier, sans rien peser, comme ça vite vite, comme quand on assène. Et que les mots parlent à notre place. Il a dit : qu'est-ce qu'on fait pour Toulouse ? Moi : On annule. Lui : Tu téléphones ou je le fais ? Moi : Je le fais.

Ce qui était drôle, c'était quand il avait dit : moi j'aime l'avant, j'aime tout ce qui est avant, et là c'est fait, c'est derrière, et trop vite, sans que j'aie eu le temps de me rendre compte. De voir ce qui arrive. Il avait l'impression qu'on avait tout gâché, parce que même s'il devait se passer quelque chose c'était derrière, et lui ce qu'il aimait c'était l'avant, tout ce qu'il y avait avant, maintenant il n'y a plus d'avant. J'avais dit : peut-être pas, il y a peut-être encore un avant. Avant la deuxième fois. Ah oui, oui, la première fois c'est fait, ça c'est fait, mais il y aurait un avant qui serait avant la deuxième fois, oui, la première fois, c'est fait, ça c'est fait, on n'y revient plus. Mais il peut y avoir encore un avant après. Il souriait enfin un peu, et moi aussi. ç'avait dû être le seul moment un peu vivant, et pas trop sur la défensive, puis de nouveau on avait fait machine arrière. J'avais redit : on ne se voit plus, il n'y a pas d'autre solution de toute façon. Il entérinait. Il avait dit : je suis solidaire.

J'avais dit : je suis étonnée de ta réaction. Je pensais que tu voudrais qu'on se revoie quand même en revenant en arrière, je ne pensais pas que ça te conviendrait, puisque tu avais demandé du temps. Lui, en rigolant : tu es incroyable ! c'est pas vrai ! c'est plus intéressant encore que dans les livres, oui, oui c'est ça. Oui, c'est ça, que toi tu me dises on ne se voit plus, et que moi je dise, si, voyons-nous quand même, pour que toi tu confirmes que non. Non, non non, je suis solidaire. Bon, très bien, je répondais, très bien. De toute façon il n'y a pas d'autre solution. Non, il n'y a pas d'autre solution. Il devait partir, il avait promis de rapporter une pizza, on l'attendait chez lui, les enfants et sa mère qui s'en occupait, il se levait, il disait : vive les enfants, allez, vive les enfants, il allait les rejoindre. Il riait et c'était un rire qui éloignait, un rire distant. Un rire qui n'avait rien de complice, au contraire, comme quand on rit tout seul. À ce moment-là mon téléphone sonnait, c'était Pierre. Je répondais, je disais : je peux te rappeler dans quelques minutes ? Et je raccrochais. Éric disait : tu as dit dans combien de temps, là, que tu rappelais dans combien de temps ? J'ai dit dans quelques minutes. Il ironisait : et sinon qu'est-ce que tu fais ce soir, ah oui, dans quelques minutes, et sinon t'as vu qu'il y a telle chose ce soir à la Colline, tu y vas, ah non, tu ne peux pas ce soir. Tu... dans quelques minutes. Je ne sais pas, je disais. Je ne disais pratiquement rien, des bouts de phrases, des je ne sais pas. Il disait pour conclure : il faut qu'on se dise quelque chose ? J'avais dit : comme tu veux. Alors lui en se levant : comme je veux. D'un air... très... dubitatif. Je restais assise, je ne partirais pas tout de suite. De toute façon je ne pouvais pas me lever. On n'allait pas rentrer dans le métro tous les deux et se regarder de part et d'autre de la voie chacun sur un quai différent. J'allais passer des coups de fil et partir seulement après. À Pierre, à Laurent, à Jérôme, ou peut-être à Claire je ne me souviens plus. Lui, il était debout. Il avait remis son blouson, qu'il n'avait d'ailleurs pas enlevé. Il se penchait vers moi pour m'embrasser, pour me dire au revoir, et il avait dit : ce n'est pas grave si je ne dis rien ? Non, ce n'est pas grave. J'étais restée assise. Et il était parti. J'avais passé quelques coups de fil, Pierre restait chez lui, il ne se sentait pas bien, il était malade, il avait dû manger quelque chose ou... en tout cas il n'était pas bien, il ne se sentait pas bien, il ne pouvait pas sortir. J'étais rentrée chez moi après avoir hésité à aller au théâtre. Le soir, quand je m'étais couchée, j'avais eu l'impression pénible d'avoir tranché dans le vif. D'avoir eu un geste contre moi.

J'avais écrit toute la semaine. C'étaient les vacances de Pâques. Mon analyste n'était pas à Paris. J'avais été mal toute la semaine. Le connard de banquier m'appelait, et un autre homme de pouvoir me draguait. Ça ne m'excitait plus, je ne me sentais pas flattée. J'avais fait le tour de ces rapports-là. Même un soir de blues, cette fois, je n'appellerais pas.

C'était bien avant que j'aurais eu besoin d'un homme de pouvoir. Pour accélérer la défloration. Pour répandre des pétales de fleurs partout dans l'appartement, le processus avait été tellement lent. Quand j'étais avec Claude, un homme de pouvoir, ça aurait accéléré le mouvement. Maintenant qu'il y en avait plein dans les parages, je n'en avais plus besoin. Ils arrivaient trop tard. Avant, avec Claude, j'étais à l'abri de tout, embrumée, je ne comprenais rien au désir, mon idée de l'amour n'avait rien à voir avec celle de maintenant. Je ne le formulais pas comme ça, mais je le sentais sûrement. Éric, quand je l'avais croisé six ans plus tôt, j'aurais dû ouvrir les yeux, plutôt que de me croire si bien avec Pierre. Est-ce que c'était trop tard ? J'avais encore raté le train. Est-ce que je le rattraperais jamais ?

Un nombre incroyable d'images de gares et de trains me revenaient. Le retour du Var. Nous étions face à face, le banquier, pour s'amuser, et m'amuser, faisait des grimaces en silence, les yeux fermés. En changeant juste l'expression de la bouche. Et surtout sans se rendre compte de la laideur insoutenable qu'il m'offrait. Une laideur qu'il composait comme si celle qui lui était naturelle n'était pas suffisante, et en rien gênante. Ses grimaces étaient censées nous rendre complices contre le wagon entier, elles étaient terrifiantes. Elles faisaient peur. On avait l'impression de voir son âme sale, ses contorsions profondes. Après avoir lu les titres principaux dans la presse, qu'il venait d'acheter, moi je lisais, un livre sur Marilyn, il avait sorti quelques petites feuilles blanches, après avoir rangé ses journaux, découpé ce qui pouvait l'intéresser, et jeté le reste. Et il sortait son gros stylo Mont-Blanc noir, avec les petites feuilles blanches. Il alignait les chiffres pendant des heures en colonnes. Sans titre, sans mot, sans lettre. Des chiffres à l'encre noire, épaisse comme avec les Mont-Blanc, sortaient de la plume en or. Qu'il additionnait, multipliait, retranchait, je ne savais pas. C'était dans une gare aussi, en revenant de Strasbourg après des vacances de Pâques passées avec mon père, chez lui, que j'avais retrouvé ma mère, et que j'avais été sur le point de lui dire ce qui se passait avec mon père. Mais j'avais juste eu l'air abattu, j'avais juste dit : ça s'est mal passé, c'était difficile. Elle me demandait quoi, j'avais juste dit son caractère. Elle m'avait dit juste, je sais. J'étais sur le point de parler. J'aurais gagné au moins un an. Je lui avais juste raconté le problème qu'il y avait eu avec les clés, le jour où j'avais refermé la porte derrière moi avec les clés à l'intérieur, et qu'il m'avait engueulée comme je ne l'avais jamais été, parce qu'il fallait appeler un serrurier, et que ça coûtait cher. Je me souvenais de son visage lui aussi se déformant sous l'effet de la colère, je me souvenais de la peur qu'il m'inspirait, et du sentiment d'injustice. Pierre aussi parfois dans la colère son visage changeait. Mais lui ce n'était pas pour me faire peur, il était dépassé lui-même. Ça m'effrayait de le voir ne plus s'appartenir, et basculer hors de ses gonds, à quoi tenait l'équilibre ? Il devenait un autre, un inconnu là en face. Parfois aucune digue ne semblait le retenir. Je ne voulais pas revivre ça. Je ne le revivrai pas. À Paris, à quatorze ans, mon père s'était énervé contre moi, il en avait marre, il me déposait avec mon sac à la gare de l'Est. J'attendais le prochain train qui viendrait je ne savais pas quand. Il y avait un carré de sièges orange sur le côté gauche, en plein courant d'air. Je pensais à Éric, un jour peut-être nous lirions ensemble ce texte, il comprendrait tout de suite le rythme, le sens, ce serait bien. Mon père avait loué un avion pour aller au Touquet, il était parti de Strasbourg, il venait de passer son brevet de pilote, il s'arrêtait à l'aérodrome de Reims, pour continuer avec moi sur Le Touquet. J'avais été prise de nausées, moi qui étais déjà sensible en voiture, je disais « j'ai mal au cœur, j'ai mal au cœur ». Il me demandait quel était le sens de cette expression, j'expliquais, c'était la première fois que je rencontrais quelqu'un qui ne savait pas ce que ça voulait dire « avoir mal au cœur » ou qui faisait semblant, lui qui parlait si bien et tant de langues, ne pas connaître ça. C'était comme si je parlais patois. Je voulais dire que j'avais mal au cœur, je ne savais pas comment le dire autrement. Mais lui il voulait savoir si c'était cardiaque ou juste la nausée. Si c'était juste la nausée, alors dans ce cas que je me retienne, que je fasse attention, il avait loué cet avion, ce n'était pas envisageable de salir les sièges. Dans un avion on ne pouvait pas s'arrêter sur la route. Et on ne pouvait pas non plus ouvrir la fenêtre. Il n'avait pas l'air de comprendre comme on est mal quand on a mal au cœur, et que la nausée c'est insupportable. Surtout forte comme elle était là, d'autant plus forte qu'il n'y avait aucune possibilité de s'échapper. Ça durait tout le trajet et personne pour me comprendre. J'expérimentais ne pas être aimée du tout par quelqu'un, mais sans en prendre conscience. Et puis une autre scène dans une gare. La séparation avec Pierre était décidée. En juillet, on passait quand même trois jours ensemble, on faisait l'amour, il y avait peut-être quelque chose d'indestructible. Il partait à Aix le jour même, moi avec Léonore un peu plus tard, on se retrouverait fin août. On partirait sûrement en Europe de l'Est, quelques jours tous les deux. Il m'appellerait avant de prendre le train. J'allais moi aussi à la gare de Lyon chercher ma fille qui rentrait à Paris. Pierre ne m'appelait pas, il faisait souvent des promesses qu'il ne tenait pas, rien d'inquiétant. J'arrivais à la gare de Lyon. Laurent, l'ami qu'il rejoignait à Aix, était là, en train de s'acheter un sandwich. Il se retournait, et me voyait. Qu'est-ce que tu fais là ? Ça va ? Je viens chercher ma fille. Et toi, qu'est-ce que tu fais, tu attends Pierre ? Pas du tout, non, je pense qu'il va passer à Aix un de ces jours, non moi j'arrive à Paris là. Je souriais. On se disait au revoir. Je prenais mon téléphone et laissais un message à Pierre : tu n'as vraiment pas de chance, j'ai croisé Laurent à la gare de Lyon, que tu étais censé rejoindre à Aix aujourd'hui, ce matin tu m'as menti, peux-tu me rappeler s'il te plaît, pour me dire. Il n'avait rappelé que quinze jours plus tard, en me demandant ce que c'était que ce message stupide et insupportable, qu'il avait oublié le code de la porte, est-ce que je pouvais lui donner pour qu'il puisse monter à la maison, là il était dans son futur appartement complètement vide où il y avait juste un lit. J'ai dit non.

Le dernier train qui me venait à l'esprit, c'était celui où j'étais quand j'avais reçu le dernier message disant qu'il y avait un acteur qui m'adorait, en mars. La première fois que j'avais pris le train toute seule, c'était l'été, je rejoignais ma mère à Paris. Il faisait chaud. J'avais une robe, en jersey, bleu turquoise, à fleurs, boutonnée devant, avec un petit col polo, que j'adorais. Il n'y avait pas de place assise, j'avais fait le trajet Châteauroux-Paris assise sur ma valise. Plus de trois heures à l'époque, dans ma robe collée par la sueur en plein mois de juillet. Ma mère nous avait pris des places pour aller voir un spectacle au Châtelet. Une opérette, avec un nouveau ténor.

Toute la semaine des vacances de Pâques, j'avais écrit, j'avais beaucoup écrit, et j'avais vu des gens tout le temps sinon je déprimais. Je m'en voulais d'avoir été si rigide. Pourquoi je n'aurais pas laissé la situation se développer ou s'essouffler toute seule. L'histoire commençait. J'avais écrit tout ce qui précède. Je n'avais pas appelé Toulouse pour annuler. Je le ferais plus tard. Je regrettais tout depuis le début. Et pourtant, je n'arrivais pas à me reprendre. Je n'arrêtais pas de m'accuser.

J'avais été ridicule. Pourquoi est-ce que je n'avais pas continué à le voir ? Pourquoi est-ce que je n'avais pas continué à travailler avec lui ? J'adorais le voir. J'avais eu peur des problèmes ? Des complications ? Oui. C'était ça. Je voulais que les choses soient simples. On se reverrait probablement un jour, peut-être qu'on se rappellerait. On ne se rappellerait pas, si on se croisait ce serait par hasard et sûrement désagréable. Ce serait dans un bar de théâtre, on se dirait des conneries comme avant, ou on s'éviterait. Toute la semaine je ne pensais qu'à ça. Je commençais à écrire cette semaine-là. Je sentais que ce n'était pas fini, je sentais Éric avec moi. Dans *Martin Eden* Jack London écrit : « L'abstinence ne fut pas trop difficile : la fièvre créatrice qui le dévorait la compensait largement, d'autant plus que ce qu'il écrivait était censé le rapprocher d'elle. » Mais parfois écrire les émotions m'était presque insupportable.

Je me rendais compte que ce serait terrible de ne pas le revoir. Je passais une des pires semaines de ma vie. Je ne dormais pas, je voyais toujours les deux mêmes amis, à qui je demandais, en leur racontant le maximum de détails possible, comment ils les interprétaient. S'il était amoureux de moi, qu'est-ce que ça voulait dire être fasciné ? Je regrettais de ne pas avoir été plus nuancée, mais je n'en étais pas capable.

Éric était parti rejoindre sa femme à Nevers où elle jouait, il devait être à moitié déçu et à moitié content qu'entre nous ce soit réglé. Je réfléchissais. Je m'en voulais. À Arts et Métiers, le lundi, je ne l'avais même pas écouté. Je n'avais entendu que les regrets, la fascination, toutes les paroles qui m'arrêtaient. Le lundi suivant ce serait son anniversaire, je ne l'appellerais pas. Et puis tout d'un coup en fin de journée, j'avais composé son numéro de téléphone, en marchant boulevard Haussmann, j'avais dit sur le message : je ne peux pas ne pas te souhaiter ton anniversaire... mais on pourrait peut-être se parler en direct... peut-être demain... je t'embrasse et j'espère que tout se passe bien.

Un dimanche après-midi, le banquier m'avait donné rendez-vous au bar du Ritz. J'arrivais en avance. Assise dans le hall d'entrée, je n'avais pas pris de table, j'attendais. Et puis tout d'un coup j'entendais « G, G » par des voix d'hommes dont un ministre qui venait de le voir s'engouffrer dans la porte à tambour. Il s'arrêtait un instant et parlait avec eux. Puis il prenait une table avec moi. Et il regardait quelques personnes autour, particulièrement des femmes, dont il disait qu'elles étaient des putes, il les reconnaissait à l'œil nu. Celle-là par exemple, alors là celle-là je peux te dire... Entrecoupé de remarques sur les toilettes de tous les grands hôtels qu'il connaissait, pour y avoir souvent fait des petits stages avec une d'elles, pas une de celles qui étaient là, mais une comme ça. Et puis celle-là alors là celle-là regarde. C'était une fille mince moulée dans son jean, avec les cheveux longs assez plats, des talons hauts. Pas vulgaire, mais il méprisait. Il avait un sourire à la fois excité et méprisant, celle-là, celle-là. Il me racontait qu'un jour il avait eu peur de se faire trucider à Buenos Aires, en suivant l'une d'elles dans un taxi et en se retrouvant dans un quartier malfamé. Il avait cru sa dernière heure arrivée. Il avait eu la peur de sa vie. Et regarde celle-là, ou alors tu sais elle est... chef des ventes chez Longchamp. Il faisait fonctionner son imagination débordante, il riait comme un bossu, ou non, Lancel, oui, Lancel, c'est ça, et il éclatait de rire tout seul, parce que c'étaient des marques qui se voulaient classe mais ne l'étaient pas, qui n'arrivaient pas à la cheville des grandes. Ah ah ah, comme tout ça était comique, tout ce petit monde, qui ne lui arriverait jamais à la cheville. Malgré ses efforts pour se hisser sur le même pied. Mais qu'il était prêt à payer pour s'exciter, jouir et partir, en laissant le bon nombre de billets. Les plaisirs de la vie. M'avait-il dit la première fois avec un petit sourire. Au moment où je lui demandais ce qu'il aimait : les plaisirs de la vie... hum hum, ou... ah ah, je ne sais plus, avec à côté de lui le verre de whisky, exactement rempli dans les bonnes proportions, exactement dosé. Et puis le jour aussi, c'était plus tard, il était en confiance, et me parlait de son plaisir à séduire les femmes. Il aimait séduire : ah bien sûr, ça ne peut pas être physique... mais...

Je me souvenais aussi de Claude en train de mouiller son doigt en faisant l'amour, pour lubrifier je ne sais quoi. J'avais toujours trouvé ce geste complètement faux. Un jour, n'y tenant plus, ne supportant plus de le voir faire ce geste, je lui avais dit : tu n'es pas naturel quand tu fais ça, c'est quoi ce geste ? Il disait que si c'était tout à fait naturel, il ne voyait pas ce que je voulais dire. — Non, ce n'est pas naturel, on a l'impression que tu te regardes faire. — Je t'assure que non. — Écoute peut-être, en tout cas moi je le vois comme ça. Je trouve ça... faux.

En début d'après-midi le lendemain Éric me rappelait. Le mercredi on se revoyait. On avait rendez-vous à quatre heures dans un café, on était restés ensemble jusqu'à une heure du matin, sans voir le temps passer. Des heures à parler, de nous, puis une heure chez moi à lui lire ce que j'avais écrit dans la semaine, ce que je n'avais jamais fait pour quelqu'un que je connaissais si peu, et en direct, au moment où j'écrivais, au moment où les choses se passaient. Malheureusement à la fin, une heure pénible bloqués dans l'entrée au moment de se quitter, car je n'avais pas aimé la façon dont il partait, il ne savait pas comment partir autrement. Je n'aimais jamais sa façon de partir. Je la trouvais toujours brutale.

Je continuais de parler, je ne savais pas quoi dire, comment dire, j'étais angoissée, je l'étais chaque fois qu'il partait, même au début, au tout début, nos deux trois répétitions au théâtre ensemble, je n'aimais pas quand on avait deux jours entre. J'avais préféré arrêter, même le travail, que de le voir partir. Je ne lui expliquais pas tout ça. Mais mon attitude le disait. Il avait fini par s'asseoir et dire : il s'agit de savoir si c'est difficile ou si c'est impossible. J'étais appuyée contre le mur. Moi : non, ne dis pas ça, impossible on a déjà essayé de le faire la semaine dernière, ça ne marche pas.

De très longues minutes. Je m'étais assise par terre. On ne savait plus comment se sortir de la situation, et puis finalement il était parti, j'étais arrivée à le laisser partir, je ne me sentais pas mal, mais je l'avais appelé, au téléphone je lui avais dit : on va y arriver. Il avait dit : oui, oui Christine, on va y arriver, parce qu'il y a vraiment des endroits… forts.

On était restés ensemble neuf heures sans se lasser, à part la dernière heure difficile. C'était dans un café près de chez moi. Il pleuvait. Au téléphone il m'avait dit « ça m'a fait plaisir ton message », celui qui disait « je ne peux pas ne pas te souhaiter ton anniversaire ». Le rendez-vous était à l'opposé du précédent, celui où je ne voulais plus le voir, et où lui était solidaire, à Arts et Métiers. Au téléphone j'avais dit : tu y as pensé, à ce qui nous est arrivé ? Il avait dit : j'ai dû y penser sans y penser. Et moi : on s'est mal débrouillés la dernière fois, on devrait pouvoir faire mieux. Il avait dit « on fait comme on peut, mais oui, on devrait pouvoir faire mieux ».

Il était déjà arrivé quand j'entrais dans le café, on était tous les deux souvent en avance, ça nous amusait de voir qui serait le premier. Je ne sais plus dans quel ordre on avait abordé tous les sujets. On était contents de se voir. J'avais dit : tu es content de me voir ? Oui très, très content. Avec la voix très nette, le regard très franc. Il n'était pas resté longtemps à Nevers, il était rentré plus tôt que prévu. L'ambiance était trop familiale, le spectacle dans lequel jouait sa femme lui avait moyennement plu, ça n'avait pas arrangé les choses, et il n'avait pas aimé la ville, les gens se ressemblaient tous. Il était rentré seul avec son fils, puis tout le monde était rentré puis reparti en vacances, là il était seul. Il avait remis son alliance, pas parce qu'on se voyait aujourd'hui, il disait, mais parce qu'il l'avait enlevée pour jouer la dernière pièce, et qu'elle était terminée. Les dénégations commençaient. Puis on était rentrés dans le vif du sujet, ce qu'on allait faire. Nous. Je lui reprécisais que dès que j'admirais, il y avait un interdit. Il répondait : mais il y a pas ça entre nous. C'était une phrase toute simple, mais je la trouvais libératrice, je respirais. Je n'avais pas annulé Toulouse. Il en était sûr. Pourquoi ? Une intuition. Mais j'avais un problème : en travaillant avec lui, j'avais peur de disparaître, que l'écrivain prenne toute la place et que moi je disparaisse, qu'il n'y ait plus entre nous que l'écriture, que tout le reste disparaisse.

Il disait :

— Je ne comprends pas, tu dis que tu as peur, qu'il n'y ait que l'écriture entre nous, mais moi, l'écriture, c'est quelque chose qui peut me remplir une vie.

Cette phrase faisait des étincelles dans ma tête, j'allais m'en souvenir encore longtemps après. Elle me resterait. Cette phrase, cette phrase c'était la phrase. « L'écriture c'est quelque chose qui peut me remplir une vie », dire ça, me le dire à moi, comme ça simplement, comme là, dans ce café, comme il venait de le dire, je savais que c'était vrai, c'était incroyable et ça expliquait. Que je me sente bien avec lui. Un mois plus tôt il y avait eu « est-ce que tu pourrais écrire quelque chose pour nous » et maintenant il y avait « tu as peur qu'il n'y ait que l'écriture entre nous, mais moi, l'écriture, c'est quelque chose qui peut me remplir une vie ».

Il m'avait demandé aussi si je pensais qu'il fuyait. Puis sans attendre ma réponse il m'avait dit je ne sais pas pourquoi je te demande, le désir on le fuit c'est même à ça qu'on le reconnaît.

Je lui disais que j'avais écrit. Son regard se fixait sur moi.

— Ça me touche... Et tu crois que je pourrais lire ?

— Maintenant si tu veux.

— Comment ça maintenant, là, comme ça ? Tout de suite tu veux dire ?

— Je ne sais pas, pourquoi pas ? On peut se jeter à l'eau.

— Attends, tu ne te rends pas compte ce que ça va être pour moi, ça me fait peur.

— Et moi, tu ne crois pas que ça me fait encore plus peur.

Il m'avait demandé si j'avais faim, on pouvait peut-être dîner avant, et on irait après. On restait dans le même café mais on changeait de table, on s'installait, il me disait : en plus c'est bien, parce que je n'ai pas bu aujourd'hui et donc tout ce que je dis, je sens que je le dis, je sens que ce n'est pas parce que les inhibitions tombent, mais que je le dis vraiment.

Il me disait que la dernière fois on était l'un contre l'autre, c'était... je ne sais plus est-ce qu'il avait dit « horrible » ? Il me parlait d'avant, avant de me connaître. Toutes ces années, presque six ans, où il me lisait et où il savait que j'existais. Il n'était pas pressé de me rencontrer. Il se disait : un jour je la rencontrerai, ce sera bien.

Pierre m'avait fait des crises : c'est mon nom, c'est mon nom, tu as pris mon nom. Léonore sortait de sa chambre, l'entendant crier, à cause de ce livre qui allait paraître où il y avait son nom. Elle sortait, d'habitude elle se faisait discrète, surtout si ça criait. C'est mon nom, c'est mon nom. Il me hurlait dessus. Je ne répondais plus. Léonore sortait de sa chambre. Se mettait dans l'encadrement de la porte, elle lui disait : il n'y a pas que toi qui t'appelles Pierre.

— Oui, oui, et des Pierre Louis Rozynès il y en a beaucoup aussi ?

— Il y en a deux, il y a toi et il y a celui du livre.

— Oui oui c'est ça, bien sûr.

Mais il y avait d'autres gens sur terre capables de dire : tu as peur qu'il n'y ait que l'écriture entre nous, mais moi, l'écriture, c'est quelque chose qui peut me remplir une vie. Je savais qu'il le ressentait. C'était dans le sang, ça s'entendait quand il jouait. En plus il avait dit : je suis content, parce que je n'ai pas trop bu, et tout ce que j'ai dit aujourd'hui, je sens que je l'assume. Ça aussi c'était important. Tout était important.

Il était huit heures. On parlait depuis quatre heures, on continuait. Les histoires de fascination et d'admiration on n'en parlait plus. On était allés chez moi, il pleuvait. Il connaissait le chemin, il se souvenait de la nuit où il m'avait raccompagnée en voiture, il se souvenait du chemin, là on le prenait à pied, après les regrets qu'il avait exprimés, d'avoir fait l'amour avec moi, mais après aussi la semaine à Nevers où il s'était ennuyé, la ville qui lui avait paru sans intérêt, moi qui venais d'écrire, le plaisir qu'on avait à se retrouver, les heures qu'on ne voyait pas passer.

Claude était toujours mon mari, puisque nous avions simplement fait une séparation de corps. Ça avait les mêmes effets sur les biens et sur les enfants. Et ça évitait de prononcer le mot divorce. Nous nous étions mariés sous le régime de la communauté, nous nous étions séparés juste avant le succès de *L'Inceste*, il n'avait pas eu l'argent de l'écriture. Depuis peu, il avait demandé la transformation en divorce, il m'en avait parlé dans un café à Montpellier. Même si ça m'avait fait un choc, c'était mieux que ce soit lui qui demande. Ce n'était jamais lui avant qui avait dominé, il y avait eu des contrecoups, comme m'assigner au tribunal pour la garde de Léonore. Quand j'avais commencé à écrire, il avait eu un rôle important, majeur. Nous étions un couple idéal. Les gens nous appelaient « les amoureux ». Je n'avais jamais rapporté d'argent, peut-être un tout petit peu vers la fin. Un week-end, on avait pris la voiture pour passer quelques jours à Amsterdam, déçus par la ville, le lendemain nous redescendions par la côte. Pour être sûrs de l'endroit, on s'arrêtait au Touquet, on connaissait. On passait la soirée dans notre chambre, à l'hôtel. On adorait être ensemble dans un cocon. Au lit avec une tablette de chocolat, des journaux, des livres. J'avais pris le papier de la tablette de chocolat, et j'avais écrit dessus. Claude descendait à la réception pour prendre des feuilles blanches. Je lui tendais trois quatre pages. C'était un week-end d'hiver, tout était fermé. Nous nous étions promenés des heures sur la plage, en commentant les pages. Je l'écoutais. Je sentais, s'il continuait de les commenter, que ma vie était en train de se transformer, et qu'il était même peut-être déjà trop tard.

117

S'il continuait j'y croyais, et les conséquences seraient énormes, il ne fallait pas qu'il se trompe. J'avais vingt-trois ans. J'étais inscrite en DEA. Claude disait que j'avais un style. C'était quoi ce style ? Où ? Quelle phrase ? Au lieu de me balader en profitant de la plage et des compliments, je lui posais des questions paniquées, le conjurant de ne répéter ces compliments que s'il en était absolument sûr, certain. On relisait les pages ensemble dans le détail. Le ciel n'avait plus la même couleur, tout changeait. Le monde changeait pour moi. Ma vie était transformée en rentrant à Reims. Rien avant ne m'avait fait un tel effet, la rencontre avec Éric me faisait la même impression, à qui demander si c'était absolument sûr, certain ? À des amis, à mon analyste, partout où je pouvais. Là où je ne pouvais pas, je n'y allais plus.

PLATONOV (parlant à Sofia). Platonov serait donc amoureux de vous ? Cet original de Platonov. Quel bonheur ! Quelle merveille ! Quelle friandise pour votre petit amour-propre ! Vous êtes ridicule... Qu'est devenue votre force de caractère, votre intelligence ? Est-il possible que côtoyer un homme... le premier venu... un homme un tant soit peu différent des autres, peut vous paraître dangereux...

Plus loin, avec Anna Petrovna :

PLATONOV. Crois-moi, je me connais ! Ne finissent bien que les romans où je ne figure pas...

J'étais excitée. Je ne pouvais plus dormir. Claude relisait, je le questionnais, j'ajoutais encore des pages. Je voulais savoir s'il était sûr, moi je ne pouvais pas l'être. C'était trop beau. Je lui demandais de faire bien attention à sa réponse, de ne pas dire ça pour me faire plaisir. Les conséquences seraient trop graves. Avec Éric aussi, une fois je m'étais dit : quand même il ne me dirait pas ça si c'était uniquement pour me faire plaisir ou par jeu, ce serait trop cruel.

Je demandais à Claude de ne surtout pas m'induire en erreur s'il n'était pas sûr à cent pour cent, de retirer ses paroles tant qu'il était encore temps. Sur la plage, et après durant des années encore. Je ne voulais pas qu'il me monte la tête, s'il alimentait un désir trop fort ça pouvait me tuer. Être catastrophique. Je lui demandais de faire comme s'il ne me connaissait pas. De me dire franchement. Je me sentais capable d'écrire un livre entier. Je le sentais en moi, d'arrêter tout le reste. Tout ça, en arpentant la plage déserte. Avec quelques chars à voile. Dix ans plus tôt, j'étais sur la même plage avec mon père, si sûr de lui, il demandait à un type qui faisait du char à voile et qui venait de proposer à un ami réticent de lui faire faire un tour : et moi vous m'emmenez ? Je gardais encore une timidité avec les gens très sûrs d'eux, même si de toute façon le type avait refusé.

Quand j'avais rencontré Pierre, j'étais publiée depuis dix ans, je ne faisais que ça. Il y avait eu une reconnaissance entre sa peau et la mienne, une sorte de fluide. Mais plus profondément, en dehors de ce fluide sensuel, physique, ça n'allait pas. Il me disait souvent « tu voulais le même en séfarade, fais construire ». Je répétais cette phrase à Éric, qui était séfarade, lui.

Je connaissais Claude depuis quinze jours, je l'avais invité à passer le réveillon avec moi, à une fête à côté d'Épernay. Il y avait un feu dans la cheminée, on buvait du champagne, on dansait. Au petit matin on écoutait encore de la musique, je me souvenais de *Roxane*, tout le monde était endormi sur les canapés, pas nous, dehors c'était couvert de neige, on allait se promener dans la campagne. Sachant que ça commençait. Petit à petit il était venu vivre avec moi, chez moi. Puis on emménageait ensemble dans un nouvel appartement, puis on s'était marié. On avait de la moquette au sol, c'était silencieux, on aimait tous les deux être dans le noir. Pierre aimait dormir dans la pénombre, le matin, le jour ne le dérangeait pas. Il pouvait dormir jusqu'à onze heures dans une pièce claire si le réveil ne sonnait pas plusieurs fois pour le tirer du lit. Je ne supportais pas les gens qui n'arrivaient pas à se lever. Les premières semaines, j'étais réveillée par le journal de sept heures qu'il programmait sur son radio-réveil, pendant que lui continuait de dormir. Pierre était égoïste ou complètement dévoué à moi, ça alternait, il n'y avait pas de milieu. Ça pouvait bouger d'une heure à l'autre. Mais il ne remettait jamais en question l'amour, les sentiments.

Claude et moi on faisait l'amour le matin. Avec Pierre c'était le soir tard, après il retournait travailler, ou on s'endormait et il se relevait après, il vivait la nuit. Avec Claude on avait deux lits côte à côte réunis par un grand drap, qui maintenait les deux matelas collés. On s'endormait main dans la main, jambe contre jambe. Pierre travaillait le soir tard, il ne s'endormait pas en même temps que moi, je me masturbais parfois pour trouver le sommeil. Je n'osais pas aller le déranger, pour qu'il n'ait pas l'impression d'être instrumentalisé. Le matin, quand je vivais avec lui, je me réveillais toujours heureuse, et puis peu à peu j'ai commencé à être angoissée, insatisfaite, inquiète. À me demander à quoi ça servait de vivre avec quelqu'un si c'était pour se sentir seule.

Jusqu'à la fin de l'adolescence j'étais parvenue à faire comme tout le monde. Je n'y arrivais plus, depuis les allers et retours sur la plage du Touquet. À commenter mes premières pages. Je me démotivais tout de suite, j'étais devenue incapable de faire ce qu'on me demandait, études, travail. Je n'y pouvais rien. Claude se chargerait de tout. Matériellement, financièrement. Je descendais tous les matins voir le courrier vers onze heures. Je me souvenais de la sensation que j'avais dans l'ascenseur en descendant. Je remontais les mains vides, ou avec des lettres de refus dans des enveloppes déchirées avec hâte. J'étais découragée, ça a duré cinq ans. Claude me faisait tenir. On ne pensait qu'à ça. En tout cas moi je ne pensais qu'à ça.

À Nice, le type des Telecoms en venant installer le téléphone, m'avait fait fumer de l'herbe, et il avait couché avec moi après. Ses bras étaient très musclés. Quinze jours plus tôt j'avais couché dans ce lit-là avec mon père. Quinze ans plus tard, c'était un chef de village du Club Méditerranée. J'étais tellement désarçonnée, au début, de partir seule en vacances avec ma fille. Après la rupture avec Claude. Le Club Méditerranée me paraissait une solution toute trouvée. Mais je ne supportais pas. Je pleurais chaque jour dans ma chambre. Le chef de village me draguait, il nous avait fait faire une promenade en barque avec ma fille. Un type comme celui des Telecoms, musclé, bronzé, malin, et qui parlait sans arrêt des filles intelligentes en me faisant des clins d'œil. Léonore et moi étions assises sur le petit banc de la barque, il était torse nu et faisait virer les rames dans l'eau. C'était un grand brun avec des yeux clairs. Mais le soir dans sa chambre, j'avais été surprise, il avait une toute petite queue, toute fine, mince, comme une virgule. On le sentait à peine.

Je ne voulais pas trop de lumière dans la pièce. J'avais laissé la lampe allumée par terre, et j'avais la lumière de l'écran. Éric était en face de moi sur un fauteuil. Je lisais, et par moments je m'arrêtais en disant : ah non ah non ça je ne peux pas te le lire, c'est horrible, je ne peux pas, parfois je sautais le passage, parfois je lisais quand même, je disais : il n'y a rien de plus impudique que l'écriture. Et lui : oui.

Pour m'encourager voyant que j'avais du mal, il avait dit : vas-y Christine, je comprends ce que tu dis. C'était formidable de me dire ça, jamais personne n'avait pensé à me dire ça.

Il avait eu un petit moment de flottement au début, il s'était dit « ça va être difficile » parce que c'était intime, c'était gênant. Et puis ç'avait été. On allait lire ça à Toulouse. Les jours suivants, j'étais partie travailler à Montpellier, à mon retour je m'étais remise à écrire. Si je lui donnais le texte à lire, là je ne pourrais pas sauter les passages gênants, trop explicites, comme j'avais fait chez moi pour les premières pages, je ne pourrais pas dire « ah non ah non ça tu ne peux pas le lire ». Il saurait tout, c'était pire que de se déshabiller devant quelqu'un. Mais j'avais confiance en lui.

Il ne me rappelait pas, je commençais à avoir l'habitude, j'avais rappelé moi-même, ce n'était pas grave. J'avais compris qu'entre nous c'était comme ça, ce n'était pas grave de savoir qui rappelait, j'avais rappelé. On avait déjeuné ensemble dans un café, dans un café qui était en train de devenir « le nôtre ». On en parlait un peu, de ce petit problème de téléphone. Juste pour savoir, ce n'était pas un reproche. Alors il expliquait. Il ne rappelait pas, il laissait les jours passer, sans rappeler, il était comme ça, c'était sa tendance, surtout avec moi, ça s'accentuait, quand j'appelais il avait l'impression que je lui demandais quelque chose donc il ne rappelait pas, il ne voulait pas rappeler tout de suite, le lendemain il ne rappelait pas non plus, les jours passaient, il n'osait plus rappeler, il se serait senti « à la merci » s'il avait rappelé tout de suite, de faire celui qui rappelle dès qu'on l'appelle. Ça faisait la deuxième fois ou même la troisième qu'il parlait de se sentir « à la merci ». Au point que j'avais fini par regarder dans le dictionnaire, *à la merci* ça voulait dire être dans une situation où l'on dépend entièrement de quelqu'un. La première fois c'était quand il avait dit, chez moi, « tu voudrais quoi, que je dise ce que je sens ? » J'avais dit oui, et lui « non, je me sentirais trop à la merci ». On était heureux de se voir. On riait tout le temps. — Tu ris, tu es rieuse aujourd'hui.

On se revoyait le lendemain pour que je lui donne toutes les pages écrites, qu'il lirait donc librement, sans moi en train de dire « ah non pas ça ». On se retrouvait dans un café près de chez moi. Il n'avait qu'une demi-heure. Il l'annonçait. Sans doute parce que chaque fois le temps filait quand on se voyait. ç'avait été la même chose la veille, on avait parlé de pourquoi il ne téléphonait pas ou de n'importe quoi, et tout nous faisait rire, il y avait toujours quelque chose de drôle dans tout, particulièrement ce jour-là. Entre autres, on devait être excités par l'arrivée de Toulouse, et l'existence du texte. Mais le lendemain, il arrivait avec le visage plus sombre et annonçait qu'il n'avait qu'une demi-heure. L'ambiance n'était plus la même que la veille. — Je suis fatigué. J'en ai marre. J'en ai marre. Cette fois on ne riait pas. C'était différent de la veille. Il en avait marre. De quoi, c'était vague. Il trouvait parfois que son fils forçait sur les mots qu'il utilisait, est-ce que c'était dû à l'éducation qu'il lui donnait, son fils de sept ans avait dit qu'il était « désespéré » de ne pas avoir terminé à temps quelque chose à l'école. Mais est-ce que c'était ça qui causait sa lassitude ? Et puis je bois trop ça doit être ça qui me fatigue. Je n'avais pas grand-chose à dire, je ne disais rien. Et puis hier ça n'allait pas, on s'est encore engueulés. Je ne dis rien, je n'arrive à rien dire. Elle, elle me demande, elle me demande de parler, elle me demande ce que j'ai. Je dis : rien. — Tu ne lui dis pas que tu n'es pas bien ? — Si, je dis que je ne suis pas bien. Mais une fois que j'ai dit ça je ne dis rien, je suis mutique. Je ne dis rien parce que j'ai peur de ce que ça va provoquer. Il faudrait que je lui dise que j'ai envie d'être seul, je ne peux pas, j'attends que quelque chose s'impose à moi. Elle doit savoir ce qu'il y a, mais elle ne sait pas si c'est une crise passagère, moi non plus d'ailleurs.

— Ça me fait bizarre de te retrouver comme ça, alors qu'hier tu étais gai, et moi aussi.

— Oui. Et c'est justement ça aussi qui me fait bizarre peut-être. Comment en l'espace de quelques heures je peux changer d'état. Comment hier je pouvais rire, être bien, en début d'après-midi, et après en rentrant chez moi être tellement mal, moins de deux heures après.

Le temps passait, il fallait qu'il parte.

— Bon sang faut que je parte moi. C'est pas vrai, deux heures avec toi c'est comme un quart d'heure avec les autres… Ouais, quand je pense que tu dis toujours que je dis rien…

Finalement on restait ensemble bien plus d'une demi-heure. Le temps passait, on parlait, les feuilles étaient sur la table. Trois heures s'étaient écoulées. Il allait partir avec le manuscrit. Je ne sais plus ce que j'avais dit à ce moment-là, il m'avait trouvée légèrement agressive, et il m'avait fait remarquer que je l'étais chaque fois qu'on était sur le point de se quitter. Que ça dure vingt minutes ou trois heures. Moi aussi je sentais mon visage se transformer vers le moment du départ. Depuis le début c'était comme ça. Je n'aimais pas le quitter. J'avais l'impression que je ne le verrais plus. Et peut-être même qu'il n'existait plus, comme il ne répondait pas au téléphone, la sensation était redoublée. J'aurais aimé qu'il le comprenne. Mais je ne voulais pas l'encombrer avec ces réactions sans doute sans objet, sans fondement.

Il m'en parlait parce qu'il voulait comprendre. Comme moi j'avais voulu comprendre pourquoi il n'appelait pas, il voulait comprendre, juste comprendre, pourquoi je réagissais comme ça quand on se quittait. Je n'arrivais pas à dire la vérité. Je bredouillais quelque chose d'incompréhensible. Je reconnaissais que c'était vrai, surtout en donnant toutes ces pages, peut-être même sans ça, car en plus comme tu ne réponds pas au téléphone c'est comme une disparition. Même si toi tu dis que tu ne disparais pas. Et là en plus tu pars avec toutes ces pages. Il m'avait dit : mais tu as déjà fait ce genre d'expérience par exemple avec tes derniers livres. Il ne comprenait pas que ça n'avait rien à voir avec les autres fois.

Il avait dit : déjà telle heure, trois heures avec toi c'est comme dix minutes avec les autres… Et juste avant de partir : Quand je pense que tu dis que je ne dis rien. La lettre d'Anna Petrovna disait « Platonov, vous qui ne répondez pas à mes lettres, goujat, si vous ne répondez pas à cette lettre, si vous n'accourez pas immédiatement chez moi, c'est moi qui vais débarquer chez vous ! »

Le banquier, un jour, avait reçu une lettre de moi. Il était touché. Il adorait les manuscrits, la valeur du papier, comme tous ceux de sa catégorie. Il commentait :

— C'est étrange, ton écriture, c'est une écriture comme on l'enseignait en province il y a quelques années dans les écoles communales. C'est normal du reste. Que la graphie ne soit pas la même enseignée en province dans une école communale et à Paris à Louis-le-Grand.

Mon père étudiait la graphologie. Je n'avais jamais vu l'écriture d'Éric. Platonov venait de recevoir la lettre d'Anna Petrovna, il disait : une femme qui écrit bien c'est rare. Mais on ne savait pas si c'était important pour lui ou pas. Mon père à qui je venais de faire lire mon premier manuscrit, mon tout premier manuscrit, celui que j'avais commencé au Touquet, et qui se terminait par une espèce de métaphore en queue de poisson sur un père avec sa fille : ce qu'il faudrait, tu vois, c'est qu'on ne sache pas très bien, qu'on soit dans le doute en permanence, qu'on se demande, qu'on ne puisse pas décider si c'est vrai ou faux ce qui se passe entre le père et sa fille, comme chez Robbe-Grillet. C'était son écrivain préféré. Il les avait tous lus. C'était l'époque de *Djinn*.

Éric avait lu. Après, le dimanche, au téléphone il m'avait dit à quel point il riait, tout seul dans le café, en découvrant les pages qui le concernaient. Il paraît qu'il éclatait de rire tout seul à sa table. Il avait tourné les pages du début plus vite pour voir « quand il y aurait quelqu'un que je connaîtrais ». Il n'avait pas tout relu, il avait feuilleté un peu rapidement le début, il l'avouait.

— Et tout d'un coup j'ai vu « Éric ». Tu ne peux pas savoir ce que ça fait de voir son nom écrit et de savoir que c'est soi.

— C'est-à-dire ? C'est agréable ou c'est désagréable, comme sensation ?

— Mais c'est agréable. C'est génial. Et puis en dehors de ça qui me concerne juste moi, j'adore. Voilà.

— C'est vrai ?

— Oui. J'adore. On va lire ça à Toulouse.

— Tu crois ?

— Oui. Je ne sais pas comment on va faire pour ne pas éclater de rire. Mais on va le lire.

— Mais qu'est-ce que tu aimes ?

— Je ne sais pas. J'aime. Ça me touche. Et puis c'est vrai. Ce que tu dis c'est vrai.

— Tu trouves ?

— Oui. Je reconnais des choses. Sauf un truc je te dirai. Parce que je te dirai aussi. Y a un truc qui ne s'est pas exactement passé comme ça, juste avant que je te ramène chez toi.

— Tu me diras ?

— Oui. Je te dirai c'est ça aussi qui est drôle. Je te montrerai.

— Et tu me diras comment ça s'est passé ? Pour toi ?

— Oui. Ça fait partie du plaisir.

— Mais ce n'est pas gênant, il n'y a pas des choses qui sont gênantes ?

— Écoute, je ne sais pas, non, ou si, sûrement. Je ne sais pas. Parfois quand je lis des trucs, je me dis, tiens, ça, ça peut faire mal, mais c'est comme quand je joue, je me dis tant pis, on verra.

— Oui, moi aussi je suis comme ça, je me dis on verra. Mais j'écris ce que j'ai à écrire et puis le reste tant pis.

— Ben oui. Cela dit, faudra aussi qu'on garde des choses pour nous, on ne va peut-être pas trop en donner non plus, vu ce qu'on est payés.

— Oui, tu as raison. Si on lit à Toulouse, tu ne crains pas… par rapport à ce qui, tu le dis toi-même, peut faire du mal… aux autres.

(Les autres, du mal… on ne parlait pas de sa femme, on y pensait, les autres c'était elle.)

— Quoi ? Tu veux dire qu'il y aura des gens à Toulouse, qui parleront et que ça se saura, et que ça remontera à Paris.

— Oui. Par exemple. Oui.

— Écoute, on a d'autres chats à fouetter.

Je raccrochais le téléphone heureuse, et incrédule. Donc il était comme ça, lui aussi. Il était comme moi alors. On a d'autres chats à fouetter, c'était quand même incroyable. Donc quelqu'un comme moi ça existait. Quelqu'un qui avait les mêmes priorités, avec qui c'était partageable parce que ça nous exaltait. Ça nous exaltait, et en même temps on trouvait ça normal.

J'avais reçu un pot d'orchidées chez moi, en mon absence, que le chauffeur du banquier avait déposé, avec un mot du genre « à toi » ou « pour toi » ou « pour te souhaiter je ne sais quoi » avec l'écriture au Mont-Blanc. La dernière fois que j'étais allée chez lui il y avait des jacinthes en pot, c'était l'hiver. Sur une table il y avait un énorme livre d'art, et sur une autre des jacinthes en pot, bleues. Magnifiques, avec l'odeur extraordinaire des jacinthes. Dans sa salle de bains il y avait des papillons bleus sous verre. Les sets de table, en lin blanc, reproduisaient, en fac-similé, des manuscrits de Voltaire. Il me le faisait remarquer, en me précisant lesquels, j'oubliais aussitôt. Je trouvais magique le parfum des jacinthes, ça me rendait toujours heureuse, mais ça ne marchait pas là, c'était bizarre. Je n'arrivais pas à les abstraire de l'endroit.

Quand on se revoyait il me demandait si je m'étais branlée en pensant à lui, « tu t'es branlée ? » Moi : Et toi ? Lui : Non. Moi : Tu as fait l'amour ? Lui : oui. Je ne lui avais plus jamais demandé. J'aurais pu m'en rendre compte plus tôt que c'était un sale type, je me consolais en me disant que certaines femmes n'avaient jamais dû s'en apercevoir, j'aurais pu m'en rendre compte plus tôt mais certaines comme sa femme et sûrement d'autres n'avaient jamais dû le voir et avaient été prises au piège. Une fois il avait répondu aussi : Non, je ne crois pas, voyons… est-ce qu'il y a eu des putes ? Non je ne sais plus. Une fois au téléphone, il m'appelait des Comores : tu as envie que je te nique ? C'était ou à crever de rire ou hyperexcitant. Excitant de dégoût. Parler comme ça lui allait bien contrairement aux apparences, ça faisait : la langue est à moi sous toutes ses formes, dans tous ses registres, tous les niveaux de langue, je vais partout, rien ne m'arrête, je m'excite avec tout, je t'excite avec tout, je n'ignore rien, je pratique tout, rien n'est vrai tout est permis, ma longue queue va partout, regarde-moi faire, regarde ton vieux bourgeois, il te surprend là non ? N'est-ce pas ? Je suis un drôle de type tout de même, non ? Tu as vu comme je suis vulgaire ? Tu n'aurais pas cru ça hein la première fois que tu m'as vu ? Tu en connais beaucoup des banquiers qui sont allés jusqu'aux Antilles pour rencontrer García Márquez, et qui étaient amis avec Gary Snyder, « Gary et moi on était comme ça », il joignait les deux doigts de sa main, et faisait une bouche en cul de poule sans s'en rendre compte, dans ces moments-là il ne maîtrisait plus ses expressions, le gouvernail tournait tout seul, ça lui échappait, c'était rare mais je ne les ratais pas. Pierre ne parlait pas en faisant l'amour, ou alors : je t'aime. Quand il l'avait dit la première fois ça m'avait fait un très grand effet mais plus après. Éric avait dit « c'est bon c'est bon » je n'avais qu'une envie l'entendre encore. Je posais le pot d'orchidées près de la fenêtre, là où la statue africaine de Pierre n'avait jamais été remplacée, et où il y avait un coin un peu triste, un angle un peu vide. Jusqu'à ce qu'elles ne tiennent plus, elles avaient fini par piquer du nez, je n'avais peut-être pas su les arroser. Je les jetais sans regret. Comme je les avais regardées sans plaisir.

On décidait donc de lire ça à Toulouse. Mais de ne pas trop en donner, de ne peut-être pas aller jusqu'au bout, on n'était pas obligés de tout dire. C'était Éric qui avait dit qu'il fallait en garder pour nous.

Nous partirions le samedi ensemble, je rentrerais le dimanche à Paris et lui le lundi. J'aurais pu aussi rentrer le lundi avec lui. On aurait eu plus de temps si j'étais restée avec lui jusqu'au lundi. Je lui avais laissé un message lui demandant ce qu'il en pensait. Et précisant que j'avais tout relu et que les dix-neuf premières pages n'étaient pas bonnes, mais que je lui imprimais la suite, il l'aurait quand il voudrait.

Il répétait avec des musiciens un récitatif dans un oratorio. Le soir, je venais de me coucher, j'étais fatiguée, c'était beaucoup de travail tout ça, un peu après dix heures et demie, le soir, il me laissait ce message :

— Christine c'est Éric, je... viens d'avoir ton message... Euh... qu'est-ce que... qu'est-ce que... je viens de l'avoir non... je l'ai eu y a une heure et j'ai essayé de travailler sur mon... sur mon opéra, mon récitatif... Mon Dieu, je crois que j'ai jamais eu aussi peur de ma vie. Euh. C'est comme un cauchemar, ce truc.

Alors. Ceci dit. Je croyais que c'était déjà réglé ces histoires de billet. Qu'est-ce que ?... On part donc ensemble... si je me souviens bien... Et la question c'est de savoir quand tu rentrais, ah oui d'accord, dimanche ou lundi. Moi je rentre lundi. Je rentre le lundi. Pourquoi je rentre le lundi ? Je ne m'en rappelle plus. Je sais plus putain, je suis complètement la tête à l'envers, mais je sais que je rentre le lundi. C'est tout ce que je peux dire. Euh. Après est-ce que ?... Le truc c'était qu'est-ce que j'en pense de savoir si tu restais jusqu'à lundi, ou si tu partais le dimanche. Écoute… alors là. Franchement. Qu'est-ce que je peux répondre ? Non mais je crois qu'il y a une espèce de fête le dimanche soir j'imagine un truc comme ça, donc peut-être que, on peut un peu en profiter. Enfin, moi je dis ça. Hein, je dis rien. Hein Christine. Et tes dix-neuf premières pages… et voilà et voilà je parle tout seul sur ton répondeur, et je vais bon, tu vas te marrer demain matin. Tes dix-neuf premières pages sont pas bonnes. Bon. Je les relirai tranquillement… Et celles d'après tu vas pouvoir me les imprimer, eh ben ça c'est bien. Je pense que je ne peux absolument rien faire là avant que mon truc soit passé. Je suis complètement, euh, tourneboulé par ce machin-là. Mais à partir de vendredi on essaye de se voir, je crois, comme on a dit, vendredi ou samedi, ça dépend si tu es à Paris ou pas. Eh bien nous verrons cela.

Euh ah oui dernière chose. Je n'ai pas de places, autres que pour Simon et Laure. Et je n'ai que deux places. Et je voulais même essayer de choper mon Renaud là mais je ne sais pas s'il va pouvoir venir. Donc si tu veux venir il faut que tu fasses jouer tes relations, moi je suis tellement inquiet je sais pas si… La musique est belle, je peux t'acheter le disque. Eh c'est long, non ? Je t'embrasse Christine.

Donc on rentre le lundi, voilà ce que je pense *a priori*. Voilà. Je t'embrasse. Christine. Ciao.

<u>Perso</u> : Moi aussi je t'embrasse. À bientôt.

Je lui avais donné le manuscrit avec ce petit mot pour lui à la fin, comme un PS après une longue lettre dans lequel se trouve l'essentiel. Ça lui avait plu d'avoir une phrase personnelle. Quelque chose que je lui disais rien qu'à lui : ça fait du bien. Même s'il m'avait dit bien après : il faudrait qu'on le lise ça aussi. Je pensais que les réserves étaient de toutes façons infinies, et inaccessibles à nous-mêmes, alors éventer le peu qu'on avait, les soi-disant secrets. Il pensait pareil. Il avait lu. Il me rappelait le dimanche, ça le touchait, il aimait. Il avait lu la nuit qu'on avait passée ensemble. Il était touché parce que sur certaines choses je passais plus vite, sachant que je faisais ça par rapport à lui, parce qu'il allait lire. Pour essayer de préserver. Il allait faire le montage lui-même, c'était lui qui ferait le découpage. Donc il pouvait toujours ne choisir que les passages inoffensifs, qui ne mettaient pas en danger sa vie. Dont les échos ne risquaient pas de fragiliser son couple, sa femme, son fils, les enfants de sa femme, sa vie. On répéterait dans la semaine, et puis le samedi on partait, on le faisait à Toulouse.

Il y avait un portrait de lui dans *Le Monde*. J'y apprenais que son père était dessinateur industriel, sa mère avait arrêté de travailler quand lui et sa sœur étaient nés. Sa jeunesse avait été « un enfer d'ennui ». Son père était parti quand il avait quinze ans. Il rentrait du lycée, son père lui avait dit « tu sais que je m'en vais ? » sans qu'il sache où, ni avec qui, ni pourquoi. Il était en seconde, il avait tout arrêté. « Je jouais au tennis, je fumais des pétards, je faisais des petits boulots. » À 18 ans il accompagnait une copine qui s'inscrivait au conservatoire de Saint-Germain-en-Laye. Il était allé au théâtre deux fois dans sa vie, avec l'école, voir notamment *Rhinocéros* de Ionesco, il avait trouvé ça complètement débile. Il s'était inscrit, il fallait présenter une poésie et un monologue de vingt-cinq lignes, il ne connaissait rien. Il avait ressorti ses livres de seconde. Il avait trouvé ce poème d'Éluard : *La boulangerie n'est pas construite de pain blanc, pas plus que n'est la rue ouverte au plein soleil...* Et ce monologue d'Armande dans *Les Femmes savantes* : *Mon Dieu, que votre esprit est d'un étage bas ! / Que vous jouez au monde un petit personnage, / De vous claquemurer aux choses du ménage, / Et de n'entrevoir point de plaisirs plus touchants / Qu'une idole d'époux et des marmots d'enfants !...* C'était la seule chose qu'il comprenait. La directrice du conservatoire l'avait pris. Il n'avait jamais de sa vie eu une sensation pareille, la sensation de naître, la certitude absolue d'être à l'endroit juste.

J'avais publié mon premier roman à trente ans, j'étais déjà mariée avec Claude, j'avais essayé de le quitter mais j'étais revenue. Une retransmission d'*Hamlet* mis en scène par Chéreau passait à la télévision, je découvrais l'acteur qui jouait le rôle, j'étais en extase. J'avais le souffle coupé devant la télé, et des crispations dans les mâchoires pour me retenir de pleurer. Je me revoyais en train de me dire : il sait tout, il a tout compris. Mon premier éditeur m'avait dit : un acteur n'a pas plus d'importance qu'une chaise. J'avais cherché l'adresse de l'acteur, je lui avais envoyé des textes et il m'avait répondu. Je me souvenais d'un jour précis. J'étais avec Claude. Nous habitions encore Nice, nous étions partis en voiture voir l'acteur de *Hamlet* dans *Don Juan* à Marseille. Nous avions dîné ensemble après, le dimanche matin nous nous étions promenés tous les trois sur le port en bavardant. Le dimanche après-midi Claude et moi rentrions à Nice. Je me revoyais dans la voiture. Je me revoyais aussi dans la chambre la nuit après le spectacle, je ne pouvais pas dormir. L'acteur était dans le même hôtel, je me demandais ce que je fichais là à côté de Claude. Et le lendemain dans la voiture, Claude conduisait, je me disais : ce n'est pas possible que je passe toute ma vie avec lui.

À partir de ce moment-là j'avais toujours eu l'impression de trahir, lui, mais moi aussi. Ça faisait plus de dix ans qu'on était ensemble. Ça allait durer encore sept années. La pesanteur de la vie commune était apparue là. Après la rupture, le même genre d'hommes avaient continué pourtant de m'attirer, des hommes rassurants, avec leur petit charme personnel, yeux, cheveux, façon de parler, comportement, sourire, gestes, façon de tenir une cigarette, et activité bien ancrée dans le concret, surtout jamais d'artistes. Jusqu'à ce que ça craque et que je n'en puisse plus. Je m'ennuyais puisqu'il y avait autre chose ailleurs. J'étais restée mariée dix-sept ans avec Claude. On avait continué de faire l'amour toutes ces années-là. La mécanique fonctionnait. On se connaissait bien. On avait continué de faire l'amour sans que j'aie envie de lui spécifiquement lui. Je ne me souvenais même pas si au tout début j'avais eu envie de lui, de lui particulièrement. On s'était mariés en 82. On faisait tout ensemble, c'était fusionnel. Quand il partait pour une semaine, je pleurais en le regardant partir à la fenêtre, en me demandant comment j'allais tenir jusqu'à son retour. On était ridicules et convaincus de notre cinéma, je le considérais comme l'homme de ma vie. Un jour cet équilibre ne m'avait plus suffi. J'aimais l'entendre parler d'amour, de son amour pour moi, je voyais ce que c'était. Mais moi, je me souvenais des nuits, ou plutôt des matins, dans le couloir après m'être levée, où je me disais : quand est-ce que ça va finir ? Pierre, je l'avais désiré longtemps, et il me plaisait encore, même si je ne le désirais presque plus, il fallait vraiment chercher maintenant, chercher, chercher, chercher dans le regard, guetter les signes, les lueurs. De toute façon, depuis quelque temps, il ne téléphonait plus. Il avait cessé. Je sentais que cette fois il n'y aurait pas de retour en arrière. Il avait dû le sentir que j'utilisais sa présence tout en pensant à quelqu'un d'autre, il avait toujours eu de l'intuition. Par hasard j'avais vu Marie-Christine à la télévision un soir, au journal, à propos d'un jour férié que certains chômaient et d'autres pas, ils tournaient un reportage dans le Sud. Je reconnaissais Cassis, les calanques. Le journaliste demandait en voix off : irez-vous travailler demain ? Un homme sur une plage : ah non, moi demain je serai là, je serai ici, à la plage. Puis dans une piscine, avec de l'eau à mi-cuisse, apparaissait Marie-Christine sur le même sujet. Elle prenait une contenance en se frottant les mains l'une contre l'autre, comme elle avait toujours fait, pour masquer sa timidité, cette timidité qui était liée à son immense orgueil : moi, vous savez, je suis une grosse paresseuse, alors non demain je n'irai pas travailler, et puis... on n'a pas eu de 1er mai... on n'a pas eu de 8 mai... alors... J'éclatais de rire avec Léonore qui l'avait reconnue aussi, et la trouvait ridicule. J'avais cru aimer des gens qui en fait n'avaient aucun intérêt, avec le banquier elle était une des plus vides. Le banquier me récrivait pour corriger un détail d'une de ses précédentes lettres. Il ne comprenait pas pourquoi j'avais totalement coupé. Il revenait sur une phrase de sa dernière lettre où il avait dit qu'il était attaché à moi, pour préciser que ce n'était pas du simple attachement, et renouvelait ses invitations pour l'été, dans sa maison du Var, avec ma fille ou qui je voudrais, qu'il soit là ou non. À l'époque j'étais émue par Marie-Christine, mais maintenant je ne pouvais pas m'empêcher d'être injuste.

Ma séparation d'avec Claude datait de 97. Je me souvenais du soir où il m'avait annoncé qu'il voulait prendre du recul, de sa détermination, du côté non négociable de sa décision. Il avait bien réfléchi. Il reviendrait probablement mais il ne savait pas quand, et il ne pouvait pas non plus le garantir, il ne sentait plus l'amour et il devait partir quelque temps, pour savoir où il en était. Je lui avais fait des scènes pour savoir s'il y avait une autre fille. Il y avait juste eu en janvier une émotion, un trouble, pour une étudiante, avec qui rien ne s'était passé, juste une étreinte chaste, et un baiser sur la bouche fermée. Ça m'avait rendue folle, je m'étais débrouillée pour trouver l'adresse de la fille, j'étais allée la voir, ça m'avait guérie. Elle aimait mes livres, ils en parlaient souvent, c'était un de leurs points communs. Aucune raison d'être jalouse de cette jeune fille brune dans son appartement d'étudiante. En descendant de chez elle j'étais calmée pour toujours. J'avais croisé Claude dans la rue juste après cette visite. Il avait compris qu'il m'avait perdue, alors qu'au début j'avais pensé ne pas survivre à son départ, je m'étais imaginée morte quinze jours plus tard. Mais j'avais rencontré très vite quelqu'un d'autre qui me plaisait beaucoup. Moi qui n'avais jamais fait tourner une machine à laver en dix-sept ans de vie commune avec Claude, infantilisée, je croyais ne rien y connaître, ne rien y comprendre, le jour où il avait fallu changer les draps parce que l'autre allait venir chez moi j'avais très bien compris le fonctionnement. J'avais cru Claude indispensable au point d'avoir pensé mourir. Quand il avait voulu revenir deux mois plus tard, je refusais, j'étais heureuse que ce soit enfin fini. J'allais vivre.

Mais là, je ratais le coche encore. Je me laissais de nouveau séduire sans choisir moi-même, en sachant que ce n'était pas ma vie, par défi et pour me prouver que je comprenais le pouvoir érotique de n'importe qui. Je me disais : toi tu ne me plais pas, mais je peux quand même. Mais après je restais longtemps accrochée dans la toile, parce que les réseaux affectifs se mettaient en place. C'était automatique, que la personne me plaise vraiment ou pas. Je partais, en général après avoir fait un livre où mon éloignement se ressentait et les efforts que j'avais faits, la personne se blessait et ne voulait plus me voir. J'avais fait tous mes choix amoureux peut-être en fonction d'un seul critère, que ça m'éloigne de ma mère. Si je rencontrais quelqu'un qui avait ne serait-ce qu'une caractéristique ne lui appartenant pas, j'y allais. Je crois. Ç'avait peut-être été ça. J'étais en train de me rendre compte maintenant, avec mon regard sur les années passées, et les changements intervenus en moi depuis, avec une prise de conscience et une meilleure vision des choses, que je regrettais beaucoup de choses que j'avais vécues. Quand je regardais à la lumière d'aujourd'hui ma vie en arrière, je regrettais presque tout à part ma fille. Je ne regrettais pas totalement parce que j'en avais fait des livres. De presque tout. Mais je regrettais les efforts accumulés pour aimer des êtres qui n'en valaient pas la peine. Ils m'apparaissaient dans leur banalité maintenant, je m'endormais parfois avec la gorge serrée.

Depuis que j'avais rencontré Éric, et que je lui donnais les pages au fur et à mesure qui racontaient ce qu'on était en train de vivre, je n'avais plus les mêmes sensations, par exemple je ne me posais pas la question de savoir s'il avait des caractéristiques de ma mère ou de mon père. Et je me moquais du point de vue des autres. Je me moquais aussi de ses défauts, il y avait plein de choses chez lui qui n'étaient pas adaptées à moi, je m'en moquais.

Nous partions à Toulouse le samedi, donc, ensemble et nous devions rentrer le lundi. Nous avions fait un montage de trois quarts d'heure. C'était Éric qui avait fait le choix final. Il avait choisi les passages qui nous mettaient le plus à nu. Nous serions sur scène tous les deux, et nous dirions en direct ce qui s'était passé entre nous, ce qui se passait encore, où nous en étions, ni sa femme, ni les gens les plus proches n'étaient au courant. Nous ne savions pas où nous en étions et ce qui se passerait plus tard. Nous allions, tous les deux, monter sur scène, dire les paroles que nous avions échangées, la nuit que nous avions passée ensemble, et ensuite le recul, la peur. C'était plus ou moins ce texte-là, mais avec un montage qu'on avait fait tous les deux. Nous avions rendez-vous à l'aéroport le samedi matin. Nous avions fait une dernière répétition le jeudi après-midi. Pour la sélection des passages, et l'alternance de nos voix. Je m'étais sentie mal après comme si la transformation en écriture me détruisait, m'enlevait toutes mes chances d'avoir une relation autre avec lui. D'amour, pourquoi chercher un autre mot ? Nous avions répété dans une petite salle, dans les étages du théâtre, puis nous étions allés au café, avant la présentation de saison, à laquelle je participais le soir même, je présentais le spectacle que nous jouerions avec Mathilde l'année prochaine, dans la petite salle, pendant que lui jouerait *Platonov* dans la grande. C'était dans quelques mois. Qu'est-ce qui se passerait le soir, qu'est-ce qui se serait passé d'ici là ? Est-ce que j'éviterais soigneusement de descendre au bar pour ne pas le voir, ou au contraire, est-ce que ce serait merveilleux de le retrouver, après qu'on aurait joué tous les deux ? Notre spectacle était plus court que le sien, est-ce que je l'attendrais ou est-ce que je partirais vite ? Le plus vite possible, peut-être déprimée ? À la date d'aujourd'hui je ne le savais pas. On ne se touchait plus, même si on avait ri pendant la répétition, beaucoup, mais sans jamais parler de ce qu'on lisait. Je m'étais senti mal après comme si le travail avait de nouveau pris toute la place. Il avait commencé de boire, j'étais restée avec lui au café une demi-heure, avant de partir pour la présentation de saison. Il y assistait. Je l'avais aperçu dans la salle et puis je ne l'avais plus vu. En sortant, je trouvais ce message sur mon portable :

— Ouais, Christine, j'en profite tu vois, de ton répondeur, ton portable fermé, ça je m'en doutais, heu, je m'en vais, je suis parti, c'est un peu trop long, et puis voilà, je crois que j'ai un peu trop bu, je suis parti pour boire jusqu'à très tard là, donc je m'enfuis, on se retrouve samedi, heu je sais pas comment ça se passe je pense plus ou moins une heure avant, au guichet ou je sais pas quoi heu je t'embrasse à samedi. Ciao.

Le samedi matin à l'aéroport, on se retrouvait. J'étais arrivée avant lui. Il allait enregistrer puis on prenait un café. Je revois tout. L'endroit, le plateau, la table, la colonne à côté, et surtout la lumière, métallique, l'ambiance connue. Je disais : ça va ? Il avait dit oui, mais j'ai pas beaucoup dormi. Ça me paraissait normal, moi non plus je n'avais pas beaucoup dormi, mais lui ça m'étonnait. Pourquoi n'avait-il pas dormi ?

— On a parlé toute la nuit : le processus de séparation entre nous est entamé.

Il faisait un geste : ses deux mains jointes, collées l'une contre l'autre, s'écartaient.

— Entre nous, qui ?

— Laure et moi. On va passer le mois de juin séparés et puis après on verra.

Il était chargé de parler à son fils. Il était fatigué, sombre, accablé mais axé pour le moment sur ce qu'on avait à faire l'après-midi à Toulouse ensemble. Je n'osais plus en parler. Il se séparait de sa femme. Il lui avait dit que c'était fini, qu'il n'était plus amoureux d'elle. Que lui avait-il dit exactement je ne savais pas, le processus de séparation entre eux était entamé. Les deux mains qui s'écartent. Et ça, la nuit avant de faire la lecture. Ça ne serait pas un week-end gai, ça ne serait pas une escapade. Mais nous avions une chose à faire, notre lecture l'après-midi, que nous ne devions pas rater. Dans l'avion je lui avais dit : tu as parlé hier parce qu'on fait la lecture aujourd'hui ? Il disait : tu crois ? Je disais : oui, je crois. J'étais calme, mais est-ce que j'étais vraiment calme ou est-ce que j'avais les jambes coupées de ce que je venais d'apprendre ? Il était calme aussi, nous arrivions à Toulouse, le temps était couvert. Je lui avais demandé dans l'avion s'il m'en voulait, en touchant le classeur du manuscrit devant moi, glissé dans la pochette du siège avant. Il ne m'en voulait pas, leurs problèmes remontaient à beaucoup plus loin.

À l'arrivée, quelqu'un nous attendait. Une jeune femme de l'organisation, qui conduisait la voiture. Et faisait la conversation. Il lui répondait, il était à l'avant, moi à l'arrière. Je ne parlais pas. On passait devant une pharmacie, c'était le printemps, il y avait des pubs pour des amincissants. Au feu rouge, Éric disait : ah dis donc il a l'air de bien marcher ce produit-là. En voyant la photo d'une fille blonde, avec un débardeur qui lui descendait au creux des reins, le visage retourné vers nous, mais les fesses découvertes, petites et fermes. Ah oui, il marche bien ce produit, à elle ça lui a bien réussi. La fille au volant de la voiture riait. Je ne disais toujours rien à l'arrière. Comme si je ne voyageais pas avec eux, je ne commentais ni ça, ni le reste du programme. Nous arrivions devant l'hôtel. Il avait d'autres lectures à faire. Dans l'avion déjà il avait rencontré une actrice, qui faisait surtout du cinéma, qui était donc populaire, connue, avec qui il faisait le dimanche une lecture, pendant toute l'installation dans l'avion il lui avait parlé, à elle, tout le temps, ne m'adressant pas un mot, et ne me présentant pas non plus. La gêne ou la grossièreté. Je ne savais pas. Et puis il l'appelait, elle était deux rangs devant nous, en se penchant sur moi : Valérie, t'as pas un chewing-gum ? — Si si, attends, elle lui tendait un chewing-gum, il tendait la main par-dessus moi. Elle disait : tu es là dimanche soir ? — Oui. — On dîne ensemble dimanche soir. Il lui répondait : Tu verras il y aura plein de gens que tu connaîtras là-bas. De toute façon je t'appelle tout à l'heure pour qu'on répète un peu. Il avait rendez-vous avec une autre actrice en arrivant. Que je connaissais celle-là. Une fille très hystérique et très curieuse. Chacun allait dans sa chambre. Chacun sa clé. Quand je redescendais on me disait : il est à tel restaurant, juste à côté, avec telle actrice qui l'attendait, il a dit que vous le rejoigniez. Il y avait cette fille et un couple. Puis le couple partait. Nous restions tous les trois. Un morceau de conversation me restait entre lui et elle. Ils parlaient d'une fille qu'ils connaissaient. Éric demandait :

— Elle est partie pour Untel alors, c'est vrai ?

— Non. Elle n'est pas partie pour Untel.

— Elle est partie pour qui alors ?

— Pour personne. Elle a quitté Machin parce qu'elle a quitté Machin. Elle ne l'a pas quitté pour quelqu'un. Elle ne l'a pas quitté pour Untel. Elle est partie parce qu'elle est partie c'est tout. Elle l'a pas quitté pour quelqu'un.

— Ça existe pas ça.

Il avait répondu ça, j'avais bien entendu. Ça existe pas ça. Quitter quelqu'un pour personne ça existe pas ça. J'avais bien entendu.

Nous avions tout le temps été pris par le temps et les choses à faire, les gens que nous connaissions se succédaient, il y en avait partout, dans le hall de l'hôtel, au théâtre, au restaurant, au café, dans la rue. Première étape il fallait revoir une fois le montage. Il voulait qu'on le fasse dans le hall, il y avait du bruit. Je disais : écoute allons dans une chambre. — Non regarde on sera bien là. Il y avait trop de bruit. Des gens arrivaient, un acteur qui gueulait, qui râlait contre l'organisation. Éric avait dit : bon d'accord on va dans une chambre. On allait dans la sienne. Je m'asseyais les jambes croisées en tailleur sur un fauteuil, lui sur l'autre. Dès que c'était fini je partais. Moi aussi j'étais fatiguée. Deuxième étape, il avait besoin de dormir une demi-heure. Moi je prenais un bain, je me préparais, j'avais prévu une jupe pour faire la lecture. Une jupe avec des fleurs, j'avais pensé ensuite, mais seulement ensuite : la défloration bien sûr. J'étais allée jusqu'à choisir cette jupe sur fond blanc avec des fleurs pour faire cette lecture, particulière, où je révélais en public, que l'acteur à côté de moi, en train de lire avec moi, je l'admirais et qu'on avait une relation au-delà, on était liés, et ce lien, d'après tous les détails que j'étais en train de leur raconter, était ce qu'ils appelaient eux l'amour, même si je ne prononçais pas le mot. Même là j'ai des difficultés. Et que les fleurs sur ma jupe étaient comme le bouquet de la mariée, ou au contraire, on ne savait pas encore, les fleurs de la couronne mortuaire, car notre vie là, du surplomb de la scène, on était en train de la faire ou de la tuer. On ne le savait pas pour l'instant, c'était en cours. Ça pouvait être signe de vie ou signe de mort, comme le sang. Et que je l'admirais d'autant plus qu'il était là, qu'il en avait le courage, d'offrir sa vie en même temps que la mienne, en même temps que moi, ça jamais personne ne l'avait fait. Il avait même pratiquement quitté sa femme dans la nuit. Ce n'était pas fait encore, mais le processus de séparation entre eux était entamé, ça bien sûr je ne l'avais pas encore écrit, ça datait du matin même. Ce qu'on lisait s'arrêtait avant l'aéroport. Et le tout, sans autre compensation que de faire un texte et le lire ensemble. Ça primait le reste. Le sentiment que c'était la seule chose à faire, la certitude, absolue, on s'offrait, on se donnait, même s'ils n'avaient rien demandé. Enfin si, ils avaient demandé quelque chose, on avait été invités. Ça créerait des drames, ça nous rapprocherait, ça nous éloignerait, est-ce que tout serait consommé en une fois, en une lecture dont on se fichait ? Ou au contraire ça nous apporterait quelque chose à nous ? Dans notre vie. Ça viderait notre vie et notre relation ? On ne pouvait produire que ça ensemble ? Une lecture dans le Sud-Ouest ? Peut-être que oui. Mais la beauté, la classe, de tout jeter par la fenêtre, on ne s'était rencontrés que pour ça peut-être. Cette idée me donnait envie de crier, de pleurer plutôt. Cette lecture n'était peut-être pas un prétexte, mais une fin en soi. Une fois le rideau tiré il n'y avait peut-être rien. Le paradoxe du comédien c'était qu'il ne sentait rien. Le texte avait été pour lui une occasion de se séparer de sa femme, qu'il saisissait. Tout me passait par la tête. Une opportunité. J'étais utilisée peut-être.

Nous avions rendez-vous à six heures dans le hall de l'hôtel. Un taxi nous attendait, nous partions. Dans la loge, chacun regardait une dernière fois sa partition. Il naviguait d'un endroit à l'autre, du bar aux coulisses, de temps en temps il venait dans la loge. Puis c'était l'heure. On allait entrer. Je le touchais. Je touchais sa taille, je le serrais. Il passait sa main sur mon épaule. On était partis. Je commençais à lire, les gens commençaient à comprendre ce que nous étions en train de faire, grâce aux prénoms et à la situation, qui devenait de plus en plus claire. Ils étaient surpris, au début ils étaient pris entre le rire et la gêne. Le type était marié, et sa femme n'était pas au courant d'après le texte, il y avait de la vraie vie en jeu s'ils comprenaient bien, du risque. Et encore, ils ne connaissaient pas l'épisode de la nuit dernière, le processus de séparation entamé. Ça marchait, les gens commençaient à rire. Malgré le côté parfois dramatique de notre situation, ma tristesse quand Éric ne me rappelait pas, quand il disait qu'il regrettait. Lui, sa vie qui se compliquait. Et comme on était mal à l'aise, comme on avait peur. Les gens riaient, tout devenait drôle. Les situations tragiques devenaient comiques. La fille devant son téléphone et le mec qui ne rappelle pas et qui lui dit le lendemain qu'il regrette d'avoir couché avec elle, qu'il l'admire mais que c'est tout. Qu'il est fasciné et donc que ça brouille tout, c'est comique pour le public, quand c'est la fille qui raconte surtout, et que le type est assis à côté, qu'il lit à son tour des passages, en faisant exploser sa vie à lui du même coup, c'est burlesque. Surtout s'ils le font bien. Éric me relayait, les gens commençaient à rire plus franchement encore. À se sentir avec nous. Les rires s'estompaient quand ça devenait moins gai. Il y avait des moments de tension, de solidarité avec nous. Le public n'était pas méchant, il était avide mais méchant non. Ils devaient être troublés et reconnaissants qu'on leur donne autant. On donnait tout. Et ça nous exaltait de le faire. Nous étions sortis de scène heureux. Après les applaudissements et quelques bravos criés. Éric disait : ça faisait peur. Il avait eu peur en commençant et puis ça s'était calmé, la peur que sa gorge s'assèche et que les mots ne viennent plus. On prenait le petit escalier qui remontait à la loge en se tenant par le bras, on était contents. Il disait : je vais le faire, ça marche, je vais l'adapter moi ça au théâtre, je vais le faire, mais tout seul ?… Je ne répondais pas. Bien sûr qu'on pouvait faire plein de choses ensemble. On était dans la loge. Je rapprochais ma chaise de la sienne, mais il ne répondait pas, il ne se laissait pas aller avec moi, il ne s'approchait pas. Je posais ma tête sur son épaule, il restait raide. Il avait une autre lecture dans une heure, il fallait qu'il la prépare et entre-temps qu'il boive un verre de vin blanc. Il sortait, je le suivais, les gens étaient là.

Ils avaient aimé. Ce qui était génial, ils me disaient, c'était que j'avais inventé quelque chose de nouveau au théâtre, une forme nouvelle, vertigineuse. Mais aucun ne se permettait de dire quoi que ce soit sur le fond. J'aimais que les gens se taisent sur le plus important. Mais en même temps je m'étais sentie trahie par moi-même. Je leur en voulais à eux aussi. Qu'est-ce qui me restait ? C'était ma vie, je n'en aurais pas d'autre après. Qu'est-ce que j'en faisais ? Qu'est-ce qu'ils m'en faisaient faire ? Et moi quel manque de respect j'avais pour elle ! La jeter comme ça à un public minable à Toulouse, et clairsemé en plus. Écrire me ferait vraiment tout perdre. C'était comme ça depuis toujours, j'avais espéré qu'avec Éric ce serait différent, ça ne semblait pas l'être. J'avais été utilisée par un acteur qui ne pensait qu'au théâtre, exhibitionniste, narcissique, un homme qui saisissait l'occasion pour quitter sa femme, et je n'avais été qu'un instrument. On ne se regardait pas, on n'était pas ensemble.

Un grand type brun me regardait depuis une bonne demi-heure, puis il s'approchait de moi, il m'adressait la parole. Il disait : est-ce que je peux vous toucher ? Je lui tendais la main. Il saisissait mon avant-bras et le gardait serré dans sa main une bonne dizaine de minutes, en me disant ce qu'il avait ressenti tout à l'heure. Ce n'était pas du tout agressif, on se regardait dans les yeux, avec un sentiment qui était à la fois d'amour et de fraternité, qui ne deviendrait jamais personnel, ce n'était pas ça. C'était un partage, quelque chose que les autres ne pouvaient pas comprendre. Il n'y avait pas de numéro de portable à la clé dans la manche, c'était pur. Beau. J'avais demandé un taxi pour faire un aller et retour à l'hôtel. Je voulais me changer. Je ne voulais pas rester avec cette jupe toute la soirée, habillée comme sur scène, avec cette jupe sur fond blanc avec des fleurs je me sentais trop à la merci. Ça devenait mon mot à moi aussi. Je me sentais à nu. À mon tour je regrettais ce qui s'était passé. À mon tour j'avais l'impression de me retrouver de l'autre côté de l'Atlantique sans y avoir été préparée. Sans avoir rien calculé, sans m'être rendu compte du précipice, de l'océan. Tout d'un coup ça y était, c'était fait, il ne me restait rien. Le voyage était fait et il était irréversible. Si c'était ça, qu'il avait ressenti lui, quand on avait fait l'amour, c'était insupportable ces choses qu'on faisait mais qui allaient trop vite. On était emporté, après on ne supportait pas. J'étais revenue avec un jean, une chemise noire et une veste. Éric parlait, moi aussi, il était retourné dans la salle pour sa deuxième lecture. J'y assistais.

Entre les deux spectacles, je repensais à Pierre qui devenait fou, à la moindre allusion à lui. Pendant mon aller et retour à l'hôtel pour me changer. Pierre, il fallait que j'y repense. On avait prévu de passer dix jours en Corse cet été, il fallait qu'on en reparle, il ne tenait qu'à moi de retéléphoner. Quand j'avais eu rendez-vous avec lui au Palais-Royal et qu'on s'était promené le long de la Seine après, je l'avais trouvé tellement beau, tellement attirant, en le voyant sortir du métro. Il y avait du soleil. Il avait un dîner important le soir, il ne rentrerait pas chez lui entre-temps, ou alors c'était pour moi peut-être qu'il était si beau. Il traversait la place, j'étais de l'autre côté sur le trottoir, je le voyais arriver, il éclipsait tous les autres passants, c'était sûr. Il me plaisait. Je m'étais dit : bon sang il te plaît. C'est génial, tu vas pouvoir y retourner, ça s'effritait dans le reste de la journée, au cours de la promenade ça se vidait. La séduction initiale ne tenait pas, elle s'évaporait. Elle était devenue invisible comme une brume qui se déchire au cours de la journée. Qu'on ne distingue plus.

La deuxième lecture était un dialogue Platini-Duras, Éric faisait Platini, une actrice faisait Duras. C'était lui qu'on regardait. Duras devenait sans intérêt et Platini fascinant, même si je n'étais pas d'accord quand Platini disait que le rôle de la littérature était nul au Brésil comparé à celui du football. Le rôle de la littérature était primordial partout que les gens lisent ou pas, ça dépassait les statistiques, ça n'était pas une question de goût et de pratique, mais d'irradiation. La littérature était une lame de fond, qui concernait tout le monde et emportait tout, qu'on le veuille ou non, qu'on le sache ou non. Je le pensais encore à ce moment-là. Quelques jours plus tard, il allait y avoir un changement fondamental, je ne le penserai plus, je penserai même l'inverse. C'était un leurre, une tromperie, j'avais été dupée. Le foot au moins l'équipe qui gagnait gagnait. Alors que la littérature, l'équipe qui gagnait, elle gagnait quoi ? La lecture Duras-Platini terminée, une errance dans les rues de Toulouse commençait, des taxis nous attendaient, réservés par l'organisation, nous étions plusieurs. Certains voulaient manger, d'autres boire, d'autres rentrer à l'hôtel, et d'autres avaient envie de rejoindre d'autres personnes dans un autre théâtre, voir d'autres gens, être plus nombreux encore, se retrouver tous. Chercher un endroit où tout le monde se serait retrouvé. Je n'en avais, moi, rien à faire. De retrouver tout le monde. C'était quoi les gens ? Ça servait à quoi ? J'avais besoin de parler avec Éric de tout ce qu'on venait de balancer, ça m'avait laissée complètement vide, plus rien ne m'appartenait, je n'avais plus rien, y avait-il encore quelque chose, j'avais des questions à poser à Éric. Je n'avais jamais rien eu sûrement, avec l'écriture j'avais parfois l'impression de tenir quelque chose, et puis je ne l'avais plus cette impression. Tout ça pour une petite lecture, et parce que ça avait aidé un acteur à quitter sa femme, par la circonstance, le texte, la date, un ensemble de choses, et le fait d'avoir parlé avec lui des heures. Écrire ce n'était pas des conversations amicales, ce n'était pas une simple lecture de plus enchaînée aux autres, je ne pouvais pas le croire ça. Un rapport de plus avec un acteur de plus, je ne pouvais pas croire ça, je refusais. La recherche d'un restaurant à plusieurs, la déambulation dans les rues, lui, moi, d'autres acteurs, des gens de l'organisation, j'étais le seul écrivain. L'objectif était de trouver un endroit ouvert, ouvert tard, où puissent s'agréger des nouveaux venus éventuels qui téléphoneraient. Une fois tous réunis, l'objectif était de rire. De quoi ? On verrait. Football, tennis, boîte de nuit pour plus tard, café, gens ensemble, résultat des élections qui auraient lieu le lendemain, rire sur tout, rester tard, prolonger, rire encore, continuer, c'était bien aussi la vie qui passait comme ça sûrement. Pourquoi pas. Après tout. Ça ne me dérangeait pas. Ça ne m'intéressait pas, mais à aucun moment je ne m'étais dit « ce n'est pas ma vie ».

Au retour je racontais cette scène à mon analyste, sur « à aucun moment je ne m'étais dit "ce n'est pas ma vie" » il ponctuait. Il se levait, la séance était terminée.

Alors que cette pensée « ce n'est pas ma vie », je l'avais toujours eue avec les autres. Dans l'univers de Pierre, de Claude, de Marie-Christine, non, pas de Claude, là j'étais injuste. Chez Marie-Christine, j'avais des flashs de recul souvent, tout d'un coup en la voyant. Il m'arrivait d'être parfois chez elle, de regarder tout d'un coup où j'étais, d'en prendre conscience, de prendre conscience en même temps de qui j'étais, et de me demander vraiment ce que je faisais là, je n'étais pas dans ma vie. Je ne suis pas dans ma vie, je me disais. Qu'est-ce que je fais là ? Alors je me mettais à appeler nerveusement un taxi et je partais vite. Je soufflais dès que j'avais franchi la porte. Je me retrouvais. Ça m'avait fait ça plusieurs fois avec elle, m'apercevoir brutalement que je n'étais pas dans ma vie. Pierre, beaucoup moins, c'était avec ses amis, en me voyant au milieu d'eux, en assistant à leurs conversations, qu'est-ce que je foutais là ? Dans le café à Toulouse où tout le monde buvait en riant de n'importe quoi, ce n'était pas mon univers non plus, ce n'était pas ma vie *a priori*, mais je ne pensais pas « ce n'est pas ma vie », cette pensée que j'avais toujours eue avant. Tout le monde buvait, Éric plus que les autres, on quittait le restaurant.

On allait dans un autre endroit, je voulais rentrer cette fois, on passait devant l'hôtel, je voulais rentrer, et puis finalement je faisais quelques pas de plus, je les suivais encore un peu, je m'approchais d'Éric, je lui disais que j'allais rentrer. Il disait : c'est tout ce que tu détestes, des gens qui ont trop bu, qui disent des conneries, mais c'est pas grave. Je disais : non, c'est catastrophique. Il disait : c'est catastrophique mais ce n'est pas grave. Le café d'après n'était pas très loin, je les suivais. Ça se prolongeait vraiment trop, cette fois j'allais partir. J'avançais en ayant envie de reculer, et puis je finissais par arriver, moi aussi, avec les autres, dans ce café ouvert tard. Tout le monde entrait. À l'intérieur, rigolade, alcool, et les gens un peu métamorphosés. Éric était dans un coin, il prenait chaque fois un verre de plus. Il y avait de la musique et des gens qui parlaient, beaucoup de monde, beaucoup de gens riaient, je commençais d'ailleurs à rire moi aussi, depuis que je n'étais plus assise en face d'Éric, depuis que je ne le voyais plus, qu'il était parti complètement dans l'alcool, je parlais, je commençais enfin à être bien, je ne m'ennuyais plus, j'aurais pu rester encore. Mais ça allait, je pouvais aussi partir. Je traversais la salle pour dire à Éric que je partais. Il disait : on se voit demain. Oui. On se verrait le lendemain. J'étais sortie. Et puis j'avais eu une sorte de remords, de le laisser comme ça tout seul à boire, à ne rien faire d'autre que ça. Je retournais le voir.

— Tu es sûr que tu ne veux pas rentrer maintenant ?

— Non, là je viens de reprendre un verre.

— Oui, mais, tu es sûr ? Tu es sûr que tu ne veux pas rentrer à l'hôtel ?

— Pourquoi ? Tout le monde s'en va là ?

— Je ne sais pas. Mais je te demande. Oui pas mal de gens s'en vont.

— Non, moi ça me va d'être là. Tu voulais parler c'est ça ?

— Non, non, pas maintenant. Pas maintenant Éric. On ne va pas parler maintenant.

En lui tendant la main. Qu'il prenait. Pas comme le type tout à l'heure au théâtre. Nous, nous nous tenions la main en nous disant : on se voit demain.

J'étais rentrée me coucher. L'effet d'avoir tout balancé par les fenêtres, et sans doute tout perdu, me saisissait brutalement de retour à l'hôtel. Comme une angoisse de mort. Il n'y avait qu'une chose à faire, pleurer. Il n'y avait plus que ça à faire maintenant que j'étais rentrée. Pleurer, ça libérerait mes yeux de la peur qu'il y avait dedans. Voilà, ça au moins, les gens ne le verraient pas. Les gens ne verraient pas que je pleurais dans ma chambre après avoir fait ça. Les gens ne verraient pas que je me couchais en pleurant. Ils ne le verraient pas. Ça me restait à moi, ça.

Le lendemain matin, le dimanche, après avoir dormi trois heures, je prenais mon petit déjeuner vers sept heures, et je restais toute la matinée dans mon lit, je téléphonais. À Paris à des amis. J'avais une lecture encore, Éric aussi, nous devions nous retrouver après. Nous nous étions croisés dans le hall vers midi. J'étais épuisée, tout le monde était épuisé, tout le monde s'était couché tard, beaucoup avaient trop bu, se sentaient décalés, disaient qu'ils avaient besoin d'un café pour se réveiller. Leurs visages étaient déphasés, fatigués.

En début d'après-midi, j'avais terminé, nous étions plusieurs dans une cour de restaurant, place du Capitole, autour d'une table, à parler des élections et des lectures de la veille. Certains avaient entendu parler de la nôtre. Ils avaient un regard de curiosité, ils disaient « il paraît que c'était formidable », avec les yeux excités. Éric arrivait. Il s'asseyait près de moi. Le moment où nous pourrions parler de tout ça se rapprochait. Nous pourrions nous demander ce qui restait de tout ça entre nous. S'il en restait quelque chose. Nous ne partions que le lendemain, le lundi. La plupart rentraient à Paris. Nous allions avoir un peu de temps à nous tout à l'heure. Nous ne pouvions pas parler là. Il y avait trop de monde, nous les connaissions tous. Son téléphone sonnait, il répondait, il s'éloignait, il disait : allô, oui Laure. Le prénom de sa femme.

Il revenait s'asseoir, disait : je rentre tout à l'heure, je ne reste pas ce soir, il faut que je rentre chez moi. Je me sentais m'effondrer de l'intérieur, mais surtout mon visage avait rougi. J'avais honte de me trahir tellement. Ma bouche se retournait probablement vers le bas. Je ne voyais pas pourquoi j'écrivais des livres, j'étais moi-même un livre ouvert. Je ne pouvais pas encaisser cette lecture et me coucher une deuxième nuit sans qu'on ne se dise rien. Il y avait toujours eu du monde avec nous depuis hier. On avait changé de table pour être tranquilles ne serait-ce qu'un quart d'heure, mais il fallait qu'il rentre à l'hôtel, qu'il fasse son sac, il était pressé. Il parlait de problèmes concrets à régler, il fallait qu'il rentre. Je sens qu'il faut que je rentre chez moi. — Elle n'est pas bien ? — Non, elle n'est pas bien, il faut que je rentre, on va parler, elle sera peut-être partie dès ce soir. — Mais non elle ne sera pas partie. — Ah mais qu'est-ce que t'en sais ? Tu sais pas tout, ne prends pas cet air « moi j'ai déjà vécu ça ». — Tu me prends pour une abrutie, je ne prends pas un air « moi j'ai déjà vécu ça », je dis simplement que je ne pense pas qu'elle sera partie, et ce n'est pas parce que j'ai déjà vécu ça, d'ailleurs je n'ai jamais vécu ça, comme tu dis. — C'est déjà différent quand tu le dis comme ça, quand tu dis « je ne pense pas qu'elle sera partie » comme tu viens de le dire c'est compatissant alors que tout à l'heure la façon dont tu l'as dit c'était « moi je connais, je peux te le dire ». (Il mettait des intentions derrière mes paroles, mais souvent je n'arrivais pas à savoir si elles y étaient ou non, je ne me réentendais pas, il était beaucoup plus fort que moi à ce jeu-là.) Mais c'est quand même une connerie ce que tu viens de dire, c'est pas grave, c'est bien aussi, de voir que tu dis des conneries, que tu peux en dire. — Excuse-moi, je sais que c'est difficile pour toi, en ce moment, je sais, mais pour moi il y a des choses aussi qui sont difficiles, est-ce que ça t'intéresse de savoir lesquelles, une ou deux, ou tu n'as pas du tout de place pour ça, par exemple comment je me suis sentie hier soir après la lecture, ou est-ce que tu n'en as rien à faire ? — Dis toujours. — Eh bien, je me suis sentie utilisée. Par un acteur, dans un truc acteur-auteur. — Oui, tu as raison, c'est ça, c'est exactement ça. On va arrêter de parler, hein. — Je ne te dis pas que j'ai raison, dis-moi si je me suis trompée, dis-le-moi, ne t'énerve pas, je te dis ça, je te dis juste ça, si je me suis trompée tant mieux. — Je ne comprends pas comment tu peux me dire ça, après ce qui s'est passé hier, et avec ce qui m'attend quand je vais rentrer chez moi ce soir, comment tu peux être aussi agressive. — Excuse-moi. Excuse-moi. Voilà, j'avais sûrement besoin de le dire, pour voir que ce n'était pas ça, et ne plus jamais le dire. Excuse-moi. Oublie. Parlons d'autre chose.

— Écoute, là je dois rentrer. Mais nous il n'y a pas d'urgence, on parlera dans quelques jours, à Paris. Il n'y a pas d'urgence qu'on se parle là spécialement maintenant. — D'accord, je suis capable de comprendre que tu doives rentrer. Mais on se parlera quand ? Dis-moi quand. Je ne peux pas continuer de rester comme ça, après ce qui s'est passé hier, j'ai au moins besoin de savoir quand on va se voir. Dis-moi au moins quand. — Dans la semaine, dans quelques jours, je ne peux absolument pas te dire de jour précis maintenant. — Mais tu as envie ? — Oui, j'aurai envie. — Voilà, c'est bien, il suffit que tu me dises ça, je n'en demande pas plus. — Tu vois, il faut toujours que tu demandes quelque chose. — Mais non, je te dis que je ne te demande pas plus au contraire. — Je ne peux pas parler maintenant, avec ce qui m'attend quand je rentre. Et là il faut que je fasse des choses concrètes comme aller faire ma valise à l'hôtel, pour pouvoir partir à six heures. Et puis c'est désagréable de parler à quelqu'un quand on ne voit pas ses yeux. J'enlevais mes lunettes de soleil. Il disait : Voilà c'est mieux. En souriant, enfin. Et puis : De toute façon tu n'es pas calme avec moi, tes sentiments pour moi ne sont pas calmes.

Des gens passaient près de nous, dire bonjour, au revoir, nous demander si nous serions là le soir, il disait non, moi je disais oui. L'hôtel était à cinquante mètres, nous marchions, nous montions dans l'ascenseur. On décidait de se voir, donc, dans quelques jours, dans la semaine. Au moment de se quitter, je disais : dis-moi quel jour, à peu près. — Je ne sais pas disons jeudi, là je ne peux rien dire de plus précis, disons jeudi, et on se confirme avant, mardi ou mercredi, je t'appelle. — Non, c'est moi qui t'appelle, si c'est toi, ça peut être dans trois mois, donc c'est moi qui t'appelle. — De toute façon le portable sera fermé, je te rappellerai, pas tout de suite, mais je te rappellerai. — D'accord. — Donc on se voit jeudi et on confirme avant.

Aussitôt dans ma chambre, je m'organisais pour rentrer moi aussi le soir, je n'avais plus rien à faire à Toulouse, je me reposerais chez moi. Il m'avait dit qu'il me donnerait des nouvelles, qu'il me dirait comment ça se passait. J'avais dit : oui, mais j'espère aussi qu'on parlera d'autre chose. Il disait : oui, mais il faudra me laisser en parler quelque temps.

J'étais en manque. J'aurais voulu élucider ce qui s'était passé. J'arrivais à Paris sous la pluie. Dans le taxi je me sentais mieux, c'était bien de rentrer chez moi sans avoir à discuter finalement. Ma mère était là. Nous regardions le résultat des élections à la télé sans parler, je n'aimais pas faire des commentaires. Ma mère changeait de pièce, pour téléphoner à son mari, parler avec quelqu'un. Je lui expliquais en deux mots rapides ce qui s'était passé, pour expliquer mon air fatigué et isolé. Et le fait que je ne sois pas disposée à bavarder.

J'avais toujours vécu seule avec elle. Mais elle était devenue timide avec moi et maladroite. Je me souvenais quand elle cherchait un homme de l'avoir aidé à rédiger des petites annonces, et de l'avoir entendue pleurer sur le balcon une fois, un soir très tard, ou une nuit. Même quand le banquier s'était mis à me harceler, à me bombarder de lettres, de fleurs, et de menaces sous-entendues, elle aimait l'idée de moi avec ce type. Elle me demandait si ça n'aurait pas pu, si ça ne pourrait pas tout de même être une relation intéressante à garder. Comme dans *Les Dames du bois de Boulogne*. « Madeleine est une grue » mais sa mère l'incite aussi à continuer, sur le ton de la bienveillance.

Je connaissais le banquier depuis quelques jours seulement. Un mardi, je lui avais proposé de venir déjeuner chez moi. Plutôt qu'être toujours invitée au restaurant. J'avais mesuré le ridicule de ces attentions et de ces scrupules après. C'était en hiver. Je ne faisais pas de cuisine moi-même, je commandais. D'une manière générale je n'aimais pas préparer des repas, et à lui je ne l'aurais jamais fait. Nous étions dans le salon, nous bavardions, il était très content. Content était un mot qu'il trouvait grotesque, l'idée du contentement n'était pas assez relevée pour ses goûts sophistiqués. L'agrément et apprécier son environnement, oui, mais le contentement lui évoquait la peau du ventre bien tendue, les gens du peuple satisfaits, ce n'était pas une sensation raffinée, ce n'était pas une sensation pour lui. Même la prononciation du mot lui déplaisait. Content. On en avait trop plein la bouche. Comme l'animal incapable d'apprécier la beauté d'un paysage. Ou l'imbécile heureux. Le banquier appréciait d'être chez moi pour ce déjeuner. Il gazouillait comme s'il avait déjeuné sur l'herbe, il se sentait amoureux. Il le manifestait. Il flirtait un peu, il n'avait pas le temps de faire plus. Cravate, costume. Ses sens s'épanouissaient tout à fait, c'était l'harmonie, il avait envie de vivre ça. Une maîtresse écrivain, qui commandait des sushis, belle vie. Il me demandait s'il y avait quelque chose chez lui que je n'aimais pas. J'avais dit oui, tes vestes matelassées. Il riait. Mais il était vexé. En Italie tout le monde en avait. Je disais, je sais. Il continuait son gazouillement. J'ajoutais, il y a autre chose que je n'aime pas, ta situation. Je n'avais jamais eu de relation avec un homme marié. — Ça ne serait pas un problème si… je ne l'aimais pas… mais voilà… ce n'est pas le cas. Je me levais du canapé d'un bond, il restait assis, interloqué, surpris. Je me levais, je faisais deux pas en arrière, et je disais en pointant mon doigt sur lui : maintenant tu mets ta veste, et tu sors d'ici tout de suite, et je ne veux jamais te revoir. Tu te dépêches. — Mais je t'aime beaucoup. — Oui, très bien. Tu te dépêches de partir s'il te plaît. J'ai des tas de gens qui m'aiment beaucoup. — Mais… — Tu te dépêches.

Il se levait, il prenait sa veste. J'avançais vers l'entrée, j'ouvrais la porte. Il disait dans l'entrebâillement : Mais… on pourrait aussi bien dire qu'elle je l'aime beaucoup et que toi je t'aime, c'est tellement compliqué ces choses-là, c'est complexe. — Oui, c'est compliqué, tu as raison, c'est pour ça, t'as pas les moyens, et moi j'ai pas de temps à perdre. J'ai beaucoup de temps dans la journée, je ne suis pas comme toi avec des emplois du temps serrés, mais je n'ai aucun temps à perdre avec des gens comme toi, au revoir. — Eh bien au revoir. Il partait la queue entre les jambes. Je le voyais descendre l'escalier avec sa couronne de cheveux châtain-blond, un peu frisés, en bas de son crâne chauve. Qu'il coiffait avec une brosse. Dont le manche était en ivoire et les poils en soie. Comme celle des bébés dans leurs premiers mois, quand la fontanelle est encore sensible, ouverte. Quand les os du crâne bougent encore, et qu'il ne faut que l'effleurer.

Je le rappelais trois jours plus tard, en passant sous les fenêtres de son bureau, sur une impulsion. Le taxi avait choisi un trajet inhabituel. Je passais sous ses fenêtres, je faisais le numéro impulsivement, comme si ma main avait agi en dehors de moi.

Le mardi vers six heures je laissais un message à Éric, pour savoir si nous confirmions le jeudi. Depuis le début j'avais du mal à rester plusieurs jours sans lui parler, même au tout début quand je le connaissais à peine. Il me manquait vite. Il ne me répondait pas, le mercredi je rappelais car j'avais d'autres rendez-vous à fixer dans la même journée. Il n'avait toujours pas rappelé, je commençais à être nerveuse. Le jeudi matin je rappelais. Cette fois il répondait.

Il disait : j'allais t'appeler, tu veux qu'on mange ensemble ? — Oui. — Ça va ? — Oui, et toi, comment ça va ? Il m'apprenait que sa femme était partie. Deux jours plus tôt. Elle n'avait pas voulu rester dans l'appartement. Il ne savait pas où elle était partie. Je lui demandais si c'était dur. Il disait : triste surtout, mais c'est ce que j'ai voulu. C'est surtout pour Simon que c'est triste.

Nous fixions le rendez-vous, il préférait que je choisisse l'endroit, si j'avais une idée ça lui simplifierait les choses. Nous devions nous retrouver à midi et demi. Je raccrochais, Sophie m'appelait pour savoir si c'était vrai ce que lui avait dit Untel, que j'avais eu une aventure avec Éric Estenoza. Un ami à elle le tenait de quelqu'un qui n'était pas à notre lecture, mais qui était à Toulouse, le petit milieu était plus ou moins au courant. Le bruit s'était répandu avec des déformations, comme une journaliste qui avait dit : ils ont une relation torride. Puis j'avais eu un autre appel, d'une amie qui se séparait. J'allais enfin dans la salle de bains pour finir de me préparer, j'éternuais, et en éternuant je me bloquais le dos, au point de ne plus pouvoir bouger. Je me jetais en arrière sur mon lit, j'attrapais le téléphone, mon ostéopathe pouvait me recevoir dans un quart d'heure. J'allais chez elle, avec une démarche raide et des pas aussi rapides que possible, ma colonne craquait. Je traversais le parc Monceau, il y avait une foule d'enfants, tous habillés en bleu marine, de six-sept ans, je pensais à leur destin. Et aussi à mon blocage du dos précédent, au mois d'août quand Pierre avait déménagé. En jetant dans la poubelle la grosse poutre en bois qu'il avait laissée sur le palier, je m'étais immobilisée. La femme d'Éric était partie, tout ça s'entrechoquait, l'actualité avec les souvenirs, comme une quille entraîne les autres quand le lancer est réussi.

J'avais rendez-vous avec lui une heure plus tard. J'arrivais à l'heure. Je le voyais de loin. Il faisait une remarque sur la façon dont j'étais habillée : il y a du changement. J'enchaînais sur le blocage du dos. — Je me suis bloqué le dos, j'ai mal, je m'assois à côté de

toi sur la banquette. — Quand ? — Tout à l'heure.
— Après notre coup de fil, ou avant ? — Après. — Ah
oui d'accord, je vais le voir, je me bloque le dos, aïe.
— Non j'ai eu un autre coup de fil après toi. — De
quelqu'un que tu n'aimes pas ? — Si. Mais j'ai eu
aussi un appel de Sophie qui disait que Bernard avait
appris que j'avais eu (et là je marmonnais quelque
chose d'incompréhensible)… enfin qu'il s'était passé
quelque chose à Toulouse entre moi et Éric Estenoza. — Mais, dis-moi la phrase de Bernard sinon ça
n'a aucun intérêt, ce qui est intéressant c'est la
phrase qu'il a utilisée, comment il s'est débrouillé,
comment il a dit. — Je ne sais pas. — Tu sais mais tu
ne veux pas le dire. — Non je ne sais pas, je ne sais
plus. — Il a dit quoi ? Il a dit « est-ce que c'est vrai
qu'ils ont couché ensemble ? » Tu ne me dis pas la
phrase qu'il a employée, c'est pas drôle, c'est la seule
chose marrante. Nous parlions un peu du départ de
sa femme. Il avait dit à son fils qu'ils se séparaient,
qu'il n'était plus amoureux d'elle. Son fils avait
répondu : je ne pensais pas que ça se terminerait
comme ça. Éric répondait : moi non plus et lui
demandait : qu'est-ce que ça te fait ? — Un peu
comme si mon cœur était coupé en deux. Mais le fils
aîné de sa femme avait dit : c'est la vie. Sa femme
avait dit : je crois qu'il te comprend. Ils devaient se
voir le lendemain, le vendredi. Ils verraient.

Tout s'était bien passé pendant un certain temps.
Éric me parlait du premier jour où on s'était vus,
est-ce que je n'avais pas parlé d'une lecture en Suisse
en juillet, que je n'avais pas osé lui proposer tout de
suite, il en avait le souvenir. Je ne voyais pas ce qu'il
voulait dire. Sincèrement. Il avait dit que sa vie en ce
moment était une tragédie, la rupture, mais il ne sou-
haitait pas s'étendre, au contraire il avait envie, il
avait besoin de parler d'autre chose. De plus léger. Je

le souhaitais aussi mais j'avais fini par essayer de dire : et nous ? Je devais bien poser cette question. Je m'emberlificotais un peu dans les questions d'écriture. J'avais beaucoup « investi » dans cette écriture, je n'aurais « pas pu écrire » si je n'avais pas beaucoup « investi ». Ce n'était pas juste le fait de « faire des phrases ». En fait je m'étais « engagée », plus que quand je m'étais mariée, je ne lui disais pas, mais je le savais. J'avais eu l'impression, à Toulouse, toute la soirée et le lendemain, que le texte nous avait éloignés, et donc j'avais vraiment besoin qu'on se voie. Même si j'étais consciente de la période difficile et compliquée qu'il traversait.

Ce que je disais n'était pas assez clair. Il commençait à se fatiguer, il allait partir sous le prétexte de la fatigue, il n'avait pas l'énergie en ce moment d'avoir des conversations compliquées avec moi. Il commençait à prendre un visage déçu de ne pas se faire comprendre, accablé, mais résigné parce que c'était comme d'habitude. Y avait pas grand monde qui le comprenait. Son visage fermé surtout. Je n'aimais pas. Ça m'angoissait de voir son visage comme ça. J'avais changé d'attitude, j'avais dit : d'accord, ne parlons de rien de compliqué, disons-nous juste, quand est-ce qu'on se voit, à quelle heure, quel jour, où, quand ? Et c'est tout. — Oui, exactement, faisons ça. Ça le soulageait, ça lui convenait. Mais il ajoutait : on se retrouve, on boit un verre, on déjeune, après on se dit au revoir, c'est ça ? C'est comme ça que vivent les gens ? Mais comment ils font les gens pour vivre comme ça ? Ils vivent comme ça les gens ? C'est débile comme vie. Comment ils font les gens ? C'est comme ça qu'ils font tu crois ? Ça n'a aucun sens. Je ne répliquais pas. Je pensais : c'est comme quand il a dit que quitter quelqu'un pour personne ça n'existait pas. Ça existe pas ça. Là il disait qu'on n'allait pas passer notre vie dans des cafés. Je ne répliquais pas, car je n'en étais pas sûre, ou je n'osais pas être sûre. Sur la plage du Touquet avec Claude, je n'osais pas non plus être sûre de ce qu'il me disait. Tout ce que j'avais ressenti avec l'écriture je le ressentais avec Éric, j'aurais pu faire un décalque. C'était le même amour avec le même choc, mais cette fois sous forme humaine, il l'incarnait. Avec la même violence, le même trouble, et les mêmes doutes. Comme il y a vingt ans, je n'osais pas le penser, pas y croire. Pourtant, encouragée par sa phrase cryptée (c'est comme ça qu'ils font les gens ?), sur l'absurdité de prendre des cafés, de déjeuner et après de se dire au revoir, je décidais de parler plus nettement. D'abattre une carte de plus. Je finissais par dire, mais trop brutalement et pas au bon moment, je me jetais à l'eau, ce n'était jamais comme ça qu'il fallait faire, je disais en prenant mon souffle, très vite, comme une phrase fluide, qui ne demande aucune préparation ni aucune réflexion, une phrase comme on en prononce tous les jours et toute la journée, mais en réalité j'étais en apnée, je plongeais : il y a une question que nous ne nous sommes plus posée depuis que j'ai commencé à écrire, parce que c'est le texte qui l'a posée à partir du moment où j'ai écrit, mais il faut que nous nous la reposions en face l'un de l'autre aussi, c'est : on est dans un rapport amoureux ou pas ?

Mauvais moment, mauvaise phrase, mauvaise appréciation de la situation. Mauvais timing. Je n'étais pas faite pour abattre des cartes, je n'étais pas stratège, je n'étais pas une séductrice, je n'y arrivais pas. Ou je ne disais rien ou j'étais trop directe. La seule chose qui me convenait c'était le poker, écrire, tout écrire, et faire lire, ça je savais le faire, tout jouer d'un coup. Miser tout sur un seul chiffre qui a peu de chances de sortir, mais s'il sort c'est mieux que tout. C'était le chiffre que j'avais choisi. Le seul qui pouvait me réussir un jour, plus en tout cas que « on est dans un rapport amoureux ou pas ».

— C'est la seule question qui se pose.

— Oui.

— Mais moi, j'ai déjà répondu à cette question.

— Oui mais jamais pareil.

— Si, il me semble que je n'ai pas varié.

— Ah bon ? Moi j'avais l'impression que si.

— Moi je pense que ce n'est pas un rapport amoureux, mais je sais que tu ne me crois pas quand je dis ça.

J'accusais le coup, je ne répondais pas tout de suite. Puis :

— Ce n'est pas que je ne te crois pas, c'est que dans ce cas, un de nous deux se trompe. Soit toi, soit moi. Je n'aurais pas pu écrire si ce n'était pas un rapport amoureux. Mais je me suis peut-être trompée, ce que j'ai écrit c'est peut-être rien, et je vais m'en apercevoir en relisant. Ça m'est déjà arrivé, pas aussi longtemps, mais ça m'est déjà arrivé, dans ce cas je déchire. Si le rapport est faux ça arrive. Il m'arrive de me tromper dans l'écriture, de comprendre après que c'était faux, quand c'est comme ça je déchire, c'est peut-être moi qui me suis trompée, qui me trompe, qui continue de me tromper, le livre est faux dans ce cas, et je vais m'en rendre compte bientôt. Si ce n'est pas un rapport amoureux je déchirerai. Ou alors c'est toi qui te trompes. En tout cas c'est l'un de nous deux. Ça c'est sûr.

— Non, c'est peut-être juste qu'on n'est pas au même endroit.

— Ça c'est impossible. Un rapport c'est un rapport. Il est tel qu'il est. Ou il est d'ordre amoureux ou il ne l'est pas. Ce n'est pas une question de point de vue. L'un le voit comme il est, l'autre ne le voit pas comme il est. Un des deux se trompe. C'est peut-être moi. Ou alors c'est toi, c'est l'un ou c'est l'autre. On ne peut pas être deux à avoir raison sur une chose qui n'a qu'une explication. Ce n'est pas une question d'interprétation, mais de voir les choses comme elles sont. Il y en a un des deux qui ne les voit pas comme elles sont. On ne comprend pas tout de suite le rapport avec quelqu'un. C'est peut-être moi qui me suis trompée. C'est très possible. Ça peut très bien arriver. C'est bizarre, parce que je ne vois pas comment j'aurais pu écrire, mais c'est tout à fait possible. Mais tu ne te rends pas compte tout ce qu'on investit quand on écrit, on ne peut pas écrire sur du faux, sur une erreur, c'est ça qui me paraît bizarre. Mais ça peut arriver cela dit, moi ça m'arrive souvent, jusqu'à ce que je me rende compte que je me suis trompée. Rarement si longtemps c'est la seule chose, ça fait bientôt un mois que j'écris, en général je m'en rends compte avant que j'écris sur du vent. Mais cette fois j'ai pu me tromper plus longtemps, sur notre rapport, d'autant que c'était compliqué cette fois avec l'écriture au milieu, toi acteur, etc., c'est vrai que les cartes étaient plus compliquées que d'habitude. Si le livre est faux ce n'est pas très grave, je le déchirerai et je ferai autre chose, je vais m'en rendre compte de toute façon, tôt ou tard, tôt je pense. Ou c'est toi qui te trompes, c'est l'un ou c'est l'autre. Mais c'est peut-être moi, c'est probablement moi.

— Quand même, quand on est amoureux on sait ce qu'on sent.

— Oui, sûrement, donc c'est probablement moi qui me trompe. Ce qui m'inquiète c'est que le livre doit être nul, ça m'étonne parce que je ne vois pas

164

comment ça aurait marché en public. Mais c'est tout à fait possible, ça peut arriver.

Nous n'avions plus grand-chose à dire après ça.

Je disais : notre rencontre, à la différence d'une rencontre amoureuse classique, s'est faite sur l'écriture, pour moi ça l'emporte. Ça l'emporte forcément sur une rencontre amoureuse classique, c'est même sans comparaison.

— Alors qu'est-ce qu'on fait ?

— Je ne sais pas. Mais ça l'emporte pour moi, c'est tout.

— Je ne dis pas que ce n'est pas important pour moi, ça m'importe.

— Oui oui je sais.

On ne parlait plus de se voir bientôt. On ne se fixait pas de nouveau rendez-vous, ni de jour pour se rappeler.

— Tu prends le métro ou tu prends un taxi ?

— Je vais à Arts et Métiers, je prends le métro.

— C'est direct ?

— Oui c'est direct jusqu'à chez moi. Toi tu vas à Rambuteau ?

— Oui.

On marchait l'un à côté de l'autre jusqu'à sa station. On ne se disait plus rien. On marchait ensemble, on avait pris le même chemin, mais on ne disait pas un mot. On marchait ensemble côte à côte. J'ai dit :

— Je ne sais pas pourquoi j'ai pris le même chemin que toi, vu ce qu'on a à se dire...

— Tu voudrais que je remplisse ?

— Non.

On continuait dans le silence jusqu'à la bouche du métro Rambuteau. Là j'ai dit :

— Qu'est-ce qu'on se dit ?

— Au revoir.

Il souriait. C'était ce même sourire, que je n'aimais pas, à moitié agressif, goguenard, et à moitié désarmé, que la dernière fois, où on avait dit qu'on se ne verrait plus et qu'il était parti en disant « ce n'est pas grave si je dis rien ? » après avoir eu un de ces rires désagréables, tordus. Donc je disais :

— Au revoir.

Il reprenait le mot avec la manière dont je l'avais dit. Montrant qu'il connaissait le sens de mon au revoir, le sens amer. Qu'il n'était pas naturel, parce que je n'étais pas bien.

— Tu pourrais ne pas te moquer de moi s'il te plaît ?

— Il faut bien que je prenne un peu de plaisir.

Je ne disais rien. Il avait juste conclu :

— On verra.

Je passais devant un cinéma, devant les photos d'un film tiré d'une histoire réelle. J'avais vu ce film avec le banquier, il s'identifiait à l'héroïne. Une blonde d'une grande famille bourgeoise, tombée amoureuse d'un voyou fiché au grand banditisme, elle l'avait suivi en cavale. Il s'identifiait à cette femme, mais aussi à Pétrarque, à Roméo. La fille d'un grand industriel avait suivi au bout du monde le fils d'un coiffeur de banlieue, ça le réconciliait avec ses rêves. Qui lui tenaient à cœur comme une jeune fille aime son journal intime. « C'est moi » disait-il en désignant la photo de la blonde dans le journal. Il souriait en découvrant quand même ses petites dents carnassières.

Je remontais jusqu'à la station Arts et Métiers, je rentrais chez moi. Mal. Bien sûr. Le soir j'avais laissé un message que je n'aurais pas dû laisser, après j'avais regretté : Éric je crois qu'il faut qu'on se reparle. J'ai l'impression d'un énorme malentendu, et ça me torture, d'autant plus que l'écriture est impliquée. Je ne peux pas rester comme ça. Laisse-moi un message. Je sais que ça vient au mauvais moment pour toi en ce moment, avec ce que tu traverses, mais ça n'y est pas étranger.

Je n'aurais pas dû laisser ce message, je faisais trop pression, je n'avais eu aucune réponse. L'idée d'avoir écrit sur un malentendu m'était insupportable. Après, bien après, il m'avait dit qu'il n'aimait pas quand je me prévalais du manuscrit, pour justifier un comportement, un coup de fil.

Le lendemain, je ne croyais plus à rien. Je m'étais fait avoir. Je devais partir répéter à Montpellier, je n'irais pas. J'annulerais les représentations à Avignon, celles à Montpellier, je ne voulais plus écrire, ça ne créait que du faux, je m'étais fait avoir. Plus rien ne m'intéressait. Continuer d'écrire n'avait plus aucun sens puisque c'était comme ça. Un moment de vérité peut-être, mais éphémère et sans suite. Un flash. Rien de plus. J'attendais avec impatience la séance chez mon analyste. À la fin je saurais si je continuais d'y croire ou si j'abandonnais. L'idée du suicide m'effleurait même. J'étais perdue. Si je me trompais même quand j'écrivais, alors… Je réglerais plus tard la question de Léonore. Je ne supportais pas de me tromper quand j'écrivais, d'avoir des intuitions fausses. Si écrire ne pouvait pas me servir à aimer, autant tout arrêter.

Je faisais pression sur mon analyste pour qu'il intervienne plus que d'habitude ce jour-là. Qu'il s'engage, qu'il fasse attention à moi, je lui disais que je ne voulais pas souffrir pour rien, après lui avoir raconté la conversation de la veille, avec la phrase qui me mettait dans cet état : ce n'est pas un rapport amoureux, mais je sais que tu ne me crois pas quand je dis ça. Il me demandait comment je l'entendais cette phrase. Je ne savais pas, je ne trouvais pas. Il m'aidait alors à la décomposer. Ce n'est pas un rapport amoureux mais je sais que tu ne me crois pas quand je dis ça. Il la reprenait, puisque je ne comprenais rien. Il disait : ce n'est pas un rapport amoureux, mais je sais que tu ne me crois pas quand je dis ça, c'est-à-dire : je ne suis pas amoureux, et je peux me permettre de te le dire, puisque je sais que tu n'y crois pas. Ça voulait donc dire si je comprenais bien, je reprenais : je suis amoureux, mais il faut que tu t'en charges. Il disait : oui. Je me sentais fatiguée.

Le soir même j'avais rendez-vous au théâtre avec Nora. Il y avait une première, et un verre après. Je remarquais une fille accroupie qui me regardait fixement. Une fille blonde avec les cheveux tirés en arrière. Je pensais : une lectrice, qui me regarde. Je m'avançais vers le bar. Tout d'un coup Nora me disait : c'est fou, il y a la femme d'Estenoza là-bas derrière toi. — Où ? — Là-bas, qui parle avec l'actrice de la pièce. C'était la fille qui me regardait tout à l'heure accroupie, en cherchant quelque chose dans son sac.

Nous parlions. Elle venait vers nous, elle était là. Nora nous présentait par nos prénoms. Elle me regardait, très fixement encore, sévèrement, accusatrice et curieuse en même temps. Puis en me fixant, elle disait, bien en face : merci ! Sur un ton ironique. — Excusez-moi, mais je ne suis pas sûre de très bien comprendre… — Je le dis ironiquement bien sûr. — Oui, j'ai bien compris, mais… je ne sais pas exactement ce que vous m'attribuez. Je pensais à « ce n'est pas un rapport amoureux, mais je sais que tu ne me crois pas quand je dis ça » qui datait de la veille. De quoi parlait-elle ? Merci de quoi ? Là encore je n'osais pas comprendre. Du fait que, on ne quitte pas quelqu'un pour personne ? Ça existe pas ça ?

Avait-il dit quelque chose ? Si c'était seulement la lecture, elle n'aurait pas eu ce ton, elle m'aurait accusé de détruire la vie des gens, comme ils le faisaient tous quand j'écrivais. Éric avait dû lui dire quelque chose qui ne lui laissait aucun doute, elle avait dû lui demander s'il y avait quelqu'un d'autre. J'avais fait ça aussi quand Claude était parti, même s'il était revenu un mois plus tard et que c'était moi qui n'en avais plus voulu.

J'avais été obsédée par la jalousie. Je le harcelais de questions. À Naples où nous avions prévu un dernier voyage, j'avais une bourse d'écriture de la Villa Médicis hors les murs, je devais percevoir l'argent sur place, on n'annulait pas le voyage, on y allait, mais là-bas je le questionnais comme une folle, sans lui laisser le moindre repos. On avait fait l'amour dans toutes les villes de la côte amalfitaine, d'une façon passionnée, et enfin naturelle. Il ne mouillait pas son doigt, comme il le faisait quelquefois, comme une technique astucieuse, ce geste ridicule qui me faisait redescendre à tous les coups, j'avais l'impression d'assister à la scène de l'extérieur.

— Je le dis ironiquement bien sûr.

— Oui, j'ai bien compris, mais… je ne sais pas exactement ce que vous m'attribuez.

J'avais un ton de voix hésitant.

— Je ne sais pas exactement ce que vous m'attribuez…

— Je suis la femme d'Éric Estenoza.

— Oui, je sais.

— Ah bon, vous savez ?

— Oui, je sais. Tout à l'heure, dans le couloir, quand j'ai croisé votre regard, je ne vous ai pas identifiée, mais maintenant oui.

— Oui, c'est ce que j'ai pensé. J'ai eu l'impression. Justement je crois que c'est pour ça que je viens vous voir, pour que vous m'identifiiez, tout à l'heure j'ai cru comprendre que vous ne m'aviez pas identifiée. Et aussi pour vous dire, que ça me fait bizarre de vous voir ici ce soir vu ce que je vis en ce moment.

— Je ne suis pas sûre de très bien comprendre, il faudrait que vous m'en disiez plus.

Elle désignait d'un regard son fils à côté d'elle : là je ne peux pas.

— Oui, je comprends, mais je ne sais pas quoi vous dire, là, je ne vois pas quoi vous dire.

— Ça me fait vraiment très bizarre de vous voir ici, en même temps c'est normal, c'est un théâtre, mais vu ce que je vis en ce moment… quand je vous ai aperçue… pour moi c'était très violent.

— Excusez-moi je ne vois pas très bien ce que je peux vous dire.

Je ne voulais pas rentrer dans leur histoire à eux, je me démarquais. Je ne voulais pas m'immiscer. Même si j'aurais aimé en savoir plus, je ne prolongeais pas le contact.

— Je ne me sens pas responsable.

— Non, bien sûr, c'est vrai.

Nous étions restées encore quelques minutes face à face avec des phrases suspendues de ma part, et elle précises, son regard était précis, dirigé, et hostile. Entre la haine et l'incrédulité de me trouver là, l'incrédulité de m'avoir sous les yeux, de me regarder. J'existais, j'étais là, de près j'avais cette tête.

— Je suis la femme d'Éric Estenoza. — Oui je sais. — Ah bon, vous savez ! ». Le sens de ce « ah bon vous savez » je ne le comprenais qu'à retardement, ne signifiait pas seulement « ah bon vous savez qui je suis alors je ne comprends pas pourquoi tout à l'heure vous n'aviez pas l'air de me connaître », mais aussi « ah bon ! alors vous faites l'innocente quand vous dites, avec votre petit air d'innocente "excusez-moi je ne suis pas sûre de très bien comprendre" ». C'était surtout ça le sens. Ce soir-là j'avais un pansement sur la joue, elle avait dû se demander ce que c'était. C'était une grande femme blonde, avec un corps élancé, et musclé, mais un visage dur, peut-être à cause de la souffrance, elle ne devait pas beaucoup dormir en ce moment. Nora la trouvait amaigrie et fragile. Elle me disait : méfie-toi de ne pas être comme ça dans dix ans, que Estenoza ne te rende pas comme ça, avant elle n'était pas comme ça, il ne doit pas porter sur les femmes un regard aimant, regarde comment il l'a rendue. Je ne voudrais pas te voir comme ça dans dix ans.

Le lendemain, j'étais invitée à un anniversaire. Je n'en pouvais plus d'aller seule dans des soirées. J'avais parlé avec une actrice présente à Toulouse, que je connaissais de vue. Il y avait un homme pas mal à qui je plaisais, mais c'était Éric que j'avais dans la tête. Je décidais le lendemain de lui écrire une lettre. Pas un livre qu'il pourrait lire, une lettre adressée à lui. J'essayais de répondre à « ce n'est pas un rapport amoureux… ». Il m'avait dit après que ça lui avait fait du bien de recevoir une lettre adressée à lui. J'étais dans mon lit appuyée sur mes oreillers pour l'écrire.

Je la postais le lundi matin, avant de partir à Montpellier, pour nos quatre derniers jours de répétition avec Mathilde, la première serait à la fin du mois. Elle faisait cinq pages. Avant de l'envoyer, pour être sûre qu'elle n'était pas maladroite, je la lisais par téléphone à Jérôme, qui confirmait que je pouvais l'envoyer. Il pensait qu'il répondrait. Mais le silence s'installait. Plus le silence s'installait, plus je perdais confiance. Je commençais à me dire que j'allais renoncer. Je ne pouvais pas supporter, le portable fermé, quelqu'un d'injoignable, ça m'angoissait trop. Ça devait faire écho à des silences passés insupportables. Des amis me conseillaient pourtant de ne surtout pas le rompre, de ne pas laisser de nouveaux messages. Mais le silence pesait.

Je n'étais probablement pas capable d'aimer, à la première difficulté, là, maintenant, j'allais craquer. Un acteur bloqué dans son mutisme, je n'allais pas me mettre là-dedans. C'était moi qui m'étais trompée, ce n'était pas un rapport amoureux sinon j'aurais tenu. Je me laisserais séduire par le prochain qui me ferait un coup de charme, comme avant, je pouvais continuer. Les gens avaient du charme. Mais je ne pouvais plus, je ne voyais plus rien d'autre. Pierre avait disparu de ma vie, je m'en fichais. D'ailleurs en séance j'avais dit à propos de lui : comment j'ai pu décider de vivre avec quelqu'un qui détestait la littérature ? Et comment est-ce que j'ai pu vivre avec pendant cinq ans ? Alors que c'est la chose au monde que moi j'aime le plus ? Pourquoi est-ce que j'avais choisi de vivre avec quelqu'un qui ne l'aimait pas ? Est-ce que j'avais une telle colère contre moi ? Mon psychanalyste s'était levé à ce moment-là : oui, nous pouvons dire ça. La question de Pierre était réglée.

Dans un café, Nora me disait qu'elle avait l'impression de se débattre toute seule. Elle avait un sentiment de solitude, de recherche vague de quelque chose qu'elle puisse vivre. D'après elle les acteurs étaient tous comme ça, ils ne savaient pas très bien qui ils étaient, ça leur était familier d'avoir besoin d'une autre histoire.

— Je sais pas qui je suis à des moments. Ça te fait pas ça, toi ?

— Non, jamais, ça ne me fait jamais ça.

Elle s'était dit « elle vient de Mars ». Mais moi j'avais l'angoisse inverse, rester toute seule dans l'histoire que je vivais et que j'écrivais. Les acteurs d'après Nora étaient justement à la recherche. Elle était actrice, elle savait de quoi elle parlait. J'avais tout à coup un espoir.

Je n'avais plus aucune nouvelle d'Éric, malgré deux messages laissés deux jours de suite sur son portable toujours fermé, et ma lettre de cinq pages, qu'il devait avoir reçue. Il aurait pu me laisser un message pour me dire « nous ne sommes pas sur la même longueur d'onde ». La nuit, s'il ne voulait pas m'avoir en direct. Je perdais confiance. D'autres fois rien n'aurait pu me faire douter au contraire, j'étais sûre qu'on allait se retrouver. Puis de nouveau ça s'effondrait : je m'étais trompée, fait avoir, les acteurs étaient tous comme ça, le besoin de séduire, une sensibilité à la flatterie exacerbée, ils ne pouvaient que jouer. Jamais leur rôle. Ils jouaient tout le temps, c'était toujours sans conséquence, dissocié. Éric le disait lui-même, la sincérité, les sentiments s'effondraient les uns derrière les autres. Derrière l'apparence il n'y avait rien, « la sincérité… » il avait un petit sourire. Ce livre j'allais être obligée de le déchirer ou de lui donner une conclusion pathétique. C'était le récit d'une arnaque. Je n'étais plus digne de m'intituler écrivain. Être victime d'une illusion pendant plus d'un mois, pour un écrivain c'était la déchéance. Les écrivains étaient lucides, ils devaient l'être. Si je n'étais plus capable de distinguer les sentiments vrais des faux, je me licenciais moi-même. Je n'avais aucune nouvelle d'Éric, il était injoignable. La dernière nouvelle que j'avais eue, c'était le merci ironique de sa femme, qui commençait à dater maintenant, à remonter un peu trop loin pour me soutenir.

Quand je plaisais à quelqu'un qui me plaisait, et que je me l'avouais, j'étais heureuse mais tellement impatiente que ça se fasse, je voulais en être sûre trop vite, je faisais tout rater. J'étais incapable d'attendre que les gestes viennent au bon moment, j'étais trop angoissée. Je préférais partir ou poser une question brutale avant que les choses arrivent naturellement, une question sur un ton tragique et énervé, en disant que je ne pouvais plus dormir et qu'il fallait qu'on arrête de se voir. Les choses légères prenaient alors les proportions du drame, il n'y avait plus de fluidité, de souplesse, de liberté, l'autre était coincé et moi aussi, la question était réglée. Au contraire, quand je n'admirais pas, je trouvais érotique de craquer sous la pression au bout de plusieurs semaines ou de plusieurs mois. Ça ne me dérangeait pas, je n'étais pas stressée.

Mais le plus souvent, je ne me l'avouais pas. Je ne m'en rendais pas compte. Quand quelqu'un me plaisait, je ne m'en rendais tout simplement pas compte. Je pensais qu'on s'entendait bien. Je pensais qu'on avait un « *feeling* », des affinités. S'il me téléphonait pendant deux heures en pleine nuit, comme c'était arrivé, je me disais qu'il m'appréciait, ou qu'il ne savait pas qui appeler, qui appeler d'autre que moi. Puisque ça « accrochait entre nous ». C'était un scénario que je connaissais bien. À Nice, un ami m'appelait souvent la nuit. C'était un artiste, il travaillait sur de la résine et des décalques, je l'adorais. Une nuit, il me parlait encore plus longtemps que d'habitude. Je me sentais bien avec lui. Et il me faisait un peu peur. Je me disais : il m'aime bien. Un soir il m'appelait encore plus tard, et me demandait de passer chez lui. Je disais à Claude que je devais y aller, Denis n'allait pas bien, il avait besoin de moi. Vers une heure j'allais chez Denis, toujours sans rien m'avouer. Il s'approchait de moi, il posait ses mains sur mes seins, je les rejetais, je le repoussais en me demandant ce qui se passait. Il approchait sa bouche, je me détournais. En me demandant vraiment ce qui se passait. Je restais comme ça des années. Et quand je me l'avouais, je faisais tout rater. Craquer sous la pression était plus à ma portée que de prendre conscience de mes sentiments. Que j'ignorais totalement.

Édith Piaf avait écrit une chanson dont les paroles, très simples, disaient : toi il n'y a que toi, rien que toi, tout pour toi, tout à toi, rien qu'à toi, je ne vois que toi, toi pour moi, etc. Ça me restait un sentiment inconnu jusque-là. Je ne pouvais pas aimer, je n'aimais que l'écriture. Et les acteurs qui étaient dedans. Le risque de l'amour pour un être humain, je ne l'avais jamais pris, comme ça je n'étais jamais emportée par la vague. Je me dégoûtais. Au sens propre j'avais la nausée, après les repas j'étais dégoûtée pendant des heures, j'avais une impression de faim et de satiété. Le soir, en me nettoyant le visage, je me regardais dans la glace, et je pleurais. Je ne pouvais pas vivre comme tout le monde. Et je ne pouvais plus donner le change.

J'avais laissé plusieurs jours s'écouler depuis ma lettre. Le cinquième jour, j'avais laissé un message : ça me ferait plaisir d'avoir de tes nouvelles. Il n'y avait pas eu de réponse. Le lendemain, j'avais tellement mal partout, aux bras et aux épaules que je ne pourrais pas aller à Lyon comme je devais le faire, pour une lecture, je ne pourrais pas supporter la crispation des muscles pendant que je lisais, ni de me coucher tard. Éric pourrait peut-être y aller à ma place, je lui laissais un nouveau message. Il ne répondait toujours pas. Une amie me conseillait de ne surtout pas rappeler. Une autre me disait le lundi : on n'a pas le droit de te faire ça, pas à toi, toi tu rappelles, toi tu parles, tu relaisses un message. — Ce n'est pas du harcèlement ? — Non, ce n'est pas du harcèlement. Si tu appelles huit fois dans la journée oui, mais si tu appelles une fois et que tu laisses un message non. — Tu crois que je peux appeler sur le 01 ? — Oui, tu peux. J'avais donc appelé sur le fixe. Éric avait l'air heureux de m'entendre. On riait. Je lui disais à quel point il était pénible, mais ça le faisait rire la façon dont je le disais. Il aurait aimé répondre par écrit. Il n'était pas au courant que sa femme était venue me parler. Il m'avait dit : t'as eu droit à une scène ? Je ne racontais pas le détail, je restais vague. Il partait se reposer trois jours, ils décideraient à son retour de ce qu'ils allaient faire pour l'appartement et l'enfant. Nous devions nous rappeler pour confirmer un rendez-vous le mardi d'après. Je devais rappeler le samedi à midi. J'avais laissé un message le samedi mais à quatre heures et demie. Nous étions lundi soir, il n'avait toujours pas répondu.

Je commençais à penser que je n'allais plus jamais rappeler, cette fois. Je ne voulais pas forcer les choses, le pousser s'il ne voulait pas. Mais je ne maîtrisais pas l'angoisse du silence. Le matin, en faisant des mouvements d'assouplissement, de nouveau je me bloquais le dos, la sacro-iliaque se déplaçait, et produisait un déhanchement qui vrillait la colonne, et faussait les mouvements. J'avais des tendinites du coude aux omoplates en passant par la nuque, parfois jusqu'au bout des doigts j'avais mal, je ne pouvais plus écrire. Lundi soir, il n'avait toujours pas appelé. L'amie me conseillait de lui fixer un rendez-vous avec un horaire et un lieu, sur son portable, en lui disant de me rappeler s'il ne pouvait pas.

C'était trop d'énergie, non, je n'en avais plus. J'appelais mon analyste pour lui dire que je ne voulais pas forcer les choses. Il n'avait pas le temps de m'écouter, mais demain avant neuf heures je pouvais l'appeler. J'appelais Claire. Elle disait : comment ça, tu ne rappelles pas ? Tu m'as dit hier « ce serait trop beau ». Je lui avais dit ça la veille. Je ne disais plus ça maintenant. Je disais : oui j'ai dit ça hier, mais aujourd'hui je dis le contraire. Je n'allais pas créer les choses de toutes pièces. Elle disait : vas-y tu appelles et tu me rappelles après. J'avais laissé, je ne sais pas comment j'avais fait pour avoir une voix claire, un message fixant pour le lendemain vers midi et quart midi et demi un rendez-vous au Café de l'Abbaye, dont je lui donnais l'adresse précise. En lui disant que j'y serais, sauf s'il me rappelait si ça n'allait pas. Je terminais par : j'espère que ça va. J'essayais de m'endormir. Comme j'avais appelé une fois sur le fixe et que la voix de sa femme avait répondu, je paniquais un peu. Tout en étant certaine qu'il était impossible qu'ils soient de nouveau ensemble, ça me tournait dans la tête. Mon dos me faisait mal. Moi qui n'avais jamais de maux de tête, j'avais une névralgie qui commençait à me barrer le front. Je me recouchais mais je ne pouvais pas respirer. Je me relevais, j'appelais Claire pour parler quelques minutes. Je me recouchais finalement vers minuit, en me réveillant plusieurs fois, je rallumais chaque fois mon téléphone pour voir s'il y avait laissé un message disant que c'était impossible demain. Il n'y avait rien. Je n'arrivais pas à me calmer. Je passais une mauvaise nuit.

Je pensais, parce que la nuit je n'avais pas pu m'empêcher de récapituler : À propos de sa femme qui était venue me parler, au téléphone il a dit : tu as eu droit à une scène, ça voulait donc dire qu'il y avait

177

lieu. Elle n'avait pas dit ce « merci » sans raison. Il avait dit qu'il ne pouvait pas faire deux choses en même temps pour le travail, là c'était pareil, il était en train de se séparer, il ne pouvait pas venir vers moi en même temps. Il avait dit que l'écriture pouvait lui remplir une vie. Il avait dit : il faut bien que j'aie un peu de plaisir. Quand j'avais enlevé mes lunettes de soleil, le dimanche soir à Toulouse, il avait eu l'air heureux de voir mes yeux. Et plein d'autres choses. Même la façon dont Pierre avait reculé était une preuve, après un retour en février émouvant, courageux, la façon dont il avait disparu sans que je lui aie rien dit. Il devait sentir qu'il ne pouvait pas rivaliser, ça se sentait tout ça, même si je n'en parlais pas. C'étaient des vibrations. Le fait qu'Éric ait annoncé à sa femme sa volonté de se séparer d'elle le matin du départ à Toulouse. Ses dénégations, la plus belle, étant : ce n'est pas un rapport amoureux mais je sais que tu ne me crois pas quand je dis ça. Le fait qu'il m'ait dit le surlendemain du jour où on avait fait l'amour : ce n'est pas anodin, il faut savoir si on est ensemble ou pas ensemble.

Et le fait que j'écrive surtout. Le fait que j'y arrive. Parce que, même si bien sûr il fallait que je relise tout pour en être sûre, j'y arrivais. La rencontre avec lui provoquait un bouleversement dans ma vie et un livre différent de ceux que j'avais faits jusqu'à maintenant. Et on avait lu des passages ensemble. Et un bouleversement dans sa vie à lui aussi. C'étaient des preuves. Il m'en fallait d'autres ? Je n'étais pas seule dans l'histoire, tout me disait le contraire. Ou alors j'avais perdu toute lucidité, j'étais non seulement indigne de me prétendre écrivain, mais en plus il fallait s'inquiéter pour ma santé mentale. J'étais folle.

Le soir de mon anniversaire, le banquier m'invitait dans un restaurant classique. Je retrouvais des notes prises le lendemain, qui montraient à quel point je pouvais me tromper pendant une assez longue durée, deux ou trois mois. J'allais passer le cap fatidique bientôt, avec Éric. Je l'avais rencontré le 17 mars et nous étions le 21 juin. Je comptais sur mes doigts, ça faisait trois mois. Ce restaurant authentique, où le banquier avait des habitudes notamment professionnelles, était pour les gourmets, le patron sortait de la cuisine en toque blanche pour saluer le banquier. Il y faisait des dîners de closing, la détente après la signature d'un contrat définitivement réglé, dans les détails, après des négociations parfois difficiles. Le restaurateur parlait d'un homme politique, client, comme d'une connaissance commune. Le banquier répondait condescendant. Avec les ménagements nécessaires pour être servi suivant son désir mais sans jamais lui sourire, c'était le code. À propos de code, mon père faisait au moins du deux cents à l'heure sur les autoroutes françaises limitées à cent soixante, comme en Allemagne où les limitations de vitesse n'existaient pas sur les grands axes, les règles allemandes lui paraissaient toujours meilleures, en France c'était absurde pour les grosses voitures. Tout ce qui était allemand était sa référence. Le banquier, lui, se référait à Pétrarque, Laure de Noailles, l'amour, distinct du sexe, l'autre versant l'amitié érotique, il riait comme un vieux singe. Ses narines frémissaient et ses lèvres disparaissaient vers l'intérieur, ses épaules étaient secouées de rire. Il pouvait aussi bien, si ce langage échouait, en adopter un nouveau le lendemain sous prétexte que « les choses bougeaient ». Ce soir-là je ne comprenais pas encore comme maintenant, j'étais encore victime du rapport, peut-être aussi à cause de la vulnérabilité des jours d'anniversaire. Maintenant quelle honte, j'écrivais sur une feuille de papier : amour = absolu = confiance absolue = liberté d'être soi = danger = littérature = vérité. Il avait commandé des truffes, des coquilles Saint-Jacques, et un gâteau au chocolat avec bon anniversaire dessus, tout ça à l'avance. Rien ne le prenait au dépourvu jamais. Il prenait mon stylo, ajoutait = le grand mensonge du rêve. Je le reprenais, et j'ajoutais : non, justement pas. Et lui = une illusion pas très comique = très grand danger dont on ne sort pas vivant. Il parlait de l'amour comme le droguiste de son nuancier de couleurs, en disant qu'il était toujours comme ça, caustique, qu'il m'aimait beaucoup, qu'on avait une amitié érotique, qu'il était un type distant avec tout le monde, ses associés, sa femme, son frère, et lui-même, ce n'était pas spécialement moi. Gentil par éducation, mais cruel sur le fond, grossier, goujat, disait-il avec les épaules qui se secouaient. Les soubresauts ricaneurs. Ses manières m'angoissaient. Mais je n'oubliais pas que la défloration s'était faite avec lui. Je n'aurais jamais rêvé de mon appartement couvert de pétales de fleurs sans lui.

Il me raccompagnait, montait, expédiait le reste, le sexe, en une petite heure. L'ensemble de la soirée me laissait un goût amer. Je l'appelais chez lui, je pleurais au téléphone, il ne supportait pas les larmes. Il avait dit qu'il y avait chez moi quelque chose de bizarre, la preuve ces états dans lesquels je me mettais après avoir fait l'amour. Cette chose bizarre, fine mouche comme il pensait l'être, fin et psychologue, ne pouvait être que l'inceste. C'était sous-entendu, il ne le disait pas. J'avais pris du papier à lettres et commencé le brouillon suivant :

Ce matin, lendemain de mon anniversaire, tu as raison je ne supporte pas de faire l'amour avec toi, je préfère qu'on arrête, tu as raison. C'est vrai que faire l'amour avec un homme qui part tout de suite après avoir tiré son coup, ça ne me plaît vraiment pas. Je n'y suis pas entraînée, et je n'ai pas envie d'apprendre. Je n'ai pas le cerveau fait pour ça ni le cœur. C'est déprimant, tu sais. Je me demande quel type de femmes ça peut rendre heureuse d'ailleurs. Celles qui sont payées pour accepter ça ? Celles qui sont plus ou moins indifférentes aussi, que cette distance arrange ? Je ne sais pas, ce n'est pas mon problème. Moi, ça ne me plaît pas en tout cas. Déjeunons quand tu voudras, nous trouverons peut-être enfin le temps de parler librement, et d'autre chose. Je n'ai pas été séduite par toi, mais captivée, conquise, emmenée. Ce que j'attendais depuis longtemps. J'ai eu envie d'être à toi. Je n'y crois plus depuis cette nuit. C'est sans doute l'anniversaire qui m'a rendue fragile. Cette déception quand j'étais au restaurant à côté de toi. Quand j'entendais tes phrases, je me disais que j'avais fait une belle connerie de réserver mon anniversaire à quelqu'un qui ne me réservait rien. Que me réserves-tu ? L'admiration ? C'est ça ? Quand je te regarde, je souffre parce que je sais que je n'ai pas le droit de t'aimer, d'être complètement amoureuse de toi et de me laisser couler. Alors que je suis si bien dans tes bras et que tes yeux me possèdent. Tu es comme un grand amour se dérobant sous mes yeux en direct. Qui s'estompe comme quelqu'un de perdu pour toujours. Alors que j'aurais pu t'aimer tellement.

Heureusement c'était resté à l'état de brouillon, je ne l'avais jamais envoyé, fine mouche moi aussi je l'avais gardé dans mes dossiers.

Il y avait une première à l'Odéon, le banquier y allait avec sa femme. J'entrais dans le théâtre avec une amie. Il était à l'entrée, attendant probablement sa femme. Dès qu'il me voyait, son regard s'allumait. Je m'éloignais le plus vite possible, après l'avoir vaguement salué. Mais il me guettait. Au pot après, il cherchait à s'approcher. Je partais à l'autre bout. Sa femme passait devant moi, raide, ne me regardant pas tellement elle me sentait, elle passait raide, tout intérieure, avec sa distinction contrôlée. Il s'approchait tout près cette fois. Et me parlait. — Bonsoir Christine. À dix centimètres de moi. Il y avait beaucoup de monde. Modulation sur bonsoir. Comme si je n'entendais pas je regardais ailleurs. — Bonsouar Christine. Il était pile en face de moi. Il plaçait son visage devant le mien, tout près. Je faisais comme si je ne le voyais pas, comme s'il n'existait pas, comme si c'était un fantôme, un personnage rajouté. En surimpression dans un film qui n'a pas conscience de lui, ou un spectateur rentré dans l'écran en fraude, les vrais personnages continuent de jouer sans faire attention à lui qui n'apporte rien à l'histoire, ce n'est même pas un figurant, c'est juste un badaud qui s'incruste. — Bonsoir Christine. Je regardais par-dessus son épaule comme s'il était transparent, et que sa voix ne me parvenait pas, comme si c'était un courtisan aphone, dont la voix ne portait pas, inexplicablement, malgré ses efforts et le fait qu'il répète, car il reprenait « Bonsoir Christine », mais sa présence ne suffisait pas à arrêter le regard, le regard royal. — Bonsoir Christine. Un ami, juste derrière lui, me souriait. Je lui souriais aussi. Cet ami me disait, providentiel : tu veux quelque chose ? — Oui Patrick, merci, je veux bien. Moi, très animée, sourire, charmante, vivante. Patrick enchaînait. — Tu veux quoi ? — Un Perrier si tu en trouves.

Je faisais un très grand sourire à cet ami, très très grand, très lumineux, très ouvert, très heureux. — Merci, oui je veux bien. Un sourire comme jamais. Patrick me tendait le verre, entre les épaules de la petite foule. Son bras passait à côté de la tête de l'autre, qui n'avait toujours pas quitté le champ. Toujours en train de répéter : Bonsouar Christine. — Merci Patrick merci. Et je buvais. Je me désaltérais. Il faisait si chaud avec tout ce monde. Ce surpeuplement. Le banquier finissait enfin par s'éloigner. Il me téléphonait le lendemain, d'un téléphone dont je n'identifiais pas le numéro. — Christine, je suis triste. — Excuse-moi je n'ai pas le temps, je suis en train de faire autre chose, je suis sur une autre ligne. — Quand est-ce que je peux te rappeler, demain ? — Je ne sais pas, quand tu veux, tu me laisses un message, je suis occupée. — Est-ce que tu peux déjeuner demain samedi ? — Je suis sur une autre ligne. Et je raccrochais. Suivait un message de lui d'une tristesse désarmante, pauvre banquier : Christine, je suis triste, notre relation qui se termine comme ça en eau de boudin. Quel vocabulaire suranné, vulgaire, eau de boudin, quel manque de tact. Ce qu'il n'avait pas supporté, Christine, c'était « la négation ». Il avait réussi encore quelque temps à me réaccrocher, grâce à ses yeux et à des petites techniques, plus pour longtemps. Le processus de compréhension était en cours. Je reconstruisais toute l'histoire, tout s'illuminait. Depuis la première rencontre en novembre le jour du whisky dosé précisément en Perrier. Au bout du chemin, je me détachais comme une feuille qui tombe, avec une extrême facilité. C'était un pervers sadique, le seul langage qu'il comprenait était l'humiliation et la négation. Au théâtre, ce jour de première, j'avais utilisé le procédé moi-même par hasard, spontanément, à l'intuition. Je rêvais : si à quatorze ans avec mon père j'avais compris tout ça, comme j'aurais fait tourner le manège au lieu d'être prise comme un oiseau dans le filet.

Ils étaient pareils, ils avaient une vulgarité profonde, une distinction apparente, et un rapport tordu à la vérité. Ils ne comprenaient rien à la vie, tout en se pensant d'une intelligence et d'une subtilité hors du commun. Ils habitaient des grosses maisons ou des appartements vastes dans des quartiers agréables. Ils n'avaient pas de réactions inattendues, leur visage envoyait constamment des messages. Mais parfois dans la jouissance des grimaces survenaient. Heureusement pour eux à ce moment-là ils ne se regardaient pas dans la glace. Mais ça ne les aurait pas gênés, « ça fait du bien » était leur notion centrale, pas « je suis beau ». La voiture roulait sans perdre de temps d'une satisfaction à une autre. Ils réussissaient à vivre « toute (leur) vie sans emmerdements », tandis que les imbéciles subissaient les aléas sans rien comprendre. Le golf pour l'un (le banquier), les échecs pour l'autre (mon père), pouvaient devenir le centre de la vie pendant un temps indéterminé. Tous les dimanches ils y allaient. Ils s'y faisaient des relations, devenaient bons sans jamais devenir champions. Mon père avait quand même été champion d'Alsace. Souvent au tennis ils étaient classés. Ils étaient tous plus ou moins à la recherche d'une passion. La femme du banquier lui avait dit : ne parlez pas de moi, sans doute par peur de se retrouver dans un livre. Comme tous les gens de cette race, les livres c'étaient eux qui les mettaient dans les bibliothèques et pas le contraire.

Le mardi matin je me réveillais épuisée. On avait ce rendez-vous, à préciser samedi, mais comme on ne s'était pas parlé, je ne savais pas. La veille j'avais laissé un message fixant un lieu et une heure, disant qu'en l'absence de réponse je l'y attendrais. En me réveillant j'avais un goût de médicaments dans la bouche, j'avais mal dans le bas du dos et dans les bras. Je rallumais mon portable, aucun message n'annulait le rendez-vous fixé sur son répondeur. Rien ne disait qu'il y serait. J'appelais mon analyste à neuf heures, je lui disais : je ne veux pas forcer, je ne veux pas pousser, s'il ne veut pas, je ne veux pas forcer. Si je suis seule dans l'histoire ça ne va pas, je ne veux pas forcer. Je n'en peux plus, c'est ce que je ressens puisqu'il n'appelle pas, puisqu'il n'appelle pas je ne veux pas le pousser. L'idée, c'est que je suis seule dans l'histoire. Alors lui : oui, c'est l'idée. Une idée que je m'étais faite, idiote.

En réalité je n'étais pas seule dans l'histoire. Je passais ma matinée comme je l'aurais passée normalement, et m'apprêtais à partir à ce rendez-vous fixé. On sonnait chez moi à la porte. Le chauffeur du banquier apportait une grande enveloppe cartonnée, une artiste que le banquier collectionnait me faisait

185

porter par lui cette enveloppe. Il y avait scotché deux lettres, numéro 1 et numéro 2, avec son écriture noire. J'avais écrit sur elle.

Numéro 1 :

Pour te remercier, Alice m'a fait parvenir cette gravure pour toi. Pour t'en remercier aussi, je t'offrirai ce que tu voudras chez « Margiella ». Je t'appellerai.

Le second mot disait :

J'ai probablement grand tort de te faire parvenir tout cela, puisque un simple coup de téléphone de moi te fait horreur ! J'avoue cette faiblesse. (Il m'avait appelée la veille, ayant découvert mon texte dans la presse. J'avais saisi le téléphone et raccroché.) C'était pour déposer chez toi cette gravure, comme c'est assez précieux, on ne pouvait pas le laisser devant la porte.

Je mettais de côté les deux lettres, avec un Post-it collé dessus : le vide, les sentiments vides, bourgeois.

C'était une gravure en rose d'un portrait de femme en gros plan, ou de petite fille, avec une cicatrice à l'œil gauche, avec « to Christine Angot » au crayon d'une main tremblante, Alice D. était âgée. Je posais la gravure derrière une lampe et finissais de me préparer. Il faisait très chaud. Éric aurait sûrement eu mon message, il serait là. Je partais en pensant qu'il y serait, comme d'habitude en avance, avec un petit risque. Il n'y était pas. J'appelais. Son téléphone était ouvert, ça sonnait, il répondait.

— Christine, j'essaye de te joindre. Tu es où ?

— Je suis là où je t'ai dit sur le message hier.

— Je ne pourrai pas y être à l'heure, je suis dans le train, je suis en Normandie, j'arrive à Saint-Lazare dans une heure.

— À quelle heure ?

Le téléphone se coupait. Il était dans le train. Je rappelais. La conversation était morcelée, je tombais sur le répondeur quand ça ne passait pas. Je refaisais le numéro, quand ça passait on continuait.

— À quelle heure ?

— À une heure.

— Tu veux que je vienne te chercher ?

Le téléphone se coupait.

— Tu veux que je vienne te chercher ?

— On peut se retrouver. On peut se donner un endroit et se retrouver.

Le téléphone se coupait.

— Soit on se retrouve près de la gare, soit je prends un taxi et je te rejoins quand j'arrive, c'est où ?

Le téléphone se coupait.

— C'est là où je t'ai dit sur le message. À l'angle...
Le téléphone se coupait.

— Je n'ai eu ton message que ce matin. J'étais en Normandie.

Quand le contact était rétabli nous parlions le plus vite possible, avec des phrases compactes bourrées d'informations précises. Pour donner les indications nécessaires au plus vite.

— Tu préfères quoi, que je vienne ou tu veux me rejoindre ici, toi ?

— Je peux venir. C'est où ?

Ça se coupait. Je rappelais. Je tombais sur le répondeur, je laissais de nouveau l'adresse précise. J'attendais. Puis je rappelais.

— Tu viens alors ? Tu es léger ?

— J'ai juste un petit sac à dos. Soit tu vas te balader, soit tu vas t'acheter les œuvres complètes de je ne sais pas qui en m'attendant... j'arrive dans une heure...

— Oui je t'attends.

Je réglais plusieurs choses par téléphone, des histoires d'éditeur, j'avais une heure et demie à

187

attendre, j'achetais *Libération*, *Paris Match*, je n'arrivais pas à les lire, je prenais mon agenda, j'essayais de trouver des pages blanches pour écrire. Je parlais avec mon voisin. À une heure vingt, mon téléphone sonnait. Il était à la Madeleine dans un taxi. Il voulait l'adresse. Je la lui redonnais pour la troisième fois.

— Tu dis au chauffeur de t'arrêter à l'angle Saint-Germain-Buci, tu prends la rue de Buci, il y a un café qui fait l'angle avec une rue qui s'appelle, j'ai sous les yeux la plaque, la rue Untel, et je suis là assise en terrasse.

Il arrivait. Je le voyais passer devant moi sans me voir, à grandes enjambées. Il ne regardait pas qui était au café, il continuait en cherchant plus loin dans la rue un autre café que celui devant lequel il était en train de passer. Je me levais et je l'appelais. Il se retournait.

— Je suis complètement azimuté. T'es où ? T'es assise où ?

— Tu es passé devant moi. Je suis là, regarde. Là. Je n'étais pas cachée.

Il s'asseyait sur la chaise, je reprenais ma place sur la banquette en osier. Nous ne nous étions pas vus depuis deux semaines et demie, presque trois. Il s'était fait couper les cheveux.

Ce qui changeait le moins chez lui c'était son regard, je n'arrivais jamais à savoir ce qu'il pensait, son regard opaque, c'était difficile d'en déduire quelque chose, sauf s'il riait, sa voix c'était pareil elle était toujours désaffectée. Quand il ne riait pas, on avait sur soi un regard grave, chargé, impénétrable. Quand il riait, c'était la légèreté et l'humour, deux choses impénétrables aussi. Sa voix et ses inflexions étaient limpides et honnêtes, mais trop. Son regard n'annonçait jamais ce qu'il allait dire à l'avance, comme si rien n'était prévu. Mais si j'en jugeais par l'à-propos, les moments toujours appropriés, ça devait l'être. Le regard était étrange, profond, je n'en comprenais pas le sens. Il y avait parfois des silences, on pensait qu'il allait y avoir un blanc, un vide, mais là au contraire il disait quelque chose d'inattendu, et d'important, de mûri sûrement, malgré l'impression désinvolte et de remplir un blanc. Ça devait être quelque chose qu'il avait pensé dire depuis long-temps, mais qu'il ne s'était pas empressé de caser comme moi je l'aurais fait pour m'en débarrasser. Même pour dire « comment tu vas, toi ? » il trouvait l'angle. Sa séparation était en train de s'organiser, il semblait aller bien, sa femme et lui avaient mis leurs dates au point pour l'été.

On reparlait de ce problème de téléphone, de communication, il aurait aimé me répondre par lettre, puisque moi je lui avais envoyé une lettre. La lettre de cinq pages, après « ce n'est pas un rapport amoureux mais je sais que tu ne me crois pas quand je te dis ça ».

— Et je ne disais pas trop de bêtises dedans ?

— Ah non. Non.

— Bon.

— J'aurais voulu répondre par écrit plutôt que par téléphone, comme ça, une fois écrit, j'aurais su ce que je pensais. Mais il faut du temps. Que je la relise, et tout ça, je l'ai là. Elle est là.

Il montrait son sac à ses pieds et le touchait. Un peu plus tard il me parlait d'un article dithyram-bique qu'un autre acteur avait écrit sur lui dans un magazine, et qu'il semblait avoir envie que j'achète. Il me redemandait mes dates, pour Montpellier et Avi-gnon, pour venir voir le spectacle. Montpellier il ne pourrait pas, Avignon peut-être. Avant il avait son fils. En tout cas nous étions bien ensemble, ça se passait bien ce jour-là.

Je ne sais plus tout ce qu'on s'était dit, j'écris ça longtemps après. En général j'essayais d'écrire les scènes le plus vite possible, mais parfois ça allait trop vite et j'oubliais. Je n'oubliais pas l'ambiance, je n'oubliais pas la sensation. Chaque fois que j'allais le voir, je me disais « je vais être déçue », je ne l'étais jamais. La veille j'avais pris un café avec un autre acteur, en le quittant je m'étais dit « ils sont tous pareils, je vais être déçue demain en revoyant Éric, et me rendre compte que lui ou un autre c'est exactement la même chose, et je vais pouvoir penser à autre chose, plutôt que d'être fixée sur lui depuis maintenant plus de trois mois ».

Nora m'avait donné les paroles intégrales de la chanson de Piaf. Toi rien que toi, oui que toi, encore toi, toujours toi, partout toi, tout pour toi, tout par toi, tout de toi, tout en toi, tout à toi, avec toi, rien que toi, oui que toi, encore toi, toujours toi. Un ouragan de toi se déchaîne sur moi, et moi pleurant de joie, baignée de soleil, je vois un arc-en-ciel, ciel tout semé d'étoiles. Toi entre ciel et terre. Mais ton souffle se lève, balayant le temps et jeté sur le rêve. Moi je crie d'amour. Ô ! l'océan de joie qui m'emporte avec toi.

Évidemment, à la lecture du texte, je n'avais jamais entendu la chanson elle-même, mais à la lecture du texte je me rendais compte qu'il s'agissait d'un envahissement total, mental et concret, physique, « je crie d'amour » c'était la jouissance, « Ô l'océan de joie » aussi. Moi je n'avais pas ça, là j'avais un manque, pourtant je ressentais moi aussi un envahissement total, concret et physique, constant, je voyais son visage oubliant tout au-dessus de moi la fameuse nuit, et si je fermais les yeux parfois les larmes me venaient, je me sentais habitée.

J'avais passé un seul week-end avec le banquier, le premier et le dernier, dans sa maison du Var. Les relations physiques avec lui étaient directes, nettes, ça allait de l'avant. Il ne tournait pas autour du pot, ou alors par jeu, ça en faisait partie. S'il commençait à me regarder ou à me toucher, j'avais beaucoup de mal à résister. J'avais fini par trouver comment jouir, ça marchait chaque fois maintenant. Le mot « salaud » devenait un déclencheur fiable, quasi automatique. Mais nécessaire, je n'en avais pas d'autre, c'était le seul. Je ne jouais avec aucune représentation d'images, aucun film, aucun scénario déroulé dans ma tête, non rien de tout ça, il suffisait de ce mot appliqué à ce type-là avec moi. Alors, même ce qui me dégoûtait devenait moteur puisque ça renforçait le mot. Sa maison du Var, « à la campagne » comme il disait, était un hameau restauré. Ça me rappelait une autre fois chez des gens où tout avait été facile. Jusqu'à ce qu'ils me demandent un service que je leur avais refusé. Il m'arrivait d'être invitée par des gens comme ça, je les laissais croire que j'entrais dans leur manche, que je devenais peut-être une de leurs cartes, ils me trouvaient plus sympathique que la réputation que j'avais, plus douce. Puis je me lassais, je ne prenais plus de plaisir à les voir essayer de me corrompre. Maintenant j'avais fait le tour de ça. Alors que toi rien que toi, oui que toi, encore toi, toujours toi, partout toi, tout pour toi, tout de toi, tout par toi, tout en toi, tout à toi, avec toi rien que toi, je n'en ferais pas le tour. Le week-end dans le Var ne m'intéressait même plus à raconter. Il faisait encore très froid, il gelait la nuit, il y avait encore de la neige sur les sommets, la Sainte-Victoire était tout près, le mont Ventoux à deux pas, on avait fait une promenade dans la montagne, dans une forêt de cèdres, emmitouflés dans du cachemire. Le dimanche à l'heure du déjeuner, un magnifique soleil. Le banquier demandait au gardien-cuisinier de mettre la table dehors, au soleil. Avec la nappe et les couverts en argent, comme toujours. On m'avait demandé à l'avance ce que j'avais envie de manger, puisque tout était possible, il n'y avait qu'à dire. D'après lui, j'avais un choix infini, à condition de choisir une semaine à l'avance « pour s'organiser ». Alors je parlais de turbot. Mais là j'avais droit à un petit pincement des lèvres qui signifiait « on en profite ». Ça m'était tellement égal ce que j'aurais à manger huit jours plus tard. Le jour du déjeuner ensoleillé c'était de la sole. Avec de la purée. Maison. C'étaient les premiers rayons du soleil. Ensuite Joël avait débarrassé. Nous faisions quelques pas. Comme toujours après un moment parfait, il y avait le revers. Sur le ton de la plaisanterie, le banquier se décrivait comme « une impasse ». Même si je ne pouvais jouir qu'en me disant « salaud » ça m'angoissait. Je ne planifiais pas une vie future avec lui, mais je lui faisais remarquer que c'était désagréable et inutile à dire « impasse ». Ça l'amusait encore plus. « Comme tu marches ! » Il parlait maintenant de voie sans issue. Pour accumuler. Le comique de répétition. Après m'avoir fait faire le grand tour du propriétaire, et fait tout admirer. M'avoir bien fait profiter. Impasse, voie sans issue : c'est-à-dire, qu'est-ce que c'est une voie sans issue, qu'est-ce que ça veut dire ? Il répondait : ah c'est formidable, on peut s'y promener, longuement, en faire le tour, aller, venir, la seule contrainte c'est qu'on sait que tôt ou tard on devra en sortir. J'étais piquée, c'était le but, il réussissait, ça marchait. Je n'en riais pas encore à ce moment-là. C'était l'avant-dernière fois que je le voyais, j'allais le liquider bientôt. Mais la nuit, cette nuit-là, vers cinq heures du matin, angoissée, j'appelais Pierre de ma chambre, je n'arrivais pas à dormir dans l'ancien hameau. Il m'avait mise dans une chambre, dans laquelle on entendait les bruits de la chaudière, les tuyaux passaient derrière le mur. Alors que lui avait une chambre vaste, calme, avec une grande salle de bains, et des fenêtres sur trois points de vue.

Nous étions toujours dans le même café. Éric me demandait si je continuais à écrire. Il faisait chaud ce jour-là, j'avais un chemisier à fleurs je me souviens, et un jean.

— Bien sûr. Pourquoi tu me demandes ? Tu voudrais lire ?

— Non, pas forcément… Je ne suis pas pressé de lire. Il n'y a aucune urgence. Et puis là on en sort, alors on va laisser un peu passer le temps, et laisser comme c'est. Moi j'aime quand on est comme là, tu vois, quand c'est agréable entre nous, quand on est bien, quand on rit, comme maintenant quand c'est léger. Pas comme la dernière fois où tout était compliqué. La dernière fois, je ne sais pas, c'était comme si on avait été l'un contre l'autre.

La dernière fois, c'était trois semaines plus tôt, le jour de « ce n'est pas un rapport amoureux mais je sais que tu ne me crois pas quand je dis ça », la veille du merci ironique. Puis ma lettre, son portable fermé…

— … Moi je n'ai pas seulement un rapport à ton écriture, j'ai aussi un rapport avec toi. C'est bien qu'on sorte un peu de l'écriture. Ça dépassionne.

— Qu'est-ce qui dépassionne quoi ? L'écriture qui dépassionne le reste ou le reste qui dépassionne l'écriture ?

— Tout. L'ensemble. Les deux. Ce n'était pas dépassionné la dernière fois. Je ne veux pas vivre des trucs comme ça avec toi, comme la dernière fois.

— Mais je pense que j'étais encore sous le choc de Toulouse.

— Justement c'est ce que je te dis, là on en sort.

— La dernière fois je te rappelle que je venais de me bloquer le dos, j'étais sous le choc de Toulouse, et du fait qu'on n'en ait pas parlé. Qu'on n'ait pas pu.

— La dernière fois, j'avais l'impression que tu voulais, je ne sais pas comment dire, me… désintégrer, et en même temps… m'agripper. C'était insupportable.

— Après Toulouse, je crois que je suis passée par un moment de haine avec toi.

— Oui.

Le banquier avait pris rendez-vous chez mon ostéo. Pour ce problème au bras qu'il avait, à la suite d'un mouvement de golf. Il se faisait faire des massages à domicile mais ça persistait. Il avait donc pris rendez-vous avec elle, je l'avais prévenue : tu vas voir il est moche. Elle m'avait téléphoné après en me disant : écoute, tu exagères, c'est pas vrai, il a du charme. Je lui avais dit : oui oui…

La première fois qu'il m'invitait à dîner, il me demandait si j'aimais voyager et quels pays j'aimais. Je répondais l'Italie. Il affichait un grand sourire, comme si on se retrouvait sur un goût rare, original. Il enchaînait sur Venise. À quel point il aimait Venise, la meilleure preuve était qu'il comptait y acheter une maison, sur les Zattere. La dernière fois, il avait acheté à Venise un tableau de Bellini, le fils.

Mais une fois rentré à Paris, ça n'allait pas chez lui, ça n'allait pas, ça n'allait pas, répétait-il soulignant l'évidence. Il décidait de le vendre, chez Christie's. Mais leur estimation n'étant pas satisfaisante, il allait chez Sotheby's, là, non seulement l'estimation était meilleure, mais l'expertise révélait que le tableau n'était pas du fils, mais du vrai Bellini, le père. Il réalisait donc une excellente opération financière, et inattendue, il utiliserait cet argent en achetant quelque chose à Venise, un cadeau qu'il se faisait. C'est bien non ? Sur le ton du hasard, de la loterie, la chance, le coup de bol.

— Et je sais pourquoi je me suis bloqué le dos, je sais ce qui l'a provoqué, je sais exactement quoi, j'en suis sûre. Exactement. Tu venais de me dire au téléphone : Laure est partie. Tu t'en souviens ? On s'est vus un jeudi, et elle était partie le mardi. Quand tu m'as dit ça le matin au téléphone, juste avant qu'on se voie, ç'a été incroyable, ç'a été un choc. Que quelqu'un d'autre que moi fasse ça, que la vie suive l'écriture pour quelqu'un d'autre que moi.

· Il n'était pas du tout étonné de ce que je disais.

— Oui je sais.

Il acquiesçait.

— Y a un truc où tu as raison dans ta lettre. Quand tu dis que tu comprends pourquoi je n'ai pas voulu te rencontrer pendant si longtemps. Je ne voulais pas, parce que moi j'avais de l'avance sur toi. J'avais lu, moi. Je savais comment tu étais et je savais aussi comment moi j'étais.

— Alors que moi je ne savais pas comment tu étais. Toi, tu m'avais lue, tu connaissais les deux, oui, c'est ça. Moi je ne connaissais que la moitié, je ne connaissais que moi. Toi tu savais tout, tu connaissais l'ensemble.

— Oui, moi je savais.

— Toi, tu te connaissais. C'est ça. Et tu me connaissais, tu savais tout. C'est pour ça que tu ne voulais pas qu'on se rencontre pendant si longtemps.

Les cinq ou six années qu'avait duré sa passion pour moi avant de me rencontrer, la façon dont il s'était débrouillé pour que ça se sache, mais ne rien me dire quand on se croisait, le fait de continuer quand même à faire passer des messages. En se disant : un jour on se rencontrera, ce sera bien. Il contrôlait l'élan.

— Oui, je savais que si on se rencontrait, on se parlerait vraiment.

— Alors que moi je ne le sais pas depuis longtemps qui tu es. Je l'ai compris depuis Toulouse. Y a combien de gens comme ça ? Y en a pas, y en a quasiment pas, j'en connais presque pas, j'en connais pas même. Que l'écriture soit aux commandes à ce point-là, c'est rare. Je n'ai jamais rencontré ça, chez personne. Ce que tu as fait à Toulouse avec moi, j'ai trouvé ça extraordinaire. Que tu l'aies fait, comment tu l'as fait, et ce que tu as fait après. J'ai été bluffée.

Son visage changeait, je me rendais compte que ce que j'étais en train de lui dire, je ne lui avais jamais dit : extraordinaire. Alors que je le pensais, que je l'avais dit à d'autres. L'expression de son visage se modifiait, je ne lui avais jamais dit.

— C'est extraordinaire ce que tu as fait à Toulouse.

Je précisais : la façon dont tu as assumé l'écriture. Ta vie qui en suit les conséquences, la séparation le jour même. Jusque-là je pensais qu'il n'y avait que moi qui étais comme ça. « Toute seule dans l'histoire » tu sais comme je disais souvent. Tu m'avais répondu « ah oui c'est ton truc ça », tu te souviens le jour où tu avais dit ça ? C'était bien ce jour-là.

C'était dans un café du onzième, il me parlait en même temps de son opéra, son récitatif, il me faisait rire. Il parlait de son travail, puis avait balayé en une phrase « je suis toute seule dans l'histoire » par « ah oui c'est ton truc ça ».

— … Mais quand il y a quelqu'un d'autre, ce n'est pas facile quand on n'a pas été habituée. Quand tu me demandes comment je vais, j'ai tout ça à te répondre, tous ces détails. Tu comprends ?

— Oui.

En écrivant je me disais : dire que ça ne marche pas. C'était si extraordinaire, j'ai tellement cru que j'avais rencontré quelqu'un d'unique, que c'était la rencontre de ma vie, et ça ne marche pas. Ça me rendait folle, je ne savais plus quoi faire, je ne pouvais pas effacer le souvenir ni de la nuit, ni de la lecture, ni de leurs conséquences. Nous n'avancions plus, maintenant que le premier barrage était renversé. Avec des dénégations comme « je ne suis pas amoureux mais je sais que tu ne me crois pas quand je dis ça », j'avais des moments de désespoir, des chutes de moral, je me voyais coincée dans cette histoire sans pouvoir sortir. Si c'était ça l'amour…

Je lisais *La Princesse de Clèves*. Je soulignais : « Est-il possible que l'amour m'ait si absolument ôté la raison et la hardiesse et qu'il m'ait rendu si différent de ce que j'ai été dans les autres passions de ma vie ? »

— C'est bien que tu aies dit tout ça.
— Tout quoi ?
— Tout ça. Tout. L'ensemble.

— Mais quoi précisément ?

— Tout ça, tout ce que tu viens de dire. Extraordinaire, et tout ça.

— C'est pour répondre à ta question, quand tu me demandes comment je vais. Alors voilà je vais bien. Je vais même très bien. Ça me donne beaucoup d'énergie tout ça. Beaucoup. Je me sens pleine d'énergie. Mais c'est un choc. De savoir que j'ai rencontré quelqu'un comme toi. Et donc de savoir que je ne suis plus seule dans l'histoire. C'est pour ça que je me suis bloqué le dos, j'en suis sûre. Quand tu m'as dit, au retour de Toulouse, au téléphone, que ta femme était partie. Ça fait combien de temps qu'on se connaît ?

— On s'est rencontrés début mars... le jour de ma première.

— Oui, ou le 17 mars, le jour du Salon du Livre, quand on a déjeuné la première fois.

— Oui, ce jour-là ou quelques jours avant.

— Mars, avril, mai, on est fin juin. Ça fait donc trois mois.

— Trois mois, ben dis donc, tu parles d'un stage intensif. Trois mois, j'ai l'impression que ça fait... douze ans.

Il avait dit douze ans. Il était avec sa femme depuis douze ans, il venait de la quitter. C'était comme s'il ne savait plus qui était qui, comme s'il confondait.

On était ensemble depuis presque trois heures. Le temps passait. Le sujet de nos conversations devenait plus léger. On parlait aussi des rumeurs à notre sujet. Les gens parlaient, beaucoup réprouvaient ce qu'on avait fait. « Par rapport à Laure » trouvaient-ils. Peu de gens mettaient l'écriture au premier plan, même dans notre milieu, soi-disant tellement... passionné par tout ça. Nous allions partir, et décider d'un rendez-vous pour la prochaine fois, je ne voulais pas de « on se rappelle » puisqu'en général il ne rappelait pas. Même s'il disait que, vu tout ce que j'avais dit (extraordinaire et tout ça), il allait être différent, forcément. Je ne voulais tout de même pas du « on se rappelle ».

— T'as pas confiance ?

— Non.

— Alors je m'engage, tu m'entends, et moi quand je m'engage... je m'engage à te rappeler vendredi, vendredi matin, entre dix heures et onze heures, ça va ?

— Oui, ça va.

— Et on essaye de se voir ce week-end avant que tu partes à Montpellier. Je vais avoir un peu de temps samedi après-midi mais on peut essayer de faire mieux.

On se quittait au coin de la rue de Buci. Pour me dire au revoir il me prenait dans ses bras et me serrait. Je me collais contre lui. Il resserrait ses bras sur moi.

Je me sentais bien. Je rentrais légère. Il allait appeler vendredi, nous allions nous voir pendant le week-end, sûrement un soir, d'après « faire mieux, on devrait pouvoir faire mieux ». Le vendredi matin, comme prévu il appelait. Il n'avait pas réussi à dégager un long moment pour qu'on se voie avant mon départ. La seule chose qu'il pouvait me proposer c'était une heure le samedi et deux heures rapides le dimanche, et ça il ne le voulait pas. Il ne voulait pas surveiller le temps, et devoir me dire à un moment « maintenant j'y vais », avec la réaction que ça me provoquait toujours. Il voulait qu'on se voie tranquillement et préférait donc qu'on attende mon retour. Quand on se voyait trop rapidement, il avait constaté que je supportais mal son départ. Il ne voulait pas provoquer ce malaise en étant obligé de regarder l'heure et en disant « maintenant il faut que je parte ». Il me demandait :

— Tu rentres quand ?

— Samedi, qu'est-ce que tu fais samedi soir ? (Moi j'étais invitée à une fête, mais il aurait pu venir.)

— Je ne peux pas, il y a une fête chez Alain. Dimanche je ne pense pas que ce soit une bonne idée, avec la fête de la veille, je ne serai pas en état. Mais lundi si tu veux, on dit lundi ?

— D'accord. Avec du temps devant nous.

— Oui avec du temps. On peut se retrouver pour déjeuner et rester tout l'après-midi ou pour l'apéritif si tu veux et laisser filer. Comme tu veux.

— Le soir c'est mieux.

— Comme tu veux.

— Le soir alors.

— À six heures. C'est dans dix jours ça me laisse le temps de trouver quelqu'un pour Simon.

— D'accord. Mais je regrette quand même qu'on ne se voie pas avant mon départ, même un petit moment, pourquoi on ne se voit pas dimanche même une heure et demie ou deux heures ?

— Non je t'assure, ça va m'angoisser, de devoir dire « maintenant faut que j'y aille ». Je veux qu'on ait un long moment, je ne veux pas qu'on se voie rapidement.

— Bon d'accord, alors on dit lundi, vers six heures six heures et demie.

— Tu trouves un endroit, pour qu'on puisse dîner dehors, et tu m'appelles pour me dire où, je ne sais pas, dans le Marais ou dans le sixième, tu connais mieux les endroits. Tu me laisses un message et j'y serai.

— D'accord.

Le dimanche matin, la veille de mon départ pour Montpellier, j'avais relu et je pensais à lui, forcément, j'avais envie de lui parler. Ça me rendait proche, mais pas seulement proche, sûre de lui aussi. En harmonie, en adéquation parfaite. Certaine. Ça épousait, oui c'était le mot, ça épousait ce que je ressentais et ça épousait la réalité, ce que je disais était vrai. Ça me sautait aux yeux quand je lisais, il était la personne importante de ma vie, tous les autres n'avaient plus d'intérêt. Ils n'étaient pas dans le champ, ils n'y étaient plus, je ne voyais plus que lui. Ceux qui étaient dans le champ avant n'auraient jamais dû y être. Je commençais à comprendre les paroles de Piaf, il n'y a que toi, je ne vois que toi, rien que toi, tout pour toi, rien qu'à toi, il n'y a que toi, tout pour toi, tout à toi, que toi, que toi. Oui maintenant c'était bon, je comprenais. Enfin. Mais ce n'était pas une obsession. Je connaissais les obsessions, ça n'avait rien à voir, on voulait s'en défaire, pas les rendre possibles.

Ce n'était pas toujours aussi clair. Je me disais aussi parfois : peut-être qu'écrire a renforcé l'illusion, que c'est une rencontre passagère, anecdotique, qui se réduira dans dix jours à un chapitre, comme le banquier, qui n'occupe que vingt pages au début du livre, alors qu'il m'obsédait les premiers temps. Maintenant il est là en introduction, juste pour faire comprendre la perspective de l'histoire et donner un ancrage au déroulement, et il était indispensable pour la défloration. Peut-être que je me rendrai compte dans dix jours que Éric occupe lui aussi un rôle précis, mais circonscrit, indispensable mais marginal, anecdotique, cadré. Que c'est une phase avant autre chose de plus important. Qu'il a juste un rôle à jouer. Passager. Je ne sais pas encore lequel. Je me rendrai compte que c'est en arrière-plan dans quelques jours. Alors je sabrerai dans les pages, je réduirai la centaine sur lui à deux ou trois ou une dizaine. Je ne le souhaitais pas, j'y pensais, je me posais la question. Mais je ne le souhaitais pas et je savais que non. Donc ce dimanche, la veille de mon départ à Montpellier pour la première avec Mathilde, j'étais devant la machine, je relisais les derniers passages, tout d'un coup il fallait que je l'appelle, que je lui parle, que je le voie avant de partir. Et qu'il me serre de nouveau dans ses bras.

Même si je craignais que le téléphone soit fermé, je l'appelais. Il répondait. Son téléphone n'était pas fermé. J'avais l'air de le déranger. Il avait une voix hagarde et débordée. Son Frigidaire fuyait, il essayait de comprendre d'où ça venait. Je concluais : d'accord, donc à plus tard. Je n'étais restée que vingt secondes au téléphone, juste le temps de dire à plus tard. J'avais pensé lui proposer de déjeuner le lendemain à la gare de Lyon avant mon départ, je ne l'avais pas fait. Je continuais ma journée de dimanche, je déjeunais avec Andrea. Les heures passaient, nous étions dans un café de Pigalle, vers le milieu de l'après-midi mon téléphone sonnait. Éric qui me rappelait.

Mon visage changeait, je m'éloignais de la table. Je faisais quelques pas de long en large, à l'écart de ma table, en parlant au téléphone avec lui. Je sentais mon visage sourire, mon corps respirer. Mon visage s'ouvrait. Entendre sa voix et rire avec lui correspondait à quelque chose d'intime. Je lui proposais de déjeuner le lendemain à la gare de Lyon, il disait oui tout de suite. Je me rasseyais, Andrea éclatait de rire en voyant ma tête, ensuite l'après-midi se passait beaucoup mieux.

S'ajoutait à tout ça que je n'en pouvais plus de vivre seule. Pourtant ça faisait moins d'un an. Et il y avait eu l'intermède banquier au milieu, et le retour de Pierre ensuite. Je n'avais jamais ressenti un tel attachement pour quelqu'un, aussi vite et aussi sûr. J'aimais. Je n'en pouvais plus. J'avais l'impression que mes tripes traînaient dehors. Et personne n'essayait de les remettre à l'intérieur. J'écrivais. J'aurais bien aimé boire moi aussi un soir comme celui-ci, m'anesthésier. Voilà ce que je me disais. J'avais eu ma fille au téléphone dans la matinée, elle était à Montpellier avec sa grand-mère. Elle avait l'air détendue, heureuse. La semaine prochaine à Paris, je pensais aux efforts que je devrais faire avec elle pour avoir l'air bien. À la rigueur si je me mettais à pleurer, dire que j'étais fatiguée en restant souriante, que c'était ce roman qui m'épuisait. J'avais vécu dix-sept ans, presque dix-huit avec son père, Claude. Nous nous étions séparés au printemps 97. Au début de l'été c'était devenu définitif. Nous avions juste décidé de passer une semaine ensemble en Espagne comme l'année d'avant. Puis je devais partir seule avec Léonore. Je ne savais pas où aller. La solution la moins compliquée me semblait un séjour en Turquie, on s'occupait des enfants, et on était pris en charge dès l'aéroport. Mais je me sentais très vite mal à l'aise dans l'ambiance. J'avais prévu quinze jours payés d'avance. Nous déposions nos affaires dans la chambre, nous allions dîner. Léonore était encore petite. J'étais tendue et épuisée. Elle subissait mon état. Au restaurant, nous nous installions à une table de deux, les autres s'installaient ensemble à des grandes tables pour lier connaissance. Je m'installais seule en face d'elle, nous commencions à manger, toutes les deux, environnées des grandes tables. Des gens à côté avaient l'air de glisser des regards vers nous. Une femme semblait parler de nous. Elle se levait pour aller chercher quelque chose, au moment de se rasseoir elle passait sa main dans les cheveux de Léonore avec un air attendri, sans me regarder. Elle se rasseyait, j'avais encore l'impression qu'elle parlait de nous. On s'engueulait depuis le début du repas, si être avec moi ne lui convenait pas... si ce genre de vacances ne lui convenait pas... si elle ne voulait pas aller au club pour enfants... qu'est-ce qu'on faisait là, j'étais venue pour elle... si elle préférait passer toutes les vacances avec son père... qui partait en vacances avec d'autres parents dans une grande maison... elle savait bien que moi il n'en était pas question, je ne supportais pas les ambiances familiales, les maisons partagées... et si elle s'imaginait que j'étais bien ici... Mon angoisse se déversait sur elle. Ça faisait plusieurs années que je passais les vacances en attendant mieux. La table à côté nous regardait encore. J'avais dit : y a un problème ? La femme répondait : je parle à mon mari, madame. Moi : oui, mais j'ai eu l'impression que ça me concernait. Elle : Écoutez madame, je ne vous en dirai pas plus, je ne vous dirai qu'une chose, je travaille dans l'Éducation nationale, tout ce que je peux vous dire, c'est que, dans notre métier, quand on voit des parents comme vous, on envoie une assistante sociale. Viens Léonore, viens on s'en va, tu vois ma chérie, cette femme nous connaît, cette femme sait, elle connaît notre vie, elle sait comment il faut faire, elle sait tout, elle sait exactement comment il faut vivre, elle a tout compris de la vie, tout, il y a des gens qui savent tout, viens on s'en va... Nous nous installions à une autre table pour le dessert, avec des gens, un couple et leur fille. Je leur déballais ce qui venait d'arriver, à eux que je ne connaissais pas, n'en pouvant plus. La femme répondait : ah oui effectivement, même si elle le pense, elle n'est pas obligée de le dire.

Il n'y avait personne à qui parler, rien à attendre. Nous rentrions pour dormir dans notre bungalow. Je ne dormais pas.

Je ne voyais pas comment laisser se dérouler les quinze jours à venir, je décidais de rentrer en perdant l'argent, et avec la perspective d'un mois d'août interminable à écouler, seule avec ma fille dans notre appartement à Montpellier. Mais j'allais dire à la réception que je voulais partir. On tentait de me convaincre : j'allais m'habituer. Je ne voulais rien savoir et changeais les billets. Puis je redescendais à la piscine, où j'avais posé ma serviette. Un type était maintenant à côté, je l'avais remarqué la veille, il tranchait sur les autres. Il était grand, brun, bizarre, beau. Il me demandait si ça allait. Non, je venais de modifier mon retour, je rentrais après-demain au lieu de rester quinze jours comme prévu, je ne supportais pas ici. Lui non plus ne supportait pas, la veille lui aussi s'était demandé s'il n'allait pas repartir. Il était venu pour ses enfants, il s'était cassé la cheville sinon il ne serait pas venu là. Il me demandait quel métier je faisais. J'éludais pour ne pas répondre écrivain. Je faisais un geste vague de la main. Je disais : et vous ? — Heu… artiste. Il était d'origine autrichienne, juif, différent des autres, drôle, ouvert. Je rechangeais mon billet, pendant quinze jours nous comptions l'un sur l'autre, et nous étions tristes le jour du départ. J'apprenais des années plus tard qu'il avait hésité longuement à me draguer, « mais qu'il avait eu peur ». Passé les premiers jours de trouble, moi je l'avais considéré comme un ami que je trouvais lâche. À l'automne on se revoyait, l'électricité s'était complètement envolée. Avec Éric ça serait sûrement pareil. J'allais l'apercevoir au coin d'une rue, ou descendant l'escalier d'un théâtre, je ne ressentirais rien, je me dirais « tiens Éric est là », et je l'embrasserais comme un vieil ami, avec qui j'avais eu une histoire bizarre.

Le lendemain j'arrivais à la gare de Lyon vers midi. Le train pour Avignon partait à deux heures. Il faisait très chaud, très lourd, j'hésitais longtemps sur le choix de la table. L'endroit n'était pas climatisé. Certaines tables étaient trop dans la fumée, certaines trop isolées, d'autres trop bruyantes, ou alors c'étaient les fauteuils qui n'étaient pas les bons. Je finissais par m'asseoir près d'une fenêtre ouverte, par laquelle ne passait que de l'air chaud, mais c'était plus gai d'être à la lumière. Éric arrivait, j'étais heureuse de le voir, j'avais l'impression qu'il était content aussi. Même si au fil de la conversation cette impression se dégradait.

Je lui demandais comment allait son fils. Ça déclenchait un retour en arrière, avec une remise en question de sa séparation, avec l'argument qu'il s'ennuyait, que rien n'avait changé. C'était moins difficile qu'il l'avait prévu mais pas intéressant non plus, il se demandait parfois s'ils ne pourraient pas lui et sa femme reprendre ensemble différemment « en inventant autre chose ». Son besoin d'être libre, il n'en faisait rien, si c'est ça... Si ce qu'il avait voulu c'était juste être libre pour regarder la télé... Comme rien n'avait changé... Il n'existait peut-être pas mieux. Ou alors il fallait qu'il poursuive jusqu'au bout sa logique, son envie d'être seul, pour voir. Il ne m'aidait pas pour descendre ma valise sur le quai, j'avais encore mal au bas du dos et au bras en descendant l'escalier et en m'accrochant à la rampe, il repartait dans l'autre sens en me disant : je te laisse prendre ton train. Au lieu de me faire du bien, ce rendez-vous m'avait déprimée. Je me demandais quand je pourrais arrêter enfin de m'intéresser à cette situation, avec ce type qui ne s'intéressait pas à moi. Quand est-ce que j'en prendrai acte ? Bientôt j'espérais. Sa manière de procéder était désagréable et me faisait douter de la validité de tout. Il ne s'intéressait pas à moi, je n'avais aucune raison de m'intéresser à lui. L'écriture était à l'origine du dérapage, de mon erreur, et de cette illusion qui se prolongeait. D'ailleurs il ne parlait de moi, de nous, que pour demander si j'écrivais. C'était le seul terrain qu'il me concédait, la seule chose que j'avais le droit de faire. La seule qui semblait l'intéresser. À moins que ce soit moi qui ne m'intéresse qu'à ça. Et qu'il le sente.

— Et sinon tu as continué à écrire ?

— Oui. Bien sûr.

— Et ça va ?

— Je croyais que ça ne t'intéressait plus, que tu ne voulais plus en parler.

— Non, ça m'intéresse. Ce que j'ai dit c'est qu'il n'y avait pas d'urgence pour que je lise, je peux attendre. Mais ça m'intéresse.

C'était la seule partie de moi qui le touchait, mais il avait dit aussi heureusement : ce qui est particulier là pour toi c'est que c'est la première fois que tu écris sur quelque chose d'immédiat, qui est en train d'avoir lieu, sur lequel tu n'as aucun recul, puisque c'est en train de se passer. D'habitude tu avais toujours de l'avance, quand même un peu plus non ?

« Première fois », « particulier » me faisaient du bien.

— Oui je ne sais pas, oui peut-être, en général oui, quand je commence il y a toujours un petit côté bilan. En tout cas j'ai un peu plus d'avance. Là rien.

Il demandait si j'étais contente. Je disais que je ne savais pas, j'étais dans une situation étrange, je n'avais pas envie de parler de ça, mais comme c'était la seule perche qu'il me tendait, je disais :

— Je suis dans une situation particulière. Écrire c'est tout sauf de la distraction. Tu es obligé d'être centré sur ce qui est au cœur, au cœur de ce qui t'intéresse, et tu ne comprends pas toujours. Je me sens… bien, mais je me sens…

— Tu te sens liée ?

— Oui.

« Tu te sens liée » resterait longtemps dans ma tête. Beaucoup de phrases de lui m'habitaient.

— Tu connais la suite ?

— Non.

Parfois je me demandais s'il ne manœuvrait pas depuis le début. Pendant six ans, l'envoi de messages par lui, ensuite la rencontre qui vient de moi, après il me suggère d'écrire un texte « pour nous ». « Et sinon tu pourrais écrire un texte pour nous ? » m'habitait aussi. La rupture avec sa femme était de toute façon programmée, il avait utilisé le texte, soi-disant pour nous, et la lecture, pour rompre avec elle, ensuite il se vautrait dans la fascination de se voir dans un roman, de l'avoir inspiré. Les phrases du début avaient complètement disparu pour ne plus jamais revenir, « il n'y a pas quarante mille possibi-lités quand un homme et une femme ont envie de se voir » dont je n'osais pas reparler, ou « on aime se voir » et « on ne voit pas le temps passer dès qu'on est ensemble, trois heures avec toi c'est comme dix minutes avec les autres ». Mais maintenant que je l'aimais, il ne répondait plus que par des petites phrases comme « tu te sens liée ». Elles me faisaient une semaine, quinze jours, je pouvais m'y raccrocher toute une nuit. Il m'avait dit « tu te sens liée » et il se sentait lié aussi, puisque ça fonctionnait par reflets.

Un dimanche après-midi j'emmenais Léonore visiter la maison de Balzac rue Raynouard, il y avait des lettres à Mme Hanska. Il ne lui parlait presque que de son travail, et de l'avancée de ses manuscrits. Éric avec moi, c'était donc normal qu'on soit centrés là-dessus aussi.

Je lui demandais s'il avait dit à sa femme ce qu'on avait fait à Toulouse, si elle savait. Après une déstabilisation visible sur son visage, il s'enfonçait dans une réponse confuse. Comme si la mémoire lui faisait défaut : je ne sais pas si je lui ai dit ou pas, je ne sais pas.

Je ne sais pas si je lui ai dit ou pas, je ne sais pas, est-ce que je lui ai dit ? Je ne sais pas. Non je crois pas. Je ne sais plus. Non je ne lui ai pas dit. Alors moi : mais elle le sait ou pas ? Ce qu'on a fait à Toulouse ? Lui : tu veux dire la lecture ou ce qu'il y a dedans ? (Il riait.) Moi : je me doute qu'elle sait que tu es allé à Toulouse, je veux dire, est-ce que tu lui as dit qu'on avait fait cette lecture tous les deux ? Est-ce qu'elle le sait ? Je posais une question simple. Lui : oui, elle le sait. Moi : mais elle l'a appris par toi ou par quelqu'un d'autre, tu ne sais plus ? Lui : non, non, c'est moi qui lui ai dit. Oui, c'est moi. Comme se rappelant quelque chose de lointain. Un souvenir ancien. Non non elle ne l'a pas appris par quelqu'un d'autre. C'est justement pour ça, je me suis dit, avant que… Et… Oui je lui ai dit, elle l'a appris par moi. Je me suis dit, avant que… En revanche je ne me souviens plus si je l'ai dit avant ou après.

Sa réponse était embrouillée, mais moi je me souvenais qu'il ne lui avait pas dit avant, il avait dû lui dire juste avant le merci.

— Euh… oui, elle le sait par moi, oui j'ai dû lui dire, je ne sais plus. Oui. Oui oui je lui ai dit. J'ai dû lui dire. (La mémoire lui revenait.) Mais je ne sais pas si je l'ai dit avant ou après. Je crois qu'on avait déjeuné, et que j'ai dû lui dire.

Je lui posais pourtant une question simple : est-ce que tu lui as dit ce qu'on avait fait à Toulouse ? Oui ou non. Est-ce qu'elle sait par toi ou pas ? Pourquoi commencer par une réponse et finir par une autre, opposée ? « Ce n'est pas un rapport amoureux, etc. » était le contraire d'une allégation, certains alléguaient leur amour, en faisaient la réclame, la promotion, disaient « je t'aime » avec certitude et sincérité, mon père, plein d'autres, les allégations prouvaient qu'il n'y avait pas d'amour, les dénégations qu'il y en avait, il fallait systématiquement retourner les choses. Les regarder des deux côtés.

Éric :

— Comment tu sais quand c'est fini ?

— À un moment je le sais.

— Et c'est quoi, ça correspond à quoi ?

— À un moment donné, il y a quelque chose qui me montre que tout le livre est vrai, et là je peux arrêter.

— Ça doit faire bizarre.

— Quoi ?

— Tant qu'on ne sait pas.

— Oui. C'est pour ça, c'est tout sauf de la distraction. Tu ne peux pas penser à autre chose. Je ne sais pas si dans quelque temps je vais me rendre compte que le livre est vrai, ou complètement anecdotique. Tout ce que j'ai écrit, toute l'histoire, se réduira alors à un chapitre ou quelques pages, un épisode. Si c'est seulement « j'ai rencontré un acteur » ce n'est pas intéressant.

— Oui… « on est content pour vous ».

— Oui. Dans ce cas-là tu vois ce n'est pas très inté-ressant.

Quelques heures plus tard, dans le train ou à l'hôtel, je regrettais de lui avoir dit « anecdotique ». Nous mettions tous les deux la réalité en doute, même moi, ça me frappait. Nous ne voulions pas la voir. Il fallait que j'arrête, on n'irait plus très loin sinon.

À Avignon, je retrouvais Mathilde. La salle où nous jouerions fin juillet trois semaines plus tard était en plein air, nous allions jouer à la lumière du jour. À sept heures, notre horaire, l'ombre recouvrait tout et une ambiance entre chien et loup donnait au lieu une atmosphère douce. Nous partions à Montpellier en voiture le soir même, pour la première dans trois jours. Je m'installais à l'hôtel. Mais Éric n'avait pas disparu de mes préoccupations, je n'arrivais pas à le mettre de côté, nous répétions le lendemain, le jour suivant il y avait la générale, je commençais à avoir le trac, je n'avais rien senti jusque-là. Au lieu de se faire sur l'angoisse du spectacle, mon trac se centrait sur Éric, comme la mise au point d'une photo sur un visage peut flouter tous les autres. Je ne savais plus quoi penser ni où j'en étais. Je commençais à pleurer. Des pleurs un peu sourds, qui faisaient plisser le front, mais qui restaient secs, internes. Le trac se manifestait toujours chez moi par des pleurs. Ce n'était pas tant de devoir entrer sur scène qui me faisait pleurer, que de ne plus savoir où j'en étais, que valait ma vie. Je me reposais à l'hôtel deux heures. Au lieu d'être bénéfique, cette solitude se retournait contre moi, au lieu d'ancrer de la force en moi elle me déchirait. Avec mes sensations elle faisait des petits morceaux, des loques dépareillées que je n'arrivais même plus à identifier, à distinguer les unes des autres, n'en voyant ni l'intérêt, ni la valeur, même plus la réalité. Je cherchais à joindre mon analyste, c'était le seul coup de fil dont j'avais vraiment besoin avant la répétition. Ensuite j'essayais de réfléchir par écrit à ce qui se passait. Tout ça c'était une illusion, une erreur totale, ou alors quelque chose qui bouleverse tellement qu'on n'en veut pas. J'avais fait des rêves avec Éric. Il m'arrivait depuis quelque temps de me masturber en pensant à lui. Tout de suite après je ressentais de la tendresse, ce n'était pas juste une décharge électrique suivie d'un apaisement physique avec une petite rallonge de sommeil. Mais ensemble on dissimulait, donc c'était long et compliqué. On avait peur d'être à nu, à la merci. Pourquoi je dissimulais ? Je dissimulais quoi ? Que je n'aime plus mon père était la réponse qui venait de m'arriver, les sanglots redémarraient de plus belle. Ils étaient bien sonores cette fois. Il me prenait une envie de… téléphoner à ma mère tout de suite, de lui dire je ne sais pas quoi. J'attendais que ça passe. Je sortais de mon hôtel, j'allais répéter. Ça allait bien.

La générale, la première, la réaction du public, la presse, l'ambiance, les gens, le plaisir de le faire, tout se passait bien. Le lendemain à midi j'appelais Éric. Nous avions rendez-vous le lundi suivant, le lundi 4, hier, et nous ne nous sommes pas vus, je raconterai. Au téléphone, le lendemain de la première, il me demandait comment ça s'était passé. J'avais une voix détendue, ça s'était « extrêmement bien passé ». J'ajoutais, pour me battre contre la dissimulation : mais tu m'as manqué. Alors lui : c'était vers sept heures, non ? J'ai dû y penser à sept heures et demie, j'ai vu sept heures et demie et je me suis dit : tiens, là. Hier, oui, hier vers sept heures et demie, j'y ai pensé. Au début du coup de fil il n'avait même pas l'air de savoir la date.

Il me demandait si j'avais choisi un endroit pour lundi. Je disais non mais demain j'y pense dans le train et je t'appelle. J'appelais l'après-midi. Il risquait d'avoir un problème. Il n'avait pas de plan. Pas de baby-sitter. Il attendait une réponse dans quelques heures, sinon il irait demander à la voisine. Il me le dirait le lendemain matin : sinon on remet ça. Je répondais oui. Bien sûr.

À mon retour à Paris, il y avait encore une carte de visite du banquier : « Je t'appellerai bientôt et espère t'entendre alors. G. »

Vexé de ce que je ne réponde plus du tout. Surtout avec la presse qui commençait de sortir. Ça devait le rendre fou.

Le lendemain matin, Éric ne m'appelait pas avant une heure un quart, j'étais dans un restaurant avec ma mère, dans le bruit, je n'entendais pas sonner le téléphone tout de suite, et j'avais ce message, je sortais pour l'écouter :

— Ouais, Christine, c'est moi, c'est Éric. Bon écoute, c'est râpé de toute façon. J'ai pas de plan moi voilà. J'ai eu la confirmation que... ça ne marchait pas. Donc... ceci dit t'as vu le temps, j'sais pas ce que tu nous avais... imaginé pour manger dehors, ce qui était notre projet... mais là, on aurait été obligés d'être à l'intérieur. Euh, ben en tous les cas voilà. Écoute, donc, donc voilà, et je me tire jeudi. Euh, pff, pppppop de toute façon j'suis avec Simon là jusqu'à jeudi. Donc mais ça sera quand je reviendrai, ou je ne sais pas. Oui voilà. Bon de toute façon écoute on se rappelle et puis, on voit. Voilà je t'embrasse. Ciao.

À partir de là, l'été avait commencé, le début des difficultés, des vagues de dépression, ou plutôt de déprime, une tension, et de gros efforts, pour arriver à tenir.

J'écoutais le message, je rappelais une demi-heure après. Je laissais un message moi aussi. Je disais que la pluie ou pas la pluie on n'en avait rien à faire, que ce n'était pas le problème, que ça n'avait aucune importance de se voir dehors ou à l'intérieur. Que je comprenais très bien qu'il ne trouve pas de baby-sitter pour ce soir, mais que peut-être demain ou mercredi il en trouverait, et qu'il me rappelle pour me dire ce qu'il en pensait.

Il n'avait pas rappelé de tout l'après-midi, ni de toute la soirée, je commençais à essayer de le rappeler. Il était injoignable. Il y avait un problème, je ne comprenais pas lequel. Ou c'était tout simplement trop compliqué avec son fils, il voulait attendre d'être plus libre. Il partait à Nîmes faire une lecture de Pouchkine, je ne savais pas quand il rentrait. Quand il n'y avait rien de concret avec lui sur mon agenda je paniquais. J'avais besoin d'une date précise, d'un rendez-vous, d'un cap, sinon je me disais qu'on ne se verrait plus jamais. Nous n'avions plus de rendez-vous. Je perdais mon calme, je n'allais plus pouvoir contrôler les coups de fil que je passerais. Je redescendais. Une dépression au sens propre, quand on descend d'un étage brutalement, avec la brutalité du monte-charge, qui marque brutalement l'arrêt à l'étage. Après je devais reconstruire, en me ressouvenant de toutes les phrases, pour retrouver la réalité, et la confiance peu à peu.

Je téléphonais à Éric, mais sa voix, la tension, tout indiquait que je l'énervais. Il disait : quand ce n'est pas le moment, ce n'est pas le moment, ça ne sert à rien de forcer. Notre conversation tournait mal. C'était une engueulade. On ne se comprenait pas. Je criais, lui aussi criait. Son fils qui l'entendait lui disait : c'est qui ? — C'est une copine à moi. Non ce n'est pas maman. Tu vois, il croyait que c'était Laure, parce que je te parle comme je lui parle à elle.

Je me sentais coupable de l'avoir appelé. Mon manque de confiance devait être fatigant, avec les réassurances constantes que ça demandait, la faiblesse stupide que ça montrait. Sa voix avait été désagréable tout de suite. Je ne savais pas quoi dire, accueillie comme ça. Sa voix, désaffectée d'habitude, là ne l'était pas :

— Allô.

— Alors qu'est-ce que t'as, qu'est-ce que tu fais ?

— Comment ça qu'est-ce que je fais ?

— Oui, qu'est-ce que tu fais, tu me laisses un message, je te réponds, et puis tu me rappelles pas, qu'est-ce que tu fais ?

— Je dors, je suis dans mon lit.

— Moi j'appelle, je ne dors pas, je suis réveillée. Je t'ai laissé un message hier.

— Oui mais moi aussi je t'ai laissé un message.

— Oui mais on ne s'est pas parlé en direct.

— Et qu'est-ce que ça peut faire, se parler en direct ? Pour faire ça ? Ça sert à quoi ? Ça sert à ça ? À ça, là ? Bon allez, on arrête là.

— Non.

— Ah bon qu'est-ce qu'on fait alors ?

— On trouve comment se mettre d'accord.

— Il n'y a pas à se mettre d'accord, il y a que je ne peux pas te voir avant jeudi, et que jeudi je pars, sauf avec des trucs hypercompliqués pour trouver une heure, et que de toute façon une heure ça ne te va pas, c'est trop court, tu ne supportes pas quand on se voit une heure.

— Qu'est-ce que t'en sais ?

— Je le sais parce que j'ai vu, c'est pareil à chaque fois.

— Oui mais là j'ai des choses précises à te dire, ce n'est pas pour le plaisir de boire un café, des choses qui peuvent être dites en une heure, que j'ai comprises, parce qu'il m'arrive de comprendre des choses, et de me dire, donc, que je vais t'en parler, et je trouvais que c'était important de te voir après mon retour et avant ton départ.

— Mais c'est fou que tu ne comprennes pas. D'ailleurs en fait tu comprends, c'est que tu n'admets pas.

— Non je ne comprends pas, quand je comprends j'admets, là je ne comprends pas.

— C'est chiant, c'est pénible.

— Quoi ? Moi je suis chiante ?

— Oui, pénible. On arrête maintenant, d'accord, avant que ce soit définitif.

— Quoi ? Quoi définitif ?

— Oui, si c'est trop chiant, si je peux pas le supporter, je te verrai plus. Je suis dans un moment comme ça, et ça ne sert à rien de forcer, ça ne sert à rien, à rien.

— Pourquoi tu me mets dans le rôle de celle qui force ?

— C'est moi qui te mets dans ce rôle-là ?

— Oui, comme si tu ne connaissais qu'un film.

— Oui c'est possible, c'est comme ça, je ne connais qu'un film, c'est vrai, on ne connaît tous qu'un film. Moi je ne connais que celui-là.

— Ah non alors ah non. Pas ça. Pitié.

— C'est comme ça.

— En fait tu n'as pas envie de me voir, c'est tout, dis-le.

— Non je n'ai pas envie de fixer un rendez-vous pour te voir maintenant. On verra. J'ai pas envie de me dire que le 12 à midi et quart je dois être à tel endroit.

— Ça m'angoisse les « on verra » et toi aussi ça t'angoissait tu m'avais dit un jour les « on verra ».

— Ah non, ah ça non, ça ne doit pas être moi, tu dois confondre avec un autre.

— Si, c'est toi, je peux même te dire où, quand et à propos de quoi.

— Ah oui je vois, mais c'est pas du tout la même chose.

— T'as pas envie de me voir, c'est tout.

— Je t'appellerai à mon retour si j'ai envie. Comme ça on sera sûr que j'ai envie. Et si toi t'as pas envie quand j'appelle, ça sera pas grave.

— Mais moi je suis pas comme ça, un coup j'ai envie un coup j'ai pas envie.

— Moi je suis comme ça. Ça m'arrive d'être comme ça. Bon sang y a pas grand monde qui peut comprendre comment je suis en ce moment.

— S'il te plaît, j'ai rien à voir avec le grand monde. Ne me confonds pas.

— Je ne te confonds pas. T'es pas dans le grand monde d'accord, t'es dans le petit monde, reste dans ton petit monde.

— D'accord très bien.

— On en reste là ?

— Oui, formidable.

— J'en reste à ce que j'ai dit, j'appellerai à mon retour quand j'aurai envie. OK ?

— Oui, formidable. Au revoir.

— Ciao.

Je n'étais pourtant pas découragée. Ça ne m'était arrivé qu'avec l'écriture avant, de ne pas me décourager. De souffrir mais de ne jamais me décourager. Je ne m'étais jamais découragée vraiment. Le jour de mon premier contrat, je m'étais dit que je serais heureuse toute ma vie. Avec Éric si j'étais obligée de renoncer, je serais malheureuse toute ma vie, voilà ce que je me disais. Le lendemain, pour réparer, je lui laissais un petit message qui disait : je voulais juste t'embrasser, parce que hier je crois que j'ai oublié de le faire, voilà, je n'ai pas d'autre revendication. C'était pour calmer. Ça ne pourrait pas être un autre acteur, ç'aurait été comme si au début ne trouvant pas d'éditeur, j'avais décidé de me mettre au dessin. Avec lui j'entrais dans une forêt qui avait beaucoup de secrets, je n'en ferai jamais le tour, comme j'avais été sûre qu'il y aurait toujours quelque chose à écrire malgré mes doutes.

Aucune engueulade, aucun rendez-vous manqué ne m'avait découragée. Et on n'avait pas d'attachement sexuel, on ne l'avait pas créé en une nuit, en une seule fois. Ou peut-être que si, que ça avait suffi.

Ce que je ressentais était bizarre. Je me sentais liée à lui. Il ne s'était pas marié avec moi, je ne m'étais pas mariée avec lui, nous avions fait l'amour une seule fois, nous ne nous étions pas vus beaucoup. Mais penser à lui et écrire comme ça, pas comme avant, mais comme ça, était un engagement plus fort que quand je m'étais mariée. Je ne pouvais pas m'engager plus. Je ne pouvais pas aller plus loin. Mon analyste disait : oui. Je lui parlais de la nouvelle phrase compliquée « j'appelle à mon retour si j'ai envie comme ça on saura si j'ai envie ». J'en avais aussi parlé avec deux amies. L'une avait dit : ça veut dire qu'évidemment il a envie. L'autre, au contraire, qu'il avait été très clair, très honnête, que c'était lui qui rappelait, que s'il rappelait ça voudrait dire qu'il avait envie, mais qu'il y avait cette condition à remplir ; s'il ne rappelait pas ça voudrait dire qu'il n'avait pas envie. *Si j'ai envie, Si.* Mais je disais à mon analyste : quand j'écris, je vois bien moi, la syntaxe n'a pas d'importance, les négations, les conditionnels, les conjonctions, ce n'est que des présentations pour masquer plus ou moins ce qu'on pense, les *si*, les *bien que*, pour amoindrir les mots, atténuer les valeurs. Ça ne change pas le contenu, le sens ni les images qui viennent avec. Il n'y a pas de condition, pas de *si* dans la vérité. Puis je revenais sur mon angoisse, j'étais peut-être seule dans l'histoire. J'ajoutais : si je m'engageais toute seule, j'étais folle. Il se levait en disant : *si*. Je ne m'engageais donc pas toute seule, je n'étais pas folle, *si* n'existait pas.

Écrire créait du stress car ça doublait la charge émotive. Je ne laissais pas les choses filer dans ma tête. L'écriture fixait, et précisait. Les choses ne filaient pas dans la tête. Je me fatiguais. Certains écrivains étaient des voyants, moi j'étais rivée sur les instants. Je continuais à me demander si je ne devenais pas folle, à ne penser qu'à ça depuis bientôt quatre mois. J'étais concentrée là-dessus. Je ne parlais plus que de ça, je ne pensais plus que ça, je n'écrivais plus que ça. Un jour en séance, je faisais un parallèle, je n'avais jamais redouté que quelqu'un me dise : ton père ne t'aime pas, personne ne m'aurait jamais dit ça, j'avais dû le découvrir moi-même. Alors que je redoutais que quelqu'un me dise un jour, que *vous* je m'adressais à lui, assis derrière moi, que *vous*, *vous* me disiez : Éric ne t'aime pas. L'analyste se levait en disant : c'est important ce tutoiement. L'interprétation me semblait plus mystérieuse cette fois que d'habitude.

La première parole que j'avais dite à Éric, alors qu'on ne se connaissait pas, on ne s'était croisés que deux fois en se parlant à peine, c'était le jour de sa première : *tu* me donnes ton numéro de téléphone ? Le tutoiement du banquier m'agressait, me blessait. Avec Éric le tutoiement était notre langage, au téléphone il disait « c'est moi » ou « c'est moi c'est Éric ». La semaine dernière le banquier m'avait eue par surprise, j'avais dit « je n'ai pas le temps » et raccroché tout de suite en évitant son tutoiement, que j'appréhendais. Je renversais la phrase. Au lieu de dire « tu peux me laisser un message » j'avais dit : je peux recevoir un message sur mon répondeur. Il me rappelait encore, je le vouvoyais : je voulais vous dire, il faut arrêter maintenant c'est très important.

L'été dernier je me séparais de Pierre, avec qui j'avais vécu les quatre années précédentes. L'été suivant arrivait. On aurait dû partir ensemble en Corse. Puisqu'on avait renoué, mais de nouveau c'était coupé. Il faisait chaud, je partais bientôt jouer à Avignon. On ne se donnait plus de nouvelles. Il avait changé de cercle, ou avait repris celui d'avant. Il avait probablement rencontré quelqu'un, il ne devait pas en être tombé amoureux, il y avait sûrement une ou plusieurs filles. Aucun coup de téléphone, aucune lettre, pas de nouvelle par d'autres. Ça ne me manquait pas.

Nous étions séparés depuis moins d'un an. La distance s'était tellement creusée qu'on aurait pu ne s'être jamais connus, jamais rencontrés. La réalité des années passées avec lui, je pouvais presque en douter. Et toute la partie émotionnelle, sentimentale. La partie sexuelle et charnelle, je pouvais en douter encore plus, même si je me souvenais très bien. J'aurais pu décrire toute une scène si j'avais voulu. Je sentais encore dans ma main la consistance de sa chair, très élastique, souple, attirante. Il y avait aussi ce côté pacha, passif, oriental presque, qui l'amusait mais ne m'amusait pas toujours. J'avais rappelé peu de temps après la rupture. Cherchant peut-être encore quelque chose. Mais après, tout s'était évanoui. On s'était vu début octobre une heure dans un café. Fixer le rendez-vous avait été compliqué comme quand nous vivions ensemble. Les endroits que je lui proposais ne lui convenaient pas, lui n'en proposait pas, il finissait par accepter un des miens. Il n'y avait jamais d'élan de départ. Son premier mouvement était toujours de défense, comme si je l'avais attaqué. Je le retrouvais dans un café près du Louvre. Non. Je le retrouvais à l'angle du boulevard Raspail et de la rue de Sèvres. Il me prendrait et on irait ensemble dans un café près du Louvre. Il n'arrivait pas à l'heure, j'attendais dix minutes toute seule dans le froid. En m'abritant sous un porche. En regardant au loin si je voyais son scooter arriver. Si je le reconnaissais. Il me passait un casque, je montais derrière lui comme avant, je ne sais plus si j'avais posé ma tête contre son dos, je ne crois pas. On arrivait. J'enlevais mon casque, lui aussi, il me souriait. Il était toujours aussi beau, il me plaisait toujours. L'allure, la peau mate, les cheveux. Tout ça n'avait pas changé. C'était lui. Avant il se dégageait de lui une électricité, quelque chose, une lumière, un éclat, qui ne s'y trouvait plus. Je le trouvais éteint, débranché. Calme. Serein mais sans vie. C'était ma vision, l'impression d'un moment peut-être. Je le trouvais terne, pâle. Je ne l'aimais plus. Quelque chose manquait. Quelque chose *lui* manquait. C'était le même pourtant. Quand on vivait ensemble il passait des heures à dormir parfois en plein après-midi, et puis brutalement il se secouait. Il débitait le même discours que toujours au café du Louvre ce jour-là. Amertume, sérénité, résignation, mollesse, et suractivité, fébrilité. Il disait qu'il avait envie de faire plein de choses, je ne l'en croyais pas capable. Qu'il était très satisfait, très content, très heureux, pas du tout inquiet, de ses engagements professionnels. Il parlait faux. Nous étions assis l'un à côté de l'autre sur une petite banquette. Nos corps étaient comme des fils électrifiés, nous étions tirés en arrière. C'était quand même une réaction, au lieu de caresser les frôlements crispaient. Je tentais de lui donner la main encore, de me blottir pour voir. On y avait cru tous les deux. Je cherchais à me blottir. Mais c'était comme si la taille de son corps avait changé. J'avais l'impression qu'il s'était rapetissé.

En février, le jour où il neigeait, quand il rappelait j'étais tellement heureuse. Parce que je le retrouvais, et que c'était un appui solide pour lâcher le banquier. Mais je n'avais jamais été prête à repartir. On s'était d'abord quitté, lui en jurant qu'on ne se perdrait jamais, et moi en pleurant que je l'aimais. Puis en octobre au café du Louvre, nous buvions un verre avant d'aller dîner chacun de son côté, alors qu'il m'avait toujours plu, je l'avais trouvé étriqué. Je ne sais plus comment l'ambiance avait tourné, sur quelle phrase, quel malentendu, ou plutôt si je me souviens. J'avais dû lui faire comprendre, à propos de force et de faiblesse, que je ne le trouvais pas fort. Bien sûr je savais qu'il ne fallait pas le dire. Je n'avais pas pu m'en empêcher, ç'avait été une impulsion physique, la phrase qui sort. On avait cessé de se voir complètement. Je pensais que c'était définitif. Mais il rappelait en février. Le premier jour de neige. Et restait jusqu'à fin avril, l'arrivée d'Éric à peu près. Même si je ne lui en parlais pas. Ensuite il s'effaçait sans drame, comme un animal qui passe son chemin.

Le banquier me rappelait. Je repensais à ses petits mots du début, ses petites cartes de visite au lettrage bleu, et le nom en caractère d'imprimerie doublée. Je découvrais son code, cet autre monde que je croyais mort.

« Ce mardi 9/XI

Heureux de vous avoir entendue. Vendredi après-midi, je pourrai me rendre libre à l'heure que vous préférez, dans le quartier de Fayard (qui appartenait autrefois à mon cousin Bercot !) au bar du Lutetia, dans le vôtre, au bar de l'hôtel Astorg 22 rue d'Astorg, ou en bas d'un numéro de la rue Oberkampf, que j'aime bien.

Le mieux est de m'appeler demain ou vendredi matin à mon bureau : 01, etc., ou de laisser un message sur mon portable : 06, etc. Il répétait ses numéros.

Merci. Bien à vous. »

C'étaient la mise en confiance, les prémices, l'hameçon.

À l'autre bout de la chaîne, quand la proie s'échappait, il y avait un autre genre de lettre. J'avais reçu peu avant mon départ pour Avignon : « Bravo pour la presse autour de ton spectacle avec Mathilde M. J'irai le/te voir à Avignon, coiffé d'une perruque. D'autant que ce thème des bourgeois "cons et salauds" m'a toujours intéressé depuis Bovary et Mauriac. Ils vivent par l'apparence et l'amour du fric. À toi. G. »

Avec toujours l'obsession du masque, la perruque, le travestissement, le vrai-faux, le postiche.

Je téléphonais le lendemain au service de presse du festival, pour qu'ils le mettent au dernier rang, tout au fond. Que je ne sois pas dérangée par sa vue pendant le spectacle. Mais c'était impossible, la salle était en placement libre. À moins de le repérer et de le gérer dès son arrivée au guichet.

Il était onze heures du soir, je m'apprêtais à aller me coucher. Mais un magazine traînait sur la table, je le feuilletais. Il y avait un article sur le tueur en série Fourniret. Chaque détail me rappelait le banquier. Une peur rétrospective me prenait. Même physiquement, ils avaient quelque chose. La manière dont le nez était pincé, la minceur des lèvres. La tournure des phrases surtout. Ils savouraient, comme un fruit pelé délicatement, la déception qu'ils imposaient aux humains en se disant normaux, très normaux, mais plus francs, plus lucides, plus intelligents. Fourniret voulait un magistrat à sa hauteur, alors que les experts leur trouvaient une intelligence moyenne. Il enveloppait de bandes Velpeau le cou et la tête de ses victimes, avant de les enterrer, « pour que leurs visages ne soient pas en contact direct avec la terre », cette délicatesse me rappelait la dose exacte de whisky dans le verre. Le soin apporté aux détails. Il oubliait volontairement de serrer les liens de ses prisonnières pour le plaisir de les recapturer. Ma mère racontait que mon père aimait tellement ses mains, et lui donner la main, qu'il la retirait pour la lui redonner peu de temps après. Pour le plaisir. La technique prendre et lâcher était leur mode d'emploi pour tout. Même si les mains de ma mère avaient un véritable fluide.

Ils adoraient aussi dévoiler, l'ouverture de l'imperméable. — Tu veux la voir ? — Non. — Tu es sûre que tu ne veux pas la voir ? — Oui je suis sûre. — C'est dommage. — Non je ne veux pas. — Tu as tort. C'est assez impressionnant. C'est tassez zimpressionnant, en faisant bien les liaisons. J'espérais ne plus jamais tomber entre leurs mains, même si le sadisme et l'humiliation étaient des moteurs sexuels increvables.

À cinquante-neuf ans le banquier n'avait toujours pas renoncé à son ambition d'écrire. À peine allongé pour la première fois à côté de moi, il était en train de me dire : vous m'apprendrez à écrire ? Ça pouvait être aussi de l'humour. D'abord je ne répondais pas. Puis je répondais : Bien sûr que non. Je ferai même tout pour l'empêcher. Vous le comprenez ? — Bien sûr, d'ailleurs le livre commencera comme ça, par ces deux répliques.

J'éclate de rire devant ma machine en me souvenant d'un détail que j'avais failli oublier. Monsieur avait commencé un roman, il avait déjà une bonne cinquantaine de pages, il y racontait notre rencontre, il avait fait ça pendant ses vacances aux Comores. En croisière dans sa cabine. La première phrase : J'écris comme une menace. Il ajoutait : bien sûr grammaticalement ce n'est pas correct, mais quand on écrit il faut justement que ce soit comme ça, légèrement incorrect.

Je demandais :

— Une menace pour qui ?

— Pour moi bien sûr.

J'écris comme une menace annonçait une tragédie, l'incorrection grammaticale garantissait le style. J'écris comme une audace, j'écris comme un pied, j'écris comme une savate ç'aurait pu être ça aussi.

Il se rhabillait sans même s'être reglissé dans le lit cinq minutes pour me serrer dans ses bras et il repartirait comme ça, distant. Quand je lui tendais les bras pour qu'il revienne m'embrasser une seconde, il le faisait rapidement et ne collait pas son corps au mien. Je dormais après son départ, seule, en alternant heures de sommeil et pleurs à chaque réveil. J'aurais préféré qu'il soit là à me caresser le dos ou les jambes, doucement près de moi, il le faisait bien. Il effleurait mes jambes doucement. J'avais eu l'impression de faire l'amour presque pour la première fois. Le lit pouvait avoir le même pouvoir qu'une scène, c'en était une, on pouvait s'y tuer, on s'en relevait, on se parlait en inventant des trucs, des fictions, on pouvait tout dire, le lit était le même genre d'endroit surélevé, avec des rôles démultipliés à improviser. Je n'arrivais pas à jouir parce que j'étais fascinée. Avant de rentrer chez lui, il se levait du lit en disant « je suis un mauvais amant », presque le nez sur ses chaussures.

Ça faisait plus d'une semaine que je n'avais pas parlé à Éric au téléphone. J'attendais qu'il me rappelle, à son retour à Paris, comme il me l'avait dit. J'écrivais et j'étais patiente. Je gardais en tête la phrase de Martin Eden : *L'abstinence ne fut pas trop difficile : la fièvre créatrice qui le dévorait la compensait largement, d'autant plus que ce qu'il écrivait était censé le rapprocher d'elle.* J'étais confiante. Mes séances confirmaient que je n'étais pas dans l'illusion. Je n'étais pas seule dans l'histoire, malgré le portable fermé. Je n'essayais plus d'appeler, j'étais confrontée à la difficulté du silence. Un dimanche, j'entendais sa voix à la radio en direct. Au point de devoir arrêter au bout d'une heure tellement j'étais avec lui, mon oreille le suivait, et m'emportait. Il lisait Pouchkine, il avait été particulièrement génial dans le récit d'un rêve. Ça commençait à me faire souffrir. Il fallait peut-être que je lui fasse prendre conscience de mon état, mais ça allait lui faire peur. Ce n'était pas bon la peur. Une amie l'avait vu à Avignon errer dans les rues. Elle me disait : je l'ai trouvé… seul, je ne sais pas comment dire, seul. Je risquais de tomber sur lui par hasard. Le lendemain, j'essayais de l'appeler. Le portable était fermé. Sans doute fallait-il que j'arrête tout ça. Je n'avais jamais été comme ça, aussi longtemps et aussi mal. Je venais de faire ce rêve :

Nous sommes assis dans un café. Et, sachant qu'il n'aime pas ça, que ça risque de l'énerver, je décide de lui parler tout de même de ce problème de téléphone. Il est injoignable et j'aimerais qu'il comprenne à quel point c'est insupportable. Parfois j'ai quelque chose à lui dire et c'est impossible. À moins de laisser un message auquel il ne répond pas forcément. Je m'apprête donc à lui parler de ça, pour qu'on trouve un accord. Je commence. Comme prévu ça l'énerve, ça le braque, mais je ne sais pas ce qui se passe, je ne sais pas comment ça se passe, à ce moment-là je m'avance vers lui et je l'embrasse, sans aucune hésitation. Ça s'enclenche. On s'embrasse avec un plaisir fou, nos lèvres se rencontrent, s'accrochent, nos deux bouches se prennent l'une dans l'autre. C'est un baiser long, profond, qui me rappelle ceux de la seule nuit qu'on a passée ensemble. Et je me réveille là-dessus. En me demandant s'il y aura d'autres nuits, ou si ce sera toujours la même dont je me repasserai le film.

Une amie me téléphonait, je lui disais que je n'allais pas très bien, et que j'avais envie de tout arrêter, elle me disait : tu vas vite, tu es toujours en avance, attends. Ce qu'elle m'avait dit m'apaisait. Je rappelais Éric et ça sonnait. Il répondait.

— Allô.

Je ne reconnaissais pas sa voix.

— Allô. C'est Éric ?

— Oui.

— C'est Christine.

— Tiens…

— Je ne reconnaissais pas ta voix.

— Non c'est moi. Je n'ai pas passé mon téléphone à quelqu'un d'autre. C'est juste que je me réveille, et ma voix est souvent comme ça, comme si j'étais enrhumé.

— Je me suis dit « mais… c'est un ami à lui qui répond au téléphone ? ».

— Non c'est moi.

— Je t'appelle, parce que je vais quitter Paris plus tôt que prévu, et je vais rentrer le 28.

— Ah c'est bien, moi aussi je vais rentrer le 28 de mes petites vacances avec Simon, dans la Somme, tu sais je t'ai dit.

— Oui. Je pars dans deux jours à Avignon. Je t'ai écouté dimanche à la radio. Pas tout, j'avais du travail, je n'ai pas pu écouter tout, mais une heure.

— Une heure c'est beaucoup déjà.

— C'était magnifique. Tu étais dedans, c'était beau. C'était très beau.

— Tu peux pas savoir comme j'avais peur, juste avant. J'avais peur que ça se bloque, que rien ne sorte. Un peu comme quand on a fait la lecture à Toulouse tous les deux.

— En tout cas tu étais dedans.

— Oui j'étais dedans. Ça fait ça quand on a peur, après on est dedans.

— C'était beau.

— Oui il est beau ce texte.

— Les voix étaient bien. Le rêve c'était magnifique.

— Ah oui ce rêve il est beau.

— J'ai écouté dimanche soir, mais toute la journée du dimanche, je n'ai pas vécu, figure-toi que j'ai donné à mon éditeur le manuscrit là où il en est.

— Ah bon ?

229

— Oui.

— Quand ?

— J'ai déjeuné avec elle samedi. Toute la journée de dimanche je n'ai pas vécu. J'attendais son coup de fil comme il m'arrive parfois d'attendre certains coups de fil (il avait ri). J'étais très nerveuse. Le soir je t'ai écouté.

— Elle a appelé le dimanche soir ?

— Non le lundi matin.

— Et alors ?

— Alors ça va, je crois. Je te dirai. Je te raconterai.

— Oui. J'ai hâte que tu me dises ce qu'elle a dit.

— Je te dirai. Sinon tu es où là ?

— Là je suis en Bourgogne. Chez André. Je reste quelques jours jusqu'à ce que je récupère Simon le 20, et on part le 24 dans la Somme.

— Donc tu ne viendras pas à Avignon voir le spectacle.

— Non je le verrai pas à Avignon. Je serai avec lui.

— Tu peux venir avec lui.

— Non je préfère être seul pour venir à Avignon. Je t'appellerai si je sens que c'est possible.

— On verra.

— Oui.

— Sinon ça va là ?

— Oui, ça va bien. Je suis avec des gens gentils, ça va bien. Sinon, ça t'a donné du courage ce que t'a dit Teresa ? (Le nom de mon éditeur.)

— Oui, je ne sais pas.

— Non, ça t'en a pas donné ?

— Si, si. Si ça m'a donné du courage. Ça m'a aidée à voir ce que raconte le livre.

— Je suis impatient que tu me dises.

— Je te dirai. Sinon je suis harcelée par le banquier. Je suis fatiguée tu sais, tu ne peux pas savoir comme je suis fatiguée. Parce que j'ai beaucoup travaillé. Et puis en plus tu vois, je suis harcelée par ce banquier, c'est vraiment un sale mec.

— Il continue ?

— Oui, il arrête pas. J'ai encore des lettres et des coups de fil. Je suis tombée sur un malade tu sais. Son chauffeur vient poser des lettres jusque sur mon paillasson. Depuis qu'il a vu la presse sur le spectacle ça l'a excité.

— Eh oui forcément.

— Tu vois en plus il a lu le sujet dans les journaux, la bourgeoisie, tout ça. Ça l'excite encore plus.

— Ouais c'est ça.

— Il m'a écrit, dans le PS il m'invite dans sa maison du Var.

— Comme si tu pouvais accepter.

— Bien sûr, c'est n'importe quoi, c'est vraiment un sale mec. Je crois que c'est un type dangereux, j'ai peur parfois. Et puis il veut que je lui fixe rendez-vous pour m'offrir des fringues, en remercie-ment de mon papier sur Alice D. Il me traite comme une pute. Et puis après il dit que ça l'intéresse beau-coup les textes sur la bourgeoisie, qu'il viendra me voir à Avignon, je ne pourrai pas le faire avec lui en face, on joue en plein jour.

— Faut le mettre au fond, ou alors dire que c'est tout vendu.

— Non il a déjà pris son billet. Dès le lendemain j'ai appelé la presse, pour qu'ils s'en occupent.

— Oui, pour qu'ils le foutent au fond.

— Oui. En tout cas il arrête pas et je suis sûre qu'il va continuer.

— Tu crois ?

— Oui je suis sûre. Je suis vraiment tombée sur un sale mec. En tout cas dans les spectateurs je l'aurai lui, mais j'aurai pas toi.

— Non. Je pourrai pas être là, j'ai Simon à partir du 20, si je peux venir je t'appelle, s'il y avait un changement.

— On verra.

— Oui, et puis je t'appelle à partir du 28, ou toi.

— Oui, mais tu seras avec Simon, ça sera compliqué encore.

— Je verrai, peut-être qu'il pourra aller dormir une nuit chez la voisine, Je crois qu'elle est là.

— D'accord. Bon je t'embrasse alors, au revoir.

— Moi aussi je t'embrasse. Ciao.

Le coup de fil avait duré une vingtaine de minutes. Ça s'était bien passé. Nous n'avions pas évoqué le coup de fil précédent, d'engueulade, où il avait dit qu'il me parlait comme à Laure, et que je pouvais rester dans mon petit monde. Nous avions fait attention à ne rien nous dire de désagréable cette fois, nous avions parlé prudemment. Il y avait eu : à partir du 28 je t'appelle, ou toi. Les deux je t'embrasse n'avaient pas été mécaniques. Il y avait eu mon message pour calmer, après le coup de fil désagréable. Le nouvel horizon maintenant c'était après le 28. J'allais à Avignon, je rentrais le 28, on s'appelait. Ça serait probablement moi qui appellerais.

J'étais allée dans la maison du Var une seule fois. Nous avions pris le train. Nous avions deux places face à face. Je lisais. Le trajet durait trois heures vingt. Le banquier alignait ces fameuses colonnes de chiffres à la main. Il n'inscrivait rien d'autre que des chiffres, avec son gros Mont-Blanc à encre noire, après avoir dévissé lentement son capuchon. Pas *words*, *words*, *words*, mais des chiffres, intelligibles que pour lui. À la main, comme un épicier sans le crayon derrière l'oreille. L'épicier n'aurait pas fait ça dans le TGV ni avec un Mont-Blanc ni pendant trois heures vingt que durait le trajet, sans s'arrêter et sans râler, que si ça continuait comme ça, il allait fermer boutique. Là non, pas un mot, ni écrit, ni parlé.

La veille de mon départ pour Avignon, je dînais avec un ami. Nous parlions d'un peu tout. Un ami avocat. Je lui montrais la dernière lettre du banquier :

— Je n'en peux plus, je lui ai dit que je ne voulais plus le voir le 12 mars. Je ne l'ai plus vu. Nous sommes fin juin. Ça fait trois mois qu'il n'arrête pas, il me harcèle avec des cadeaux, des coups de fil, des lettres devant ma porte, des insinuations sur les rendez-vous qu'il prend avec mes éditeurs pour insinuer qu'il me tient, et maintenant il menace de me pister jusqu'à Avignon. Alors que je ne lui réponds plus depuis quatre mois, sauf une fois pour lui dire que je ne voulais plus l'entendre. C'est fatigant, même si je m'en fiche sur le fond. Et il me traite comme une pute, il veut m'offrir des fringues pour un texte que j'ai écrit et publié. À Avignon, je ne supporterai pas de voir son demi-sourire menaçant dans le public en plein jour, tu comprends ? Mon silence ne le décourage pas. Ce serait pire si je lui parlais ou si je lui écrivais, je ne sais pas quoi faire, si je réponds il sera heureux de voir qu'il a réussi à me faire réagir. Mais tant que je ne réagis pas, il essaye, ça devient pénible.

— Il y a une solution, on lui envoie une lettre d'avocat, en disant qu'il va être convoqué pour harcèlement et qu'on a des pièces. Il se calmera tout de suite. La respectabilité c'est plus fort que tout chez ces gens-là.

— Le fait qu'il y ait un témoin aussi, un ami me disait l'autre jour, le pervers c'est celui qui est sans témoin sinon il se permet tout sans limite.

— Oui c'est ça. Je les connais ces branques.

— Lui c'est pas un branque c'est un pervers.

— Excuse-moi un pervers c'est un branque.

— Oui, tu as raison. Mais on ne va pas dire… puisque j'ai couché avec lui, que je suis responsable ?

— Mais non quelle idée ? Bien sûr que non. Ça n'a rien à voir. Ça n'autorise pas son comportement, rien ne l'autorise à te harceler. En droit c'est ce qu'on appelle « harcèlement et violences volontaires » un mec qui ne te lâche pas comme ça. Ça n'a rien à voir que tu aies couché avec lui avant ou pas. Si tu es d'accord, je lui envoie lundi une lettre d'avocat, crois-moi ça va le calmer.

— Oui, parce que ces gens-là c'est pas des courageux.

— Non, c'est avant tout la respectabilité. Avant tout.

— Tu as raison, je vais réfléchir, je te dis ça lundi. Ça m'a fait penser à *Play Misty for Me*, le film de Clint Eastwood, tu l'as vu ?

— Oui c'est ça.

— Il rencontre une fille, il travaille dans une radio la nuit, elle appelle pour qu'il passe des disques, il la rencontre, elle lui plaît, il a une histoire avec elle, et puis ça tourne au cauchemar. Il la largue et ça devient un enfer.

— C'est exactement ça.

— J'adore ce film. *Play Misty for Me*. J'adore le titre. Mais là ce qui est différent tu vois, c'est que c'est un grand bourgeois c'est pas une folle dingue.

— T'inquiète pas, on va faire ce qu'il faut. Tu réfléchis et tu me dis.

Avoir entendu la voix d'Éric au téléphone me portait. J'avais fait une séance sur mon aveuglement. Et après dans la rue je me disais : ce n'est pas parce que moi je ne vois rien qu'il n'y a rien. Il est là. Il ne fluctue pas. Quand le moment sera venu, quand sa séparation sera suffisamment éloignée, quand il n'y aura plus de risque de télescopage, il sera là encore, j'y serai aussi, et à ce moment-là on verra.

« Ce n'est pas parce que moi je ne vois rien qu'il n'y a rien » me rappelait une autre phrase : ce n'est pas parce que *tu* ne vois rien qu'il n'y a rien. Une accusation de Pierre qui d'un seul coup me revenait, en marchant vers le métro. Nous venions de passer dix jours en Espagne. Barcelone, Madrid. Où je faisais des lectures. Dans l'avion, il lisait le manuscrit des *Désaxés* qui allait sortir à la rentrée suivante. Il s'arrêtait brutalement au milieu, à la scène de Rome. Il refermait le manuscrit violemment : ah non ! c'est pas vrai, y a ça ? C'est ma vie privée, j'en ai marre. De toute la semaine en Espagne il ne l'avait pas rouvert. La semaine avait été presque idyllique, à part une crise à Madrid deux jours avant le retour. Le Prado, Reine Sofia, Barcelone, Madrid, Pierre prenait rarement un billet d'avion de luimême, mais il adorait quand ça se présentait.

Au retour, il me disait comme ç'avait été merveilleux, il me serrait dans ses bras pendant tout le trajet. Comme on était bien, n'est-ce pas qu'on était bien, on était bien non ? On aime être ensemble, on était bien non ? C'était extraordinaire. Mais oui, oui bien sûr qu'on était bien. C'était *très* bien, vraiment très bien, tout était bien, l'hôtel était bien, tout. On a été bien accueillis, tout était vraiment bien. Pierre était heureux de cette semaine, il m'embrassait à n'en plus finir dans l'avion. Mais au retour à la maison il y avait eu une scène de trop. Ç'avait été le dernier déclic, cette fois je ne voulais plus continuer.

En arrivant à la maison il se sentait pris d'une grande fatigue, extrême, après avoir pris son bain. Il errait d'une pièce à l'autre en peignoir, en criant sa fatigue, son épuisement. Son visage était contracté, ce n'était plus le même que dans l'avion, dans l'avion il me prenait dans ses bras en murmurant des mots d'amour. Une fatigue qu'il attribuait peut-être à quelque chose qu'il avait mangé, ou une faiblesse physique tout d'un coup, un besoin de dormir. J'en avais tellement assez. Il allait s'allonger et s'endormait. Tout ce cirque ne m'avait jamais beaucoup émue.

Le matin au réveil, j'étais au lit en train de lire. Il se réveillait aussi mal qu'il s'était couché la veille. Je lui demandais si ça allait, pour lui montrer que je me souvenais de sa fatigue de la veille. Maintenant il avait mal à l'œil, me demandait si je pouvais regarder dans son œil s'il y avait quelque chose. Je regardais, un instant je croyais voir quelque chose, mais c'était juste un vaisseau éclaté. Je disais que je ne voyais pas. Il allait dans la cuisine pour prendre son petit déjeuner. Il revenait cinq minutes plus tard, en me demandant si j'avais des gouttes pour les yeux. Je disais que non, mais il y avait peut-être du sérum dans la salle de bains. Il demandait où. J'expliquais, j'ajoutais que je n'étais pas sûre qu'il y en ait. Je lisais toujours, dans mon lit. Il revenait, n'ayant pas trouvé. Je demandais s'il voulait que j'aille voir. Il avait l'air de plus en plus énervé. J'y allais, je ne trouvais rien, je revenais. Je disais que je n'avais rien trouvé, et je disais « tu es très angoissé ? » Il ne supportait pas cette interprétation. Il avait gueulé à partir de ce moment-là :

— Je ne suis pas angoissé, c'est toi qui es angoissée. Je ne suis pas angoissé, j'ai mal à l'œil.

— Je sais que tu as mal à l'œil, je n'ai pas dit que tu n'avais pas mal à l'œil.

— J'ai quelque chose dans l'œil, je ne suis pas angoissé.

— Oui, mais je dis ça, parce que quand j'ai regardé dans ton œil, je n'ai rien vu.

Il s'énervait vraiment :

— Ce n'est pas parce que tu n'as rien vu qu'il n'y a rien.

Et il hurlait :

— Tarée obsessionnelle mégalomane.

— Comment peux-tu dire ça, tais-toi, arrête.

Il répétait avec une voix encore plus puissante :

— Tarée, obsessionnelle, mégalomane.

Je lui criais que ce n'était pas possible qu'il me traite de cette façon, qu'il se permette de dire des choses pareilles. Je criais. Alors il me giflait. Je le traitais de pauvre type, et j'allais pleurer dans la salle de bains. Il avait dit que c'était moi qui étais une pauvre fille. Je ne lui disais plus un mot. Je me passais de l'eau sur le visage, ma joue gauche était rouge.

« C'est pas parce que tu ne vois rien qu'il n'y a rien » me revenait en positif cette fois. Je me disais : Éric est là, même si je le perds de vue, ce n'est pas parce que je ne vois rien qu'il n'y a rien. La scène du retour de Madrid m'avait ramenée un an et demi en arrière. Pierre avait disparu maintenant.

C'était l'été. Je rêvais d'Éric. Je faisais des allers et retours entre Paris et un ou deux courts séjours dans le Sud avec ma fille. Chaque fois que je rentrais à Paris, je savais qu'il y serait peut-être.

Claude voulait se remarier, avec une ancienne élève, une blonde aux cheveux longs, qui avait deux enfants, deux garçons, qui n'avait jamais travaillé, elle avait repris la fac quand elle avait divorcé. Après avoir vécu quinze mois outre-mer. Ils avaient les mêmes goûts, faire la cuisine, faire du sport, de la marche. Des pique-niques. Des jeux avec les enfants, des jeux de société, ou du badminton, du ballon. La plage. Des films classiques à la télé. Léonore me disait qu'elle était très musclée, trop elle me disait, elle marche comme un cow-boy. Le matin ils prenaient le petit déjeuner tous ensemble. Tout ce que Claude m'avait toujours reproché de ne pas lui apporter : le partage. Léonore disait aussi qu'elle avait des dents de lapin. Quand on vivait encore ensemble, Pierre l'appelait madame Dents de lapin, ça faisait rire Léonore. Pierre adorait Léonore, c'était une des raisons qui m'avaient fait retarder la rupture sûrement. Mais la partie haine de notre relation passionnelle ne se serait pas calmée.

Avec Claude, un mois après notre séparation, on passait une semaine dans une résidence-hôtel qui donnait sur la mer, où on allait depuis quelques années. Nous dormions dans la même chambre, le même lit que les années d'avant. Tous les jours, deux heures de sieste, je lisais *Les Liaisons dangereuses*. J'étais tenue par ma lecture.

Je rentrais le 28 juillet à Paris. Avignon était passé. Pendant le trajet de retour je me sentais nerveuse et abattue. Après avoir défait mes bagages et ouvert mon courrier, j'appelais Éric, ça faisait plus de deux semaines que je ne l'avais pas entendu. Le portable était fermé. Je laissais un message : Ça y est c'est fait, je suis rentrée à Paris, je repars mardi matin, mais je suis là quelques jours, et peut-être qu'on va se voir, si tu es là, et si, et si, et si... Il ne rappelait pas. Je n'en pouvais plus. Je dormais mal. Je faisais des cauchemars, ce n'était plus des rêves. Je le voyais avec une autre fille, on lui parlait de moi, il avait l'air complètement étonné qu'on lui en parle. Le lendemain matin, je ne savais plus quoi faire. Je savais qu'il n'appelait jamais tôt. Jamais avant une heure midi. Mon téléphone ne marchait pas. Il se coupait sans raison depuis quelques jours, il fallait que j'en change. Au milieu d'une conversation, ou sans même que je l'aie touché, il s'éteignait. Je devais le rallumer sans arrêt et vérifier l'écran tout le temps. À midi je ne pouvais plus rester comme ça, j'appelais sur son fixe, quelqu'un répondait, Éric n'était pas là. Est-ce que je pouvais rappeler plus tard ? Il n'est pas à Paris, il est en vacances. C'est de la part de qui ? Je détestais les questions intrusives. Je faisais comme si je n'entendais pas. J'appelais sur son portable. Ça sonnait, ça ne répondait pas. Je décidais d'appeler encore et de laisser un message en laissant paraître que ça n'allait pas trop : C'est Christine, je n'arrive pas à te joindre, mon portable ne marche pas, j'ai l'habitude de ne pas arriver à te joindre, mais dis-moi au moins si tu es à Paris ou pas, moi je vais moyen, sache que ça me ferait plaisir de t'entendre, si tu trouves l'envie. Je t'embrasse.

Une heure après il m'appelait. Je sortais de chez moi, j'étais dans l'ascenseur, dans le hall. En entendant sa voix, « C'est Éric », je lâchais « quelle merveille ! ». Ça pouvait passer pour quelle merveille ! tu m'appelles quelle chose incroyable, inhabituelle venant de toi, qui n'appelles jamais, mais aussi quelle merveille de t'entendre, ça me fait plaisir parce que je t'aime. Il riait. Je sentais bien sa voix. On riait. Je souriais dans la rue comme ça, avec mon téléphone collé à l'oreille.

— Quelle merveille !
— Tu es où ? Ça résonne.
— Je sors de chez moi.
— Ah oui tu es dans ton…
— Oui, dans l'entrée.

— Il fait froid ?

— Tu es où ?

— Je suis à Uzès. Dans une maison. Avec Simon, ma sœur et ses enfants. Simon est avec ses cousins.

— Ça va ?

— Oui, plutôt. Ma sœur rigole, parce qu'elle vient de m'entendre dire « ça va plutôt », et elle voudrait que je dise « ça va très bien », en plus comme je dors avec elle…

On parlait d'Avignon. On parlait sans s'arrêter, tout était facile. Je n'avais pas envie de m'arrêter, j'aurais pu rester des heures. Ça nous intéressait, et en même temps c'était un prétexte pour parler. Les critiques avaient été mauvaises sur l'ensemble de la programmation, tous les jours des spectacles se faisaient démolir. Ça me faisait bien rire, disait Éric, dans les journaux quand je voyais le feuilleton. — Oui mais quand on y est c'est moins drôle. — Oui mais j'étais content de voir que des types comme Untel qui sont des imposteurs depuis vingt ans, on le dise enfin. — Oui mais tu sais moi en plus je me suis fait piéger, j'ai été filmée par le type dont tu parles, pour son spectacle, et je suis ridicule dans le film, je me suis fait avoir.

C'était un projet où des gens filmés répondaient à la question : en cas de grand cataclysme qu'est-ce que vous n'emporteriez surtout pas du monde d'avant dans le monde d'après, et qu'est-ce vous emporteriez absolument du monde d'avant dans le monde d'après. Éric me disait : ah oui justement, tu as répondu que tu emporterais quoi dans ton monde ? Moi ?

Ah… je n'en pouvais plus. Le temps était trop long maintenant. Mais ce coup de fil me rassurait une fois de plus. T'emporterais quoi dans ton monde ? Je partais une petite semaine en Corse avec ma fille et une de ses copines. J'emportais mon ordinateur. J'écrivais dans ma chambre, avec la fenêtre grande ouverte sur la mer. Ça faisait bientôt cinq mois que je pensais à lui. Et on n'avait fait l'amour qu'une fois, il n'y avait eu qu'une nuit. Il n'y en aurait peut-être jamais d'autre. Pendant toute la semaine en Corse je me berçais avec « tu emporterais quoi dans ton monde ? Moi ? »

Je rentrais à Paris, je devais l'appeler pour dire que j'étais rentrée. Je n'en pouvais plus. J'accompagnais ma fille à la gare de Lyon qui rejoignait son père dans le Sud, une heure après j'appelais Éric. Le portable était fermé. Je laissais un message, disant que j'étais là. Ma voix était tendue. Il devait être rentré à Paris aussi, dans dix jours il commençait à répéter. Entre les deux on pouvait se voir. Nous le savions. Il ne rappelait pas. Le lendemain en milieu d'après-midi il n'avait toujours pas rappelé. Son portable était toujours fermé. Le simple fait de composer le numéro de téléphone me déprimait. Je ne le composais plus. Je ne pensais même plus à le faire. Je disais à mon amie Andrea que j'étais sur le point de renoncer, ça ne servait à rien, il fallait savoir s'arrêter. Je m'étais imaginé des choses, j'étais en plein fantasme, il fallait que j'arrête. Je n'allais pas le forcer à avoir envie de me voir. Elle disait que je devais lui parler en direct. Je l'engueulais presque elle, est-ce qu'elle croyait que je n'avais pas envie de lui parler en direct, est-ce qu'elle savait que je l'avais appelé et que c'était lui qui ne répondait pas, j'étais en face d'un mur est-ce qu'elle s'en rendait compte ? (On était dans un café à Levallois, à une table en terrasse sur le trottoir.) Est-ce qu'elle voulait que je compose le numéro tout de suite, là tout de suite, devant elle, pour lui prouver que moi je ne refusais absolument pas de lui parler, mais qu'à tous les coups le portable serait fermé, et bien sûr je pouvais toujours relaisser un message mais que je l'avais déjà fait. Elle voyait mon état, et restait calme. J'avais composé le numéro, c'était fermé : ah, bien, tu vois. Qu'est-ce que je peux faire, maintenant ? Tu veux que j'appelle sur le fixe ? Je le fais si tu veux. Mais là je peux aussi ne pas tomber sur lui et ça va m'énerver, ou il peut y avoir le répondeur là aussi. J'appelais. Ça sonnait, ça décrochait, je n'entendais rien, j'attendais un peu, je finissais par entendre un vague all…lô, auquel je répondais trop tard, de très loin, j'avais déjà raccroché. Je rappelais sur le portable, une dernière fois, pour montrer à Andrea ma bonne volonté. Incroyable, cette fois ça sonne je lui disais. Elle s'éclipsait. Éric répondait.

— C'est toi qui viens de m'appeler à la maison ?

— Oui mais je n'entendais rien.

— Moi non plus, et puis j'ai entendu de loin un petit allô. Je me suis dit, tiens…

Ma voix était atone, je n'avais pas envie de rire, j'allais à l'essentiel.

— Tu es là ?

— Oui je suis là. Mais je pars demain.

— C'est fait exprès ? (Ma voix restait monocorde, j'en avais tellement marre : c'est fait exprès ?)

— C'est comme si c'était fait exprès. Quand tu rentres à Paris, je pars. Mais je ne pars pas longtemps. On se verra à mon retour.

— C'est long.

— Je rentre quelques jours plus tard seulement.

— Ça fait longtemps qu'on ne s'est pas vus.

— Encore un peu de patience.

— N'oublie pas une chose. J'ai un ordinateur avec moi, et je ne peux pas débrancher.

— Comment ça, dans quel sens ?

— Comment ça dans quel sens ?

— Tu as un ordinateur avec toi vraiment ou c'est ta tête qui est un ordinateur ?

— Non, non, c'est pas ma tête qui est un ordinateur, tu crois vraiment que ma tête pourrait être un ordinateur, non, pas du tout, loin de là, mais j'ai un ordinateur avec moi et j'écris voilà ce que je veux dire, et donc je ne peux pas débrancher.

— De toute façon parler ne change rien à l'affaire.

— C'est-à-dire ?

— Je suis obligé de partir. Laure rentre demain, elle a pas de plan. Il faut que je parte. Je te raconterai. C'est deux mois compliqués. On va pas se parler là au téléphone. Je suis dans autre chose. Ma vie, ma pauvre vie. Je te raconterai. Pas maintenant là si on se parle au téléphone on s'embrouille, comme on a déjà fait, et je déteste ça.

— Mais on s'embrouille pas, là, moi je ne m'embrouille pas. Au contraire.

— Bon alors ça va. On se voit quand je rentre.

Je ne disais rien, presque en retrait.

— Je rentre le 16 ou le 17 au plus tard. C'est moi qui t'appelle quand je rentre.

— Tu me le promets ? Oui.

— Promis, promis ? Oui.

— Bon alors d'accord, je sais que c'est vrai alors.

— Oui, tu sais que si je te le promets, je suis foutu. Je t'appelle.

— Oui.

— Je t'embrasse.

— Moi aussi.

Je me sentais épuisée mais je comprenais. Il me raconterait. Son changement de vie, sa femme, ses enfants, sa maison. Il avait dit : encore un peu de patience. J'en avais. Rien ne pourrait jamais me faire oublier qu'il avait changé de vie après un texte qu'on avait lu ensemble, et qu'il m'avait demandé d'écrire pour nous.

« Encore un peu de patience », il ne l'aurait pas dit à une amie, ou à son auteur préféré. Il n'était pas cruel, pas pervers, lui.

Je faisais des rêves sur la fin de la nuit. Nous étions à Paris dans des quartiers périphériques, avec des escaliers, des jardins, des arbres, des ruelles, c'était la nuit, il y avait beaucoup de monde dehors. On se promenait dans les rues comme tout le monde, mais dès qu'on s'arrêtait dans un café ou quelque part, même dans une rue, on se touchait, on s'embrassait, il bandait, et me pénétrait. Son sexe était tout le temps là, présent, j'y pensais. Qu'on soit assis sur une chaise, qu'on se promène, qu'on se tienne par la main, ou qu'on soit juste assis l'un à côté de l'autre. Ce n'était pas une pensée graveleuse, mais du désir pur, tel quel, absolu, inconscient, refoulé, qui revenait la nuit. Le lendemain je tombais sur cette phrase d'Artaud : On ne me pissera pas éternellement sur la gueule. Il y avait aussi cette phrase de l'Infante dans *Le Cid* : L'amour est un tyran qui n'épargne personne / Ce jeune cavalier, cet amant que je donne / Je l'aime.

Cet amant, que je donne, Je l'aime. C'était splendide.

Il fallait un temps de déconnexion avec la famille, qu'elle ne vienne pas dire merci. Encore un peu de patience, il fallait attendre. Éric allait m'appeler le 17 ou le 18 août, nous étions le 11. Je devais aller écouter Nora enregistrer ses chansons en studio à Levallois, revoir un spectacle de Mathilde au festival de Paris, après je n'avais plus rien de prévu qui me fasse penser à autre chose. Je redoutais qu'il n'appelle pas, l'angoisse qui me prendrait alors, la nervosité feraient que j'appellerais, alors qu'il m'avait promis de le faire.

La seule nuit où on avait fait l'amour, je la revoyais tous les soirs en me couchant, parfois en pleine nuit aussi quand je me réveillais. J'étais allongée et je revoyais son corps maigre au-dessus de moi, la peau blanche, les cheveux noirs. Tout dans ses mouvements me disait que c'était ça que j'aimais. Il n'était pas comme les autres. Son corps au-dessus de moi faisait une ligne noueuse. Comme un bois jeune, ou vieux. Ce n'était ni un jeune homme ni un vieil homme qui me pénétrait. Un déhanchement, une pliure, quelque chose qui se cassait mais qui tenait. Ça riait. Douceur, pouvoir, c'étaient des termes qui reculaient, il ne s'agissait plus de ça, ça c'était le vieil amour. L'amour comme avant, comme je l'avais fait avant. Ou pour les autres. Ce n'était pas seulement un homme cette ligne blanche aux cheveux noirs, mais un univers, on pouvait s'y perdre, comme dans l'infinité d'une caverne, pas pour l'image féminine de la caverne, c'était bien un garçon qui aimait les filles, le foot, la télé, et boire. J'avais caressé son sexe très doucement, il disait juste « c'est bon c'est bon ». C'était autre chose qu'un morceau de viande surmonté d'un sourire assuré de son pouvoir et de son charme.

Écrivant ça, je me disais qu'il allait rentrer la semaine prochaine, et qu'il n'était peut-être pas sur la même longueur d'onde. Alors je levais mes mains du clavier, je les mettais sur mes yeux, mon cœur se serrait et je pleurais un peu, et puis je reprenais, je continuais. Mais j'avais peur. Je ne pourrais jamais lui faire lire tout ça. Quel abandon de pudeur, quelle gêne, c'était l'absence totale de séduction, et pour lui quel orgueil, lui déjà sensible à la flatterie. Quel piège d'écrire. De toute façon peut-être qu'il ne lirait jamais, et là de nouveau, j'étais secouée sur ma chaise de sanglots, de nouveau je mettais mes mains sur mes yeux. J'allais être obligée d'arrêter pour aujourd'hui.

Je relisais un portrait de lui paru dans la presse : la découpe légère, fluide, allègre des syllabes. Le phrasé intelligent. Intelligence immédiate du phrasé, clarté du sens. Flux rapide, allègre malgré le tragique. La peur qu'il sait faire naître. Rare impression d'inquiétude venant du plateau. La violence imminente est venue chez lui avec les années. L'âge, qui l'a à peine marqué, a renforcé, densifié, affirmé, cuivré, cette voix de jeune homme. Mais le temps, le travail du temps sur son être, sa vie, sa personne, ont déplacé cette silhouette. Les événements de sa vie, qu'en savons-nous, rien. Ils ont taillé dans le corps, dans la voix, un autre corps et une autre voix. Féroce, inquiète, terrifiante parfois. Capable d'une rare et inéluctable impression de violence. Sans avoir perdu la légèreté. Des rôles à sa démesure. L'humour, un limbe constant, le fait se mouvoir avec séduction, insolence, discrétion. Le contact avec lui est normal, confiant, sans intimidation. Tout vient plus tard par lente diffusion. Le timbre de cette voix normale, la banalité de cette vie dans cette voix commune et charmante. Le naturel l'avait distingué d'emblée, entrant pour la première fois dans un cours d'art dramatique. Le naturel, c'est-à-dire le rapport étroit et chaleureux. Établi dans la douceur, avec un public charmé. Il inspirait peu à peu l'inquiétude, puis l'angoisse, la peur, la terreur. Sans crier, la voix montait, les accents devenaient coupants. La capacité à trouver l'accent le plus tranchant, le plus affûté, la lame, le rasoir de la voix. Les syllabes émises avec une netteté précise, et farouche, hors de la gorge. On ne pouvait jamais dire : on ne me la fait pas à moi, tu prépares ton petit coup, là, je vois bien que tu vas te mettre en colère, tu prends ton élan, et voilà tu es en colère, je te vois exécuter ton tour, tout ce qu'on pense d'habitude en voyant faire un acteur, tension des muscles, échauffement de la voix, gestes brutaux. Lui non. Il était resté assez calme, inquiétant, sa voix semblait en réserve, on était sidéré. La tension était douloureuse et pourtant sans effort. La menace était explicite dans le son, le grain, la tonalité. Rien ne l'arrêterait, il allait briser quelque chose, il n'avait jamais joué comme ça, il allait se briser lui-même, sa folie éclatait... Mais il redescendait, il n'avait pas éclaté, il y avait bien eu violence, mais imminente. Rien d'essentiel, de figé, de donné une fois pour toutes au commencement. Rien d'intimidant, de bizarre, de déjà joué. Tout était en mouvement, lent, précis, cadencé. Il faisait naître le geste, et l'inflexion. Jusque dans l'effroi et la menace il gardait le calme, et même, tout à l'intérieur, la gaieté. La fluidité, la délicatesse, le rythme ne cédaient jamais. La supériorité technique, et l'art de rompre la continuité d'un ton. Quitter soudainement un rythme, le laisser en plan devant la scène, et parler ailleurs, parler tout court. Il avait des arrêts de jeu cassants, nets, immédiats, figeant le public dans la plus jouissive des stupeurs. On craignait qu'il s'arrête définitivement. Pendant quelques secondes on pouvait croire à la panne, tout semblait suspendu à son bon vouloir, à son caprice.

J'avais reçu des fleurs du banquier à Avignon, à l'hôtel. Des roses. Il avait cherché où j'étais. En rentrant dans ma chambre un après-midi, je trouvais des roses rouges dans un vase avec une carte : *à toi*, toujours avec son écriture à l'encre noire. Je prenais le vase et le descendais à la réception, je leur donnais le nom de l'expéditeur et disais que rien de cette personne ne devait plus me parvenir, ni fleurs, ni lettres, ni coup de fil. La réceptionniste notait le nom et disait qu'elle le faisait passer à tous ses collègues, en donnant la consigne de ne plus rien accepter de ce nom. La vision des fleurs sur la commode de ma chambre, et leur parfum que j'aimais pourtant, m'agressait. Il me confisquait un plaisir aussi simple que celui-là. Le lendemain dans la rue je prenais un coup de fil en numéro masqué, c'était lui. Je redisais que je ne voulais plus le voir ni entendre parler de lui, puis je regrettais pensant que le silence aurait été plus fort, que j'aurais dû raccrocher dès que j'avais entendu sa voix. Après l'appel, je sentais comme une épée m'entrer dans les côtes, comme une attaque cardiaque qui me faisait plier en deux, ou un coup de poing dans le ventre, imaginaire, je m'appuyais contre le mur le plus proche. C'était dans la rue juste avant la conférence de presse. Ces fleurs, ces appels masqués, j'y voyais des signes mafieux : *remember*. Même si toi au téléphone maintenant tu me vouvoies, *à toi*, et sens, respire, le parfum de mes roses rouges, capiteux. Il arriverait dans le Sud certainement dans quelques jours, un de ses domestiques, son gardien, avait dû déposer le bouquet à l'hôtel, sa maison de campagne était à proximité. Rien ne serait plus simple que de faire un saut dans sa grosse voiture, en laissant sa morte au bord de la piscine avec leurs amis. De rôder autour de la place Crillon près de mon hôtel à l'occasion d'une course à faire. Dans la cour de l'hôtel, je l'imaginais qui approchait, devant tout le monde je hurlerais : regardez ce type qui me harcèle, ce sale pervers, ce sale type, c'est un banquier richissime, je hurlais, on m'entendait partout, en un cri je discréditais la respectabilité d'une vie entière, je le démasquais, je dévoilais en un seul cri l'hypocrisie et la perversion, j'ameutais l'hôtel, il disparaissait, il n'avait plus que ça à faire, se faufilait à travers les rues en rasant les murs. Il avait prévu de venir à une représentation, je devrais supporter sa vue sans pouvoir rien faire, dans le public sa gueule, avec à l'intérieur son cerveau plein d'images. L'hôtel ne m'avait fait parvenir aucun nouveau message. Je savais qu'il avait prévu de venir à la dernière. Le jour venu, j'avais une appréhension. Elle s'amplifiait au fur et à mesure que l'après-midi avançait, et m'avait envahie tout à fait à l'heure où j'arrivais au théâtre.

De la scène je voyais tout le monde. Je mettais rapidement au point un stratagème avec Michel, le producteur, qui était là le soir quand les gens retiraient leurs billets. Le banquier avait déjà sa place, Michel ne pourrait pas lui dire *oui oui je vois qui vous êtes* avec un regard appuyé. Mais je pouvais lui décrire l'allure et la tête du type pour qu'il le surveille. Il me proposait de s'asseoir à côté de lui, pour que je me sente rassurée si je le voyais. Je disais à Michel : oh oui. Je lui décrivais une gueule de banquier, chauve, avec une couronne de cheveux sur le pourtour du crâne, pas très grand, pas gros, pas maigre non plus, pas de lunettes, mais attention, pas le banquier du coin de la rue, le type chic, avec des yeux bleus perçants, une élégance, un peu hautain. Je vois, me disait Michel. Quel âge ? Soixante ans. Je me préparais, j'étais happée ailleurs, on allait bientôt commencer, j'entrais la première. Je pensais à mon texte, j'étais dedans, ça commençait par la phrase : *La question du bonheur n'est pas la même pour tout le monde. Ça c'est sûr.* Je me la répétais, je m'imprégnais de la conviction que j'en avais, et de la nécessité absolue qu'il y avait à entrer sur scène pour la dire. On me faisait signe que c'était quand je voulais. Je respirais, j'entrais comme d'habitude, en balayant du regard toute la salle avant de me mettre au centre, à la place où je commençais, avant de dire : *La question du bonheur n'est pas la même pour tout le monde. Ça c'est sûr.* Je m'apprêtais à ouvrir la bouche. Et tout à coup, devant moi, vers le milieu de la salle, j'apercevais Michel, assis tout droit, sérieux, conscient de sa mission, prêt à sauter sur son voisin en cas de problème, un pauvre type chauve, comme une erreur judiciaire, un pauvre type banal qui ne ressemblait pas du tout au banquier, qui n'était pas là lui, juste un pauvre chauve d'une soixantaine d'années, un banal retraité. Un fou rire me prenait, j'étais au milieu de la scène, toute ma concentration se barrait. Je me demandais si je ne devais pas plutôt sortir, et revenir calmée. Je ne pouvais pas dire *La question du bonheur n'est pas la même pour tout le monde. Ça c'est sûr.* Je n'y arriverais pas. Ou alors :

ah oui vous ne savez pas, la question du bonheur n'est pas la même pour tout le monde, quelle bonne blague ! Oui, un spectacle comique. Quelle rigolade la question du bonheur n'est pas la même pour tout le monde, quelle blague incroyable. Je me payais un fou rire sur scène comme les acteurs de boulevard. À ce moment-là, au milieu de ce petit débat intérieur avec moi-même au milieu de la scène, avant d'ouvrir la bouche pour savoir ce que j'allais faire, peut-être sortir, je remarquais le critique du *Nouvel Observateur*, qui ne nous aimait déjà pas, le directeur du festival, et au premier rang un metteur en scène que j'aurais préféré ne pas décevoir, je pensais à Mathilde derrière qui ne pouvait pas savoir ce qui se passait, et dont j'allais gâcher l'entrée par la manière fausse dont j'allais dire *La question du bonheur n'est pas la même pour tout le monde. Ça c'est sûr.* J'allais défigurer l'ensemble de la pièce, le banquier gâchait tout, même absent. Je décidais de commencer comme je pouvais, de prendre les choses à la légère, comme si, la question du bonheur n'est pas la même pour tout le monde ça c'est sûr était quelque chose de drôle. Le contraire de la façon dont je le faisais d'habitude, assaillie par cette vérité tragique indéniable. Le banquier dénaturait tous les sentiments vrais. D'habitude j'annonçais ça comme une vérité stable, vérifiable, je me posais au centre de la scène pour annoncer cette vérité à toute la communauté, comme on aurait dit la guerre est déclarée. Donc, je faisais une mauvaise dernière, j'avais honte en sortant. Même si toute la soirée c'était une grande partie de rigolade avec Michel, le banquier avait été le plus fort, son bouquet de roses rouge-noir me portait malheur. Alors que je n'avais pas eu le moindre mot, le moindre signe, le moindre message d'Éric pendant toute cette période. Ma confiance pourtant ne reculait pas. J'étais de retour à Paris, je l'avais appelé, on ne s'était pas vus, j'étais partie en Corse avec ma fille, rentrée, j'avais appelé Éric, on ne s'était pas vus, il avait dit « encore un peu de patience ». Dans quelques jours il serait là en face de moi, c'était le mois d'août, Paris était vide, calme, rien ne semblait urgent, la vie était suspendue à plus tard.

Au mois d'août de l'année dernière, le climat et l'ambiance de Paris étaient les mêmes, les sensations, le mois d'août vide, le faible niveau sonore des rues, la douceur un peu fraîche de l'air, le même blouson que je remettais de l'année dernière, c'était presque comme il y a un an avec des décalages infimes, seulement psychologiques, j'avais changé, moi.

Il y a un an, Pierre avait déménagé, l'appartement sans ses meubles, moi qui vais acheter une nouvelle moquette pour la salle de bains, pour avoir une impression de renouveau et de propreté, pour contrebalancer la douleur par un plaisir concret, qui ferait aussi plaisir à Léonore quand elle rentrerait de vacances. Alors qu'aujourd'hui je me disais, en préparant mon petit déjeuner : qu'est-ce que c'est bien qu'il ait débarrassé le plancher. Dans le couloir l'année d'avant, je me récitais des phrases comme : il faut absolument que tu sois capable de supporter ce choc si tu veux être capable de vivre quelque chose de différent plus tard, sinon tu seras toujours condamnée à ce même genre de relation, tu sais bien que tu n'en veux plus, aie le courage. Le couloir l'année dernière, je le traversais en pleurant. Un an après je me récitais : Encore un peu de patience. Tu as dit que tu emporterais quoi dans ton monde ? Moi ? L'écriture c'est quelque chose qui peut me remplir une vie. Je préfère boire un verre de whisky

qu'un verre de Champomy. Mais un
sait : qu'est-ce qui me garantissait
whisky et que je n'étais pas le Char
encore : Idéalement il faudrait qu
sois seul dans un appartement o
tous les quinze jours. D'un autre
pas se mettre en *stand-by*. Tu pou
pour nous ? Tu te sens liée ? Tes sentiments pour
moi ne sont pas calmes. Nous on a le temps, on n'a
pas d'urgence. Ça me touche. Parce que tout ce que
tu dis c'est vrai. On se parlera nous, on arrive à se
parler un peu. Quand c'est pas le moment c'est pas le
moment. Oui j'aurai envie. Oui, promis, et si je te
promets je suis foutu. C'est la première fois que
j'admire quelqu'un et c'est toi, excuse-moi c'est
tombé sur toi, moi, admirer quelqu'un, une femme
en plus. Il faut qu'on sache si on est ensemble ou pas
ensemble.

Et puis, surtout, je repensais beaucoup à la seule
nuit qu'on avait passée ensemble. Je revoyais souvent la même image. Lui au-dessus de moi dans la
pénombre, avec son corps clair, maigre, et les cheveux noirs, autour du visage dont j'avais envie de
m'approcher, pour la bouche, et la langue à saisir
dans le palais. Mais je ne le faisais pas, je me laissais
faire. Quand il me retournait, j'étais à plat ventre, je
retournais tout le temps ma tête en arrière, sans faire
de mouvements trop brusques, pour ne pas faire
glisser son sexe hors du mien, je retournais ma tête
et il approchait sa bouche, on se prenait les lèvres, on
arrêtait, ma tête revenait dans l'axe, et je revirais de
nouveau peu de temps après.

Je pensais à ma mère. Je ne voulais pas vivre la
même chose. Pendant des années, elle avait dû
penser aux baisers de mon père, et peut-être même à
leurs sensations sexuelles, pendant des années ça

...tre obsédant, elle avait dû se demander si ... ommencerait ou si ça resterait toujours un ... nir qu'il valait mieux enfouir. Ç'avait dû être ... rrible. D'autant plus horrible que, des années après, à son rythme, il la reprenait de temps en temps. Le temps d'un week-end, ou même à Reims au début en venant me voir.

Ça n'avait pas duré longtemps, il avait joui très vite, surtout à cause de l'alcool. Il ne m'avait pas « beaucoup fatiguée » comme il avait dit après. Ça m'était égal. Je n'avais pas joui mais j'avais tout le temps pour ça. L'événement d'être avec lui au lit me suffisait. L'embrasser, et le voir au-dessus de moi. Après on était, comme tout le monde dans ces cas-là, dans les bras l'un de l'autre, détendus et calmes, flanc contre flanc, lui qui fait aller sa main toujours sur le même endroit de ma taille, moi reposant ma tête sur son épaule. Mais là c'était lui, donc beaucoup fatiguée ou pas n'avait aucune importance. Toutes les nuits, depuis des semaines, j'en rêvais, et je pensais beaucoup aux lèvres.

Le banquier était en vacances sur la côte Esmeralda, dans un hôtel à 3 000 euros par jour. Euros, pas francs, euros. 3000 euros. Par jour. Une amie, en vacances dans la même région, l'avait entendu dire. Avec sa femme, qui n'allait pas bien, elle était dépressive, elle venait de vendre tout son patrimoine à des Japonais. Elle était encore plus riche qu'avant mais elle avait perdu sa seule activité, elle ne serait plus jamais PDG, ni rien.

Je revoyais aussi parfois Éric marcher dans la rue. Son bassin étroit, et son corps penché vers l'avant, comme aspiré par le mouvement. Il ressemblait à un personnage de Dostoïevski quand je le voyais comme ça, à Raskolnikov, l'être à part. La peau blanche, les

cheveux noirs. Je n'ose pas écrire : les yeux de braise.
Parce que la plupart du temps ils étaient méchamment rigolards. Méchamment rigolards parce que ne croyant à rien ou à l'extrême inverse, pénétré d'une conviction que je n'arrivais pas à croire, quelque chose qui semblait l'attrister au lieu de le libérer.

Quand je me mettais à penser que peut-être il n'y aurait plus jamais rien, ma gorge se serrait. Le jour du 15 août, entre deux heures et deux heures et demie, peu de temps avant de sortir de chez moi, je pensais ça, c'était comme si on m'avait étranglée, ma gorge était prise comme par une main de fer qui la serrait, ça me faisait mal, ça serrait, c'était douloureux, ce n'était pas une douleur inventée. Quand j'étais dans cet état j'avais une amie à qui téléphoner, qui était en vacances à la montagne, dans les Alpes. Elle me demandait de lui raconter les derniers échanges de paroles, ce qui s'était dit précisément. Là elle avait dit : c'est un sans-faute, c'est un fleuve, c'est en cours. Mais c'est normal d'avoir de l'angoisse quand on sait que quelque chose va se faire. L'étau se desserrait.

Le banquier, dans son hôtel de la côte Esmeralda, essayait d'inviter des gens à dîner, des couples. Mon amie avait croisé un médecin avec sa femme, ni l'un ni l'autre ne voulait y aller. C'était à qui trouverait la meilleure excuse, tous pensaient qu'il s'ennuyait, qu'il invitait pour tromper l'ennui.

Le matin j'avais lu un monologue de Tchekhov, un vieil acteur se réveille en pleine nuit dans sa loge. Il s'était endormi. Il raconte qu'une femme, quand il était jeune, s'était mise à l'aimer pour son art. « Enivré, heureux, je tombe à genoux devant elle et je la supplie de me donner le bonheur... Et elle me dit : "Quittez la scène !" Elle pouvait aimer un acteur, mais devenir sa femme, jamais ! Je me rappelle, le soir je jouais… Le personnage était vulgaire, mes yeux se dessillaient… Je comprenais que l'art n'était pas sacré, que ce n'était que du délire, j'étais un esclave, une distraction pour oisifs, un bouffon, un pitre, et je comprenais le public. Depuis, je ne crois plus ni aux applaudissements, ni aux fleurs, ni à la folle admiration… Mon Dieu, mon Dieu ! Seize rappels, trois couronnes, des cadeaux, tout le monde en extase, et pas une âme pour vous réveiller un vieil homme ivre et vous le ramener chez lui… Je suis un être humain, je suis vivant, j'ai du sang dans les veines. Avant de tomber dans ce trou, j'étais beau, franc, brave, plein d'ardeur… où tout cela s'est-il évanoui ? Quel acteur j'ai été, hein, Nikitouchka ! Où tout cela s'est-il évanoui, où est-il ce temps-là ? Ce trou m'a dévoré quarante-cinq ans de ma vie… Mais il ne faut pas pleurer… Là où il y a de l'art, du talent, il n'y a ni vieillesse, ni solitude, ni maladie, et la mort elle-même n'est la mort qu'à moitié… (*Il pleure.*) Non, Nikitouchka, la chanson est finie. Moi, du talent ? Je ne suis qu'un citron pressé, une lavette, un clou rouillé… »

Comme j'étais seule, et que je passais beaucoup de temps seule cet été-là, je pensais à des choses, je me souvenais. Mon père était dégoûté des otages qui suppliaient les gouvernants de trouver une solution pour les ramener en France. C'était dégoûtant, pour lui ces types étaient partis à leurs risques et périls, et ils étaient là à mendier leur retour, au mépris de l'intérêt de leur pays. Il désapprouvait avec un rictus de dégoût. Son bon sens était heurté. Les baisers de mon père n'avaient rien à voir avec ceux d'Éric, ce n'était pas de l'élan, c'était « exercice de sensualité ». Ou alors c'était à cause de mon âge, qu'à l'époque je pensais ça. Je n'avais jamais eu envie de toucher mon père. C'était la première fois que j'y pensais en ces termes, et que je comparais. De toute façon comme disait le vieil acteur, où tout cela s'est-il évanoui, où est-il ce temps-là ? Je regardais le fond de ce trou, moi aussi, comme le vieil acteur, je ne me rappelais de presque plus rien. J'avais l'impression d'avoir toujours vécu seule.

L'amie qui était dans les Alpes me téléphonait. Elle venait d'avoir une conversation violente avec l'homme à qui elle tenait. Elle me demandait un conseil sur les deux-trois jours à venir. On se parlait vingt minutes. Chaque fois que je disais quelque chose elle disait : non, mais... non, c'est pas ça, c'est. J'étais habituée, elle était comme ça. Et puis à la fin je ne sais plus ce que j'avais dit, elle disait : ça ne me fait pas de bien de te parler, parce que tout ce que tu me renvoies c'est toujours à côté. Je répondais juste : ah ben oui... Elle ajoutait : mais ce n'est pas grave. Je m'en fichais, je comprenais, avec ma mère je faisais pareil quand j'étais malheureuse je l'accusais. Mais ma gorge s'était de nouveau serrée. Mon moral rebaissait. Il aurait fallu qu'Éric m'appelle vite, je saurais exactement quoi lui dire cette fois. Peut-être pas que je l'aimais, parce que ça qu'est-ce que ça voulait dire, mais qu'il avait pris toute la place, que tout l'été je l'avais attendu et travaillé. Quelque chose comme ça. Il ne me renverrait pas dans les cordes, c'était impossible. Je ne pouvais plus attendre, une nouvelle journée, comme les otages partis à leurs risques et périls, avec ma petite ration d'eau, ma petite boule de pain, ma nuit de sommeil troublé, et mes pages qui avançaient.

Pierre avait toujours mal quelque part, au dos, au ventre, ou il avait sommeil, ou la migraine tout d'un coup, ou besoin d'un bain, besoin de manger, ou d'un café pour se réveiller, toujours quelque chose. Il disait qu'il se sentait fatigué, il prenait un bain, quand il en sortait il se sentait tellement épuisé qu'il s'allongeait en peignoir et sans éteindre les lumières. Le matin quand je me réveillais, il dormait encore. Quand il se réveillait, il avait le visage gonflé par le sommeil, il avait des traces d'oreiller sur les joues et semblait de mauvaise humeur. Je pensais à lui comme s'il était mort maintenant. Quatre ou cinq ans de vie commune, et puis une disparition complète. Comme s'il ne s'était rien passé pendant ces années. Je ne sentais même pas la place vide.

Éric m'appelait un après-midi, nous allions nous voir le lendemain. À midi. Pas le soir parce qu'il essayait de boire moins. Même si je ne voyais pas encore bien le rapport entre l'heure et l'alcool. Le soir c'était plus difficile de se maîtriser. Nous passions un bon quart d'heure à trouver l'endroit idéal pour déjeuner le lendemain.

Nous arrivions en même temps, par les deux rues différentes qui faisaient l'angle du café. Nous ne nous étions pas vus depuis deux mois. Je ne faisais pas attention au premier regard, c'était trop rapide, je ne me rendais compte de rien, ni pour moi ni pour lui.

Puis nous nous asseyions, nous trouvions enfin la table. Je m'asseyais sur la banquette, il s'asseyait à côté de moi, nous étions accoudés au dossier, dans la même position, le corps tourné l'un vers l'autre, face à face. Nous nous regardions. Nous allions commencer à parler. Éric semblait vouloir surtout que moi je parle. Après un préambule sur le livre qu'il était en train de lire, l'auteur était une fille que je connaissais, il l'avait vue à la télé, l'avait trouvée belle, son livre avait du charme. Je lui disais : tu aimes tous les écrivains en fait. Oui, femmes, brunes aux cheveux courts, il montrait sa photo sur la quatrième. C'était probablement ce qu'une amie psychanalyste appelait le mi-dire, dire la vérité à moitié. Ce n'était pas la même chose que dissimuler, mais pour moi qui n'avais jamais confiance, c'était des abîmes de complexité, de trouble, des énigmes. Alors que c'était un langage clair. Avec la dénégation, ça donnait une idée précise de la vérité. Recouverte, traficotée, avec des vides, mais la vérité. Éric me lançait les questions, et me relançait dès que je finissais. Bien sûr il avait compris ce que j'avais à dire, avec nos coups de fil de l'été. Il m'avait renvoyé chaque fois la balle, comme : tu emporterais quoi dans ton monde ? Moi ? C'était une déclaration ou alors je ne comprenais vraiment rien, j'étais vraiment folle. Il me confiait toujours à moi la charge de ressentir, comme le sismographe mesure des tremblements lointains, en fait le relevé, sans avoir l'air de s'estimer concerné. Comme s'il n'y avait pas de contact entre aimer et aimer. Éric souriait, il me laissait dire, il me posait des questions quand je bloquais dans ma révélation. Nous étions assis sur cette banquette, accoudés dans la même position, face à face comme devant un miroir. Il m'encourageait à dire, je m'imaginais, moi, si François s'était embarqué dans une révélation comme j'aurais été gênée. Éric me laissait venir. Je me disais : il est d'accord.

Il posait des questions, souriait, ou alors c'était ce truc des acteurs incorrigibles avec la séduction. Je restais prudente. Il fallait qu'ils plaisent, qu'on le leur déclare en rougissant, en s'étranglant à moitié, en tremblant. Il avait commencé tout de suite à m'interroger, à peine assis. Comment ça va ? Comment tu vas ? Tu as l'air bien. Comment s'est passé ton été, j'ai l'impression qu'il y a beaucoup de choses. Que tu as beaucoup de choses à dire. Avec le sourire très présent, des yeux aussi. — Oui, c'est vrai. — Oui, il m'a semblé. — Oui j'imagine. Je souriais aussi. Tous ces sourires. Pourquoi se sourire comme ça tout le temps, accoudés tous les deux à la banquette en se regardant ?

C'était le retour de vacances. Un ami m'avait raconté sa rencontre avec une fille, ils dînaient ensemble en Sicile, la fille était sicilienne. Belle, paraît-il. En la quittant, il sentait qu'elle attendait qu'il la prenne dans ses bras. Il ne l'avait pas fait. Ils avaient chacun leur voiture. Ils partaient. L'autoroute sicilienne, déserte. Lui roulait devant. Elle, plus loin derrière. Tout d'un coup avant de bifurquer, il s'était arrêté sur le bord de l'autoroute, il était sorti, elle s'était arrêtée, ils s'étaient jetés dans les bras l'un de l'autre.

Je connaissais bien la Sicile, on y avait passé deux mois, Claude et moi, quand Léonore était toute petite. Elle avait juste un an, elle commençait à marcher. Petit château branlant. Je ne sais plus ce que j'écrivais. Si, j'écrivais *Interview*. On était très heureux à ce moment-là. À partir de notre retour ç'avait été moins bien. Je ne sais plus. Il avait dû y avoir des phases. La Sicile c'était l'époque parfaite, même si j'avais pris un peu trop de poids, je devais être frustrée de quelque chose tout de même.

Il souriait toujours des yeux, moi aussi. Nos corps étaient toujours tournés l'un vers l'autre. Son visage n'était pas du tout un masque angoissé. Devant des révélations désagréables on adoptait parfois des sourires figés. Ce n'était pas du tout ça. Je lui disais : tu me poses des questions, ce n'est pas ta méthode d'habitude, d'habitude tu dis des trucs, des affirmations, tu lances, et tu attends de voir ce qui retombe.

— Oui c'est ça. Je fais comme ça, et toi tu poses des questions en général.

— Oui.

— Mais ça revient au même, dans les deux cas c'est pour dire ce qu'on pense soi.

Ça c'était important, si nos deux méthodes revenaient au même. Il disait aussi : j'adore !... le processus de révélation.

Il posait encore sa question habituelle : si il avait bien compris, j'avais écrit, est-ce qu'il pourrait lire ? Moi : Ah non. Je pensais à ce qu'il y avait d'impudique. Depuis Toulouse ce que j'écrivais était encore plus gênant pour moi vis-à-vis de lui, je ne me refrénais plus. Tu veux lire pourquoi, pour savoir ce que je pense ?

À peu près à ce moment-là une fille que je connaissais un peu, une journaliste de théâtre, entrait dans le café. Elle n'avait pas l'air bien. Elle allait s'installer tout au fond, mais au bout de trois quarts d'heure elle venait vers nous, et s'asseyait sans y avoir été invitée. Elle était très nerveuse, elle disait ce qui lui passait par la tête, elle parlait d'amour, de sexe...

Elle prenait la main d'Éric, disait : tu as une alliance, tu es marié, avec qui ? Éric répondait : avec Christine. Elle : ah bon, c'est vrai ? Je ne savais pas. Éric disait : maintenant tu sais, dis-le à plein de monde autour de toi, que ça se sache. Puis il revenait à la version réelle, non il était marié à une Suédoise qui s'appelait Laure. Avec qui il avait vécu jusque-là. La journaliste disait : mais vous êtes, elle faisait le geste, ensemble, vous avez une histoire ? Je ne sais plus ce qu'il répondait. Moi je ne disais trop

rien. Je jouais avec lui, mais le rôle muet. Lui impro-
visait avec aisance.

Ça faisait quatre ou cinq mois maintenant qu'il
avait dit : tu pourrais faire un texte pour nous ?
Nous, c'était qui, on était marié avec qui ? Il parlait
de Toulouse comme d'une lecture « dans l'engagement absolu ». Et moi quand je m'étais mariée,
comme je l'ai dit, je ne m'étais pas autant engagée
que maintenant, en écrivant. Quand il avait dit « le
processus de séparation entre *nous* est entamé »,
avant la lecture fatale, à l'aéroport, « entre nous
qui ? » j'avais demandé, « Laure et moi » il avait
répondu, et le geste de ses bras allant dans deux
directions opposées. Mathilde avait dit qu'à cette lecture on voyait quelque chose naître, mais elle ajoutait : et se détruire en même temps. Ça m'avait fait
mal.
    La journaliste me disait : tu as des nouvelles de cet
ami à toi… ? Elle parlait de Frédéric. — Non,
aucune. — Il t'aimait. — Oui moi aussi. Je n'aurais
pas dû dire ça. Je pouvais être agressive, sans m'en
apercevoir. Qu'est-ce que c'était que toutes ces
amours, d'où sortaient-elles tout d'un coup ? De quel
vieux passé me parlait-elle ? Frédéric n'avait été
qu'un ami.
    Éric passait dans un autre registre à partir de là.
Nous changions de table, il disait : alors tu vois que
ce n'est pas la première fois que ça t'arrive. Moi :
mais non, Frédéric ça n'a rien à voir. Il commandait
un demi, alors qu'il ne voulait pas boire. Il disait : tu
ne dis pas non plus, toi. Je levais les yeux au ciel, je
n'arrêtais pas de dire, qu'est-ce qu'il fallait de plus ?
Son regard assombri s'était opacifié d'un coup. Je
voulais bien m'avancer encore un peu. Il se moquait
de moi, il me singeait en train de lever les yeux au

ciel. Et commençait à me repousser dans l'autre sens, après m'avoir laissée approcher pendant deux heures. Il m'avait singée levant les yeux au ciel et maintenant disait : non je ne cherche pas à te faire parler plus, je serais d'ailleurs plutôt embêté que tu en dises plus.

On avait changé d'atmosphère. Tout changeait, il commandait un autre verre, on mangeait, son regard changeait, je disais : qu'est-ce qu'il y a, il disait : rien. Rien rien, je digère. Il ne souriait plus. Tout s'inversait. La deuxième moitié du rendez-vous contrait la première. En un verre il se déconnectait de la réalité, il avait la sensation de quelque chose qui décollait, hop, il faisait ce geste, d'un niveau qui monte, il ne sentait plus rien, en un geste rapide le monde s'éloignait. Changeait de consistance. De degré. Le taux d'alcool remontait à son niveau de la veille au soir, son esprit cessait d'être clair en un seul verre. François m'avait dit : le déni et la dénégation c'est l'arme des alcooliques. Éric : moi je veux bien que tu saches plus de choses sur moi que moi, mais je ne sens rien. Je lui disais que je ne le croyais pas, et qu'il le savait. Je ne sens rien. Alors toi, tu crois quoi ? Que je me suis conditionné pour ne rien ressentir ?

Le jour de notre rendez-vous au Wepler, la deuxième fois qu'on se voyait, il avait dit qu'il ne ressentait jamais rien en dehors de la scène. Sur scène il pouvait pleurer, dans la vie rien ne le touchait « quand je pense que je peux pleurer sur scène… et que dans la vie… », son visage avait l'air bouleversé. À part apprendre que son fils n'avait pas eu de copain une après-midi à l'école, rien ne pouvait l'émouvoir, il n'y avait qu'à propos de son fils qu'il se disait : oh…

Il n'y avait jamais eu *de corps* entre nous, etc. On était passé de « je suis marié avec Christine » à « je ne sens rien » en passant par « je ne connais personne comme toi, comme toi je ne connais que toi » et « ça m'énervait quand tu m'appelais cet été ». — Ça ne faisait que t'énerver ? — Non pas seulement, c'est ça qui est... — Tu étais aussi un peu content ? — Oui un peu.

Puisqu'il avait envie de lire la suite du texte, qu'il la lise. Perdu pour perdu, autant perdre jusqu'au bout. M'enfoncer dans le ridicule. Il avait juste passé la main sur mon corps distraitement, et s'était rendu compte que ce corps, bof, on ne sait pas, en continuant d'adorer le reste, comme si c'était distinct. Nous passions tout de même cinq heures ensemble au café. À parler de l'absence de désir entre nous, que j'avais peut-être moi pour lui mais que lui n'avait jamais eu. Il avait quitté sa femme le jour de la lecture, c'était anecdotique. Sa femme aussi faisait un lien entre leur rupture et notre rencontre, lui non. Il y tenait : il ne sentait rien.

— Elle aussi elle fait un rapport entre les deux.

— Tout le monde le fait, tu es le seul à ne pas le faire.

On n'arrivait pourtant pas à avoir un rapport naturel ensemble, comme aller au cinéma ou faire n'importe quoi, comme quand le corps n'avait pas d'importance.

— Tu es sûr ? Que ce n'est pas défensif ?

— Non je ne suis pas sûr. Mais je ne voudrais pas te faire passer ce message, que... un jour... plus tard... qu'il faudrait attendre.

— Moi je voudrais refaire tout ce qu'on a déjà fait ensemble, mais sans...

— À jeun.

— Oui. Et sans la panique, apaisés, calmement, sans reculer après.

Il répétait à partir de la semaine prochaine jusqu'en novembre, son énergie serait entièrement mobilisée, est-ce que je préférais attendre novembre pour qu'il lise tranquillement et me dise ce qu'il en pense. On était fin août, le 18.

— Écoute Éric, moi idéalement, ce manuscrit, je te le donne dans un quart d'heure, dans une demi-heure tu le lis, dans trois heures tu me dis ce que tu en penses, après tu fais Platonov, tu joues, en janvier on fait ensemble la lecture de ce texte quelque part tous les deux, et en février on vit ensemble.

— Et sinon, tu ne peux plus avoir d'enfant ?

Au lieu de dire « pourquoi, tu veux un enfant de moi ? » je répondais : je ne sais pas, non sûrement pas. Il disait : un chat peut-être. Nous nous quittions un peu plus haut sur le trottoir. Je pariais encore. Il disait : mais arrête, il faut arrêter de parler de temps en temps. La première fois qu'il m'avait prise dans ses bras, il avait dit : tu vois il n'y a pas toujours besoin de parler. Là il m'embrassait sur les joues, on se séparait comme ça. Le lendemain je devais lui donner le manuscrit. Il mettrait trois heures à le lire, je serais donc dans ses mains trois heures à vivre. Je raisonnais journée par journée.

J'allais prendre un taxi. J'étais détruite, tout l'été s'effondrait. Je n'aurais pas supporté le bus, les gens, même le chauffeur de taxi ç'allait être difficile. Au téléphone, le chauffeur m'entendait dire que j'étais détruite, je ne pouvais pas rester dans le silence. Je commençais à imprimer le manuscrit pour demain. Andrea me téléphonait. Ç'a été l'horreur je lui disais. Elle venait pour m'aider à imprimer. Le ruban encreur me lâchait. J'allais à la Fnac avec elle, elle s'occupait de tout, je ne savais plus rien faire. Je ne savais plus quel ruban il fallait et je ne voulais pas parler, même à un vendeur pour me renseigner. J'étais désespérée, j'aurais pu renoncer à la vie. Pourtant j'allais lui donner le manuscrit, après il n'y aurait plus rien à faire ni à dire. Il me dirait : on se calme, j'ai lu, on arrête les frais, on ne se voit plus, il faut que ce soit clair. Si vraiment il n'y avait pas de corps, si vraiment il ne sentait rien, il ne supporterait pas d'avoir provoqué tout ça. Il m'expliquerait qu'il ne pourrait jamais être là. J'avais rêvé de lui, je l'avais écrit, je m'étais masturbée, je l'avais écrit, il le lirait, il n'allait pas supporter. Je venais de prendre une claque au café de l'Abbaye, quand il aurait lu j'en prendrais une deuxième, définitive. Mais s'il ne supportait pas la lecture, je me connaissais, j'arrêterais sans problème, je le savais.

Je dînais près de chez moi avec Andrea. Je ne sentais pas le goût de ce que je mangeais. La serveuse, qui me connaissait, devait se demander pourquoi j'avais ce visage défait. Après le repas je disais à Andrea que je n'arriverais pas à mettre le ruban encreur toute seule. Elle montait cinq minutes, et je lançais l'impression.

Nous devions nous appeler le lendemain matin, pour que je lui passe le manuscrit en fin de matinée rapidement dans un café. Il avait proposé au départ que je le dépose au théâtre.

— Quoi ? Et quoi encore ? Qu'il n'y ait plus aucun contact entre nous ? C'est tellement insupportable ? C'est tellement insupportable de se voir une demi-heure dans un café ? Tu n'es pas content de me voir ?

— Pas toujours, en tout cas je déteste les fins de nos rendez-vous, il faut toujours qu'il y ait cinq minutes de plus, et puis dix, quinze, et on tire comme ça jusqu'à vingt-cinq minutes de plus après le moment où on a dit qu'on se quittait, il y a toujours quelque chose, là c'est le moment où je te propose de me remettre le manuscrit, qui tout d'un coup rallonge,

pose des problèmes de lieu et je ne sais pas quoi, alors
que me le déposer au théâtre, c'est simple, non ?

— Non, ce n'est pas simple, c'est désagréable, ça
fait comme si je passais un manuscrit à un acteur,
comme si tu revenais en arrière, ce n'est plus cette
situation entre nous.

— Mais on le sait que ce n'est pas cette situation,
on le sait. Alors on dit demain en fin de matinée dans
un café, de toute façon t'es du matin non ?

— D'accord.

On devait s'appeler le lendemain matin. Au fur et
à mesure que le texte s'imprimait je le relisais pour
prendre conscience de ce que je lui donnais. Je
relisais allongée. J'étais partagée entre des rires nerveux et des oh non pas ça, j'appuyais mon front
contre ma main, consciente que mon sourire était un
sourire de gêne aussi vis-à-vis de moi-même. Mais
j'imprimais tout. Je ne changeais pas d'avis. À deux
heures du matin je décidais d'aller me coucher. Mais
l'angoisse me reprenait à la gorge. Je me jetais en
travers de mon lit. Je ne pouvais pas m'endormir
comme ça, ce n'était pas possible de s'endormir dans
cet état. J'appelais Andrea, elle ne dormait pas, elle
regardait un film avec Romy Schneider. Je lui parlais
une heure et j'allais me coucher plus calme. Je me
réveillais au bout de deux heures, je me levais.

J'essayais d'écrire la suite, le rendez-vous au café
de l'Abbaye qu'on venait juste de vivre, pour le lui
donner aussi. J'étais fatiguée, ce n'était pas très bon,
à minuit et demi je lui laissais un message : je suis en
train de lire le manuscrit, ça fait bizarre, drôle d'histoire… Et un autre le matin, avec la voix faible
d'après seulement deux heures de sommeil : ça y est
j'ai imprimé, j'ai tout, dis-moi quand tu veux que je te
le passe, moi je suis très fatiguée, j'ai très peu dormi,

j'ai pas envie de bouger dans un café, mais on verra. J'avais laissé à plusieurs amis des messages affolés, ils me rappelaient les uns après les autres. Une amie me disait : il passe à côté de la chance de sa vie, jamais plus il ne rencontrera quelqu'un comme toi, en dehors du travail il ne se passera jamais rien de passionnant dans sa vie. Je lui disais : peut-être, je ne sais pas, mais moi, comment je vais faire, moi non plus je ne rencontrerai plus quelqu'un comme lui, et il ne se passera rien d'intéressant dans ma vie pour moi non plus, ou est-ce que tu crois que si ? Elle disait : non peut-être pas c'est vrai, des êtres comme toi il n'y en a plus, tu es du dix-huitième siècle. — Qu'est-ce que tu veux dire ? Pourquoi tu dis ça ? En quoi je suis du dix-huitième siècle ? — Je dis ça parce que tu transformes les sentiments en actes. — Dans ce sens ?... ah oui. Ça c'est vrai. Mais comment je vais faire, tu crois que je vais trouver ce que je cherche quand même ? — Non, je crois que tu es trop stendhalienne pour ce monde. — Mais comment je vais faire alors, comment je vais vivre, je n'y arriverai pas. — Si, tu verras, on s'habitue à une vie en bémol. Pendant que j'étais au téléphone avec elle, Éric appelait, il tombait sur la messagerie. J'avais sauvegardé son message, puis je ne l'avais plus retrouvé, j'avais dû faire une mauvaise manipulation, il était effacé. Mais je m'en souvenais.

— Christine c'est moi c'est Éric. J'émerge là, j'ai la tête à l'envers moi aussi. Bon, tu me dis que tu as tout. Mais que tu veux pas bouger dans un café, mais moi je vais pas aller là-bas jusque chez toi, en plus j'ai des trucs à faire. Il faut que je m'organise moi aussi. Voyons, quelle heure il est ? Moi je suis encore à Pigalle là. On pourrait peut-être se rencarder au Wepler. Dans... voyons. Mais je ne sais pas. Parce que moi je vais bouger. Donc faudrait que ce soit autre part. Je sais pas si c'est le bon jour ou pas. Rappelle-moi. Je laisse mon portable ouvert pour l'instant. À tout à l'heure.

En le rappelant j'avais toujours ma voix éteinte. Il demandait « ça va ? » je répondais non. Il devait aller chercher des clés dans l'après-midi, il proposait qu'on se voie plutôt demain, finissait par : repose-toi bien. On dit demain à midi ? On s'appelle entre onze heures et onze heures et demie. J'en profitais pour relire et modifier les dernières pages. Puis j'abandonnais. Je traînais toute la journée chez moi. Incapable de sortir. Je ne faisais que pleurer, m'allonger, être angoissée, la gorge prise comme dans une main gantée de fer. Je n'arrivais pas à dormir.

Je répondais brièvement au téléphone quand on m'appelait. Je recevais un coup de fil de quelqu'un que je connaissais très peu, il m'invitait dans sa maison du Lot. Il m'appelait chère Christine. Un type toujours tiré à quatre épingles, sympathique, original, presque émouvant. Je me sentais hagarde, mais je pouvais lui parler tellement rien ne nous liait.

Le banquier avait rencontré sa femme à cinquante ans, il avait à ce moment-là une maîtresse artiste, photographe, plasticienne, peintre, une Canadienne. Il prenait quinze jours de vacances à Marrakech, c'étaient les vacances de Noël, sa grande fierté était d'avoir fait huit jours avec l'une et huit jours avec l'autre, chacune étant « parfaitement au courant de la situation », disait-il très fier. Le dimanche soir, quand il était rentré de son week-end avec moi, sa femme, qui était au courant, avait été très froide, mais n'avait pas dit un mot. N'avait pas dit ça. Faisait-il en passant l'ongle de son pouce sous sa dent, l'œil allumé, admirant la situation qu'il avait créée. Le lendemain je la rencontrais dans une manifestation littéraire, où il se trouvait avec des membres de sa famille, des cousines, des belles-sœurs, des gens riches. J'avais accepté d'y passer, pour voir les bêtes. Après je rentrais chez moi avec l'impression d'être sale. Le lendemain je cessais définitivement de le voir. Leur cocktail était raté, les visages se décomposaient, les invités escomptés ne venaient pas, alors que le banquier m'avait fait miroiter des Buren, des Lanzmann, des Sollers. Ils n'étaient quasiment qu'entre eux et presque tous vieux. Les femmes étaient trop grosses, trop pulpeuses, dans leur jupe-veste, ou trop sèches dans leur tailleur pantalon élégant et sombre, cou découvert sous la veste. Les visages plutôt ouverts étaient flasques, et les visages minces fermés, austères. Avec cette constante, le regard mort des femmes. Qu'elles soient PDG ou dans l'humanitaire. Le banquier au milieu de tout ça évoluait avec ses yeux bleu glacier et sa cravate assortie pour les mettre en valeur.

— Allô. C'est Mathieu Delvoy. Vous allez bien ?
— Non.
— Moi non plus. Qu'est-ce qui vous arrive ?
— Oh comme d'habitude, et vous ?
— Oh oui moi aussi, toujours pareil. Toujours les mêmes histoires. On n'est jamais satisfait de ce qu'on a. On n'a jamais tout en même temps. On aimerait tout réunir. Mais on ne peut pas, alors on est obligé de satisfaire ses différents désirs de différentes manières dans différents moments. Mais ça marche pas. Ou si… ça marche. Mais bon, c'est pas idéal. Je voulais vous proposer quelque chose, qui peut vous faire du bien justement. Ma mère, qui est morte l'année dernière, m'a laissé une très jolie maison dans le Lot, je voulais vous proposer de venir, si ça vous dit… Vous pouvez venir quand vous voulez.

Vous pouvez venir, repartir, rester le temps qui vous plaît, c'est comme vous voulez.

— Non je ne crois pas. Comme je vous disais je ne suis pas du tout en forme. Et vous, qu'est-ce qui vous arrive ?

— Oh moi ! Il y a une jeune femme…

La conversation durait près d'une heure.

Mon père m'avait offert un parfum. First. De Van Cleef & Arpels. Il me conseillait de faire comme une de ses amies, de m'en parfumer le sexe aussi.

Je retournais traîner dans mon couloir. Jusqu'à la cuisine. L'angoisse me reprenait encore pire qu'avant le coup de fil de Mathieu Delvoy. Parler pouvait me distraire un instant, mais le serrement de gorge reprenait après plus fort, il fallait alors que je passe un autre coup de fil à quelqu'un d'autre. J'avais une amie, partie en vacances dans la mer Morte, qui était peut-être rentrée. Je lui disais, la voix étranglée : tu es rentrée, est-ce que je peux passer ? J'éclatais en sanglots. Ça ne va pas, ça ne va pas du tout. Je vais très mal. — Passe. — On ira prendre un café ? — Oui. Je fonçais prendre un taxi. Je me sentais mieux tout de suite, rien qu'en regardant la rue défiler par la portière.

Le lendemain, j'appelais Éric vers onze heures et demie, comme convenu. Son portable était ouvert mais il ne répondait pas. Il avait peut-être changé d'avis et ne voulait peut-être plus lire. Je laissais un message. Vingt minutes plus tard, il n'avait pas rappelé, je devenais déjà nerveuse. Il était midi, l'heure à laquelle on aurait dû se retrouver en principe. Finalement il appelait à midi vingt. Il proposait qu'on se retrouve vers une heure. Il me demandait « ça va ? » je répondais « disons oui », « tu t'es reposée ? » je répondais « non ». Ma voix était plate, molle, à peine l'énergie de sculpter la bouche pour en sortir des syllabes distinctes. Sa voix à lui était distante, un peu nouée. Mais il ne proposait pas une remise du manuscrit rapide dans un café n'importe lequel en vingt minutes comme la veille. Le choix de l'endroit nous prenait un quart d'heure, il voulait que ce soit agréable, il y avait un endroit qu'il ne connaissait pas au Louvre, nous allions nous retrouver à l'heure du déjeuner. Et non plus cinq minutes comme il voulait la veille.

J'arrivais un peu avant lui, je prenais un magazine. Je le feuilletais. Samedi midi, fin d'été. Les gens étaient encore détendus, encore un peu de soleil, une petite fraîcheur, la table était à l'extérieur. Je commandais de l'eau.

Éric arrivait au moment où je tournais la tête pour le guetter à l'autre entrée, un serveur passait devant moi, Éric disait en s'asseyant : qu'est-ce qu'il a ce serveur, c'est à lui que tu veux donner le manuscrit ? Puis, aucun heurt, aucune parole désagréable. Je ne faisais aucune allusion à nous. Il lançait une ou deux perches, qu'avant j'aurais prises. Je ne les saisissais plus, j'avais enregistré « je ne sens rien » et « il n'y a pas de corps ». Je laissais tomber.

Avant s'il avait dit, comme là « ah oui ça c'est intéressant parce que ça explique d'autres choses », j'aurais fait « ah oui, quoi ? » le corps penché en avant, le visage passionné. Le manuscrit était posé sur la chaise à côté : il n'osait pas penser à tout à l'heure, quand il allait repartir avec le manuscrit, comment ce déjeuner agréable risquait de se terminer, d'ailleurs allait-il le prendre ce manuscrit ? Je lui mettais l'enveloppe dans les bras : tiens. Il disait :

ah ! je ne peux pas refuser, quand on a ça dans les bras on ne peut pas refuser, c'est comme un enfant.

Il disait que notre relation n'était pas si compliquée que ça en fait. Je ne relevais pas non plus. Nous avions feuilleté les journaux du samedi ensemble en faisant des commentaires. Comme un couple. Il buvait de l'eau, il se resservait, c'était presque bizarre de le voir saisir la bouteille d'eau pour en verser dans son verre. Je lui demandais quel était son but en ce moment avec l'alcool. — En finir avec toutes les formes d'esclavage. Il disait qu'un seul verre suffisait à décoller des sensations réelles, je me demandais si c'était pour m'expliquer son virage brutal de la dernière fois, après « je suis mariée avec Christine » le fait de m'avoir repoussée après. Je ne savais pas. Il se sentait bien, l'esprit clair, vif, est-ce que je m'en rendais compte ? Est-ce que je voyais la différence ? Ou est-ce que je préférais quand il avait bu un ou deux Pastis ?

Le matin même, Mathilde m'avait dit : dis-toi que tu aurais été malheureuse avec lui si ça s'était fait, et que dans trois mois c'était fini parce qu'on ne peut pas vivre avec un alcoolique, il est amoureux de l'alcool, tout le reste passe après, tu ne peux rien faire. Il ne peut pas, il ne pourra jamais. Il faut que tu fasses attention, repose-toi, essaye de partir trois jours. Elle vivait avec un médecin, elle.

Il avait dit : à propos pourquoi c'est mieux de se voir le soir plutôt que la journée, souvent tu préfères. Je disais : je ne sais pas, parce que la journée il y a d'autres choses à faire après. Alors lui : ah oui ! ça fout la journée en l'air. Je riais. Et il ajoutait : alors que sinon ça fout la nuit en l'air. J'avais dû dire « fatigant » à propos de je ne sais plus quoi. Éric disait : c'est drôle ton emploi de ce mot. Tu dis fatigant quand il y a du manque. Tu ne dis pas fatigant quand tu fais quelque chose qui te fatigue, mais quand il y a du manque, j'ai remarqué. Je trouvais fatigant qu'il n'appelle pas, j'avais dû le dire parfois dans ce sens. Une serveuse passait, elle passait et repassait, elle avait une jupe courte à volants, des bottes, les jambes nues entre les deux, une allure sûre d'elle vaguement ridicule, Éric disait : tu vois par exemple, elle, elle est fatigante, on peut le dire aussi dans ce sens. Il avait dit, ce n'est pas si compliqué que ça, cette histoire. Mais je ne prolongeais pas. J'avais apporté le manuscrit et depuis la veille, je n'avais plus tellement envie de parler.

Nous nous quittions devant la Comédie-Française, j'entrais dans le Palais-Royal. Puis plus loin dans un magasin, j'essayais des fringues sans en prendre aucune, ça me mobilisait l'esprit. Puis je rentrais.

Je me reposais. Le dimanche j'allais voir un film sur Bukowski. Je savais qu'Éric était en train de lire. Mais le lendemain, le lundi, je plongeais, je ne m'attendais pourtant pas à des nouvelles avant la fin de la semaine. Mon angoisse était à son maximum, je ne saurais même pas la décrire, elle était trop forte. Je n'ai pas gardé la lucidité suffisante. Je ne m'attendais pas à réagir comme ça. Toutefois je ne l'appelais pas, j'attendais. Je n'avais pas vu François depuis longtemps, je l'appelais. Je lui disais que j'allais très mal, j'étais dans un état catastrophique, est-ce qu'on pouvait se voir ? Il pouvait venir au café en bas de chez moi une heure, c'était court, mais je prenais. Après il allait au cinéma, il me proposait de venir, je lui disais que je n'en étais pas capable. Je n'avais pas vu François depuis plusieurs mois, il ne savait rien de ce qui m'était arrivé. Je lui racontais tout en accéléré, les cinq ans de message d'Éric, la rencontre au printemps, les répétitions qui ne marchaient pas, la déclaration dans un café, la nuit, le recul, l'écriture, la lecture à Toulouse, la séparation avec sa femme, ensuite la dénégation et le piétinement. Et les phrases importantes. Il voyait à mon visage que j'étais bouleversée, mais il n'était pas inquiet, ce n'était pas grave, j'étais tout simplement amoureuse. L'heure avec lui m'avait fait du bien, mais dès que je rentrais chez moi l'angoisse repartait.

Éric avait dit :

— Je vais le lire ce week-end, deux fois, une fois aujourd'hui et une fois demain. Et…

Là, il se frappait la tête avec son poing, faisait :

— Mince. Ah j'y ai pas pensé. Merde. Merde, merde, merde. Comment on va faire ? J'ai Simon lundi, et mardi, j'y ai pas pensé. Et mercredi je répète. Ça fait trop tard en fin de semaine ? Si tu sais que j'ai lu ce week-end ?

— Non, d'accord.

Je m'étais demandé comment j'allais tenir, mais j'avais dit très décontractée : non, d'accord. Et lui :

— On peut dire jeudi, après ma répétition. Ah oui mais à cette heure-là y a l'alcool, c'est le soir.

— Alors un autre moment peut-être ça serait mieux.

— Non mais ça va aller, et puis l'alcool du soir c'est pas comme l'alcool de midi.

— D'accord.

— Voilà on dit ça, après la répétition jeudi, je peux pas encore te dire à quelle heure, je ne sais pas.

— D'accord.

Le lundi, pendant cette journée horrible, j'avais l'impression que mes tripes étaient étalées dehors sur le trottoir. Offertes. Dès que je me retrouvais dans le silence de nouveau la main de fer me serrait.

Puis c'était passé, ça s'était calmé le lendemain, l'angoisse avait disparu complètement.

On était séparés depuis deux mois, Pierre avait fait faux bond à Léonore, qui s'était faite toute belle pour le voir un soir, à l'anniversaire d'un ami, elle ne l'avait pas vu depuis les vacances d'été. Il lui avait dit par mail qu'il viendrait à cet anniversaire, spécialement pour la voir. Et il n'était pas venu. Je n'oublierais pas le visage de Léonore vers minuit, quand elle avait compris qu'il ne viendrait plus. Malgré sa promesse du jour même. Elle était défaite. Elle consultait ses mails tout de suite en rentrant à la maison, il n'y avait rien. Elle lui en envoyait un, il n'avait pas répondu. Il ne s'était réveillé que des semaines plus tard, quand elle lui avait e-mailé son numéro de téléphone portable.

Le banquier faisait venir une masseuse à domicile, très belle, et disait que la dernière fois il ne bandait pas. Il regardait dans son lit des clips à moitié érotiques à la télé. À la fin des repas, il ne buvait pas de café, il prenait de l'eau chaude dans une petite tasse, sans rien d'autre.

Le jeudi matin, Éric m'appelait :
— C'est Estenoza.
Je riais. Qu'est-ce que ça voulait dire encore ?
— Ça va ?
— Oui.
— Très vite parce que c'est au téléphone... Bon je peux pas moi ce soir. J'ai Simon, demain aussi. Mais on peut dire samedi, si pour toi ça va.
— Oui d'accord, très bien.
— Je termine à huit heures. Je t'appelle quand je sors du théâtre, tu me dis où tu es et je te retrouve.

— Oui, d'accord. J'ai passé une journée horrible lundi, j'avais l'impression d'être étripée dehors, et puis c'est passé.

— Oui la voix est bien.

— Oui ça va. À samedi alors.

Je ne pouvais pas m'empêcher de sourire après le coup de fil. Moi qui voulais régler cette affaire et ne plus y penser, qui voulais tenir compte de « ce n'est pas un rapport amoureux » même si je n'y croyais pas. Je souriais. J'étais contente de le voir samedi soir, dans quatre jours, plutôt qu'un café rapide le dimanche ou le lundi, avec juste le temps de me dire : on n'est pas du tout sur la même longueur d'onde il faut que tu te calmes.

Une amie m'invitait dans la presqu'île de Giens depuis une quinzaine de jours. Je ne voulais pas y aller, je voulais voir Éric. Je restais à Paris. C'était une maison au bord de la mer, il suffisait de descendre par un petit chemin, et on se baignait. D'après ses descriptions ça semblait idyllique, ça m'aurait sûrement fait du bien de me reposer. Mais je repoussais et on était déjà pourtant fin août. Les gens allaient rentrer et je ne me serais pas reposée, en dehors des quatre jours en Corse, mais même ça c'étaient des jours où j'avais travaillé, écrit, je ne m'étais pas reposée, je n'avais profité de rien, j'attendais la fin du séjour, j'étais là pour ma fille, je comptais même les jours. J'avais juste eu le plaisir d'écrire avec la fenêtre ouverte devant la mer. J'avais attendu Éric, et j'avais travaillé, j'avais beaucoup écrit. On allait se voir dans quelques jours. Il avait lu, et il m'en parlerait. J'étais fébrile.

Le samedi à huit heures du soir, j'attendais son coup de fil chez moi. Prête à le retrouver quelque part. Il appelait, il prenait sa voiture, on se retrouverait au Wepler. Il faisait chaud, je l'attendais dehors. Il m'appelait, il était dans les embouteillages vers Pigalle. Je l'attendais, je n'avais rien à lire, je regardais les gens passer assise dehors, j'étais toujours heureuse quand je savais que j'allais le voir, j'appréciais le moment. Ce moment à ne rien faire, juste à regarder devant moi, et à l'attendre. Je regardais les gens, je profitais du temps qui passait. Je devais l'aimer, c'était tellement fort, j'étais bien.

J'avais retrouvé par hasard une vieille lettre de Pierre. C'était une lettre qu'il m'avait laissée un matin près de ma théière (je me levais plus tôt que lui), il y a trois ans, après avoir fini de lire le manuscrit de *Pourquoi le Brésil ?* dans la nuit. Je la relisais.

Bébé,

J'ai enfin fait hier ce que j'avais à faire : j'ai lu ce que j'avais à lire et que je repoussais depuis si longtemps, par crainte de la gifle que j'allais prendre.

Là que tu ne m'écoutes pas, tu vas me lire.

Je trouve ce livre époustouflant, d'ailleurs tu as noté que j'avais un peu le ventre noué en le lisant.

Évidemment que ce que tu dis est juste parce que tu le dis, que tu es écrivain, et pas n'importe lequel, et que c'est toi qui le dis. J'ai subi un choc : outre la qualité du livre sur laquelle on ne reviendra pas, c'est de nous voir vivre, d'une part, et nous déchirer. Et puis de me voir vivre et souffrir.

Pour le reste je n'ai jamais eu l'intention de te contraindre à toucher quoi que ce soit. J'ai trop de respect

1 pour ton travail

2 pour toi

3 pour les textes qui disent vrai.

Il est grand temps qu'on en parle de ce livre, qui reste époustouflant même si j'en sors différent. Sur certains points, je trouve que tu as un peu forcé le trait, que tu y es allée un peu fort, et je vais devoir faire désormais avec une étiquette (tu noteras que je n'ai pas écrit « étoile »). Je vais faire avec, on verra bien, plus tard.

Juste un reproche, que tu ne veux pas entendre, je te l'écris. Certaines phrases, pas plus de deux ou trois, sont dangereuses, en plus d'être fausses et insultantes, et c'est un sujet qu'il va falloir discuter.

Ma chérie, mon bébé, puisque ce livre existe enfin, il va falloir qu'il apprenne à faire des consensus, comme tout le monde, comme toi, comme Léonore (la belle Léonore), comme moi.

Alors, s'il te plaît, c'est déjà assez dur pour moi (mais je tiens, et je tiendrai j'espère, parce que ce livre est époustouflant), ne dis pas que j'ai un grand nez et que je ne suis pas démocrate et deux ou trois choses ici et là que nous verrons plus tard DANS LE CALME ET L'AMOUR.

Si dans le cas inverse, tu décidais de te comporter en écrivain outré qu'on touche à son œuvre, nous aviserons tous en conséquence, et elles seront vite en vue. Mais tu es plus forte que ça, on va voir sur la balance ce qui pèse le plus lourd : ton livre ou ton amour, ton livre ou toi.

J'exclus évidemment la troisième hypothèse que tu avançais comme une menace : ce livre tu ne le détruiras pas, il sortira parce qu'il doit sortir, tu ne le détruiras pas, et de toute façon j'en ai un double au journal !

Voilà, j'ai passé mon moment le plus difficile. J'ai accepté le livre, je l'ai adopté. (Tel qu'il est, à trois virgules près qui sonnent mal et diffamations.)

Maintenant à ton tour de souffrir : si tu veux qu'on le garde, il va falloir lui couper le cordon, non pas lui couper un doigt, mais juste les ongles, parce que le seul qu'il griffera c'est moi et j'en ai assez d'être griffé.

Voilà. Qu'est-ce que tu croyais, que la remise du manuscrit allait se passer sans heurts ? Je t'aime et je te souhaite un bon travail et une bonne journée, mon amour. Pierre.

J'avais envie de l'appeler pour lui dire : ne m'appelle plus jamais.

Éric arrivait. On s'asseyait à une table face à face. On n'entrait pas tout de suite dans le vif du sujet. On parlait des répétitions, il venait de commencer, il y avait avec eux un dramaturge qui connaissait bien la pièce devant lequel les acteurs à ce stade se sentaient ignorants, démunis. Les répétitions, la pièce, les difficultés, les autres acteurs. On ne parlait pas du manuscrit, on prenait notre temps. Éric disait : tu vois quand il dit telle chose par exemple, j'ai vraiment l'impression d'être au milieu de l'Atlantique et de me débattre tout seul, mais bon je nage (je me retenais de sourire, encore cette métaphore de l'Atlantique... décidément), je l'ai lu une seule fois mais je nage.

— Qu'est-ce que t'as lu une seule fois ?

— N'importe qui à ta place aurait compris. Ce n'est pas *Platonov* que j'ai lu une seule fois.

Il enchaînait : Il faut être balèze pour être là en face de toi après avoir lu. J'ai failli te téléphoner pour dire qu'on ne se voyait plus, ou alors ce qui se passait devait rester entre nous. Mais là maintenant en face de toi, ma peur vole en éclats.

Je disais qu'on pouvait convenir que certaines choses je ne les écrirais pas, que je pensais justement lui proposer. On pouvait se dire, telle soirée, on ne l'écrira pas, telle chose restera entre nous. Il trouvait bien que j'y aie pensé mais de toute façon sa peur volait en éclats. Tant qu'il me croyait quand je disais que la vie passait avant le fait de l'écrire, ça allait, quand il ne me croirait plus, il ne pourrait plus me voir.

S'il avait bien compris, j'écrivais tout ça, mais je préférerais le vivre. Il venait de dire ça d'un air interrogatif, prudent. Je confirmais, oui. Il reprenait : seulement, le fait de l'écrire empêche que ça puisse se vivre…

— Non peut-être pas.

— Ah voilà !

Bon on est le soir hein Christine, tu le sais.

Ça voulait dire que l'alcool était là. Je disais oui je sais. Ça ne l'empêchait pas de dire des phrases que j'adorais :

— Je crois que tu as confiance en moi, et que tu n'y peux rien.

— Mais toi aussi tu as confiance en moi, non ?

— Oui, j'ai confiance en toi, mais tu me fais peur.

Il avait peur mais il le reconnaissait, et de toute façon dès qu'il ouvrait la bouche, j'étais conquise. Par tout ce qu'il disait. Je lui faisais confiance, je ne lui aurais pas donné tout ça à lire sinon. Je ne me serais pas mise dans cette situation.

— C'est un truc de malade mental. C'est un truc de malade mental.

— Ça ne t'avait pas fait ça la première fois que tu avais lu ?

— Non ! Pas du tout ! Ça n'avait rien à voir.

— Pourquoi tu crois ?

— Parce que je savais que j'allais le lire avec toi à Toulouse.

— Là c'est beaucoup plus fort ?

— Oui, beaucoup plus, ça n'a rien à voir. C'est sans comparaison. Je veux bien que tu dises que toi c'est la première fois que tu vis ça, mais imagine pour moi. C'est l'inconnu.

À l'un de nos premiers rendez-vous, il avait dit qu'il savait qu'il pouvait encore avoir du désir. Du désir pour ailleurs. J'avais dit « pour ailleurs, où ? » Après un moment de surprise, et de réflexion rapide, il avait répondu : pour l'inconnu. Je m'en souvenais très bien. Je ne faisais que constater et mettre bout à bout.

— C'est pas fréquent être regardé comme ça.

— Pourquoi tu dis que c'est un truc de malade mental ?

— Parce que si je laisse faire tout en sachant ce que ça va provoquer, ce que ça provoque déjà, je dois le vouloir.

— De malade mental, qui ? Toi ou moi ?

— Les deux.

— Mais en même temps tu as vu, ça ne raconte rien, c'est des toutes petites choses, des petits trucs infimes, il ne se passe rien.

— Oui c'est des petites choses, c'est rien, il ne se passe rien, mais ce qui se passe c'est tellement... c'est tellement... (Son regard partait vers le haut, vers le plafond, l'ailleurs. L'insaisissable, l'indicible, l'inconnu justement. Tellement, tellement...)

Je disais : ça a commencé là, en faisant un signe vers la table où on s'était retrouvés la deuxième fois, où il avait commencé à me dire qu'il en avait marre du soir après soir, et du jour après jour, que son histoire avec sa femme était finissante, qu'il n'avait plus de désir pour elle, mais qu'il savait qu'il en avait encore pour l'inconnu. Il tournait la tête vers la table que je montrais, et faisait : tu me donnes ton numéro de téléphone ? On avait nos phrases.

Un instant, je surprenais une émotion sur son visage, devant un geste que j'avais fait. Un geste tout simple, la façon dont j'avais pris mon pain, qui se trouvait à droite pour le mettre à gauche, et commencer à le manger, c'était un de ces gestes mal assurés que j'avais souvent. Comme si j'avais manipulé non pas un morceau de pain mais un diamant ou un rocher trop lourd, je le savais puisque Claude m'en avait parlé de ces gestes parfois. Éric me regardait, un sourire intérieur se déclenchait, je le voyais, et une douceur dans les yeux, le reste du temps j'avais toujours été trompée par le regard qui devenait opaque à n'importe quel moment, à la suite d'une phrase ou d'une déception que je comprenais après, quand il n'était plus temps de la réparer. Là je comprenais, le regard et le sourire, ils étaient tournés vers lui, pas vers moi, ce n'était pas composé, ça ne m'était pas adressé, c'était un sentiment personnel que j'avais perçu par hasard. J'avais vu un petit peu en lui. Je m'étais sentie un instant à l'intérieur de sa sensibilité. C'était le regard d'un amoureux, ça ne pouvait absolument pas être autre chose. Mais j'avais fait comme si je n'avais rien vu. Je n'aimais pas prendre au piège. Je ne calculais pas mes gestes, Claude, qui m'avait aimée, disait : tout, ta façon de saisir les objets, la nourriture. Qu'est-ce qu'elle a de particulier, je disais, je ne vois pas, je ne me rends absolument pas compte, qu'est-ce que tu veux dire, je saisis les objets d'une façon particulière ? Et la nourriture, je ne fais pas comme tout le monde ? Comment je fais ? Comme les écureuils, tu vois, par exemple, il disait.

Pierre en cinq ans, je n'avais percé aucun de ses secrets. Ce genre de secrets intimes. Après coup, je me demandais s'il en avait. C'était le coup d'État permanent, ses actes s'enchaînaient sans que je les comprenne, ils étaient trop spectaculaires, j'en comprenais la logique, bien sûr, mais le sens intime, caché, bouleversant, jamais. En dehors des phases de séduction, et la période du début, qui s'étaient épuisées, de plus en plus, évidemment, je n'avais pas l'impression de jouer avec lui. D'être avec lui.

On se quittait vers minuit et demi, Éric me raccompagnait en voiture à l'entrée de ma rue. Mais pas jusque devant chez moi, pas devant la porte, la scène dans la voiture en bas de chez moi avait déjà été vécue et écrite. Et ne pouvait pas se répéter. Il avait le regard opaque, je me penchais vers lui pour l'embrasser sur les joues. S'embrasser sur la bouche n'aurait sans doute servi à rien. Vu l'état dans lequel il était, et le manque de confiance dans lequel ça le mettait, à cette heure-là, ça n'aurait sûrement rien changé. Il posait sa main sur mon genou, tapotait. Deux choses contraires comme toujours, la main sur le genou, puis un tapotement. Toujours le même système, un mot et son contraire. La main sur le genou c'était intime, le tapotement, amical, chaque geste et chaque parole étaient toujours contredits par l'inverse. Je mettais ma main dans la sienne, celle qu'il venait de poser sur mon genou, il la gardait un instant. Puis je la retirais pour partir. Je sortais de la voiture. Je lui tournais le dos maintenant, j'étais dans ma rue. Je marchais vers chez moi en pleurant. Je me disais que je l'aimais et que je ferais tout ce que je pourrais. Mais je ne savais pas quoi, ce que ça pourrait être.

Je n'avais pas de nouveau rendez-vous et pas de raison précise de le revoir. Il ne m'avait pas rendu le manuscrit, alors qu'il devait, mais je ne voulais pas le rappeler pour ça. Nous étions le 28 août, je décidais de partir deux jours chez l'amie qui m'invitait au bord de la mer depuis quinze jours, dans la presqu'île de Giens. Je ne pouvais pas rester plus, Léonore allait rentrer le 30. C'était déjà la rentrée scolaire. Je faisais cinq heures de train, j'avais peu dormi, j'avais beaucoup pensé à Éric la nuit, j'arrivais devant une mer magnifique. Nous mangions du poisson midi et soir, j'étais en short, en maillot de bain, je me détendais, je constatais que je savais vivre, être parfaitement heureuse. Que j'étais tout à fait capable d'apprécier un paysage. De me laisser aller, à regarder la mer, allongée sur le sable. J'adorais être sur une des chaises longues sur la terrasse devant la maison. On voyait l'île de Porquerolles au loin. Ce n'était pas brumeux, c'était clair, lisse. Les contours de l'île, et des bateaux, étaient clairement dessinés. Il y avait des bateaux de pêcheurs qui faisaient l'aller et retour sans bruit. On y était allées passer une journée, le temps de se baigner sur une petite plage de sable. Devant des pins parasols. Mais il fallait rentrer, je retrouvais Léonore à la gare de Lyon, nos trains arrivaient presque en même temps. Je la serrais dans mes bras. Quel bonheur, quelle chance. Elle m'attendait, devant un jus d'orange, avec un livre, je ne l'avais pas vue depuis un mois, elle tirait sa valise. Allez, nous rentrions à la maison. Elle avait plein de choses à me raconter. Elle s'était beaucoup amusée, chez une copine, en Corrèze, qu'elle avait connue à l'école maternelle, et leur amitié tenait.

Cette année, elle entrait en quatrième. On leur donnait une liste de nouvelles fantastiques, parmi lesquelles choisir pour faire un exposé. Elle choisissait *La Métamorphose*. En Corse, début août, je m'étais cogné la tête contre un tronc d'arbre en sortant d'une voiture. Ça saignait, j'avais besoin de m'allonger, je me dépêchais de rejoindre ma chambre, j'avais mal, j'étais exaspérée, je m'appuyais sur l'épaule de Léonore. Puis elle m'apportait un gant de toilette d'eau bien fraîche, je pleurais. J'avais du mal à respirer, c'était un choc, j'aurais pu m'assommer. Je me trouvais pitoyable. Le sang coulait, dans mes cheveux, sur mon front. J'étais sur mon lit, avec un gant plein de glaçons sur la tête qu'elle était allée chercher au bar. Je pensais à Éric, j'espérais le revoir à mon retour début août, j'étais fébrile, inquiète. Ça durait depuis quelques mois déjà à ce moment-là. Cinq. Je me sentais tellement différente depuis que je l'avais rencontré. J'avais l'impression d'être devenue une autre. Je demandais à ma fille de m'excuser pour les pleurs. Je traversais une période étrange, une métamorphose. Est-ce qu'elle savait ce que ça voulait dire ? Un livre portait ce titre, le narrateur se transformait en scarabée, c'était très dur de se transformer. Très perturbant. J'avais essayé de la faire changer d'avis, *La Métamorphose* c'était un texte difficile. Elle ne voulait rien d'autre. Mais un soir, je rentrais à la maison, elle ne me disait même pas bonjour, j'étais à peine arrivée : tu ne sais pas ce qui s'est passé, il y a une fille qui a fait son exposé sur *La Métamorphose*, aujourd'hui, alors que j'avais été la première à le dire. Elle pleurait à moitié, elle était paniquée, il fallait vite qu'elle trouve autre chose et toute la liste était prise. Tu n'aurais pas une idée d'un récit fantastique que je pourrais choisir, mais pas dans la liste ? Je lui demandais qu'elle me laisse poser mes affaires, m'asseoir cinq minutes. Elle retournait dans sa chambre, j'avais une idée : il y a une nouvelle d'Edgar Poe, *Le Portrait ovale*, regarde si ça te plaît, j'allais lui chercher le livre, et lui ouvrais à la bonne page.

Un homme voyait un tableau, un portrait de femme, il était saisi, elle semblait vivante. Le peintre l'avait fait d'après une femme qu'il aimait. Elle dépérissait au fur et à mesure que le tableau avançait et qu'elle posait, le peintre ne le voyait pas, tout occupé de son tableau. Le portrait était si impressionnant de vie qu'il troublait. Le rose des joues de la femme avait irrigué la toile, comme s'il y avait du sang dans la peinture, et que la femme était devant nous. Au moment précis où le peintre l'avait fixé sur la toile, le rose avait disparu des joues de son modèle. Ç'avait été pareil pour chaque détail de son visage. Et la femme était morte à la seconde même où il terminait. La prof de français leur demandait de trouver la « visée » du texte. Je disais : en tout cas si à l'école on te dit que les artistes vampirisent la vie, tu dis que ce n'est pas ça, on risque de te dire ça, il faut que tu trouves autre chose. Tout à l'heure justement en faisant le gâteau qu'on était en train de manger, elle voulait savoir ce que j'en pensais, elle s'était dit : est-ce que la visée ça pourrait être qu'il a voulu rendre son amour éternel ? Oui ma chérie, oui, c'est ça, c'est sûrement ça.

Je revoyais encore parfois le moment où le banquier avait enlevé son pantalon, je me souvenais de ma surprise. De ma surprise fascinée, d'autant plus que ça venait d'un banquier, gris, chauve. Même s'il y avait les yeux bleu glacier. Je ne m'attendais pas à ça. J'avais dit à mon analyste que c'était la première fois que je trouvais ça aussi intéressant. Il faisait : oui. Ça n'empêchait pas que le banquier avait du mal à me faire jouir, avant que je trouve la parade du « salaud » dans ma tête. Ça le contrariait quand je disais « on n'y arrivera peut-être jamais », il inclinait alors la tête, pinçait la bouche d'un air de confiance en soi, d'un air « sans problème », pour que je ne déduise pas de ses petits airs blessés que sa confiance en lui et en ses possibilités était en quoi que ce soit entamée. C'était pour la forme qu'il prenait des petits airs blessés. Des airs que je reconnaissais. Meurtris, boudeurs, mais fiers et orgueilleux. Mon père prenait un air de souffrance en entendant des mots mal prononcés, ou en parlant de la musique, il ne la supportait pas, sauf peut-être en voiture dans des beaux paysages, quand on ne pouvait rien faire d'autre. Il trouvait qu'elle imposait sa présence, elle ne laissait pas l'esprit libre, on ne pouvait pas s'en abstraire, c'était un rêveur, quand il était petit pendant les vacances, il faisait de longues promenades solitaires dans le maquis, il rêvait loin de tout. En regardant le ciel, en respirant les parfums des plantes, en profitant de la lumière, et des étendues désertes.

Une nuit, pendant un des nombreux silences d'Éric, je n'avais dormi que deux heures et j'avais rêvé de Pierre. C'était le 31 décembre, à l'intérieur d'une maison, ou d'une boîte de nuit, sombre, dans les gris et noirs, il y avait probablement du monde, du son, et à la fin du rêve, à ma grande surprise, en bas d'un escalier, je voyais apparaître Pierre qui portait de grandes lunettes de soleil très emboîtantes, comme un masque, qui lui recouvrait toute une partie du visage. Qu'est-ce qu'il faisait là ? Au réveil j'avais eu une impression étrange, pas très agréable, de voir que je me rabattais sur lui.

Quand on vivait ensemble, on rentrait à la maison, il allumait son ordinateur, il regardait s'il avait des mails. J'enlevais mes chaussures, j'allumais le four pour faire chauffer un plat surgelé, et la plaque électrique pour faire cuire des pâtes ou du riz. Je disais :

— On aurait pu sortir dîner non ?

— Non moi j'ai envie de rester.

— On peut dîner en terrasse peut-être déjà.

Le téléphone sonnait. Il allait répondre. Etc., la vie se poursuivait, il y avait des hauts et des bas, ça recommençait le lendemain, et ce n'était pas désagréable. Au moins je n'avais pas de grands trous noirs. Un 1er mai, j'étais avec Léonore rue de Lévis, on faisait des courses, Pierre était à la maison. J'achetais des petits bouquets de muguet, un pour lui, un pour Léonore, et un pour moi.

Dès mon retour de Giens, l'envie de voir Éric m'avait reprise. Je l'appelais. Il répondait tout de suite. Je lui demandais si les répétitions se passaient bien, oui ça allait, s'il avait son fils, si on pouvait se voir. Non il ne l'avait pas en ce moment, oui on pouvait se voir. Je lui disais : tu m'appelles ? Il me disait : Oui, je t'appelle.

Mais il ne rappelait pas, ça recommençait donc, malgré la lecture du manuscrit, la confiance, tout ça ? Je laissais un message quelques jours après. Pour dire : on se voit ? J'aurais eu envie d'aller avec lui un jour dans cette maison au bord de la mer. Je me demandais comment nous pourrions faire pour nous embrasser encore, et nous revoir déjà. Avait-il décidé, depuis la dernière fois, de ne pas me revoir ? À quoi correspondait ce nouveau silence ? C'était peut-être un contrecoup de sa lecture. Peut-être qu'il avait reculé brutalement. Je ne le croyais pas.

Claude venait de téléphoner. Il était aux États-Unis, mais sa voix était toute proche. Il voulait parler à Léonore. Elle n'était pas là, elle était chez une copine, en week-end. Ce jour-là la voix de Claude me troublait. Comme avant.

J'étais en train d'écrire, la voix de Claude résonnait toute proche, c'était la voix d'avant, celle de toujours, auprès de laquelle je m'étais toujours épanchée, la voix que j'avais tellement aimée. Qui m'enve-

loppait. Je le savais de l'autre côté de l'Atlantique,
là-bas, seul. Il était au Texas, il y travaillait quelques
mois. Il n'avait pas pu partir avec sa nouvelle copine,
ils n'étaient pas mariés, elle n'aurait pas eu le permis
de séjour. Sur le papier nous n'étions pas encore
divorcés. Si je m'étais laissée aller, je lui aurais parlé
des heures. C'était lui avec qui j'avais parlé le plus
grand nombre d'heures dans ma vie, et de lui que
j'avais été le plus proche. Et si j'étais là chez moi, à
écrire ce samedi, c'était parce qu'il y avait cru pendant des années. À mon écriture, à moi écrivain. Pendant longtemps il avait été le seul à le penser. J'avais
trop tendance à oublier qu'on s'était tellement aimés.
Là j'avais envie de m'épancher, mais je n'avais strictement rien dit. J'avais dit : elle n'est pas là, elle est
chez une copine, elle sera là demain soir. Il avait dit :
j'appellerai demain alors ou lundi. J'avais dit : Léonore n'a pas d'école lundi après-midi, si tu veux. Il
avait dit d'accord et au revoir, et c'est tout. Je ne
comprenais plus comment une telle distance avait
pu se faire. Alors qu'on avait été tellement unis. Et
tellement heureux. Sa voix m'était entrée si fort dans
l'oreille. J'aimais la voix d'Éric aussi, mais je n'avais
pas d'intimité avec. Il fallait se rencontrer à vingt ans
pour avoir ça.

Sur mon répondeur il y avait un message, pas celui
que j'aurais aimé.
— Allô Christine. Deux choses. Mathieu Delvoy à
l'appareil, nous sommes dimanche il est 14 heures,
j'espère que vous allez bien, ou mieux, ou en tout cas
convenablement. Deux choses. Deux propositions
honnêtes, la première ça me ferait plaisir qu'on dîne
ensemble prochainement, à une date qui vous
convienne, et deuxième chose je vous réinvite dans le
Lot, le… week-end, ou… prolongé du reste même, du

24-25... septembre, maintenant que cette maison est rangée, et, et plus accueillante. Voilà et... j'enverrais ma caménaste pour qu'on puisse ne pas être accrassinés (ou assassinés je ne comprenais pas le mot, je ne devais pas le connaître), par les tâches domestiques, voilà et puis j'y resterai la semaine ou une partie de la semaine, vous pouvez rester tant que vous voulez si vous le désirez. Voilà. Bien écoutez reparlons-nous. Et puis j'espère avoir le plaisir de vous entendre... bientôt. Je vous embrasse.

Éric ne rappelait pas. Mais je restais encore assez calme, je n'étais pas inquiète, un calme incroyable m'habitait. Je dormais la nuit, et ma voix n'était pas angoissée. Le lendemain, toujours rien. Il ne fallait pas que je rappelle tout de suite. C'était mieux si j'arrivais à attendre encore un peu. Puis, c'était devenu soudain intolérable.

En me couchant un soir, en me tournant sur le côté, avec un oreiller serré entre mes genoux, mes larmes s'étaient mises à couler, je me disais : ben voilà c'est ça aimer, c'est ça, c'est difficile, mon Dieu comme c'est difficile. Pour toi du moins, qu'est-ce que c'est difficile pour toi. Je ne pense pas qu'il m'appellera demain. Peut-être qu'il ne veut plus me parler. Peut-être qu'il ne veut plus me voir. J'appellerai après-demain, je lui laisse encore la possibilité de m'appeler demain, même si je n'y crois pas. Mais si son portable est fermé, comment je vais faire, je ne vais pas encore laisser un message ? C'est dur, c'est dur. Je fermais les yeux, je les rouvrais. Je poussais un soupir pratiquement entre chaque phrase, et je disais : ahh. Je n'espérais qu'une chose c'était de m'endormir. Je ne croyais pas qu'il me rappellerait le lendemain. Ce qui ne voulait pas dire que je ne croyais plus à l'histoire. Mais le manque était dur à vivre.

Un soir, j'étais chez moi, la télé ne marchait pas, et je n'arrivais pas à lire. Allongée, j'écoutais *The Man I Love*. Ma fille dormait. J'étais seule, l'appartement était dans le noir à part une petite lumière douce. J'irais me coucher dans une heure. En attendant j'écoutais un ou deux disques dont je me sentais toujours proche. La voix d'un chanteur que j'adorais feulait « amour » à intervalles réguliers, respirant dans le mot, à l'intérieur même, le soufflant plus que l'articulant. Le mot s'isolait de tous les autres, il semblait fait d'une autre matière. Je regardais le mur blanc en face de moi.

Il était onze heures et demie du matin, Éric ne rappelait pas. Je me disais que j'allais le rappeler. Je n'avais plus de jambes. Mon cœur battait. Je ne pouvais pas rester dans cet état. Je n'arrivais ni à attendre qu'il m'appelle ni à faire son numéro. Dès que je me levais de ma chaise, j'avais les jambes qui tremblaient.

J'avais fini par appeler. Il ne répondait pas. C'était de l'amour, mais j'avais sûrement des blessures trop profondes pour réussir à le vivre. C'était un sentiment trop intense, ça me demandait des efforts démesurés. Il était trop intense chez moi, il me fatiguait.

Un ami m'avait dit : mais laisse-le venir c'est un jeune taureau, il a aussi un petit côté macho. Bien sûr qu'il est amoureux, mais c'est un jeune taureau fier, il résiste. Un autre m'avait dit : il va lui falloir du temps avant de revenir, la nuit que vous avez passée ensemble, il a dû se sentir minable parce qu'il avait bu. Il va venir mais il faut qu'il reprenne confiance en lui, ça ne sera peut-être pas avant novembre quand il commencera à jouer. Et un autre : il avait décidé de quitter sa femme mais pas pour quelqu'un, alors maintenant il lui faut du temps.

Un autre soir, au lieu de m'allonger à mon endroit habituel pour écouter de la musique, je choisissais l'autre canapé, celui où on s'était embrassés tous les deux, celui où on avait commencé à se toucher, moi assise au fond et lui se collant contre moi, en se laissant aller, j'avais évité de m'asseoir à cet endroit-là depuis des mois, par crainte de l'émotion. J'avais préféré ne pas essayer. Mais là je le faisais, je m'y allongeais. Et il y avait la musique en même temps. Pas n'importe quelle musique, la même qu'avec lui. Alors ç'avaient été des sanglots. Je m'étais laissé aller un peu à pleurer. Ça m'avait fait tout revenir, toute l'ambiance de cette nuit. Dont je ne me remettais pas, dont je n'arrivais pas à me remettre. Et après je m'étais levée.

Trois jours après, je dînais dans un restaurant près de Beaubourg, il faisait très chaud, les fenêtres étaient ouvertes. De là où j'étais je voyais les passants sur le trottoir. Je ne l'avais pas vu depuis six mois, mais là, rapidement, passant devant le restaurant et jetant un petit coup d'œil à l'intérieur, j'apercevais le banquier. C'était la fin de journée, début septembre, lumière du soir. Nos regards avaient eu le temps de se croiser. Nous n'avions feint aucune expression particulière ni « je ne te connais pas », ni « tiens, vous ici ». Nous n'avions pas eu le temps de composer. Mais de mon côté j'avais été surprise de constater qu'il pouvait encore m'attirer. C'étaient les yeux, il y avait quelque chose, j'étais obligée d'en convenir. Pourtant je n'avais aperçu son regard que de côté et très vite. Mais la lumière bleue, glaciale, vraiment le bleu glacier, qui s'en échappait, avait eu le temps de me toucher au passage. Autre curieux rappel du passé, mais plus ancien, mon avocat m'appelait pour savoir si je confirmais la transformation de séparation de corps en divorce, la procédure était en cours depuis près d'un an, et elle était en train d'aboutir. Il demandait si je confirmais les dispositions financières et de garde de Léonore prises à l'époque avec Claude.

La solitude commençait à me peser. Il m'arrivait même d'être nostalgique de Pierre. Pas au point de le rappeler. Je ne voyais plus mes amis. Qui aurait pu comprendre que je passe des mois et des mois à me rabâcher les morceaux de phrases de quelqu'un que je ne voyais pas, qui ne me prenait jamais au téléphone, et avec qui je n'avais fait l'amour qu'une fois. Je préférais ne plus voir personne. Je sombrais un peu, et parfois je craquais, je n'en pouvais plus, ça m'angoissait trop, je n'avais aucune nouvelle. Rien. Éric ne m'appelait pas.

Nous n'étions pas encore à la mi-septembre, il répétait jusqu'au mois de novembre, il m'avait dit qu'il ne pourrait pas me voir quand il répéterait. Mais à ce point-là ? Je me sentais rejetée, je ne le supportais pas, ça ne pouvait pas être à ce point-là, il y avait une autre raison. Ou alors moi aussi il fallait que je sois balèze, comme il l'avait dit pour le manuscrit, son portable était fermé chaque fois que j'appelais. Depuis le coup de fil à mon retour de Giens, c'était le silence, alors qu'on devait se voir on se l'était dit. Je le prenais contre moi, il me signifiait la fin, l'indifférence. Mais il me l'aurait dit si c'était ça, il était courageux. Il avait dit qu'il s'occuperait pendant deux mois et demi d'un Russe mort il y a cent ans, de rien d'autre, que le peu qui resterait serait pour son fils.

Je finissais par laisser un message, disant : on se voit ou on se voit pas ? Dis-moi. Puis un autre le lendemain : écoute, on n'est pas l'un contre l'autre quand même, si ? Et puis encore le lendemain : allez, allez, quoi. Et puis un autre, je ne sais plus, qui disait je crois : tu vas bientôt pouvoir écrire un livre avec tous ces messages que je te laisse.

Au Wepler, il avait dit qu'il avait peur : Oui j'ai confiance en toi, mais tu me fais peur. Peur de quoi ? Je me posais la question. Mon analyste me la posait aussi : de quoi a-t-il peur ? Une réponse me venait en séance un jour : de perdre son nom. Ça me venait comme ça. Avec évidence, oui bien sûr de perdre son nom. Ç'aurait été trop long de déballer pourquoi. Après avoir lu le manuscrit, en m'appelant il n'avait pas dit « c'est moi » ou « c'est Éric », mais « c'est Estenoza ». Je faisais le recoupement. Il a peur de perdre son nom. J'y réfléchissais toute la soirée, comment désamorcer cette peur ? Le lendemain matin, je laissais ce message en fin de matinée :

— C'est vrai que tu as autre chose à faire qu'écrire un livre avec mes messages en ce moment. Et puis après tu les auras effacés ça sera trop tard. Je le laisse quand même ? J'écris plus maintenant il faut bien que je te parle. J'espère que Platonov va bien, qu'il te donne pas trop de problèmes, qu'il ne te fait pas trop souffrir. Et puis on m'a dit que tu avais fait une lecture lundi dernier (il y avait plein de gens que je connaissais), je savais pas que tu devais faire ça. Ça devait être bien, c'est ce qu'on m'a dit. Mais personne ne m'a dit : il y a un acteur qui t'adore, Éric Estenoza. Éric Estenoza, voilà, si vous me donniez de vos nouvelles par vous-même, ce serait mieux. C'est sans danger, j'écris plus, j'ai plus envie. Du tout. J'ai fini je crois, c'est toi qui me diras si c'est bien. Y a un écrivain qui t'adore, mais qui trouve plus les mots là pour que tu ouvres ton portable.

Le lendemain quand j'appelais il répondait. Le portable était ouvert, il répondait, j'étais surprise de l'entendre, tellement soulagée.

— Je peux pas le croire que tu me réponds ? C'est vrai ?

— Oui c'est vrai.

— Je sais plus quoi te dire du coup.

— Qu'est-ce que tu m'aurais dit ?

— En tout cas je ne t'aurais pas laissé un message.

— Mais je t'avais dit pourtant que c'était comme ça quand je répétais.

— Mais je me suis dit que tu voulais plus me voir que c'était le contrecoup du livre.

— Mais non. Je te l'avais dit.

— Oui mais il s'est passé beaucoup de choses depuis. (Sa lecture du manuscrit.)

— On est sept heures en sous-sol pour répéter, ensuite j'ai mon texte à apprendre. Je me disais « en plus y a ça », je me disais « il faut que je rappelle Christine, va falloir expliquer, tout ça ». Je culpabilisais.

— Regarde je comprends. C'est pas si difficile.

— Et en plus j'essaye de trouver un appartement. Pour accueillir Simon, là je suis dans une petite chambre. Les journées sont pas assez longues.

— Pas de panique alors ?

— Non, pas de panique. On a le temps non ?

— Oui. Mais j'ai paniqué.

— Mais non, non.

— Comment ça va ?

— Ben, ça dépend des jours.

— Pourquoi ?

— Pourquoi pourquoi... Ça dépend de moi, comment je suis moi, et les autres, si ça marche ou pas, comment ça se passe, si mon metteur en scène est content de moi ou pas. Y a des jours c'est dur, et puis d'autres ça va.

— Tu as vu ton fils ?

— J'ai déjeuné avec lui la semaine dernière une fois.

— Donc tout va bien ?

— Tout va bien tout va bien… si on veut. Je me rends compte que quand la répétition se passe bien tout le reste va bien, et sinon c'est le contraire, tout dépend de ça.

— Tu veux dire qu'on ne se verra pas avant début novembre ?

— Fin octobre peut-être… ça ira mieux quand je saurai mon texte. Mais tu peux me laisser des messages, je les écoute.

Il avait une façon particulière de demander, il disait « tu peux », le décrypter était une question d'habitude. Je reposais le téléphone apaisée. « Mais tu peux me laisser des messages, je les écoute. » J'étais surprise de cette proposition, pourquoi pas, ça me convenait. Je laisserais des messages, il les écouterait.

Un dimanche soir, le week-end s'était pourtant assez bien passé, je me couchais dans un état d'angoisse tel que je n'en avais pas ressenti depuis des années. Cette angoisse m'avait prise en fin de soirée sans que rien me permette de l'expliquer vraiment. Je téléphonais à mon analyste le lendemain pour lui dire que je ne tenais pas. Il me disait : il faudrait peut-être envisager une troisième séance Christine. Je disais : pourquoi ? Il répondait : pour que ça tienne mieux. Je me demandais : pour que quoi tienne mieux, moi ? Ou la confiance en Éric ? Les deux, c'était les deux.

Un soir, on me présentait un acteur de cinéma, en me voyant il reculait d'un pas, troublé, surpris, puis il s'approchait les yeux brillants, et l'air de ne plus voir les autres autour, qui attendaient pour le féliciter. C'était une soirée de lancement quelconque. D'un de ses films. Il m'invitait à les rejoindre ensuite là où ils allaient. Même si, disait-il, le social c'était toujours difficile. Au pire je rencontrerais quelqu'un d'autre, celui-là aussi je l'admirais. Et en plus il me plaisait, c'était mon genre. Mais Éric me paraissait irremplaçable. Non seulement je l'admirais et c'était mon genre, mais c'était autre chose, lui il vivait dans les textes. C'était un grand acteur de théâtre, qui ne ressemblait à personne d'autre, et puis quelque chose s'était tissé entre nous, et écrit aussi, et lu ensemble après, un texte pour nous, ce n'était pas rien ça. C'était unique, ça. Le temps allait peut-être démentir. Cette petite rencontre, avec l'acteur de cinéma, totalement imprévue, m'avait été utile. Elle m'avait fait me poser cette question à la fin d'une séance, alors que je racontais la façon dont il avait reculé troublé. De quoi tombent-ils amoureux ? Je me posais cette question, et mon analyste ponctuait là-dessus, il se levait, la séance finissait comme ça, par cette question. J'attendais la prochaine avec impatience, curieuse de connaître la réponse. J'admettais qu'on pouvait tomber amoureux de moi, c'était un grand pas. Je l'admettais pour la première fois.

Le lendemain matin je laissais un nouveau message à Éric :

— En fait, te laisser un message c'est comme quand j'écris si je sais que tu vas lire. C'est sans écho, mais il doit y en avoir quand même, sinon on ne le ferait pas. Je rame. Je t'ai dit que j'avais arrêté d'écrire, c'est vrai, mais je relis. C'est difficile. Mais je tiens. Euh, voyons, qu'est-ce que je voulais dire… je vais partir la semaine prochaine, à Genève, jusqu'au 2 octobre. Pour le spectacle avec Mathilde. J'ai pas du tout envie, en plus avec la voix que j'ai… (j'étais presque aphone). On pourrait peut-être faire une récréation, non, au milieu de ces deux mois de répétition ? Quand je rentre, ou ça ne te paraît pas possible ? Se voir une fois, ça serait bien. Voilà. Je t'embrasse. Voilà. Rien d'autre pour l'instant.

Il ne répondait pas.

Je lui laissais d'autres messages, juste pour qu'il les ait.

Dans un café à Villiers, bien avant Toulouse, qui paraissait loin maintenant, je l'avais vu passer sa main sur la tête d'un chien, une espèce de bâtard noir et blanc, avec les oreilles un peu pointues. Il s'était penché pour le caresser, il lui parlait. Il lui disait « alors, toi, qu'est-ce que tu fais là, hein ? » Il souriait. Il aimait le foot, j'avais regardé *Stade 2* en pensant à lui, c'était la première fois, je n'avais jamais été envahie par quelqu'un avant, comme je l'étais là.

Je n'arrivais plus à être loin de chez moi, et parfois même plus à sortir dans la rue. Je me couchais dans des états d'angoisse que je n'avais plus eus depuis longtemps. Je devais partir à Genève, il allait falloir que je me force. Depuis mars, ça faisait maintenant sept mois. Le spectacle avec Mathilde tournait, je m'étais engagée sur quelques dates. Mais le manque me faisait perdre confiance régulièrement. Il m'arrivait de lâcher. Je ne voulais pas quitter Paris, pour ne pas supprimer de séance, sinon je ne tenais pas, je risquais de perdre mon fil, il était ténu, fragile, et de ne pas retrouver Éric en novembre. Quand on pourrait se voir. Je devais tenir jusqu'à ce que nous admettions que nous étions... je n'étais pas encore capable de dire le mot, je ne pouvais pas dire le mot. Que nous finissions par admettre, que nous nous... que entre nous c'était... c'était de... de l'... c'était impossible à dire, je ne pouvais pas. Éric l'avait remarqué, il m'avait dit le dernier soir au Wepler fin août :

— C'est fou, quand tu as quelque chose à dire, tu ne peux pas, ça ne sort pas. C'est bizarre à voir. On voit que tu essaies et que tu ne peux absolument pas. C'est même incroyable, tu ne peux absolument pas, c'est physique, ça t'est impossible, les mots ne sortent pas, tu restes comme ça, la bouche ouverte et tu ne peux pas, ça ne sort pas, ou alors tu dis quelque chose et c'est incompréhensible, on ne comprend rien, on comprend les mots mais ça ne veut absolument rien dire. On a l'impression que ça se détruit au moment où tu veux parler, que ça se délite. Et on voit que tu n'y peux rien.

— Oui je sais. C'est horrible. C'est affreux. Mon Dieu, c'est affreux.

— Non, parce que tu fais d'autres choses.

Ça m'était arrivé plusieurs fois avec lui. J'avais voulu dire quelque chose d'important, que je pensais et que je ressentais. J'étais même allée jusqu'à lui annoncer « j'ai quelque chose à te dire », mais juste après je sentais mon regard se figer, et mes lèvres s'ouvrir sur rien. Je n'étais plus sûre de ressentir ce que je croyais avoir à dire. Mes yeux étaient effrayés. Je ne pouvais rien sortir, les phrases ne passaient plus du sang au cerveau. Ce n'était pas un vide qui s'installait dans ma tête, mais l'inhibition qui se manifestait, plus fortement que mes pensées. Les mots qui venaient étaient trop forts ou trop faibles, ou ne venaient pas avec la bonne voix, le bon timbre, ni le visage qui convenait, la position du corps n'allait pas non plus. Ça se bloquait, et je ne trouvais pas de nuances. Ou au contraire je ne trouvais plus que des nuances, l'essentiel ne sortait pas. Juste au moment d'ouvrir la bouche, je ne savais plus parler. Je ne bégayais pas, il y avait un grand blanc, suivi d'une phrase incompréhensible, tarabiscotée, mes sentiments restaient intraduisibles. Pourtant Éric était en face de moi disposé à m'écouter : oui. Je ne pouvais qu'ouvrir de grands yeux, comme une paralytique qui vient d'annoncer qu'elle va se lever de son fauteuil, prend appui sur ses bras avec les mains, les épaules se soulèvent, mais elle s'affaisse, elle retombe.

J'avais juste réussi à lui dire à Toulouse, juste avant le retour à Paris, il faisait chaud, on buvait de l'eau dans une cour intérieure, sa femme l'attendait et elle allait mal, il allait prendre un avion plus tôt que prévu, je venais de lui dire que je m'étais sentie utilisée pendant cette lecture, mais je ne voulais pas rester là-dessus, il allait partir, j'avais dit :

— J'ai quelque chose à te dire.

— Oui. Vas-y. Je t'écoute.

Ça ne venait pas. J'ouvrais la bouche, j'essayais, rien. L'impossibilité.

— C'est pas grave, tu me diras à Paris.

— Non, attends, je te dis maintenant : Je t'aime beaucoup.

J'étais à Genève, sur mon lit, je me reposais, j'attendais avant de partir au théâtre, le téléphone sonnait. Le numéro de Pierre s'affichait. Six mois qu'il n'avait pas appelé. Est-ce que je laissais sonner jusqu'à la messagerie ? Je regardais sur mon téléphone le nom s'afficher, je prenais l'appareil dans la main, est-ce que je répondais ? Ou est-ce que je le laissais tomber sur mon message ? Pierre rappelait, après tout ce temps. Après les mois d'été sans aucune nouvelle. La dernière fois il avait raccroché énervé et n'avait plus rappelé. Je l'avais laissé, préoccupée ailleurs. Finalement je répondais :

— Allô.

— C'est moi. Je voulais juste te dire que je t'aime, que cet amour n'est pas abîmé. Aujourd'hui, après une mauvaise journée, je voulais que tu saches que tu es la seule personne à qui je pense. Que même si ce n'est pas possible, mon amour est intact. Que je trouve que c'est une bonne nouvelle. C'est pour ça que je t'appelle. Je voulais que tu le saches.

— Oui. Ben tu vois, je suis là, je te réponds.

— Oui.

— Qu'est-ce que tu attends de moi ? De pouvoir me le dire ?

— Oui déjà ça.

— De pouvoir me parler aussi peut-être ? Qu'est-ce que tu attends, qu'est-ce que tu veux de moi ?

— Je ne sais pas. Te le dire déjà. Avant tout c'est ça. Et que tu saches que s'il m'arrivait quelque chose ce serait à toi que je penserais.

Il pleurait.

— … tu te rends compte, j'arrive à pleurer. Je n'ai pas pleuré depuis mes onze ans.

— Si, ça t'est arrivé quand même avec moi une ou deux fois.

— Oh je ne sais pas. En tout cas là je pleure un peu et ça me fait du bien. Je t'aime tu sais. Tu es la femme de ma vie. Je voulais te dire que cet amour n'est pas abîmé même si je l'ai gâché.

— Il faut juste que je te dise une chose, je t'écoute, mais dans vingt minutes je dois partir au théâtre.

— Oh ce spectacle, j'aurais tellement voulu le voir…

— Ce n'est pas le problème.

— Non c'est vrai, ce n'est pas le sujet, mais ça m'intéressait.

— Qu'est-ce que tu veux ? Tu veux pouvoir me parler de temps en temps ? Ça fait longtemps que tu voulais m'appeler ou c'est une impulsion là ?

— Ça faisait quelque temps oui.

— Qu'est-ce que tu veux ? Tu veux pouvoir m'appeler de temps en temps et me parler ?

— Je ne sais pas. Oui peut-être. Tu rentres quand ? Tu m'appelles quand tu rentres ?

— Dimanche. Mais non je le ferai pas. Fais-le toi si tu veux.

— D'accord je le ferai. Je t'appelle dès que tu rentres.

— Et tu voudras quoi ? Me parler ?

— Oui et peut-être te voir, je crois que j'en ai besoin.

— D'accord si tu veux.

— Je t'embrasse.

— Moi aussi.

La semaine suivante, à Lausanne dans la loge, une demi-heure avant d'entrer en scène, je m'allongeais pour me concentrer. Mais au lieu de ça, je me mettais à pleurer et je n'arrivais plus à m'arrêter. Ça s'arrêtait seulement cinq minutes avant que la lumière s'allume sur le plateau. Après sur scène ça allait, j'avais chassé les idées négatives. Elles étaient revenues après, le lendemain, à six heures et demie du matin, dans la rue, je cherchais la gare pour prendre un train le plus vite possible, je devais rentrer. Je devais me ressouvenir de toutes les raisons que j'avais de croire que ça valait la peine de tenir. Bien sûr je parle d'Éric. Il fallait que je me restructure et que je voie des gens, ça m'aiderait.

J'étais de retour. Il faisait un temps splendide. J'avais envie de déjeuner quelque part, puis de me balader, et d'aller au cinéma après. J'appelais un type, un musicien, que j'avais rencontré dans un café. Un instant j'hésitais à appeler Pierre.

En marchant sur le boulevard, je laissais un message à Éric :

— Je marche sur le boulevard Saint-Michel, et je t'appelle parce qu'il y a une question qui me traverse l'esprit. Je suis en train de me dire : est-ce qu'un écrivain et un acteur ça peut s'entendre, puisque ça ne peut pas se téléphoner ? Voilà je ne sais pas, tu sais peut-être des choses toi là-dessus, peut-être que

Tchekhov en a parlé quelque part. À part ça rien d'autre, enfin si plein de choses mais pas là. Sinon j'espère que ça va, je t'embrasse.

Je continuais sur le boulevard en marchant jusqu'à mon rendez-vous. Le type, le musicien, était déjà arrivé, il avait déjeuné là, dans le café, son assiette vide me dégoûtait. Il me parlait de sa vie sentimentale, il avait rencontré une prof de philo, une nuit il lui disait : tu le sens, là, mon *Dasein*, salope. Il passait à des informations plus culturelles, je ne réagissais pas non plus. Il disait : mais je vous ennuie... Je levais juste les yeux vers lui, sans rien dire, et souriais, au lieu de dire « non au contraire ». Le sourire disait : c'est inutile que je vous réponde n'est-ce pas ? J'avais eu droit aussi à une petite leçon sur la nécessaire évolution de mon écriture, ma vie intime ne devait plus y être mêlée, ce n'était pas possible pour un homme, pour lui avant ça aurait pu l'être, il y a quelques années, maintenant ça ne l'était plus, même s'il pensait qu'il y avait en lui la matière pour provoquer des livres, s'amusait-il, ironisait-il. Pendant que le serveur lui apportait la suite.

Pierre me laissait un message : c'est moi, je te rappellerai plus tard. Je ne supportais pas ce « c'est moi », je ne le supportais plus. Il rappelait. Toujours le même discours, l'amour qu'il avait pour moi, le fait qu'il n'aimerait plus personne. Il avait besoin de me parler, de m'aimer, de rester sur cet amour, notre séparation lui éclatait maintenant en pleine figure. Il avait besoin de parler de nous.

Un été nous étions partis avec des amis, la maison était en dehors de la ville, je ne conduisais pas. Il y avait une piscine, un terrain de tennis inutilisable, de toute façon je ne jouais pas. Une après-midi nous étions partis tous les deux, Pierre et moi, à Collioure, et nous nous étions disputés. Il m'avait giflée en pleine rue. Après, quand on était revenus, je marchais comme soûle dans le jardin, longeant la piscine, je me disais : à moins que je me jette dedans. Je vais me jeter dedans tout habillée. Je ne savais plus quoi faire de moi, de mon existence, de mon corps, je ne savais plus quoi faire là tout de suite, sur l'instant, quoi faire de cette vie, comment canaliser tout ça, où aller, me jeter dans la piscine, hurler. Je m'étais mise à hurler, la maison était en pleine campagne, dans le silence. Je hurlais que j'en avais marre, je n'articulais rien de précis, je me roulais en boule contre le mur extérieur de la maison, je me lovais dans la pelouse verte en espérant que l'arrosage automatique n'allait pas se déclencher tout de suite, je n'avais plus la notion de l'heure, l'arrosage se déclenchait vers onze heures du soir. Je me cachais des autres, je pleurais, je disais au mur comme j'étais malheureuse, tout bas, au mur blanc de cette grosse maison en périphérie. Puis je hurlais de nouveau.

Parfois il me traversait l'esprit qu'Éric était peut-être tombé amoureux de Sacha ou de Sofia, pas d'Anna Petrovna, je connaissais l'actrice, je ne les imaginais pas. Mais Sacha ou Sofia je ne savais pas qui les jouait. Il mettait toute cette distance pour que je comprenne. Je chassais rapidement cette idée. Même si je ne le voyais pas, et qu'il ne répondait pas au téléphone, il était là. Je sentais qu'il écoutait mes messages. Qu'il était avec moi, quelque part, là, par là, je ne savais pas où. Les paroles échangées n'avaient pas disparu, ça ne s'en allait pas. Je me souvenais de « tu emporterais quoi dans ton monde, moi ? ». Après avoir lu le manuscrit, au Wepler il m'avait dit : oui je me souviens quand je t'ai dit ça.

Le soir, quand j'écoutais de la musique, les chansons me parlaient. Je savais aimer maintenant, Éric acceptait le livre comme il était, il ne voulait pas lui « limer les ongles », comme Pierre disait dans sa lettre. Et moi j'acceptais la coupure dont il avait besoin pour jouer, pour trouver comment jouer.

Presque tous les soirs je mettais *The man I love : Some day he'll come along, the man I love, and he'll be big and strong, the man I love, and when he comes my way, I'll do my best, to make him stay... He'll look at me and smile, I'll understand, and in a little while, he'll take my hand, and though it seems absurd, I know we both won't say a word.* Ensuite je ne saisissais pas tout, seulement quelques mots au vol, *a home just meant for two... survive, the man... I... love.* Les violons, puis ça reprenait...

Léonore était couchée, c'était avant de m'endormir, j'étais allongée sur le canapé. Ma soirée était presque finie, j'avais lu ou j'avais regardé la moitié d'un film à la télé. Je choisissais des chansons avant de me coucher. À hautes doses, tous les matins et tous les soirs j'écoutais : *Saurez-vous m'attendre une année entière, Viendrez-vous aux fêtes de la Saint-Jean, Amour, amour, amour, amour, Les mauvaises nuits je m'enterre, Je dors dans la boue, je ronge les pierres, Je voudrais mourir, pourtant, Amour, amour, amour, amour, Nous reverrons-nous l'année prochaine, Tout reste à prouver, le bonheur lui-même...*

Un vendredi soir Léonore me prévenait au dernier moment qu'elle ne dînait pas à la maison. J'appelais Pierre. S'il voulait... j'étais libre ce soir. Il était d'accord, on convenait d'un lieu, il proposait de passer me chercher, je lui disais : non on se retrouve là-bas. J'entrais dans le restaurant, c'était un restaurant japonais qu'on connaissait bien, il était déjà arrivé, il était assis au bar. Il m'accueillait avec un sourire très... sincère. On ne s'embrassait pas. Il disait : ça me fait plaisir de te voir. Je répondais : moi aussi. Et puis je faisais signe que j'étais prête à l'écouter. Puisqu'il m'avait appelée, et qu'il avait dit qu'il avait besoin de me voir. J'étais là. Etc., je n'avais même plus envie d'écrire ce qui s'était passé avec lui. La date de la première d'Éric se rapprochait. Vers le 20 octobre je lui laissais un message : tu n'avais pas dit qu'on se verrait peut-être vers fin octobre ? Mais quand tu as dit ça c'était dans une autre vie, il y a très longtemps, ça a pu changer depuis, je ne sais pas comment vous travaillez. J'espère que ça va, je t'embrasse. Il ne rappelait pas. Il fallait tenir, ce n'était plus qu'une question de jours.

Je rappelais une dizaine de jours avant la date. Pour la première fois depuis presque deux mois, il décrochait. Allô. En voyant que le portable n'était pas fermé, et qu'il allait peut-être répondre, j'avais presque eu envie de vite raccrocher, je ne savais pas comment j'allais réagir en entendant sa voix, je pensais qu'il ne répondrait pas, comme d'habitude depuis des semaines, qu'il laisserait sonner. Mais il répondait. En entendant ma voix il disait : oui c'est l'heure à laquelle il faut tenter sa chance.

— Comment ça va ?

— Ça va, ça dépend mais ça va.

— Le spectacle, comment ça va ?

— Ça va, l'après-midi on reprend ce qui n'allait pas dans ce qu'on a fait le soir.

— Et le reste ?

— Quel reste ? Y a pas de reste.

— T'as trouvé un appartement ?

— Ah oui, ça ? Oui, j'ai trouvé. Chez une fille, enfin dans l'appartement d'une fille qui part de Paris trois ans.

— Sinon je pense que je vais venir le 4.

— Ben oui.

Le 4 c'était la première. Je pouvais venir le 4 ou longtemps après. À partir du 9 je jouais moi aussi dans le même théâtre, dans l'autre salle, aux mêmes heures. Le 4 je pouvais venir, mais le 5 je partais à Bruxelles, donc j'allais être fatiguée pour partir si j'y allais le 4. Je pouvais y aller le 6, à mon retour de Bruxelles, mais Léonore serait de retour, là elle était en vacances avec son père, et la pièce était sûrement trop longue pour l'emmener le 6. J'hésitais. Je me disais parfois que je n'irais pas avant plusieurs semaines, quand j'aurai un dimanche de libre vers fin novembre. Si j'en jugeais à la fréquence de ses appels, pour lui ça ne ferait aucune différence. Moi ou pas moi. Le 4 je redoutais aussi le regard des autres, les gens au courant de Toulouse parmi les invités.

— Mais je ne sais pas. Parce que je dois partir à Bruxelles. Et comme après je joue, je ne sais pas.

— Ah…

— Donc je ne sais pas, mais je vais peut-être venir le 4.

— Quand tu vas jouer, tous les soirs tu seras dans la peau d'un acteur.

(Il avait dit ça, comme ça, dans la peau d'un acteur.)

Puis :

— Moi il faut que je m'occupe de cet appartement. La journée j'essaierai de trouver l'énergie pour m'en occuper.

— Et t'auras l'énergie de me voir ?

— Il *faut* en avoir.

— Et réciproquement.

— Oh moi je serai tellement amorphe.

Quand j'étais petite, je vivais seule avec ma mère. Quand on me posait des questions sur mon père, sur ce qu'il faisait, où il était, quand on me parlait de lui, ma mère m'avait conseillé de dire qu'il était mort. Pour simplifier. Les gens n'avaient pas besoin de savoir. Ma mère ne voulait pas satisfaire leur curiosité. Pendant quatorze ans, de ma naissance à mon départ de Châteauroux, quatorze, j'avais dit que mon père était mort. « Je serai tellement amorphe », et « je ne sens rien », tout ça devait être angoissant pour moi. Le silence, l'absence de réponse, le répondeur fermé, ça faisait beaucoup de signes de mort. Tout en m'attirant ça devait m'angoisser. Ma mère venait de me téléphoner, le matin, pour prendre de mes nouvelles, j'étais restée calme, mais je n'avais pas eu le courage de lui parler. J'écoutais. Les heures que Pierre passait dans la journée à dormir. Même Claude parfois était mutique une soirée entière, ça me faisait peur. Platonov mourait à la fin de la pièce. Sofia lui tirait dessus. Et lui il disait : mais qu'est-ce qui m'arrive ? Ou : attendez attendez, mais qu'est-ce que…

— Tu as eu mes messages ?

— Oui.

— Je suis gentille quand même ?

— Si t'étais méchante ce serait même pas la peine. Allez, j'ai ma dose de téléphone là Christine.

— Je m'en doute. Je t'embrasse.

— Moi aussi, je t'embrasse. Et… tu me laisses un message si tu viens le 4, comme ça on voit si…

Il voulait que je vienne le 4, « tu me laisses un message si tu viens le 4, comme ça on voit si… » dans le style Éric ça voulait dire ça.

Mon père me parlait de ma mère, de sa femme, et de sa maîtresse, Marianne. Elle faisait Sciences Po à Strasbourg, il me donnait des détails physiques. Ma mère avait la peau douce, comme moi d'ailleurs. Sa femme, Élisabeth, avait la taille fine, mais un grand nez, elle faisait une grimace quand elle jouissait. Il lui avait demandé plusieurs fois d'y faire attention. Ça se reproduisait. Il ne la léchait jamais. Il n'aimait pas son odeur, ça sentait le poisson pourri, il ne pouvait pas le faire. Ma mère avait toujours été un peu raide dans la sexualité, jamais vraiment abandonnée. D'après lui. Mais je voulais bien le croire. Sa maîtresse, Marianne, lui plaisait beaucoup, elle avait des tout petits seins mais elle adorait le sexe, c'était émouvant aussi des petits seins, elle faisait l'amour avec tous ceux qui voulaient, même des Noirs, il aimait cette liberté qu'elle avait. Le jour de sa présentation aux parents, la femme de mon père avait trouvé une perle dans une huître de son assiette. Depuis elle gardait l'heureux présage comme un talisman, dans la même boîte que les photos de jeunesse.

La nuit suivante, je faisais un rêve. J'étais avec Éric. On jouait tous les deux dans le même théâtre. On n'avait pas beaucoup de temps pour se voir. On se couchait le plus souvent possible dans le même lit, il me pénétrait, ça commençait à être génial, mais on était obligés d'arrêter parce qu'il fallait aller jouer. Même si le personnage de Platonov arrivait tard dans la pièce, et qu'on avait encore un petit peu de temps devant nous.

Je ne comptais plus les jours, le temps filait à toute allure maintenant. Depuis sept mois bientôt huit, je n'avais regardé personne à part lui, et là j'allais le voir sur scène, je craignais la rencontre après. Il allait falloir que je tienne, il serait sûrement indifférent le soir même, entouré, il aurait plein d'amis avec lui assis sur un tabouret au bar. Les gens feraient cercle.

Je partirais dans les premiers, je ne resterais pas, à cause de Bruxelles le lendemain. Mais je lui laisserais un message sur son répondeur. Et ensuite si ça n'avançait pas, soit j'abandonnerais, soit je verrais.

Je décidais d'y aller le 4. Mais on m'appelait pour me proposer d'assister la veille à la générale si je le souhaitais, il y aurait moins de monde, et je pouvais partir à Bruxelles moins fatiguée, j'hésitais. Je décidais d'y aller le 4 et de ne plus changer d'avis, comme ça je le verrais le soir de la première, où les gens applaudiraient le plus, sûrement debout, même s'il était trop entouré après, et qu'on ne pouvait pas se voir, et même si le lendemain j'étais fatiguée. J'en aurais d'autres des jours de fatigue, ce n'était pas le premier.

Un matin le téléphone sonnait, je ne m'y attendais pas.

— Allô.

— Oui Christine, c'est G.

— Ah la la, mon Dieu, j'ai vraiment autre chose à faire.

— Oui c'est ce que...

J'avais raccroché sans attendre la suite.

Deux jours avant sa première, j'avais téléphoné pour laisser un message, et dire que je serais là le 4, mais je ne tombais pas sur la messagerie, ça sonnait. Il répondait, il était dans sa voiture, il y allait.

— Je t'embrasse pour ce soir…

— Oh c'est gentil, c'est gentil…

— Je t'embrasse pour demain. Et vendredi je serai là.

— Demain la salle est achetée par un groupe qui va voir n'importe quoi, à l'Édouard VII, à La Madeleine, ils vont partout.

— Comme ça ils verront la différence. Ils verront la différence avec *Le Chou*.

Une pièce du privé, montée par des gens qu'on connaissait tous les deux.

— Me dis pas que t'es allée voir ça.

— Non non. Mais j'ai vu des papiers.

— À propos, ça veut dire quoi innocuité ?

C'était un mot dans l'un de ces articles, sur lequel je m'étais arrêtée aussi, à propos de la mise en scène du *Chou*, « d'une parfaite innocuité ». J'avais relu la phrase plusieurs fois, lui aussi. Innocuité, la mise en scène d'une parfaite innocuité, et il demandait :

— À propos, qu'est-ce que ça veut dire innocuité ?

— Ça veut dire que tu ne sens rien.

On se disait à vendredi. Dans le métro je pensais à cette conversation. J'allais à ma séance. Une fois allongée, je disais à mon analyste : c'est drôle quand même, il me demande ce que ça veut dire innocuité, et moi je lui réponds « ça veut dire que tu ne sens rien ». À deux jours de me revoir, il me met en garde, il me rappelle qu'il ne sent rien, c'est ça que ça veut dire ? Je sortais de ma séance découragée, le visage triste, me répétant : il ne sent rien.

Je ne sens rien, ça voulait dire je n'ai pas mal, ou je suis frigide, ou je suis mort. J'en parlais à un ami qui avait son interprétation, Éric était masochiste, il dirigeait tout depuis le début, se mettait dans une position passive en me laissant tout faire. Le soir à la maison, tout en écoutant de la musique, surtout pas agressive, je feuilletais des dictionnaires, j'écoutais Chet Baker, Parker, et je me disais demain tu achètes *Histoire d'O*. Ou bien « je ne sens rien » voulait dire « je suis mort ». Quelques larmes coulaient, et me serraient la gorge. Puis, grâce à une remarque de mon analyste qui faisait son chemin, en y repensant je me disais : ce n'est pas ça, un acteur qui dit je ne sens rien c'est le paradoxe du comédien, c'est pour que le sentiment m'envahisse moi. Puis je m'endormais.

Mais vers quatre heures du matin je me réveillais. D'autres détails me revenaient : sa compassion pour le chien qu'il avait caressé au café de Villiers, et la fin de *L'Inceste*, des phrases comme « je pleure comme un chien, que je suis, je suis un chien, je cherche un maître », « c'est terrible d'être un chien » et « j'étais un chien, je cherchais un maître, et je suis toujours un chien, et je cherche toujours un maître », le livre qui avait déclenché son adoration. Il s'était dit qu'il voulait être mon chien ou l'inverse, que je sois le sien ? Dans les premières conversations il avait dit : un acteur doit subir. Une fois devant une terrasse où on était assis, un type était tombé en scooter devant la terrasse, il avait dû se faire mal, mais Éric avait dit : le problème ce n'est pas tant la douleur c'est l'humiliation. Puis de nouveau je me rendormais.

Le matin au réveil, j'avais trois dictionnaires de psychanalyse sur mon lit, un abrégé, un plus complet, et un intermédiaire, en buvant mon thé, appuyée sur deux oreillers, je regardais masochisme, sado-masochisme, négation, dénégation, refoulement, résistance. Et je décidais d'acheter *Histoire d'O* le lendemain. Le lendemain ce serait enfin le vendredi 4.

Le masochisme se déduit (et non pas se *séduit*, je venais de faire le lapsus) du sadisme, par retournement l'identification se fait à l'autre, qui souffre. J'achetais aussi *Le Paradoxe du comédien*. L'après-midi j'allais au cinéma, et au restaurant ensuite je rencontrais par hasard un de mes anciens modèles, consentant au début, fier même, puis outré, ne voulant plus me voir. Modèle ou plutôt déclencheur d'inspiration, le vrai personnage du livre venait de Pierre et de moi. Ça l'avait flatté puis il s'était dégonflé. Il osait pourtant, là, me faire un petit signe avec un petit sourire, après avoir refusé de déjeuner avec moi par peur de déplaire à sa femme choquée par le livre. Je rentrais en bus. Un texto arrivait. Yann disait : tout va bien ? Je répondais : Je ne sais pas. Et toi ? Yann répondait : Demain, trac ? Je répondais : Oui. Demain et après. Yann répondait : Courage.

Ça commençait à sept heures. Je n'avais pas vu Éric depuis plus de deux mois. J'étais avec une amie,

Andrea, on entrait dans la salle, nos places étaient un peu décentrées. Il y avait plein de gens que je connaissais partout, qui cherchaient leurs rangées. Tout en disant bonjour. Ils demandaient comment j'allais, sans rien déduire ou suggérer. Mais le regard de ceux qui savaient pour Toulouse était plus lourd. Pas loin il y avait sa femme, c'était bizarre qu'il m'ait dit de venir le jour où elle était là. Ou alors il ne le savait pas.

Éric entrait en scène au bout de trois quarts d'heure. Une espèce de lame de fond de bonheur m'envahissait. Impossible à contenir. J'aurais voulu que le temps s'arrête, pour qu'il me laisse le temps de m'habituer à ressentir ce que je ressentais. C'était une sensation un peu trop forte, qui me dépassait. Comme ce dimanche soir où je l'avais écouté dans Pouchkine à la radio, j'avais été obligée d'éteindre au bout d'une heure, de faire autre chose, j'étais submergée. D'admiration, et donc d'émotion, d'amour. Tout ensemble. Le tout était devenu indissociable maintenant, je ne pouvais plus trier. Je ne pouvais plus séparer comme je l'avais fait pendant vingt ans, je n'y arrivais plus, je n'arrivais plus à dissocier. Je ne me défendais plus. Je me rendais. Il était génial. Le personnage de Tchekhov était devenu lui. Je me demandais s'il pensait que j'étais là. Si pour jouer, on avait recours à des sentiments à soi, ou si ça disparaissait, si on se tapissait soi-même au contraire de vide entièrement, pour devenir Platonov comme ça. Je regardais aussi l'allure et le talent des actrices que je ne connaissais pas. Sur les deux filles, l'une était intéressante, l'autre était plate et ordinaire. Puis j'oubliais cet aspect des choses. Platonov était sans désir arrêté, ou bien harcelé par des possibilités de vie multiples, qu'il ne trouvait pas comment résoudre ou canaliser. Tout l'emportait, rien ne l'emportait, il superposait, il vivait tout, en tout cas il abordait tout, et tous s'engouffraient dans sa spirale, dans toutes ces possibilités de sentiments, offertes et jusque-là inexploitées, mais qui pourraient l'être avec lui peut-être. Un jour enfin, une vie pleine. Très vite, demain, tout paraissait possible, de nouveau. Mais ça demandait trop de courage, au fond personne ne croyait réellement à tout ça. Et personne ne s'étonnait réellement de la déception quand elle arrivait. Sauf les femmes. Mais elles aussi faisaient volte-face. Comme si la déception n'était jamais étonnante. Parfois on avait l'impression qu'un de ses désirs était plus profond qu'un autre, mais l'impression disparaissait pour faire place à une autre aussitôt, comme les vagues sur le sable se remplacent à nos pieds sans qu'on puisse les distinguer les unes des autres. Glagoliev disait de lui : vous êtes le héros d'un roman qui n'est pas encore écrit. Andrea se tournait vers moi.

T'emporterais quoi dans ton monde, moi ? Je me demandais comment j'allais faire tout à l'heure au bar avec lui. À l'entracte j'entendais son nom, je ne savais pas si c'était insupportable ou si j'aimais ça. Mes messages, il les avait écoutés une fois, deux fois, ou juste à moitié ? Il fallait que j'arrête de faire l'innocente, je faisais semblant de me poser toutes ces questions, de croire qu'il y avait encore une énigme à percer. Il n'y en avait pas. Il avait écouté mes messages en entier. Il voulait que je sois là. Il avait voulu me rencontrer. Ça faisait six ans qu'il y pensait. Il avait voulu que j'écrive pour nous. « Pour nous. » À propos de quitter quelqu'un pour personne, il avait dit ça n'existe pas ça. Il avait voulu que tout le monde sache ce qui nous arrivait. Il nous arrivait quelque chose. Il était tombé amoureux en me lisant, ça existait ça, je le savais, puis en me rencontrant, je l'étais moi aussi maintenant. Au point d'avoir envie d'arrêter le temps en le voyant jouer.

Après l'entracte, juste avant que la lumière baisse, une femme assise devant nous disait : Platonov c'est un séducteur, là on n'y croit pas, c'est ça qui ne va pas, on n'arrive pas à y croire là, il n'est pas crédible ce petit Platonov maigrichon et sautillant, on ne comprend pas, ce n'est pas plausible que toutes les femmes tombent amoureuses de ce petit Platonov-là.

C'était fini, grand succès, vingt minutes d'applaudissements. Ouverture du pot de première. Sa femme était là. Elle se plaçait au bar, sur un tabouret, ses longues jambes croisées, avec ses chaussures à très hauts talons, juste à côté de la porte où les acteurs sortaient. Elle avait encore maigri. J'avais entendu dire qu'elle se consolait en pensant qu'il était parti parce qu'il avait « la grosse tête », ça la rassurait. Je pensais : personne ne le comprend, et ne l'aime donc vraiment.

Le banquier avait une pilosité blonde. Je n'avais jamais aimé les blonds, pour moi c'étaient des Martiens, des aliens, d'une autre planète. Éric aussi avait la peau claire, la peau claire d'un brun n'avait rien à voir avec la peau claire d'un blond, elle n'avait pas cette rougeur toujours un peu à la limite de virer. Je n'aimais pas le regard du blond, pas cerné par les cils, ça ne faisait pas un encadrement clair. Elle avait toujours les cheveux tirés en arrière mais cette fois elle s'était fait un chignon. Ça lui faisait une silhouette encore plus haute, plus longiligne, un visage encore plus au couteau, plus étroit. Ses jambes minces étaient mises en valeur par les talons hauts, et par une robe verte au-dessus du genou en tissu satiné. Elle avait une veste sur sa robe et une écharpe autour du cou, un air à la fois sculptural et affolé. Une expression de visage complètement extériorisée, sans aucun masque, aucune opacité, chacun pouvait lire dans ses façons de se tenir, de s'habiller, dans ses gestes. C'était moi qui déduisais trop vite peut-être, mais elle semblait victime de réactions incontrôlables et violentes, qu'elle ne pouvait pas s'empêcher d'avoir, qu'elle ne dissimulait même pas.

Je disais à Andrea : je ne sais pas ce que je fais. Tout se passera comme la première fois en mars. Il va y avoir ses amis à côté de lui accoudés au bar. Je m'approcherai de lui. Il va me voir, me sourire sans rien dire, je vais attendre un peu que sa femme ait fini de lui parler, ou je m'approcherai, ça n'a pas d'importance, je veux juste lui dire un mot, lui dire qu'on se voie vite, et lui dire à quel point il a été extraordinaire. Avant d'aller prendre un taxi.

Il était minuit, c'était la pièce la plus longue de Tchekhov. Tous s'étonnaient de l'âge, dix-neuf ans, où il l'avait écrite, comme si eux n'avaient pas su encore à dix-neuf ans que l'amour était comme ça, qu'on pouvait passer à côté. Et surtout comme si maintenant ils le savaient. À la fin Platonov disait : *attendez attendez, mais qu'est-ce que...* Étonnée de ce qui m'était arrivé, à dix-neuf ans je l'étais déjà, moi. Ceux qui avaient faim longeaient les tables du buffet, en se penchant pour attraper du saumon, un sandwich. Je me souvenais du banquier, « bonsoir Christine, bonsoir Christine » à dix centimètres de moi, le fantôme invisible, inexistant, que je faisais semblant de ne pas voir quelques mois plus tôt dans un autre théâtre. Les acteurs iraient sûrement boire entre eux tout à l'heure, pourtant j'aurais aimé rester avec lui, j'avais attendu si longtemps. Je l'embrasserai en lui disant à l'oreille : ça valait le coup d'attendre, tu étais magnifique, tu es grand. — C'est gentil. — On se voit vite ? — Oui, dans la semaine. Je sortais, je me retrouvais dans la rue. Il faisait encore très doux, l'arrière-saison n'en finissait pas. Je rentrais, j'écoutais *The Man I Love* avant de me coucher.

Le lendemain on se donnait un rendez-vous. Je dormais peu. J'appelais. Il me rappelait. Il me proposait le mardi soir après le spectacle. Je m'arrangeais pour faire garder Léonore.

On avait rendez-vous dans un café vers République. J'arrivais la première, mais ils allaient fermer. Éric arrivait. Il était garé tout près, on décidait d'aller ailleurs, il était en voiture. Je montais à côté de lui. Sa voiture roulait lentement. Il me demandait ce que j'avais fait depuis la dernière fois. — Rien de spécial, rien que tu ne puisses imaginer. Je lui demandais où on allait. — Il y a cet endroit dans le quatorzième où on n'est pas allés depuis la nuit des temps, on peut y aller si tu veux. On traversait le pont du Carrousel, on longeait l'esplanade, on passait devant la cour, devant la pyramide transparente, le jardin des Tuileries était sur la droite, le Marly à gauche, c'était là que je lui avais passé le manuscrit la dernière fois.

Il arrêtait la voiture un instant. Je me demandais si c'était pour me prendre dans ses bras. Je regardais la pyramide là-bas derrière lui. Mais il redémarrait, après avoir vérifié quelque chose dans ses poches, on passait par le souterrain, on remontait en surface. J'aimais bien le voir dans des lumières différentes. Celles orangées du souterrain. J'avais envie de rester longtemps. C'était la première fois qu'on restait aussi longtemps en voiture tous les deux. On ne parlait pas de nous. Il avait ces travaux à faire dans son nouvel appartement, la peinture, l'électricité, pour que son fils puisse venir s'installer régulièrement. Rouler de nuit à côté de lui. Je regardais devant moi. Le ciel, les réverbères, l'horizon. La place Jeanne-d'Arc, dorée.

— Tu as une autre idée, toi, d'un truc qui serait ouvert maintenant ?

— Chez moi. C'est ouvert. En tout cas j'ai les clés.

— Mais demain je joue moi, il faut que je rentre tôt.

— Tu pourras partir tôt. On se voit toujours à l'extérieur, ça finit par être fatigant.

— Ah oui c'est ça fatigant, je l'avais oublié ce mot que tu emploies toujours. Pourquoi c'est fatigant de se voir toujours à l'extérieur ?

— J'habite quelque part. On n'est pas obligés de vagabonder.

— C'est par là non ?

— Oui.

— Je te ramène alors.

— Ou alors y a un truc pas loin d'ici, c'est branché, mais ça a l'avantage d'être ouvert toute la nuit.

— C'est un hôtel ça non ?

— Oui mais c'est un bar aussi. La plupart des gens qui viennent c'est pour le bar.

C'était un hôtel silencieux, avec les lumières encastrées dans des hauts plafonds clairs. On tournait à droite dans les couloirs, vers le bar, les fauteuils avaient l'air confortables, ils étaient violets, là aussi il y avait une lumière éclatante. C'était très différent des endroits où on était allés jusque-là ensemble. Il y avait des filles décolletées dans le dos, une avec un tee-shirt noir en V très profond, jusqu'entre les seins, et des lanières dans le dos lacées sur sa peau entièrement visible, comme une sorte de plan large attirant le regard. Elle était avec une fille aux cheveux au carré, blonde, les cheveux lisses, la première avait des mèches bouclées, longues, qui tombaient sur son dos nu. Au-dessus de nous une immense vitre transparente donnait sur une cour intérieure refaite et éclairée aussi. Ce n'était pas l'endroit qu'il nous fallait. On restait une demi-heure et on ressortait. On remontait dans la voiture.

— Faut que j'y aille moi maintenant. Je te ramène ?

Je me demandais s'il allait me déposer devant ma porte ou au bout de la rue comme la dernière fois. Quand il avait posé la main sur mon genou le dernier soir après le Wepler, sa main que j'avais prise juste un instant avant de sortir de la voiture, et de ne plus le revoir pendant deux mois. Ça m'était égal qu'il ait trop bu, on passait sous le pont de l'Alma, on filait sur les berges, la voiture accélérait. On ne parlait plus. Je réfléchissais à comment j'allais faire devant chez moi tout à l'heure.

Maintenant il tournait dans ma rue.

Je me disais « je vais lui dire "je t'aime" », il n'y a plus que ça qui manque. Mais j'avais trop peur. C'était lui qui finissait par dire : tu m'offres un verre. Je mettais le même disque qu'en avril.

— Rien n'a changé tu sais, sauf que tu t'es séparé de ta femme, que tu as fait *Platonov*, et que j'ai écrit un livre.

— Qu'est-ce qui reste alors ?

— J'ai signé pour plusieurs livres, y en a d'autres à faire.

Je mettais le Parker que j'avais souvent écouté en pensant à lui. *The Man I Love* je n'osais pas. Et puis je m'approchais de lui, je m'agenouillais, j'osais, je ne sais pas comment j'avais fait. Il mettait sa main sur ma nuque, il la laissait posée comme ça longtemps sans rien dire. Sa main fine. Puis il glissait du canapé pour se mettre par terre à mon niveau.

Il me conduisait sans rien dire vers ma chambre, il connaissait le chemin. Il me faisait retomber avec lui sur le lit. On ne parlait plus du tout. Il n'y avait plus aucune angoisse. Je retardais le plus possible le moment de me coller à lui. Il avait son visage de personnage russe et de petit Séfarade maigre et génial, avec ses cheveux noirs. Il ne me parlait plus. Juste : viens, mets-toi comme ça. Et je le sentais en moi.

En réalité, le soir de sa première, je rentrais à la maison sans l'avoir vu. Je ne dormais pas de la nuit. Je me torturais toute la nuit, je revoyais la pièce en détail. En arrivant chez moi vers minuit le lendemain, je rentrais de Bruxelles, je l'appelais, il sortait de scène. Il répondait. Il disait : mais Christine, tu es folle, tu es folle, tu es folle. Je disais : folle de quoi ? Il éclatait de rire : folle de quoi ? Folle de quoi ? Ah mais je ne sais pas… — Pourquoi tu me dis que je suis folle ? — T'as vu l'heure Christine ? — Oui, je rentre de Bruxelles, juste maintenant. — Ah bon. — Et toi tu ne dors pas, je pense. — Non, je suis dans un bar de théâtre, je suis descendu ce soir, hier j'ai passé ma tête, j'ai vu tout ce monde, je me suis dit c'est pas possible, en plus il y avait Laure. — Tu ne le savais pas ? — Non je le savais pas. — Bon on se voit ? — Si je te dis « on se rappelle » ça va pas aller, il faut que je te donne un os à ronger tout de suite. On continuait à rire. Je comprenais *Histoire d'O*, les coups de fouet c'était l'ensemble des petites tortures infligées, je les acceptais, j'étais comme O avec mon maître. Sur le moment je souffrais de ce qu'il m'infligeait, mais après on riait. On décidait de se voir le mercredi suivant, qui était aussi le jour de ma première, la mienne cette fois, le spectacle d'Avignon qu'on reprenait avec Mathilde à Paris, dans le même théâtre, exactement à la même période que lui *Platonov*, une coïncidence, un hasard de dates, dès la semaine suivante. Je lui disais : ah mais tu vas m'énerver, le jour de ma première c'est pas possible. Il disait : non, que des sourires.

Le soir, après la première de *Platonov*, à l'ouverture du pot, dès qu'elle avait appris par d'autres qu'il était au café à côté, chez Rachid, et qu'il ne descendrait pas au bar du théâtre, sa femme était partie le rejoindre. Jusque-là elle semblait l'attendre, et là elle partait d'un coup. Je la voyais monter l'escalier presque en courant, avec un air de victoire. J'étais en bas. Quelques minutes plus tard j'apprenais moi aussi où il était, je restais encore un peu en bas à parler aux autres, puis je passais devant le café, elle était assise à côté de lui, je prenais un taxi pour rentrer, et je ne dormais pas de la nuit. Je me retournais dans mon lit.

J'avais vu Pierre dans la semaine et pour une fois on avait réussi à parler. Il me demandait si je n'étais pas encombrée par un doute, s'il n'y avait pas une pièce manquante au puzzle. Un poids, un doute. Qu'il fallait ou qu'on parle, ou mettre à la poubelle les cinq années qu'on avait vécues ensemble. Il disait qu'il n'aimerait jamais quelqu'un d'autre. Ce n'était pas la première fois que j'entendais ce refrain, il avait toujours été démenti, ils s'étaient tous recasés. Claude allait même se remarier, avec une fille dont il m'avait dit au début qu'il n'était pas amoureux et ne le serait jamais, mais que c'était agréable de pouvoir passer des moments avec quelqu'un, se promener, préparer un repas et le partager. Qu'il le faisait uniquement dans cet esprit-là. Il y avait peut-être eu une évolution depuis, l'amour s'était peut-être déclenché. Je connaissais plusieurs hommes dans le même cas, et pas mal d'amis, qui finissaient par s'installer probablement pour toujours avec quelqu'un, après avoir tenu pourtant des propos mesurés. Une amie m'avait dit avant de se remarier : je ne sais pas du tout si ça sera une grande histoire d'amour.

C'était un jour férié. Paris était vide, les Parisiens étaient tous en week-end ou en vacances, je retrouvais Pierre vers Bastille, je lui demandais ce qui était si compliqué pour lui quand il se retrouvait écrit dans mes livres, si violent, car je ne le comprenais pas, vraiment. Je l'admettais, je voulais bien le croire, mais je ne le comprenais pas. Il répondait : me rendre compte qu'avec ma passion je nourrissais la tienne.

Puisqu'il lui manquait une pièce au puzzle, je lui expliquais que je ne pourrais plus jamais aimer quelqu'un qui ne mettrait pas l'écriture au-dessus de tout le reste, comme je le faisais moi, quelqu'un qui l'incarnait, que je m'en étais rendu compte récemment, et que lui évidemment ne le faisait pas. J'avais besoin d'être aimée avec ça, pour ça, avec cette monstruosité-là, j'employais ce mot, il n'y avait que comme ça que je pouvais me sentir vraiment aimée. Je lui disais : sinon je ne me sens pas vraiment aimée. Alors que si je me sens aimée avec ça, éventuellement je peux me sentir aimée. Le puzzle était maintenant complet. Mais Pierre disait que c'était peut-être un virage pour aller ensuite ailleurs, un passage, une étape. Je croyais entendre ma mère.

Un soir au théâtre j'entendais ce poème de Walt Whitman. Un acteur, avec un livre à la main, disait :

Camarade, ceci n'est pas un livre :
celui qui touche ce livre touche un homme,
(Fait-il nuit ? Sommes-nous bien seuls ici tous les
deux ?)
C'est moi que vous tenez et qui vous tiens,
d'entre les pages, je jaillis dans vos bras,
la mort me fait surgir.

C'était un poème que citait souvent Guibert. J'étais une femme, je n'étais pas morte, mais il était valable.

Éric, ceci n'est pas un livre :

celui qui touche ce livre touche une femme,

(Fait-il nuit ? Sommes-nous bien seuls ici tous les deux ?)

C'est moi que tu tiens et qui te tiens,

d'entre les pages, je jaillis dans tes bras,

… mais… je ne sais pas comment finir, ce n'est pas la mort en tout cas qui me fait surgir. Je ne sais pas, qu'est-ce que c'est ?

Le mercredi, le jour de ma première, je déjeunais avec Éric, je ne savais pas, je ne savais plus, ce qui me stressait le plus. Lui, ou le spectacle à faire le soir même, c'était confus. Je le quittais angoissée, vers trois heures. C'était la première fois que je le revoyais depuis plus de deux mois, à part sur scène le vendredi 4 dans *Platonov*.

J'étais cinq minutes en avance. J'attendais en lisant. Il arrivait, m'embrassait sur les joues. Je ne pouvais plus le supporter. Ne pas répondre au téléphone continuait, mais il avait lâché que, même s'il ne répondait pas, ça devait lui faire plaisir que moi j'appelle, « ça doit me plaire ». Je n'avais plus d'énergie, pour me contenter d'un si maigre os à ronger (ça doit me faire plaisir, ou ça doit me plaire, je ne sais plus). Il n'avait pas peur pour le roman qui sortirait, pas du tout, pas pour lui, pour les autres, oui, mais pour lui non. Je lui racontais ma conversation avec Pierre, qu'avec sa passion il avait l'impression qu'il nourrissait la mienne. Éric disait : et alors !

Il avait chaud, il enlevait son pull. Il était en tee-shirt, noir, flottant. Avec le cou et les bras blancs, et minces. Il remarquait ma nouvelle montre, il me demandait si c'était un cadeau. Je prenais ma tête dans mes mains parfois, en posant mes coudes sur la table, quand je ne savais pas exactement quoi dire. Il y aurait eu beaucoup trop à dire.

Je lui demandais : tu crois que ça va durer combien de temps notre système, de toi qui diriges, l'air de rien, tout à distance, toi qui as tout fait pour que je sois là, et maintenant j'y suis, comment ça va s'arrêter, tu crois, comment ça s'arrête d'habitude quand tu fais ça ? Parce que je suppose que tu fais toujours plus ou moins ça ? Il disait : soit les gens se lassent, soit les gens... Je terminais à sa place sur un ton définitif et un peu péremptoire : soit les gens se lassent. Je n'avais plus envie de recueillir chacune de ses phrases comme une pierre précieuse à expertiser, comme une pépite sortie de la mine. Une phrase comme « et alors ! » avant je l'aurais roulée dans ma tête, « les gens se lassent » aussi, « mais toi ce n'est pas ça qui peut te décourager » un peu plus tard, et « faut croire que ça doit me plaire » aussi. J'aurais tenu compte de tout, du moindre souffle, j'aurais sûrement fait attention aux regards, la position des mains, j'expertisais tout, pour recueillir un extrait pur, j'essayais. Il avait dit que quand le livre sortirait il arrêterait de boire, « ça aurait servi au moins à ça », et puis il avait ajouté « et aussi pour ma virilité ». Un homme qui parlait de sa virilité en termes pour une fois pas vulgaires, ça changeait de bander mou ou niquer, même faire l'amour était moins beau que : et aussi pour ma virilité. Mais je sentais la ligne d'arrivée encore beaucoup trop loin. J'étais lasse.

Je lui disais : je n'ai jamais été à la merci de quelqu'un comme là avec toi. Ça va être redoublé avec le livre, quand je vais être à la merci du public. Je suis à nu, je vais être à nu, tout ce que je dis, et on voit dans quel état je me mets. Je n'ai jamais été à la merci à ce point-là dans un livre. Il disait : c'est vrai, plus que d'habitude ? Je disais : bien sûr. Et lui : Tu as peur de quoi ? Que les gens se moquent ? Je répondais oui.

J'allais prendre le métro, il préférait marcher. Il m'embrassait sur les joues. Il voyait mon air triste, je n'arrivais jamais à cacher que j'étais triste de le quitter. Pour me rassurer il disait : Christine, on va se croiser.

Comme si une nouvelle ère dans notre relation allait commencer, on allait se croiser.

Le soir effectivement je le croisais. Ma première et le pot étaient terminés, ça s'était très bien passé, les gens étaient en train de partir, lui il sortait de scène, il allait boire un verre au café à côté, disait que peut-être tout à l'heure il repasserait. Mais je rentrais, j'étais mal, je laissais des messages pour le revoir un soir. Il ne répondait pas.

Un matin, je recevais cette lettre du banquier. Je l'avais aperçu la veille dans l'ombre de la salle. Ça ne m'avait pas perturbée, je m'étais juste dit : tiens il est là lui.

Il y avait toujours l'écriture au Mont-Blanc à l'encre noire, élégante. Il s'était senti visé par le spectacle. Beau joueur il faisait référence à des mots que j'utilisais, des phrases qui venaient de lui, et tentait de rétablir sa version une dernière fois.

« Tu as bien réglé mon compte. Tu as raison de t'en prendre aux bourgeois qui sont en effet ridicules depuis Molière, et à moi qui en suis un (bien qu'un bourgeois qui te fait lire *Rose poussière* n'est pas que cela). Tu aurais pu cogner encore un peu plus fort sur ce thème.

Au moins aurai-je servi à t'inspirer, à être une bonne matière première.

Comme je ne suis pas « dupe » (de rien, ou presque, ce qui me sauve), cela m'a permis de sourire et, vraiment c'est un comble, d'aimer ton spectacle et de l'applaudir. *Le Nouvel Obs* a été ignoble, et injuste. Je ne te savais pas si bonne actrice. Je te félicite vraiment, même si tu te fous de mes félicitations.

Mais j'ai été aussi bien sûr triste de mesurer combien j'ai gâché une si belle rencontre ; même si je n'en suis pas le seul coupable. J'ai eu tort de te dire cette phrase inadmissible, que tu as reprise dans ton spectacle, mais je n'ai pas aimé que tu réduises à néant, c'était sans doute ton but, des moments rares : notre promenade sur la Seine ensoleillée, ou dans la forêt de cèdres, cette façon de prendre le cou (que je n'ai eue que pour toi, dans ma vie)... pendant lesquels je t'ai aimée. Trop mal, sans doute.

Je sais que « ça suffit » et que tu n'as pas du tout envie de me revoir ; mais je souhaite te voir cinq minutes dans ton petit café de la place Saint-Augustin pour te dire quelque chose d'important.

Presque un an après.

G. »

Le même jour je recevais aussi, d'un ami : Chère Christine, J'étais assis dans le noir, mercredi dernier, et je voulais te dire combien ton texte, ta présence, ta beauté sur scène, m'avaient touché. Ne change rien ! Je t'embrasse.

J'appelais Pierre un matin très tôt. Pour lui dire que j'étais épuisée. Il demandait pourquoi, et me disait que j'avais raison de l'appeler, qu'il était là pour que je puisse m'appuyer. Je ne souhaitais pas être précise, je disais que les choses étaient trop lourdes sur mes épaules, le travail, la vie. Il comprenait, lui c'était pareil. Je regrettais de l'avoir appelé au moment où je l'entendais. Alors j'avais dit : je ne comprends pas, toi il n'y a pas quelque chose d'affectif qui se mêle, ou si toi aussi il y a une histoire d'amour qui se mêle à ton travail ? Il avait répondu quelque chose de vague pour ne pas perdre la face, puis on n'avait plus eu de contact. Je n'avais jamais supporté qu'il se greffe sur moi comme ça. Comme une valve. Une valve c'est l'une des deux parties d'une coquille ou d'un coquillage, mais aussi le système de régulation d'un courant qui assure le passage du courant dans un seul sens.

Le dernier message que j'avais laissé à Éric disait : je t'attendrai samedi, après avoir joué j'ai un rendez-vous, je resterai dans le quartier. Si ça ne te va pas, tu me le fais savoir, sinon, si ça te va, on boit un verre ensemble après le spectacle, de toute façon tu ne te couches pas tout de suite et moi non plus. Il buvait toujours un verre après. Le samedi, après mon rendez-vous, je l'attendais cinq minutes en bas, dans les fauteuils du bar.

Puis je regardais ma montre, les acteurs étaient déjà sortis, je ne le voyais pas. Je me levais de mon fauteuil, je faisais quelques pas, puis je me décidais à rentrer chez moi. Je montais l'escalier, en vérifiant si j'avais mes tickets de métro, et à ce moment-là il m'appelait d'en haut, appuyé à la rambarde au-dessus : alors la danseuse ! Je le rejoignais : tu viens boire un verre avec moi ? Lui : je vais chez Rachid moi Christine, avec Untel et les autres, mais tu *peux* venir. Le café où sa femme l'avait rejoint après sa première, huit jours plus tôt, le vendredi 4. Et lui avait dit, après le départ des autres j'imaginais, que son fils allait très mal, qu'il pleurait tout le temps. Et qu'en fait il était comme Platonov.

— … mais tu peux venir.

— Non.

— Tu voulais quoi ? Qu'on soit là, comme ça, tous les deux ?

— Oui.

— Non Christine, moi je vais avec les autres, là. Je ne veux rien. Mais tu peux venir.

J'avais oublié que « tu peux venir » voulait dire « viens ». On était dans la rue, il n'y avait que vingt mètres avant le café. On se retrouvait sur le seuil, sur le trottoir. Je n'entrais pas. Je disais : je vais rentrer. Il entrait dans le café. Je restais dehors sur le trottoir, devant les deux marches à monter avant d'entrer. Je disais : tu viens me dire au revoir quand même. Il devenait impatient et commençait à piétiner, lui il était à l'intérieur déjà.

— Je ne sais pas si tu entres ou pas, alors…

— Non je t'ai dit, je n'entre pas, je prends un taxi là, je rentre chez moi.

— Je peux pas le croire que tu me fais une scène là. Tu entres ou pas ?

— Non je te dis. Je rentre chez moi.

Il ressortait dans la rue. Et commençait à s'énerver. Il avait un comportement opposé à celui des premières minutes, depuis que j'avais dit que je n'entrais pas dans le café.

L'air détendu et calme qu'il avait tout à l'heure (alors la danseuse, mais tu peux venir) avait disparu. Je disais :

— Tu fais quoi, tu restes longtemps ?

— Je ne sais pas, mais après je rentre chez moi. Je ne veux rien Christine. Trois messages, tu te rends compte ? Tu m'as laissé trois messages.

— Juste une chose que je veux que tu saches avant de partir : c'est toi qui provoques ça, avec ton comportement.

— Non parce qu'il n'y a qu'avec toi que ça se passe comme ça. Trois messages !

Là il s'énervait vraiment.

— ... j'étais stressée par cette première.

— Mais moi je peux pas gérer ça.

— Très bien, mais il y a quand même un manuscrit qui est là.

— Ben tant mieux. Mais là maintenant on arrête. Ou c'est moi qui rappelle d'accord, voilà moi j'appelle.

— Non parce que tu n'appelles pas.

— Ben voilà, voilà, si j'appelle pas, c'est que...

— Peut-être mais moi j'interprète tes paroles et ton comportement d'une autre manière.

— Mais moi j'ai pas envie qu'on m'explique ce que je pense. Je ne veux rien Christine. Je veux ma télé, jouer, et après boire des coups avec mes potes, voilà ce que je veux c'est tout, je veux rien d'autre. On arrête on arrête.

— J'y vais, au revoir.

Je me postais à la station de taxi juste en face. Pendant cinq minutes je voyais la lumière à l'intérieur du café, une voiture arrivait peu de temps après. Je ne savais pas comment j'allais me récupérer. J'entrais dans la voiture. C'était comme si j'avais été barrée. Barrée, biffée, comme si j'avais reçu un grand coup de pied, et qu'il fallait quand même après garder sa dignité. Comme si il n'y avait jamais rien eu entre nous, rien que « je ne veux rien ». Comme si j'étais juste quelqu'un qui signait des livres et qui n'existait pas. Comme si j'étais juste quelqu'un qu'on avait eu envie de rencontrer et puis après c'était fait, alors un grand coup de pied. Barre-toi. Comme si je ne valais que par ma capacité à écrire et que dès que je prétendais à autre chose... ça n'intéressait pas. La télé c'était cent fois mieux que moi, je ne pouvais que l'exaspérer, mes livres c'était cent fois mieux que moi. Dommage qu'il y avait moi, parce que mes livres c'était bien, ç'aurait été bien mes livres s'il n'y avait pas eu moi en plus, en trop, voilà ce que je ressentais. Ça me faisait beaucoup souffrir, je me sentais anéantie. Même si je savais qu'une grande partie du comportement d'Éric était lié à des défenses, à de la peur. Je souffrais quand même. Je l'enviais parfois. Il avait de la chance lui de pouvoir se défendre contre moi. Moi, écrire m'en empêchait, et l'analyse aussi. Il fallait que je rebondisse tout de suite, sinon je ne pourrais pas jouer le lendemain. J'allais lui laisser un message pour clore, dès que je serais rentrée chez moi, je n'allais pas attendre demain, j'allais le faire tout de suite. Il n'aurait jamais vu une capacité de réaction aussi rapide. L'affaire serait réglée. Et je dormirais bien.

Une fois rentrée, assise, calmement, je réfléchissais un petit instant. Il était une heure. Et je laissais le message suivant, d'une voix claire, pas du tout angoissée, en pleine possession de ses moyens, la voix de quelqu'un qui a récupéré en une demi-heure, à qui il suffisait de ce petit événement pour y voir clair :
— C'est Christine, je te laisse un message mais ne t'inquiète pas il n'y en aura pas d'autre derrière. Il y a quand même des choses très concrètes à régler et je veux le faire tout de suite, je n'ai pas envie d'attendre demain ou dans huit jours. Il faut que tu me rendes le manuscrit que je t'ai laissé fin août, j'ai des corrections à la main dessus, que je dois reporter. Ce n'est pas pour te retirer le manuscrit (ce qui était faux bien sûr), tu pourras avoir une version plus aboutie quand tu voudras. Tu me diras si tu as des corrections à faire, toi, des choses que tu veux que je change, il faudra voir aussi les noms. Tu me le déposes chez le gardien ou chez Florence. Pour le reste on n'en parlera plus. Parce que depuis tout à

l'heure je me suis rendu compte que j'ai dû faire une erreur quelque part. Je t'embrasse. Tout le monde peut se tromper. Excuse-moi d'insister pour récupérer le manuscrit mais c'est à cause des corrections manuelles, et puis comme ça ça sera clair clair. Au revoir.

Je me sentais mieux. J'étais assez contente de : et puis comme ça ça sera clair clair.

S'il me rendait le manuscrit, il rejoignait les autres papillons épinglés, qui ne s'étaient pas rendu compte des enjeux, qui avaient pensé que tout ça, le fait d'écrire, c'étaient des détails parallèles. Il devenait comme eux, un personnage de roman, bon qu'à ça. Un objet, que je gérais comme d'autres, intégré à la série entre le précédent et le prochain. L'issue entre nous dans la vie devenait secondaire, il n'y en avait pas, de quoi parlait-on ? Elle était oubliée. On avait parlé de prétexte ? À quoi ? Y avait-il eu un homme et une femme heureux de se voir ? Ça passait à la trappe. Caduque. C'était fini, c'était écrit. Et classé. C'était tombé. Mûr pour le pilonnage. Et les gloses éventuellement journalistiques plus tard, des parasites. Et s'il ne le rendait pas au contraire, ce n'était pas clair clair. Quand il disait « je ne veux rien » c'était trop simple.

Dans un cas comme dans l'autre il allait se passer quelque chose, ou la trappe, ou ce n'était pas si clair. J'attendais de voir ce qu'il allait faire. J'étais anxieuse, fébrile.

Ou j'allais peut-être m'apercevoir, m'apercevoir moi, que je n'avais plus en face de moi qu'une dépouille vide, ç'avait toujours été comme ça après avoir écrit. Sauf Claude. Sinon tous les autres, j'avais eu l'impression que c'étaient des peaux vides après. Dans tous les sens du mot. Des pots vides aussi. Des vieux pots, c'était dans les vieux pots qu'on faisait les meilleures soupes, je ne faisais pas de la soupe. Des peaux vides, desséchées, qui ne m'inspiraient plus rien. Ou si, du mépris. Ce mépris que j'avais pour tous ceux qui n'intégraient pas la littérature à la vie. Qui compartimentaient. Je les méprisais. J'étais anxieuse de savoir ce qu'Éric allait faire. Tous ces mois, j'avais pensé qu'il était d'une autre race. Mais il allait peut-être scinder lui aussi, d'un côté les livres et de l'autre rien à vivre. Comme les autres avaient fait l'inverse. Moi je ne ressentais rien s'il n'y avait pas l'alliance des deux !

Une semaine après, Éric ne m'avait pas rendu le manuscrit. J'avais eu une séance le matin. Je parlais. Mon analyste reprenait une phrase que je venais de dire : vous avez été éblouie. Je venais de dire : le jour où Éric m'a dit telle chose, j'ai été éblouie… J'avais continué « c'est-à-dire aveuglée ? ». Il ne répondait pas. Ce n'était pas ça. La séance se terminait plus tôt que d'habitude. Je sentais une lassitude, j'avais presque honte. Toutes ces séances que je perdais, au bout de huit mois maintenant, tout ce temps que je perdais, tout cet argent, à essayer de me convaincre qu'il fallait que j'arrête, que j'avais été aveuglée. Ce temps perdu. En sortant dans la rue je me méprisais, je me disais : mon analyste doit être lassé quand je dis que j'ai été aveuglée, alors que j'ai été éblouie.

Le manuscrit n'était ni chez le gardien, ni chez Florence, ni dans ma loge. Huit jours après. Mais Éric sortait de l'ascenseur, juste au moment où je passais devant pour aller aux toilettes, tout au bout du couloir.

— J'ai ton texte.
— Très bien.

Nous ne nous étions pas croisés, et je ne lui avais pas téléphoné, depuis le message précédent où je réclamais le manuscrit, et la scène sur le seuil du café où je n'étais pas entrée. « J'ai ton texte » avait été dit tout de suite, sans bonjour, sans s'embrasser non plus. Ça me surprenait de le voir, mais je ne laissais rien paraître, je disais juste : très bien. D'un air dégagé et presque sec. Qui n'était pas feint, c'était aussi une partie de ce que je ressentais, un des aspects, que j'avais puisé au milieu du reste. Je commençais à en avoir assez.

— J'allais pas le mettre derrière la porte.

— Pourquoi pas ?

— Tu veux que je te le donne maintenant ?

J'entrais en scène dans un quart d'heure. Mais je répondais :

— Oui.

Je continuais vers les toilettes, il allait dans sa loge. Quand je repassais dans le couloir, il était au fond, dans une autre pièce. Il sortait et me disait :

— Je suis allé jusqu'à ta loge le déposer.

Je trouvais le manuscrit dans ma loge. J'étais bien avancée maintenant. Je réfléchissais très vite. Je retournais le voir tout de suite, avant qu'il dispa- raisse. Je ne pouvais pas laisser les choses comme ça. Il fallait encore une chance. Je sortais de ma loge, j'avais entendu sa voix, il était encore à côté.

— Tu as noté, ou pensé, à ce que tu veux corriger ?

— Non, j'ai pas regardé.

— Tu me diras.

J'avais toujours cet air distant, dégagé, et presque professionnel, je m'orientais vers ça. Je disais donc : tu me diras.

Et là il avait répondu :

— … tu peux me le laisser encore un peu ou ça t'embête ?

— Non non.

J'étais contente, je ne voulais rien laisser paraître, mais intérieurement je souriais, je riais, j'aurais pu sauter de joie. Il voulait le reprendre, le garder encore un peu, notre lien, notre enfant... tu peux me le laisser encore un peu ou ça t'embête ? Non non. Je retournais dans ma loge, soulagée. Il me suivait, je lui rendais le manuscrit.

Toujours avec mon air distant, je crois.

Il disait :

— C'est urgent ?

— Ben oui, y a un moment où les choses deviennent urgentes.

Un peu sèchement.

— Je vais regarder. Mais de toute façon y a rien à changer. À part un ou deux noms.

Et en plus il disait qu'il n'y avait rien à changer. À part un ou deux noms. La vérité c'était que ce manuscrit, il était comme moi, il l'aimait, il ne voulait pas s'en séparer.

— Ben voilà. Tu me dis. Comme ça tu protèges qui tu dois protéger.

— Oui.

J'ajoutais :

— J'ai pas envie d'avoir un procès.

Je l'assimilais comme ça aux autres, par petits coups de griffes.

— T'en aurais pas eu de toute façon.

— On ne sait jamais.

Il repartait en marmonnant, à cause de ce mot que je venais de prononcer, procès, qui l'humiliait. Ça me rappelait son départ du café d'Arts et Métiers quand on avait décidé de ne plus se revoir et d'annuler Toulouse, quand il était reparti en disant « vive les enfants vive les enfants ». Il faisait la même tête. Contrariée et ne trouvant pas d'autre solution.

Tout ce temps-là, il avait eu des feuilles qui dépassaient de sa poche. Je ne savais pas ce que c'était. Elles m'énervaient ces feuilles. Je me demandais ce que c'était. En même temps je n'avais pas envie de le savoir. Sans doute un autre texte qu'il allait jouer, qu'il lisait.

Platonov et notre spectacle avaient lieu dans le même théâtre, à la même période, pendant un mois on avait eu tout un malentendu de portes. Une gêne. On se croisait. Nos loges étaient à deux pas l'une de l'autre, à quelques mètres de l'angle du même couloir. On savait qu'on pouvait se voir ou qu'on risquait. On le fuyait, et parfois on le cherchait. Je me souvenais quand il avait dit, au printemps, au début, on se connaissait depuis un mois, c'était juste après la « nuit infernale » comme disait Platonov. Que soit on s'éviterait, soit on s'attendrait, heureux de se voir, que *je* l'attendrais, heureuse de le voir, puisque je finissais avant lui. Mais ça ne s'était pas passé comme ça, on n'en avait rien fait de cette coïncidence incroyable de jouer en même temps dans le même théâtre. Cette chance qui ne se retrouverait jamais. Les couloirs, les encadrements de portes, les toilettes, la fontaine, le bar, parfois on faisait semblant de ne pas se reconnaître, de ne pas se voir, ou de ne pas s'entendre, de ne pas entendre nos voix, de ne pas prendre conscience l'un de l'autre. Ou alors si, mais que ça n'avait aucune importance. Que mille choses passaient avant. Je disais bonjour parfois à tous les autres sauf à lui. Le jour de « — J'ai ton texte — Ah bon très bien. — J'allais pas le mettre devant la porte… — Pourquoi pas ? Etc. », on s'était croisés par hasard dans le couloir nez à nez. Il fallait ça, sinon le nombre d'allées et venues, et de fois où on faisait semblant de ne pas se voir, de portes fermées, et de temps en temps ouvertes, le nombre de visions de loin que j'avais eues de lui, et lui de moi peut-être, encadrée dans une porte, au bout du couloir, et le corps se détournait, et puis la voix, les voix, les rires, et pendant *Platonov* le retour son que j'entendais avant d'entrer en scène pendant que lui y était déjà. Deux fois j'avais même été juste derrière lui dans le couloir, juste derrière lui dans le couloir étroit, à un mètre derrière, mais sur la moquette il n'entendait pas mes pas, n'importe qui d'autre je l'aurais rejoint, il suffisait d'un pas, je l'aurais embrassé, n'importe qui d'autre, on se serait dit quelques mots, n'importe qui d'autre on se serait dit « à plus tard, on se voit tout à l'heure ». Parfois quand j'entendais sa voix géniale pendant qu'il jouait, je me disais, il n'est pas si génial que ça, c'est pareil tous les soirs, acteur c'est rien. Mais je n'arrivais pas à fermer ma porte pour ne plus entendre. J'aimais l'entendre. Même si ça me pertur-bait, même si ça me gênait pour aller jouer. Je n'en parlais pas à Mathilde, je n'en parlais à personne, je n'aurais pas pu jouer du tout sinon. Il fallait que je coupe. Car moi aussi, après tout, je jouais. Même si c'était mon propre rôle que je défendais. Parfois aussi, en se voyant dans l'encadrement d'une porte, on prenait conscience qu'on se voyait, et on partait. Mais chaque fois après j'avais une sensation phy-sique. Comme un coup de pied, un malaise, une gifle. Parfois il y avait du monde autour de nous, ça tour-nait presque alors à la tape dans le dos : tiens, Chris-tine ! Ça va ? Ouais ça va. Ça me rappelait un jour de répétition, au tout début, dans la petite salle, où il avait dit « ouais y en a marre de faire les malins ». C'était ce qu'on faisait. On était loin du naturel de nos premiers rendez-vous, qui duraient des heures qu'on ne voyait pas passer.

Après la scène sur le seuil du café (je ne veux rien, on arrête on arrête) et une demi-heure plus tard le message qui finissait par clair-clair, quand on s'était retrouvés nez à nez, lui sortant de l'ascenseur au moment où je passais devant, on était seuls dans le couloir, il n'y avait que nous deux. Le dernier contact, le trottoir et clair-clair, remontait à dix jours. C'était fini dans ma tête, j'attendais juste qu'il me rende le manuscrit. Comme j'avais demandé à Pierre de me rendre les clés un jour, un beau jour, par l'intermédiaire de Jérôme, parce que je ne voulais pas le croiser. Ensuite, pendant quelques jours dans nos couloirs, avec Éric, on avait fait comme si on ne se voyait pas, et cette fois ostensiblement presque, ou même, on ne s'était pas vus du tout, je ne sais plus. On s'était vus, mais comme si nos visages n'impressionnaient pas la pellicule. On se croisait à peine de toute façon. J'avais été stupide de ne pas entrer dans le café, le soir où on s'était engueulés, devant la porte en verre sur le trottoir. Je regrettais maintenant. J'avais été bête. Mais je n'y pouvais rien. J'avais toujours eu peur des pères, et des figures paternelles. Depuis toute petite. Or il y avait un vieil acteur toujours avec lui, dans le café, qui avait ce rôle, forcément à mes yeux, et qui me faisait peur, il m'intimidait. C'étaient des idées que je me faisais, de l'imaginaire pur, de la connerie. De toute façon maintenant, nous n'avions plus que quelques jours à nous croiser dans le théâtre. Ces comédies allaient bientôt finir. Je finissais bientôt. On ne se croiserait plus. On ne pourrait plus faire semblant de ne pas se voir. On ne pourrait même plus faire ça, se rater. Comme horizon, je n'aurais plus que le portable fermé. *La Surprise de l'amour* de Marivaux se montait à Paris, un critique résumait : ils passent la pièce à faire semblant de s'éviter alors qu'ils finiront dans les bras l'un de l'autre, pendant ce temps les intrigues entre valets se déroulent sans anicroches majeures. Je passais mes journées à remarquer ce genre de chose.

Mais un soir, la porte de sa loge était ouverte. Elle l'était rarement. Ou alors, je n'avais pas fait attention avant. C'était après les trois jours d'évitement complet. Elle était ouverte, grande ouverte. Je passais comme d'habitude dans le couloir. La porte était grande ouverte. Et il était là, assis. J'entrais, il était en train de se raser. Je lui demandais si je le dérangeais. Je te dérange ? Il râlait puis posait son rasoir. Je lui proposais qu'on se calme, qu'on se dise bonjour déjà. Il était d'accord « je suis tout à fait d'accord » et revenait sur les corrections à faire pour ne pas faire souffrir les autres. Après tout, c'était ce que j'avais dit dans mon dernier message, qu'il n'y avait plus que le manuscrit, « le reste on n'en parlera plus » j'avais dit, il centrait sur le manuscrit, à l'intérieur duquel il ne semblait avoir qu'un souci, les autres à ne pas faire souffrir. Je récoltais ce que j'avais semé, puisque moi-même j'avais dit : pour le reste j'ai dû me tromper, pour le reste on n'en parlera plus, depuis tout à l'heure, je me suis rendu compte que je me suis trompée. Il n'en parlait plus non plus. Comme en plus on était fatigués et qu'on n'y arrivait pas... J'étais entrée, souriante, il avait posé son rasoir après avoir un peu protesté. Et puis je reparlais des coups de fil qu'il n'avait pas pu supporter (trois messages, Christine ! Trois !) Ils étaient liés à ma vulnérabilité, parce que j'écrivais, parce qu'il lisait, et que j'étais forcément vulnérable par rapport à lui. C'était insupportable, disait-il, c'était réactif. Sinon oui, le manuscrit, il aimerait bien avoir la totalité, j'allais sans doute lui passer. J'appréhendais. Puis à propos des corrections, il disait :

— Il n'y a pas de raison de faire souffrir ceux qui n'y sont pour rien. Moi je peux souffrir... Je t'ai fait souffrir. Je te fais souffrir. Moi aussi je peux souffrir.

On ne souffrait pas quand on ne voulait rien. Moi je peux souffrir... Je t'ai fait souffrir. Je te fais souffrir. Moi aussi je peux souffrir. Il n'y a pas de raison de faire souffrir ceux qui n'y sont pour rien. Il en avait fallu du temps pour en arriver là. À cette phrase : Moi aussi je peux souffrir serait la phrase que j'emporterais pour me souvenir que je n'avais pas été toute seule dans cette histoire. Je n'étais pas folle. Je ne m'étais pas trompée. Deux personnes faites pour s'aimer s'étaient rencontrées, mais ça ne s'était pas fait. Voilà, c'était ça l'histoire.

Je réentendais :

Je les ai tous. J'adore. Je me disais : un jour je la rencontrerai ce sera bien. J'en peux plus du soir après soir. C'est peut-être parce que j'en peux plus du jour après jour. Le jour après jour, dans ma vie, je n'ai plus de désir, je sais que c'est fini, je sais que l'histoire avec ma femme est finie, mais je suis le seul à le savoir. J'ai peur de ce que ça va provoquer. Et puis je suis pas tout à fait sûr. C'est peut-être une crise passagère. Mais je ne crois pas. Je sens que c'est fini. Je ne sais pas quand je vais le dire. J'ai un problème avec le désir. Dire que je peux pleurer sur scène. Et qu'en dehors j'arrive à rien ressentir. Que l'endroit où je devrais avoir le plus de tendresse c'est là que j'en ai le moins. Mais je sais que je peux avoir du désir pour ailleurs. Pour l'inconnu. Tout ça pour te dire que je ne maîtrise plus rien en ce moment. Et que bien sûr, t'avoir rencontrée n'est pas étranger à tout ça.

On se retrouve Chez Rachid juste avant de répéter ? Je suis mutique, elle voudrait que je dise, je préférerais que ce soit elle qui parte. J'aurais moins de culpabilité. Je préfère laisser pourrir la situation lentement. Quelque chose va forcément se produire. Ça va exploser. Il faudrait que je pleure. Dire que je peux pleurer sur un plateau. J'ai eu peur. Je croyais que tu étais partie. Comme tout à l'heure je t'ai vue passer, et qu'après je ne t'ai pas vue dans le café, je croyais que tu étais partie. Y a ça parfois dans tes livres, tu t'ennuies alors tu t'en vas. J'ai eu ton message. Il est très tard dans la nuit. Je suis heureux que tu aies fermé ton portable. J'aurais été très embêté, de te réveiller. Tu dis que tu veux pas qu'on se retrouve demain, que tu ne veux plus travailler. Moi je te propose qu'on se voie quand même, pour parler, on arrive à se parler un peu. On se retrouve chez Rachid, vers une heure, et on se parlera tranquillement. Tout est encore ouvert et possible. Que ça se fasse, ou oui dans la complication, ou… machin, tout est encore ouvert et possible, ce que je ne veux pas c'est qu'on mette du charbon dans la machine pour faire tourner un truc… pfft, pas très intéressant. Je serai à une heure chez Rachid. On se parlera, et on verra ce qu'on fait. En tout cas, tout ça n'est pas plus important que le fait de… finalement de se voir. C'est peut-être un prétexte cette lecture. Pour se rencontrer. Pour se voir. Quand on a envie de se voir, entre un homme et une femme, y a pas quarante mille possibilités, ou alors c'est moi qui suis complètement…

On laisse tomber Toulouse, pour l'instant. Tu crois que tu pourrais écrire un texte pour nous ? On dîne ensemble la semaine prochaine, débarrassés de notre prétexte. Il y a un italien près de Bastille, on s'y retrouve à huit heures. T'es déjà là ? J'avais réservé, t'as dit mon nom ? On s'est tout dit la dernière fois. Qu'est-ce qu'on va se dire ? C'est la première fois que j'admire quelqu'un, et ça tombe sur toi, excuse-moi,

moi admirer quelqu'un, et en plus une femme. On va boire un verre à côté. Au China Club. Il y avait toujours une fille très belle, on y allait exprès. Tu fais quoi toute la journée ? Le soir tu dînes avec ta fille ? Chez toi ? Sinon tu vois qui ? Tu vois du monde ? Moi je vois surtout les gens avec qui je vais travailler. Sinon je parle pas beaucoup. Sauf à un ami. Si je parle c'est à lui. Je sais pas pourquoi je parle pas, si c'est que je peux pas ou si j'ai pas besoin. Tu sais que je bois trop ? T'as remarqué ? J'arrive pas à dire ce que j'ai à dire. Le plus dur c'est l'échec. De toute façon j'ai rien envie de faire. À part regarder la télé. Toi aussi ? C'est bon à savoir, on sait jamais, si un jour... Il est tard là, t'as des petits yeux, Christine. Tu as du liquide pour prendre un taxi ? On y va ? Moi je suis en voiture, je suis garé là. Tu veux que je te rapproche ?

On se voit la semaine prochaine, on ira au cinéma. Voir *L'Extravagant M. Ruggles* ? Non ? Tu ne veux plus qu'on se voie. Comme tu veux. Ça fait un peu amoureux éconduit, mais comme tu veux. Tu ne comprends pas pourquoi ça fait amoureux éconduit ? Tu dis que tu ne veux plus qu'on se voie, que ça tourne en rond. Je ne sais pas moi Christine. Je ne sais pas. Non je ne suis pas pressé que tu partes, ni que tu sortes de cette voiture, non, je n'ai jamais dit ça. Si, je veux bien rester encore un moment avec toi. D'accord. T'as pas de tire-bouchon. Ouais d'accord du champagne. On va où là Christine ? Elle est bien ta chambre. Tu peux mettre moins de lumière ? On n'est pas du tout à égalité là Christine. Viens, mets-toi là comme ça. Retourne-toi, viens. C'est bon c'est bon. Je reste un peu mais après j'irai, Simon a de l'école demain. On dormira ensemble une autre fois. On s'appelle demain.

C'est long hein ? Toutes les heures je me disais qu'il fallait que je t'appelle mais je savais pas quoi te proposer. J'ai du temps demain matin si tu veux, on peut se voir dans un café. On va pas avoir une histoire parallèle. C'est pas anodin entre nous. Faut qu'on sache si on est ensemble ou pas ensemble. Et avant ça il faut que je sache où j'en suis avec ma femme. Si c'est une crise passagère ou pas. Bien sûr que si tu écris un texte pour nous, je vais pas t'empêcher de... Je sais, bien sûr. La question c'est est-ce qu'on continue ou pas ? Qu'est-ce que t'en penses toi ? Toi, qu'est-ce que tu en penses ? Attendre de se rencontrer pendant six ans, et puis une histoire qui dure trois jours ? Oui c'est ça je suis perdu. Oui c'est exactement ça. Tu veux dire pourquoi ne pas se faire du bien ? J'ai l'impression d'avoir pris un avion, d'avoir traversé l'Atlantique en quatre heures, et de me retrouver de l'autre côté sans y être du tout préparé. Mais je préfère boire un verre de whisky qu'un verre de Champomy. J'ai besoin de temps. Idéalement il faudrait attendre que je sois seul dans un appartement où Simon viendrait tous les quinze jours. D'un autre côté nous, on va pas se mettre en stand-by. On jouera en même temps en novembre, aux mêmes dates ? Ah non je vais pas au bar, je veux surtout pas le voir, ou au contraire je l'attends ah la la il fait l'acteur. Je te rappelle dans le week-end, on essaye de se revoir avant que je parte à Nevers.

Allô oui je te rappelle dans une heure. Allô. J'ai utilisé des mots très forts avec toi, j'ai parlé de fascination. L'autre soir quand je suis parti de chez toi, je me suis dit que je regrettais. Mais on essaye de se revoir lundi avant que je parte, on en parlera. Je voulais qu'on se voie pour se faire du bien. Je me suis dit qu'au lieu de se faire du mal on pourrait se faire du bien. Avec toi c'est pas simple à régler, elle est unique la relation avec toi. C'est toi qui annules ou je le fais ? Allez, vive les enfants, vive les enfants. C'est pas grave si je dis rien ? Ça m'a fait plaisir ton message. On peut se voir dans la semaine. Demain, oui. T'as écrit, c'est vrai ? Tu peux pas savoir ce que ça me fait. Tu crois que je pourrai lire ? Il n'y a pas d'interdit entre nous, tu dis que tu as peur qu'il n'y ait que l'écriture entre nous, mais moi l'écriture c'est quelque chose qui peut me remplir une vie. On va lire ça à Toulouse. Tout est vrai. À part un truc je te dirai. Oui parfois je me dis ça peut faire souffrir les autres, mais c'est comme quand je joue je me dis tant pis, et puis écoute on a d'autres chats à fouetter. On se retrouve à l'aéroport. J'ai pas dormi de la nuit, le processus de séparation entre nous est entamé. Quitter quelqu'un pour personne, ça existe pas ça.

Il faut que je rentre à Paris ce soir, elle est pas bien, mais nous on se verra dans la semaine, on n'est pas pressés, on a le temps. Il n'y a pas d'urgence. Ce n'est pas un rapport amoureux mais je sais que tu ne me crois pas quand je dis ça. Je suis en Normandie, mon train arrive dans une heure, je peux être là dans une heure et demie. Oui j'ai confiance en toi, mais tu me fais peur. C'est Estenoza. Moi j'ai pas seulement un rapport avec ton écriture j'ai aussi un rapport avec toi. Je veux séparer les deux, ça dépassionne. Bon Dieu il est déjà cette heure-là. Trois heures avec toi c'est comme dix minutes avec les autres. C'est pas vrai qu'on a passé neuf heures ensemble depuis qu'on s'est retrouvés. Mais pourquoi c'est agréable et tout d'un coup ça devient insupportable au moment où je dois partir ? On se rappelle. Non je te le promets, si je te promets tu sais que je suis foutu. Je m'engage, voilà je m'engage, et moi quand je m'engage… T'emporterais quoi dans ton monde, moi ? Encore un peu de patience. Je suis marié avec

Christine. Ben maintenant tu le sais, tu peux le dire autour de toi pour que ça se sache. Moi je veux bien que tu saches plus de choses que moi sur moi, mais je ne sens rien. À propos ça veut dire quoi innocuité ? Oui j'aimerais le lire. Oui j'ai envie. On s'appelle demain on voit où on se retrouve et on prend un café rapidement, pour que tu me le passes. C'est comme un bébé quand on a ça dans les bras, on peut pas dire non. En fait, c'est pas si compliqué comme histoire. Faut être balèze pour être là en face de toi après ce que j'ai lu. Mais idéalement, si j'ai bien compris, tu aimerais mieux le vivre que l'écrire, mais le fait de l'écrire empêche de le vivre. Ah non ? Pas sûr ? Ah voilà !

Tu crois que je me suis conditionné pour ne rien ressentir ? Je suis au milieu de l'Atlantique, mais je nage, je nage... tu peux me laisser des messages, je les écoute. Faudrait que j'arrête de boire. Peut-être quand le livre sortira, j'arrêterai. Ç'aurait au moins servi à ça. Et puis aussi pour ma virilité. Christine, on va se croiser. Moi je vais boire un verre avec les autres, mais tu peux venir. Je sais pas si tu entres ou pas. Je peux pas le croire que tu me fais une scène là. Je ne veux rien, Christine. Trois messages, tu te rends compte, trois messages, en deux jours. C'est insupportable. Je ne peux pas gérer ça. Je ne veux rien. Je veux ma télé, jouer, et boire des coups après avec mes potes. Rien d'autre. Allez on arrête on arrête. J'ai ton texte, j'allais pas le mettre derrière ta porte, tu veux que je te le donne maintenant, je suis allé jusqu'à ta loge le déposer. Tu peux me le laisser encore un peu ou ça t'embête ? De toute façon il n'y a rien à changer. À part un ou deux noms. Il y a pas de raison de faire souffrir les autres, qui n'y sont pour rien. Moi je peux souffrir, je t'ai fait souffrir, je te fais souffrir. Moi aussi je peux souffrir.

Je n'avais que ça à me mettre sous la dent, pas d'autre souvenir, ces phrases me faisaient pleurer, les phrases d'Éric auraient pu me remplir une vie. Mais une de celles que je préférais, une des premières, j'allais l'oublier, j'ai pas peur pour mon talent. Je venais de lui dire « en tout cas n'aie pas peur pour ton talent », au sujet d'une question qu'il se posait, quelque chose qu'il hésitait à faire. J'avais dit : en tout cas, n'aie pas peur pour ton talent. Et là il avait levé la tête, souri, et il avait dit les yeux brillants : j'ai pas peur pour mon talent. Et je crois que c'est à ce moment-là que j'ai commencé à...

Perso : Voilà Éric, j'arrête là. Je te le donne maintenant. Tu l'as. Tu l'as dans les mains.

Je t'aime. Voilà je l'ai dit. J'ai la gorge très serrée en écrivant là pour toi. Ce que je suis en train d'écrire là c'est uniquement pour toi. Ce paragraphe-là. C'est à toi que je parle. J'ai l'impression que tout se joue maintenant. C'est une clé, ce manuscrit, c'est notre clé, on a tous les deux un double. Dans quelque temps, n'importe qui pourra entrer dans une librairie, et avoir un double aussi, alors que je l'ai faite pour nous cette clé. Mais elle n'ouvre pas. Si on n'y arrive pas, je ne croirai plus à rien. Pour moi ça voudra dire que la vie ne vaut rien, que la littérature vaut encore moins et que les relations humaines, l'amour, n'existent pas. Qu'un être humain c'est rien. Pas grand-chose. Ce n'est pas possible qu'on n'y arrive pas. Tu te rends compte toute cette énergie ? J'ai commencé à écrire pour rester proche de toi. Pour ne pas lâcher. Ç'a été difficile. Tu as vu, y a plein de moments qui ont été difficiles. Mais bon j'ai pas lâché tu as vu ? Et ton énergie aussi, je sais. Je sens que tu es là. Je sais que je ne me trompe pas. On est liés. Moi je suis attachée à toi. J'ai fait tout ça pour que ce soit possible, pour qu'on accepte d'être ensemble, tu m'as laissée faire. Tu m'y as même poussée. Tu te rappelles que tu as dit : tu pourrais écrire un texte pour nous ? Ben voilà c'est fait. C'est notre bébé. Tu l'as dans les mains. Ce n'est pas un objet. C'est beaucoup plus. Le poème de Walt Whitman, tu sais, ceci n'est pas un livre, celui qui touche ce livre touche un homme. (Fait-il nuit ? Sommes-nous bien seuls ici tous les deux ?) C'est moi que vous tenez et qui vous tiens, d'entre les pages, je jaillis dans vos bras... Ça doit être trop sûrement. Je ne sais pas. Qu'est-ce que tu en penses toi ? Et ne me dis pas que, quand tu dis j'adore, tu n'adores que mes livres ça c'est faux, pas comme ça, pas la façon dont tu l'as fait, toi, pas avec tout ce que tu as dit, pas avec tout ce que tu as fait. Ça n'existe pas ça. Pas toi. Excuse-moi je continue de mettre des mots sur tes pensées. Excuse-moi. J'étais obligée, je faisais un livre aussi en même temps. Tu ne peux pas savoir dans quel état ça me met d'écrire ça, particulièrement ça, ce que je suis en train de faire là, de te dire. Je ne sais pas ce que ça te fait à toi de le lire, je ne saurai jamais. Moi je suis en train de pleurer, de me moucher. Et j'ai la gorge très serrée. Léonore, qui est en train de regarder la télé, c'est dimanche soir, vient de me dire : maman qu'est-ce qui se passe ? J'ai dit : rien rien c'est parce que j'écris. Je parle de ça, je dis ça, parce que je ne sais pas parler du reste, excuse-moi. Et puis j'ai l'impression qu'il n'y a pas de reste, ça doit être faux n'est-ce pas ? Comment on va faire Éric ? On va y arriver. Je ne peux pas supporter l'idée qu'on n'y arrive pas. Je ne peux pas. Je n'ai pas pu faire plus que d'écrire tout ça, j'ai pas pu faire mieux. Mais j'ai fait ça. Je n'ai jamais rien fait de plus fort pour quelqu'un. Jamais. Je n'ai jamais rien fait de plus cohérent. Dans le questionnaire de S., il y a

« qu'avez-vous été capable de faire par amour ? » Si on me posait la question maintenant, je répondrais « un livre pour Éric Estenoza », sans hésiter, si j'en avais le courage, c'est ça que je dirais. Et je te le dédierais. *Pour Éric Estenoza.* J'adorerais faire ça. Quand je pense à tout ce que je te dis là, et que quand je vais te voir je serai de nouveau muette, tétanisée, ou alors je dirai le contraire de ce que je pense. Les autres livres, je les ai faits pour m'éloigner de ceux que je croyais aimer, et me rapprocher encore plus de l'écriture, comme un pacte contre eux et avec elle, entre moi et elle, mais avec toi ça ne s'est pas du tout passé comme ça, crois-moi. J'espère en tout cas, j'espère que ça sera différent. Celui-là je l'ai fait uniquement, tu m'entends, uniquement pour être près de toi, comme je me sens en ce moment. J'ai envie de t'appeler, là tout de suite, je ne le fais pas, je sais que je tomberais sur le répondeur. Je ne peux plus le supporter. C'est la première fois que je fais ça. Ça sera la seule. Je ne vais pas recommencer ça. C'est une folie. Un truc de malade comme tu as dit. Je l'ai fait uniquement pour m'approcher de toi. C'est pas rien. Uniquement. Je te rappelle que tu disais : elle est unique la relation avec toi. Et qu'entre nous il n'y avait pas d'interdit. Et puis, t'emporterais quoi dans ton monde, moi ? Oui, j'emporterais toi. Tu vas me répondre très vite, n'est-ce pas ? Je te rappelle que tu disais, ça existe pas ça, à propos de quitter quelqu'un pour personne. Et puis que tu disais, je ne suis pas amoureux mais je sais que tu ne me crois pas quand je dis ça. Non c'est vrai je ne te crois pas. Je l'ai cru, j'ai douté, mais je ne le crois plus, je t'aime, et je ne suis pas folle, tu es pris toi aussi, avec moi, on est pris tous les deux. Je crois. Là-dedans, et là-dedans il y a tout. Sinon on n'en serait pas là. J'aurais pas fait ce que j'ai fait et toi non plus, je ne crois pas, on se serait arrêtés avant. Je sais que tu penses le contraire, mais je t'assure. Si seulement tu arrêtais de te défendre, mais j'ai peur que non. Je te comprends, moi j'ai fait comme toi pendant des années, j'avais peur. La dernière fois quand je t'ai demandé si tu regrettais ta séparation, tu m'as dit : non non parce que ça faisait longtemps que ça n'allait pas. Ce qui voulait dire non non mais ce n'est pas parce que tu es là. Si seulement tu pouvais arrêter avec les dénégations, c'est une défense, c'est un refoulement, ça empêche de vivre ce qu'on pourrait vivre, on a peut-être quelque chose à vivre, pas seulement à se croiser. Ne nous le gâchons pas. T'avais dit : en tout cas je passerai pas à côté. La dénégation, c'est ce type qui dit à Freud à propos d'un rêve « ce n'est pas ma mère » parce que justement c'est elle, c'est ça la dénégation, et toi tu n'arrêtes pas de faire ça. Excuse-moi de mettre des mots sur tes pensées, mais c'était aussi ça que tu aimais chez moi, non ? Au départ ? Que je mette des mots sur les pensées. Je sais que tu ne veux pas qu'on t'explique ce que tu penses. Mais comment je peux faire ? Je suis coincée. On pourrait se faire du bien là maintenant, comme tu disais aussi avant. Se faire du bien. Quel rêve. Avec toi. Je trouve nul tout ce que je suis en train de t'écrire. Je ne sais pas comment je peux me mettre dans cette situation pitoyable. Tu imagines la confiance que je dois avoir en toi ? D'où ça vient ça ? Je dois me sentir aimée, non ? Excuse-moi je mets encore des mots sur tes pensées. Mais je ne peux pas faire autrement, j'écris. Je mets des mots sur tes pensées, je sais que c'est insupportable, excuse-moi, j'en mets sur les miennes aussi, sur les pensées en général. Alors que toi, ton métier, si je le comprends, c'est le contraire, non ? Des pensées sur des mots, un enchaînement de pensées sur des mots, c'est ça non ? Tu fais apparaître les pensées qu'il y a derrière les mots non ? C'est ça ? Tu imagines si on faisait une lecture de ce texte tous les deux, comme ce serait incroyable. Mais trop dur, moi je ne pourrais peut-être pas. En tout cas pas maintenant. Et toi ? Toi tu pourrais je suis sûre. Tu dissocierais, alors que moi, moi je pourrais pas. Excuse-moi d'écrire tout ça, de te mettre en face de toute cette offrande, si moi je lisais ça, je trouverais stupide la personne qui l'écrit. Donc j'arrête. Je te rappelle que tu disais qu'il fallait être balèze pour être là en face de moi, c'est réciproque tu sais, crois-moi. Pour être en face de cette machine, cet ordina-teur, en pensant à toi, faut que je sois balèze, ou au contraire faible comme personne ne l'est. Est-ce que tu imagines dans quel état je vais être, la prochaine fois qu'on se verra et que je saurai que tu as lu ça ? Particulièrement ce passage, où je te dis que je t'aime, qui s'adresse à toi. Et que des tas de connards qui ne sont pas toi vont lire. J'ai fait tout un livre pour ça. Tu imagines le courage qu'il me faudra pour venir à notre rendez-vous. Il t'en faudra à toi aussi sûrement. On se voit vite ? S'il te plaît. Je ne peux plus attendre. Regarde ce que je suis capable de faire pour toi, une lettre débile comme fin d'un livre, j'aurais pu faire mieux, je suis écrivain quand même, un écrivain que tu adores, j'aurais pu écrire une scène, une belle scène, de rupture, ou pas, j'avais le choix, je pouvais aussi les faire tomber dans les bras l'un de l'autre. J'avais une idée qui se passait sur une autoroute, la nuit. Ou sur une route, en tout cas je voyais une route. Je suis un écrivain que tu adores, mais je suis une femme aussi. On pourrait être bien ensemble. Se faire du bien. Sans le livre on n'aurait pas pu, on n'aurait jamais eu le courage, maintenant on peut peut-être. Je te rappelle que tu disais : je suis marié avec Christine. Quand la fille avait dit : ah bon, je savais pas, tu lui as répondu : ben maintenant tu sais, alors tu peux le dire autour de toi, pour que ça se sache.

Voilà tout va se savoir. C'était ce que tu voulais ? C'était tout ce que tu voulais ? Tu es sûr ? Tu vas être exaucé alors. J'aimais bien quand tu disais : tout ça n'est pas plus important que le fait de... finalement de se voir.

Je ne sais pas si tu connais dans *Paris est une fête*, Hemingway écrit : Quand le printemps venait, même le faux printemps, il ne se posait qu'un seul problème, celui d'être aussi heureux que possible. C'était toujours les gens qui mettaient des bornes au bonheur, sauf ceux, très rares, qui étaient aussi bienfaisants que le printemps lui-même. Avec Pierre on allait se promener. Et puis après prendre un verre. Il garait la voiture, et on trouvait une table moitié ombre et moitié soleil. Toi aussi sûrement tu as dû faire ça des tonnes de fois. Ensemble on l'a jamais fait.

Une fois le banquier m'avait dit : t'es une vraie salope, t'as été bien salope aujourd'hui, j'aime quand t'es salope comme ça.

Une fois mon père m'avait dit : tu aimes être une femme, et j'avais répondu : en ce moment oui.

Tout ça est fini. Tout est fini. Le livre aussi.

Un jour il m'avait dit aussi que, en me concevant, il s'était dit que ce serait bien d'avoir une fille, qu'elle lui ressemblerait, qu'elle serait comme lui, donc formidable, que ce serait la femme qu'il pourrait aimer. Donc parfois, tu vois, j'ai des bouffées d'angoisse où je me sens utilisée, c'est pour ça, excuse-moi, il ne faut pas m'en vouloir pour cette vulnérabilité. Mais ne t'inquiète pas, c'est aussi quelque chose que je règle, ça ne va pas durer toujours. Je n'ai pas l'intention de rester toute ma vie comme ça. Un jour tu m'as dit que tu étais courageux, moi aussi je le suis. Je te dis ça parce que l'autre jour tu disais que je devais être engluée dans des sacrés trucs, pour être comme j'étais, pour ne pas comprendre ce que tu disais, parce que je tournais tes paroles en négatif et que je ne les comprenais pas comme elles avaient été dites. J'ai confirmé que oui j'étais engluée, je t'ai dit : ah ça oui. Tu m'as dit que tu l'étais aussi. Bon bref, on arrête. Je te laisse. Juste une chose peut-être encore, je voudrais que tu choisisses le titre. Tu me le diras la semaine prochaine quand on se verra ? Si on se voit. Comme ça les gens sauront ce qui s'est passé ensuite, après ta lecture, sans que je sois obligée de le raconter. *Rendez-vous*, ou *Rendez-vous manqué* ?

Mais je ne lui ai pas fait lire, ça n'a pas tourné comme je pensais. On s'est vus, on a pris un café un après-midi, le jour de ma dernière. Pas loin du théâtre. Dans le café qui avait été en train de devenir le nôtre au printemps. L'Horloge. On n'arrivait pas à se parler. Je me suis rendu compte qu'on n'y arriverait jamais. Et qu'il valait mieux renoncer, sinon j'allais sans arrêt me prendre des portes dans la figure. Même si j'étais sûre qu'on s'aimait. Il y avait des tas de gens qui se conditionnaient pour ne rien ressentir, moi aussi pendant longtemps. Je restais convaincue qu'il était pris par moi, comme je l'étais par lui. Rien que cette exaspération dès que je parlais ou que je ne comprenais pas ce qu'il disait. Éric était là : on n'y arrive pas hein on n'y arrive pas. Parce que j'avais cru qu'il ne voulait plus me voir, et plus m'entendre, qu'il trouvait que j'étais un monstre. Je lui ai dit que le mieux ce serait que je change son nom dans le livre. Il m'a dit qu'il trouvait que son nom à lui était beau mais que si je voulais je pouvais mettre... Cédric Albortina. Albortina, j'ai ri, pourquoi pas *abortion*, pourquoi pas avortement directement, avorté. Il a dit : ah bien sûr tu penses toujours à des trucs. Il m'a dit que je voulais absolument le faire passer par un chemin et pas par un autre, que j'étais comme les garde-barrière, que je l'avais pris pour un connard, je ne comprenais pas pourquoi il disait ça, que je voulais tout contrôler, que si le livre devait amener autre chose derrière (il voulait dire nous ensemble) alors il ne voulait pas le lire, il préférait ne pas le lire, il l'achèterait quand il sortirait, comme il avait toujours acheté mes autres livres. Comme si rien n'avait changé. Comme si rien ne s'était passé pour lui. Je lui disais que si seulement il pouvait bouger un peu pour voir que je n'étais pas son ennemie… Il avait dit : bouge, toi. Il est parti exaspéré sans me dire au revoir. Après m'avoir reproché de faire des phrases trop longues, et bizarrement agencées, pour espérer le garder avec moi dans le café un peu plus longtemps. Il se levait pour partir. Et partait sans qu'on n'ait rien décidé de précis. Je disais : mais assieds-toi encore une minute, ne pars pas comme ça. Mais il partait. Très énervé. À la porte du café il criait : à tout à l'heure. Et moi : non.

Au tout début de ce dernier rendez-vous, au moment où je lui avais dit « on ne va plus se croiser », puisque c'était ma dernière le soir même. Il avait fait une espèce de « oh » avec un haussement d'épaule, style « oh de toute façon pour ce qu'on en a fait » avec un air de déception. Donc elle était partagée.

Le soir, il était dans sa loge, sa porte était fermée. Après avoir beaucoup hésité, je suis allée frapper, j'ai eu le courage. Il n'a pas répondu, j'y suis allée deux fois. Alors, j'ai laissé un message sur son répondeur, après avoir encore beaucoup hésité. J'ai dit : je suis allée frapper à ta porte, parce que d'une manière ou d'une autre, comme on n'est pas des monstres en fait, ni l'un ni l'autre, loin de là, j'avais envie de te parler tranquillement, juste t'embrasser, avant ce soir, avant qu'on joue tous les deux. J'espère plus tard. Je tiens vraiment à ce qu'on arrive à s'entendre. Et je crois que c'est possible. Je peux bouger, je peux essayer. Ça me ferait plaisir, vraiment plaisir, de te faire lire le manuscrit. Et puis le message était coupé.

Le soir, après la dernière représentation, je suis rentrée chez moi. Ça n'allait pas. Je partais le lendemain à Lyon, pour un soir. Dans le train je me disais : non je ne lui montrerai pas ce manuscrit, j'en ai marre de ce manuscrit. Après tout, pourquoi il le lirait ? J'en ai assez de donner et de ne rien recevoir. Puis je me suis dit qu'il fallait que je fasse le deuil. Je n'y croyais de toute façon plus. Il ne le voulait tellement pas, il n'y avait rien à faire, je n'avais plus le courage. Je décidais d'arrêter. Ce n'était pas une fausse décision, c'était le moment. Le moment était venu. Puis j'ai eu une idée. Toujours dans le train. J'allais téléphoner à l'acteur de cinéma que j'avais rencontré en septembre, ou octobre, je ne savais plus. C'était un acteur génial lui aussi, de cinéma, ce n'était pas pareil. Je lui dirais que je voulais lui faire lire un manuscrit qui me semblait intéressant à filmer, et que c'était lui que je voyais dedans. Je l'avais appelé le lendemain.

J'ai aussi appelé Éric. Il m'a répondu. Pour une fois. J'ai senti que les choses s'apaisaient. Nos voix étaient plus calmes. Je ne voulais pas le perdre, j'étais prête à continuer de le voir de temps en temps, sans rien chercher d'autre, mais au moins ne pas le perdre, je ne voulais pas le voir devenir une peau vide, à mes yeux, pas lui. Je ne voulais pas ressentir ça avec lui. Pendant tout un week-end j'ai eu envie de mourir, de me suicider. Mais c'étaient plus des paroles « je vais me foutre en l'air, j'en peux plus » que des intentions réelles, c'étaient surtout des mots, les mots qu'on a quand on ne sent plus d'issue. Se dire « j'ai touché quelque chose, et puis ça s'est envolé » c'est dur. Et puis on s'est revus. Une ou deux fois, dans un café, toujours. On n'avait finalement presque jamais réussi à se voir dans un endroit privé. À part une fois, il avait toujours eu peur de venir chez moi, je ne le proposais plus, et je n'étais jamais allée chez lui. On s'est revus. Assez brièvement. Beaucoup plus qu'avant. Ce n'étaient plus des heures, qui filaient. Ça ne me faisait presque plus rien de le voir, à peine un petit pincement au cœur. Un regret, quand même un sentiment de gâchis. Ça me faisait encore un peu ça. Mais c'était tout. On parlait des deux ou trois changements que j'allais faire dans le livre. On se revoyait de temps en temps. On prenait un café. Il n'était plus jamais question du soir. Ou alors sans aucune idée derrière la tête. Et peu à peu je sentais que notre lien était en train de se transformer en amitié.

Je m'y habituais, ça allait. Les choses évoluaient. J'étais assez heureuse, assez bien. Pourtant, je faisais encore un dernier rêve. Je suis au Conservatoire. Il y a une fête. J'ai un message, sur mon téléphone. C'est Éric. Je suis surprise, lui qui n'appelle jamais. Mais là il a appelé, et il a laissé un message. Il s'est enregistré lui-même, sa voix, dans un rôle qu'il joue, ou qu'il a joué, et dont le texte dit, mais c'est lui, c'est sa voix, et ça sonne juste :

J'aurais voulu tenir. Je n'y suis pas arrivé, mais j'aurais vraiment voulu tenir. Je ne voulais pas laisser passer ça. J'y tenais. Je voulais. J'aurais vraiment voulu. Je regrette de ne pas avoir pu. Tenir le plus possible. Mais je n'ai pas pu. J'aurais vraiment voulu tenir. Je n'ai pas su. Je n'ai pas réussi. Mais j'aurais vraiment voulu tenir. Vraiment. Je t'assure que je ne voulais pas laisser passer ça. Etc., c'est un rêve, donc je n'ai pas le détail de ce qu'il disait dans le message, le détail intégral, je ne sais plus, il aurait fallu que je note tout au réveil. Mais je dormais à moitié. C'est un très long message, avec sa voix, où il dit enfin, à travers un enregistrement de lui, dans un rôle mais il dit enfin, il parle. Et j'écoute le message. Et c'est fort.

Puis, il est là, dans la pièce. Il est venu. Il est venu au Conservatoire. Me rejoindre. Il savait que j'y serais. Il est debout là, près d'une colonne, je le vois. Et je n'ai pas peur de le rejoindre, de venir le voir, je sens que lui non plus. Qu'il m'attend. Je vais vers lui, je vais le voir. Il est appuyé à cette colonne, il y a les autres, il a bu, trop bu, c'est ça sûrement aussi qui lui permet d'être là. Il est là pour moi, il est venu, il a réussi à venir.

La peau de son visage est rouge, rougie par l'alcool, la fatigue, l'épuisement général, la vie, et peut-être aussi à cause de ce qu'il disait de Platonov, à un journaliste qui trouvait le personnage très noir, il avait répondu « noir non, il est… rouge ». On est enfin tous les deux. Je suis fiévreuse. Au moment de l'embrasser, de poser ma bouche sur la sienne, j'ai les lèvres qui tremblent. C'est à peine si mes lèvres arrivent à s'approcher des siennes, tellement elles tremblent, tellement elles palpitent. Et lui c'est pareil, il y a quelque chose qui palpite, comme le sang dans les veines. Comme un muscle étiré. Il ne faudrait pas que ça dure trop longtemps, c'est presque insupportable. Mais en fait c'est très bon. C'est le désir qui fait ça, la peur qu'il y a avec. Mais c'est bon, parce que ça y est on y arrive, on va se toucher dans quelques secondes, on est sur le point, là, de rejoindre nos lèvres, il y a même des moments où elles se touchent, elles se tendent, en tremblant, on avance, on maîtrise mal nos mouvements, bientôt on va être dans les bras l'un de l'autre complètement. Tout est tactile. Réactif. Comme si toutes les impulsions du toucher étaient devenues électriques, nerveuses. Ce n'est pas sensuel, ça ne peut pas être sensuel, on est trop en prise directe. Trop épuisés aussi, ça fait trop longtemps qu'on attend. Ce n'est pas calme. C'est normal d'avoir fui tellement quand on voit comme on se met à trembler maintenant, quand on voit l'état dans lequel ça allait nous mettre, maintenant qu'on est ensemble. Mais dans un instant le feu va être calmé ça sera bien, ça va couler. Pour l'instant c'est le vif, tout est vif. Vif, tactile, réactif, rétractile. Il n'y a rien de plus vif que ce qui nous parcourt, rouge, oui, il n'y a rien qui nous met dans cet état, avec les lèvres qui ne savent même plus comment faire. Mais on y est. Il est là. Éric est là. On est là. On est tous les deux. Éric et moi on est allongés dans un lit, dans des draps, et nos visages sont tout prêts maintenant. Tout prêts, tout prêts. Nos petites lèvres sont comme des hameçons qui vont s'accrocher, qui s'accrochent, ça y est. Mais quand je me réveille, je suis seule dans mon lit. Et je sais que tout ça est faux.

DU MÊME AUTEUR

Aux Éditions Gallimard

NOT TO BE, « L'Arpenteur », 1991 (Folio n° 3345)

VU DU CIEL, « L'Arpenteur », 1990 (Folio n° 3346)

Aux Éditions Stock

LES AUTRES (1ʳᵉ parution, Fayard, 1997), 2001

L'INCESTE, 1999

QUITTER LA VILLE, 2000

NORMALEMENT, 2001

POURQUOI LE BRÉSIL ?, 2002

PEAU D'ÂNE, 2003

UNE PARTIE DE CŒUR, 2004

LES DÉSAXÉS, 2004

RENDEZ-VOUS, 2006 (Folio n° 4713). Prix de Flore

Chez d'autres éditeurs

LÉONORE TOUJOURS (1ʳᵉ parution, L'Arpenteur, 1994). Nouvelle édition, *Fayard*, 1997

INTERVIEW, *Fayard*, 1995

L'USAGE DE LA VIE – CORPS PLONGÉ DANS UN LIQUIDE – NOUVELLE VAGUE – MÊME SI (théâtre), *Fayard*, 1998

SUJET ANGOT, *Fayard*, 1998

L'USAGE DE LA VIE, *Mille et une nuits*, 1999

OTHONIEL, *Flammarion*, 2006

Composition Facompo
Impression Maury-Imprimeur
45300 Malesherbes
le 11 mars 2008.
Dépôt légal : mars 2008.
Numéro d'imprimeur :136474.

ISBN 978-2-07-034633-2. Imprimé en France.